Aztèques Dansants

Du même auteur
dans la collection Rivages/Thriller

Aztèques Dansants
Faites-moi confiance
Histoire d'os
361

dans la collection Rivages/noir

Drôles de frères (n° 19)
Levine (n° 26)
Un jumeau singulier (n° 168)
Ordo (n° 221)

Sous le pseudonyme de Richard Stark

La Demoiselle (n° 41)
La Dame (n° 170)

Donald Westlake

Aztèques Dansants

Traduit de l'américain
par Jean Esch

Collection dirigée par
François Guérif

Rivages/noir

Titre original : *Dancing Aztecs*

106, boulevard Saint-Germain, 75006 Paris

ISBN : 2-7436-0190-6
ISSN : 0764-7786

CE LIVRE EST DÉDIÉ À :

Abby, qui m'a donné la harpe,
Cindy qui m'a donné la doublure en satin,
Pete, qui m'a donné son admiration,
Herb, qui m'a donné le grain de sable,
et Tante Peg qui voulait cinq livres.

LES VOICI.

Distribution (presque complète) par ordre d'apparition (approximative)

JERRY MANELLI : gars de la ville qui ne reste jamais en place.
HIRAM : un gardien.
MEL BERNSTEIN : un intellectuel, mais sympa quand même.
ANGELA MANELLI BERNSTEIN : épouse, sœur et virago.
MYRNA : super sensas.
JOSE CARACHA : sculpteur.
EDWARDO BRAZZO : fonctionnaire, avec cravate.
PEDRO NINNI : gogo.
HECTOR OVELLA : figurant.
MRS. MANELLI : mère et chercheuse scientifique.
FRANK MCCANN : Irlandais.
FLOYD MCCANN : frère de l'Irlandais.
TERESA MANELLI MCCANN : épouse et sœur.
BOBBI HARWOOD : ex-épouse, en fuite.
CHUCK HARWOOD, surnommé « PROFESSEUR S. » : fumeur d'herbe
OSCAR RUSSELL GREEN : brillant activiste et piètre buveur.
VICTOR KRASSMEIER : sauce financière.
AUGUST CORELLA : gangster de Jersey City.
WALLY HINTZLEBEL : vendeur de piscines et fiston à sa maman.
JENNY KENDALL : une gentille fille.
EDDIE ROSS : son gentil petit ami.
RALPH : chauffeur.

EARL : acolyte.
RALPHI DURANT : réceptionniste irremplaçable.
ETHELRED MARX : visiteur venu d'une autre planète.
MRS. HINTZLEBEL : la meilleure maman du monde.
BUD BEEMISS : « public relation » avec un cœur d'or.
DAVID FAYLEY : un gentil garçon.
KENNY SPANG : son gentil garçon.
OFFICIER LUKE SNELL : policier imaginatif.
MADGE KRAUSSE : amie avec un canapé.
BARBARA MCCANN : joueuse de bridge exécrable.
KATHLEEN MCCANN PODENSKI : la quatrième.
LEROY PINKHAM : petit vaurien.
MARSHALL THUMBLE, dit « BUHBUH » : autre petit vaurien.
F. XAVIER WHITE : plus grand entrepreneur de pompes funèbres de Harlem.
MALFAISANTE WHITE : grosse mama.
JEREMIAH JONESBURG, alias « TRISTE MORT » : l'Homme.
FELICITY TOWER : bombe à retardement.
MANDY ADDLEFORD : la femme de couleur.
WYLIE CHESHIRE : sale brute.
MR. MANELLI : un homme avec un hobby.
LUPE NAZ : beauté du Descalzan nourrie à l'igname.
BEN COHEN : navigateur en eaux calmes.
THEODORA NICE : pas mal du tout.
HUGH VAN DINAST : patricien enthousiaste.
MRS. DOROTHY MOORWOOD : philanthrope.
GINNY DEMERETTA : brève apparition.
UN FAUCON : témoin innocent
et
SEIZE PRÊTRES AZTÈQUES DANSANTS... tous ensemble maintenant !

Première partie
des recherches

À New York, tout le monde cherche quelque chose. Des hommes cherchent des femmes, et des femmes cherchent des hommes. Au *Trucks*, des hommes cherchent des hommes, tandis que chez *Barbara* et au MLF, des femmes cherchent des femmes. Des épouses d'avocats devant *Lord & Taylor* cherchent des taxis, et les maris des épouses d'avocats dans Pine Street cherchent des échappatoires. Les prostituées devant le *Americana Hotel* cherchent des clients, et les gosses qui ouvrent les portières des taxis devant la Gare centrale des bus cherchent des pourboires. Tout comme les chauffeurs de taxi, les garçons d'étage et les serveurs. Les agents des stups infiltrés cherchent des tuyaux.

Les jeunes diplômés cherchent du boulot. Des types avec une cravate cherchent une meilleure situation. Des types en veste en daim cherchent une occasion. Des femmes en tailleur strict cherchent une occasion équivalente. Des types avec des ceintures en croco cherchent une combine. Des types aux poignets de chemise élimés cherchent dix dollars jusqu'à mercredi. Des syndicalistes cherchent de nouveaux bénéfices et un joli pavillon individuel dans New Hyde Park.

De gentils garçons de Fordham cherchent des filles. Des groupes de rock de St Louis logeant au *Chelsea* cherchent des filles faciles. Dans la 3e Avenue, de jeunes cadres, hommes et femmes, cherchent des relations constructives. À Washington Square Park, des Noirs de Harlem cherchent de la viande blanche. Dans les bars de Colombus, des buveurs de bière en bras de chemise cherchent des ennuis.

La Commission des parcs cherche des arbres à abattre et à transformer en petit bois pour des politiciens du cru. Des habitants du quartier cherchent des politiciens qui empêcheront la Commission des parcs de couper tous les arbres. Bonne chance.

Des clochards du Bowery munis de serpillières crasseuses cherchent un pare-brise à nettoyer. Des voitures avec des plaques minéralogiques de Floride cherchent le West Side Highway. Des voitures avec des macarons de médecin cherchent une place pour se garer. Des camions de United Parcel cherchent une double place pour se garer. Des camés cherchent des voitures avec des macarons de presse, car les journalistes laissent parfois des appareils-photo dans la boîte à gants.

Dans les salons de massage, les filles cherchent à faire monter le tarif. Les dames du mercredi après-midi venues de banlieue cherchent à passer un bon moment au théâtre en matinée, suivi de fromage blanc sur une feuille de laitue. Les touristes cherchent un endroit pour s'asseoir, des escrocs cherchent des touristes, des flics cherchent des escrocs.

Dans le haut de Broadway, des vieillards assis sur des bancs cherchent un peu de soleil. De vieilles femmes chaussées de bottes de l'armée cherchent Dieu sait quoi dans les poubelles de la Sixième Avenue. Des couples qui se promènent main dans la main dans Central Park cherchent à découvrir la nature. Toujours dans Central Park, des bandes d'adolescents de Harlem cherchent des bicyclettes.

Des mères célibataires bénéficiant de l'aide sociale, en faction dans la 55e Rue Ouest, cherchent Rockefeller, mais il n'est jamais là.

Aux Nations Unies, ils cherchent une traduction simultanée. À Broadway, ils cherchent un succès. À Black Rock, ils cherchent la tendance. Au Lincoln Center, ils cherchent une signification convenable.

Dans le métro, presque tout le monde cherche la bagarre. Dans le 5 h 09 à destination de Speonk, presque tout le monde cherche le bar. Dans l'East Side, presque tout le monde cherche un statut, alors que dans le West Side, presque tout le monde cherche un régime réellement efficace.

À New York, tout le monde cherche quelque chose. Et de temps à autre, quelqu'un trouve.

AU COMMENCEMENT...

Jerry Manelli cherchait une caisse marquée d'un *A*.

C'était un agréable lundi après-midi ensoleillé du mois de juin. À l'aéroport Kennedy, les gros oiseaux d'acier s'élevaient dans le ciel en rugissant, tandis que Jerry, au volant de sa fourgonnette Ford Econoline blanche, traversait les zones de fret en direction de « Southern Air Fret ». Sur les flancs étincelants de la fourgonnette blanche étaient inscrits en lettres bleues les mots « Inter-Air Transport » accompagnés d'une adresse et d'un numéro de téléphone dans le Queens. Les lettres I et A figuraient en blanc sur sa casquette de base-ball bleue, et son nom, *Jerry*, était brodé en cursive sur la poche de poitrine de sa combinaison blanche. Il conduisait sa fourgonnette au milieu des montagnes de sacs de courrier, des piles de cartons et des chariots remplis de bagages ; et il sifflait en travaillant.

En approchant du terminal de « Southern Air Fret », où venait d'être déchargé un avion en provenance de Caracas, Jerry constata qu'un tout nouveau gardien en uniforme gris était de faction à l'entrée. Un inconnu. Jerry lui jeta un regard, chaussa ses lunettes de soleil de pilote et s'empara de sa planchette porte-papiers. S'arrêtant net à hauteur d'un stop sur la piste, il sauta hors de la fourgonnette, la planchette à la main, ses lunettes noires jetant des reflets dans la lumière, et adressa un grand sourire joyeux au nouveau gardien.

— Salut. Vous êtes nouveau ici.

Le gardien, un grand Noir avec une moustache épaisse et un air méfiant, répondit :

— Ouais, ils m'ont fait venir du centre. Paraît que y a eu trop de chapardages par ici.

— Je m'appelle Jerry, dit Jerry, sans se départir de son sourire, en montrant du pouce le nom brodé sur son cœur.

— Hiram, répondit le gardien. Vous travaillez ici ?

— Expédition des marchandises internes.

Le gardien hocha la tête comme s'il comprenait ce que ça signifiait.

— Ah...

Jerry consulta son porte-papiers...

— J'ai un colis à prendre ici. Une caisse venant de Caracas au Venezuela.

— Y a toute une montagne de caisses, dit le gardien, elles viennent d'arriver d'Amérique du Sud, je sais pas d'où exactement.

— Montrez-les-moi, dit Jerry.

Il avait reçu le coup de téléphone hier soir juste après les infos de 11 heures. La voix possédait un fort accent, très espagnol. « Il y aula cinq caisses. Vous devez plendle la caisse avec le A dessus. Vous complenez ?

— O.K. ! avait répondu Jerry. La caisse marquée d'un A.

— Vous devez l'appolter à minuit à la Gale centlale des bus, au delnier étage du palking, dans le secteul sud-est. Vous complenez ?

— Le terminal des bus ? À Manhattan, vous voulez dire ?

— Il y a un ploblème ? »

Jerry avait haussé les épaules.

« Non, aucun. Gare centrale des bus, dans le parking, au dernier étage, secteur sud-est, à minuit.

— Avec la caisse malquée d'un A.

— Un A. Pigé. »

Et le voilà, le lendemain après-midi, qui suivait le nouveau gardien nommé Hiram au milieu des amoncellements de marchandises, jusqu'à une pile de cinq caisses, de la taille d'une caisse de whisky, toutes adressées à :

Bud Beemiss Enterprises
29 West 45th St.
New York, N.Y.
USA.

Chaque caisse portait une lettre peinte au pochoir, de A à E, une lettre différente sur chaque caisse. Celle marquée d'un A était en bas de la pile.

— Non mais, c'est incroyable ! dit Jerry en donnant un coup de pied dans la caisse en question.

— C'est toujours comme ça, compatit le gardien.

Jerry posa son porte-papiers sur une autre pile de caisses.

— Vous voulez bien me filer un coup de main, Hiram ?

Hiram lui donna un coup de main, et très rapidement la caisse marquée d'un A — heureusement elle n'était pas très lourde — fut chargée à l'arrière de la fourgonnette, en compagnie d'un sac de courrier recommandé (du liquide, des actions, peut-être même des bijoux), et un colis venant de Seabord destiné à un grossiste en produits dentaires (peut-être de l'or), et Jerry dit :

— Merci mille fois. À la prochaine, Hiram.

— Bonne journée, répondit Hiram.

AVANT QUOI...

Avant de trouver l'idée d'Inter-Air Transport, Jerry Manelli s'était presque toujours contenté de vivoter, passant d'une arnaque à une autre, depuis l'époque où il avait quitté l'école à seize ans pour travailler pour les types des loteries clandestines. Quand il vit combien rapportait cette activité, il décida de s'établir à son compte. C'est-à-dire qu'il ne restituait que trois quarts des tickets et de l'argent liquide qu'il recevait, gardant le reste pour lui. Évidemment, si un des joueurs avait décroché la timbale, il aurait été obligé de payer les gains de sa poche, mais cela ne se produisit pas une seule fois. Une très belle arnaque.

Pas sans danger toutefois, si l'on songe qui étaient ses patrons. Aussi finit-il par laisser tomber, et vécut-il sur ses bénéfices jusqu'à ce que vienne le moment de trouver une nouvelle combine. Il s'associa pendant quelque temps avec son beau-frère, Floyd, le frère de Frank McCann, qui faisait partie d'une équipe de chantier ; l'un et l'autre passaient plusieurs soirées par semaine à charger à bord d'un camion de location Hertz des blocs de béton ou des briques venant du chantier pour les transporter ensuite jusqu'à Patchogue à Long Island où un ami de Floyd, un Irlandais nommé Flattery, possédait sa propre entreprise de construction et aimait acheter ses matériaux au rabais. Mais après que Floyd eut failli se faire prendre un jour,

Jerry prit sa retraite une fois de plus, et comme aucune combine nouvelle ne se présentait, il alla travailler dans un atelier de carrosserie où le patron arnaquait tellement les clients qu'il n'y avait plus rien à leur soutirer.

Peu de temps après, Jerry s'associa avec un vieux copain de lycée nommé Danny Kolabian, qui venait d'être renvoyé d'une société de distributeurs et d'appareils automatiques, et ensemble ils mirent au point une excellente arnaque, hélas, elle ne fonctionnera que deux semaines. Voici en quoi elle consistait : le lundi matin, Jerry et Danny se rendirent à l'entrepôt de la société d'appareils automatiques, en se servant d'une clé qu'avait conservée Danny, sans que nul ne le sache, et ils chargèrent un des juke-box à bord d'un camion de la société. Pour faire démarrer le véhicule, ils connectèrent les fils, puis se rendirent dans quatorze bars qui étaient tous clients de la société d'appareils automatiques, et dans chaque établissement, ils disaient : « Nous venons pour remplacer le juke-box. » Les barmen du lundi n'étaient pas au courant, alors dans chaque établissement, Jerry et Danny descendaient le juke-box du camion et l'échangeaient contre celui qui était dans le bar, et sur le trajet qui les conduisait au bar suivant, vidaient la caisse de l'appareil pour récupérer la recette du week-end. Le premier lundi, ils récoltèrent ainsi mille cent dollars, et mille trois cents le second, mais le troisième, quatre types les attendaient dans l'entrepôt de la société d'appareils automatiques avec des battes de base-ball dédicacées. Jerry avait du souffle et de bonnes jambes, aussi réussit-il à s'enfuir, mais Danny fut frappé à deux reprises et identifié, et dut quitter la ville ; à ce jour, il vivait quelque part sur la Côte ouest, ou bien il était enterré dans le New Jersey.

Au cours des années qui suivirent, la vie continua ainsi, de combine en combine, jusqu'à il y a deux ans, époque où naquit Inter-Air Transport, et depuis, Jerry était devenu un citoyen presque respectable, un homme d'affaires heureux qui possédait son propre camion et son propre itinéraire.

Cette idée faisait partie de ses traits de génie soudains. Angela, la sœur de Jerry, et son mari Mel Bernstein, étaient partis en vacances en Israël ; à leur retour aux États-Unis, c'est Jerry qui était venu les chercher à l'aéroport. Mais leur avion avait du retard à cause d'une alerte à la bombe — encore les Arabes qui faisaient les idiots — et Jerry avait dû attendre dans l'aéroport pendant une heure et quarante-cinq minutes. Il avait passé la plupart du temps assis devant les grandes vitres à contempler les avions, jusqu'à ce qu'il remarque tous les petits camions. Des camions bleus, des camions rouges, des camions jaunes, des camions blancs qui zigzaguaient au milieu des avions, en s'agitant comme des fourmis déguisées pour Mardi Gras. Certains portaient sur le côté des noms de compagnies aériennes, d'autres affichaient des noms de compagnies inconnues, ou carrément aucun nom. De temps à autre, un des camions s'immobilisait devant une pile de caisses ou de sacs postaux ; le chauffeur sautait à terre, balançait deux ou trois colis dans son véhicule, et repartait. Jerry assista plusieurs fois à cette scène, et peu à peu, son ennui se transforma en vif intérêt. « Hmmmm », fit-il en se penchant en avant dans son fauteuil.

Quand Mel et Angela débarquèrent enfin de leur avion et franchirent la douane — Angela avait planqué son nouveau bracelet en or à un endroit où ils avaient peu de chances de le trouver —, Jerry essaya de parler à Mel.

— Hé ! viens voir par ici, dit-il. Vise un peu tous ces camions.

— J'ai mal à la tête, Jerry, répondit Mel. Ça fait un mois que je suis à bord de cet avion.

— Rien qu'une minute, insista Jerry. Regarde ces camions.

Mel lui demanda :

— Tu as déjà entendu parler du décalage horaire ?

Angela intervint :

— Jerry, on parlera demain, d'accord ?

Mais Jerry était resté assis seul très longtemps.

— Hé ! Imagine que tu possèdes un de ces camions, hein ? dit-il. Tu te trimbales d'un terminal à l'autre, et tu ramasses tout ce qui te paraît intéressant.

Angela ne l'écoutait pas.

— Allez, ça suffit, Jerry.

Mais Mel avait écouté, malgré le décalage horaire, et maintenant il regardait Jerry en plissant le front, il regardait les camions en plissant le front, en réfléchissant, et finalement il secoua la tête.

— Non, dit-il.

— Non ? Pourquoi non ?

— Ce n'est pas aussi simple, dit Mel. Ce n'est pas possible.

— Pourquoi pas ?

— Bon, moi je rentre, déclara Angela.

Le décalage horaire rend les gens irritables.

— Laisse tomber, Jerry, dit Mel. C'est surveillé.

— Surveillé, mon cul, répondit Jerry, et la conversation s'arrêta là, car Angela se dirigeait vers la sortie du terminal.

Mais le samedi suivant, alors qu'ils participaient tous à un pique-nique avec bières et hot dogs, dans le jardin derrière chez Frank et Teresa McCann, ce fut Mel lui-même qui aborda de nouveau le sujet, et c'est ainsi que naquit Inter-Air Transport, tous les membres de la famille se cotisant pour acheter la fourgonnette. Il y avait dans la société, Jerry et son beau-frère Mel, son autre beau-frère Frank McCann, et Floyd, le frère de Frank. En tant qu'inspirateur du projet et chauffeur de la fourgonnette, Jerry percevait cinquante pour cent des bénéfices, chacun des autres recevait quinze pour cent, et cinq pour cent symboliques étaient versés aux parents de Jerry qui étaient maintenant à la retraite et essayaient de survivre avec des revenus fixes.

Il serait faux de croire que les aéroports n'ont aucun système de sécurité ; un honnête citoyen ne peut pas se rendre aux toilettes sans qu'on inspecte ses bagages ou qu'on le fouille. Mais la sécurité dans les aéroports sert principalement à impressionner les honnêtes citoyens et les compagnies d'assurances, et accessoirement seulement à attraper les pirates de l'air et autres cinglés. Il n'existe aucune mesure de sécurité contre un homme qui possède sa propre fourgonnette et sa planchette porte-papiers, voilà pourquoi Inter-Air Transport fut une réussite financière, fiable et rentable, dès le départ.

Au début, les actionnaires se contentaient des objets récupérés dans les zones de fret et de douanes de l'aéroport Kennedy, mais le vol et le recel de marchandises les mirent en contact avec des clients qui voyaient une autre utilité à Inter-Air Transport. Des individus disposés à payer pour récupérer certains paquets *avant* qu'ils ne franchissent la douane. Les demandes anonymes parvenaient à Jerry par le biais du téléphone, il se chargeait alors d'enlever et de livrer la marchandise ; il percevait ses honoraires, et il n'y avait jamais de problème.

Jusqu'à la caisse marquée d'un A.

CE SOIR-LÀ...

Dans un endroit baptisé le *Gateway Garden* sur Queens Boulevard, Jerry dansait le Hustle avec une fille nommée Myrna.

— Génial, dit Myrna. Absolument génial.

Jerry sourit. Il aimait bien danser, et il aimait bien Myrna.

— Nous sommes là pour votre plaisir, dit-il, en la faisant tournoyer à droite tout d'abord, puis à gauche, et enfin au bout de son bras.

Puis il la ramena vers lui, poitrine contre poitrine ; tandis que les haut-parleurs martelaient le disque de Donna Summer *Love to Love You Baby*, ils plongèrent et se faufilèrent au milieu des autres danseurs. Myrna se pencha à l'oreille de Jerry.

— J'ai une bouteille de Lancer rosé dans le frigo. Tu en as déjà bu ?

— C'est rose et ça pétille, répondit Jerry. Exactement comme toi.

Myrna sourit ; ce n'était pas vraiment un sourire de petite fille.

— Tu voudrais me boire, Jerry ?

— Tu brûles.

— Passe chez moi un peu plus tard, dit Myrna. Le gosse est chez sa grand-mère.

— J'ai un truc à faire en ville, répondit Jerry. Après peut-être, vers une heure du mat'.

— À Manhattan ? En pleine nuit ?

— Faut que je voie un type.

Ils s'agitaient ensemble, au rythme de la musique, et Jerry lui dit, avec un large sourire :

— Ensuite, on boira un verre, on mangera un morceau. On dégustera un bon rosé.

— Entendu, dit Myrna. Supergénial.

Jerry s'était retrouvé marié une fois, sept ans plus tôt, quand il avait vingt-deux ans, mais le mariage n'avait duré que quatre mois, jusqu'à ce qu'il s'aperçoive que c'était *lui* qui se faisait arnaquer. « Hé ! je ne suis pas le Bureau d'aide sociale », lui avait-il dit, et l'histoire s'était arrêtée là. Depuis, il menait la vie qu'il souhaitait. Le grenier de la maison de ses parents à Bayside avait été transformé en studio, avec un escalier extérieur pour préserver son intimité. Il gagnait bien sa vie grâce à Inter-Air Transport, il vivait dans un chouette appartement, il avait une belle garde-robe, et il passait la plupart de ses soirées à danser avec des filles comme Myrna. Que demander de plus ?

Le disque s'acheva.

— Tu bouges bien, ma jolie, dit Jerry.

— J'adore ça, répondit-elle. Tiens, y a un type là-bas qui te fait des signes.

— Ah oui ?

Jerry aperçut Mel, près de l'entrée.

— Bon, faut que j'y aille. À tout à l'heure.

— Qui c'est ce type ?

— Mon beau-frère.

— Ah ? Il a l'air d'un Juif.

Jerry s'esclaffa.

— Et moi ? J'ai l'air de quoi ?

— Toi, tu as l'air d'un gars sensas, répondit-elle. Je vais mettre deux verres dans le freezer. C'est chouette quand ils sont tout pleins de givre.

— Fais attention de ne pas te transformer en glaçon toi aussi, dit Jerry en lui tapotant la hanche, au moment où débutait le disque suivant, *You Sexy Thing* par les Hot Chocolate.

Jerry s'avança vers Mel qui regardait par-dessus son épaule en disant :

— Hé, super la fille !

— Elle t'a trouvé pas mal toi aussi, dit Jerry.

— C'est vrai ? fit Mel en tirant sur les boutons de sa chemise, les yeux fixés à l'autre bout de la salle.

Jerry intervint :

— Tu es marié avec ma sœur.

— Hé, on peut *regarder*, non ?

Le break de Mel était garé juste devant la boîte de nuit ; la caisse marquée d'un A se trouvait à l'arrière. Pendant que Mel conduisait, Jerry, assis à ses côtés, fredonnait des chansons disco en regardant défiler Queens Boulevard, large et morne, flanqué de rectangles en brique rouge.

— Comment elle s'appelle ? demanda Mel.

— Qui ?

— La fille avec qui tu dansais.

— Myrna. Stepakowski, un truc comme ça.

— Ah ouais ? Elle n'avait pas l'air d'une Polonaise.

— Elle est à moitié mexicaine, répondit Jerry qui venait de l'inventer, pour le plaisir.

— Ah ! tout s'explique, dit Mel, et sur ce, ils prirent le pont de la 59e en direction de Manhattan.

Quand il était adolescent, Jerry venait toujours à Manhattan en prenant le métro. Avec des copains, ils allaient au ciné, achetaient des disques, ou bien passaient une demi-heure dans une salle de jeux à proximité de Times Square. Quand ils furent un peu plus âgés, ils venaient chercher des filles, et se soûler dans les bars au sud de Central Park, mais vers vingt et un ou vingt-deux ans, Jerry en eut marre de Manhattan. À quoi bon aller jusque là-bas ? La bière vous rendait tout aussi malade chez lui dans le Queens. Ce soir, c'était la première fois depuis trois ans que Jerry traversait l'East River.

Ils roulèrent jusqu'à la Gare centrale des bus, et montèrent au dernier étage du parking où leur intermédiaire les attendait. Celui-ci, un grand type aux épaules larges, genre catcheur, vêtu d'un veston beige, d'un pantalon chocolat, de mocassins blancs, d'une chemise chocolat à large col et d'une cravate blanche, jeta un coup d'œil à la caisse et dit :

— C'est quoi, cette merde ?

Jerry le regarda en fronçant les sourcils.

— Quoi ? Quelle merde ?

— Cette merde-là, dit l'intermédiaire. C'est pas la bonne caisse.

Jerry reporta son regard inquiet sur la caisse qui attendait, posée sur le hayon arrière du break.

— Bien sûr que si.

— Y a un A marqué sur cette caisse, dit l'intermédiaire.

Jerry acquiesça.

— Exact.

— Vous deviez livrer une caisse avec un E marqué dessus, dit l'intermédiaire.

— Mon cul.

— Une caisse avec un E, on vous avait dit.

Le colosse fit rouler ses larges épaules sous sa veste pour bien montrer qu'il commençait à perdre patience.

Jerry releva légèrement le menton, pour bien montrer qu'il n'en avait rien à foutre.

— Moi, on m'a dit une caisse avec un A.

— Un E.

— Un A.

L'intermédiaire ouvrit la bouche pour dire quelque chose — sans doute E —, mais il la referma et plissa le front à la place, pour réfléchir apparemment, et quand il l'ouvrit de nouveau, ce fut pour dire :

— Attendez ici.

— J'ai tout mon temps, dit Jerry.

L'intermédiaire traversa l'étendue de béton, clairsemée de quelques voitures garées, et ouvrit la portière arrière d'une Cadillac Eldorado rouge foncé. Il se pencha pour parler à quelqu'un assis à l'intérieur.

— Hé, Jerry ! qu'est-ce qui se passe ? demanda Mel.

— Je crois qu'ils ont merdé quelque part.

— Tu es sûr que c'est *eux* qui ont merdé ?

Jerry se tourna vers son beau-frère, prêt à lui rentrer

dedans, mais il constata que Mel était mort de peur. Les yeux lui sortaient de la tête et son nez palpitait.

— Détends-toi, lui dit Jerry. C'est moi qui ai raison, Mel.

— J'aimerais me sentir rassuré, répondit celui-ci en jetant un coup d'œil vers la Cadillac. Et maintenant ?

Quelqu'un descendait de l'avant de la Cadillac, du côté passager. Un type de petite taille tiré à quatre épingles : veste bleu électrique coupe Belle Époque, pantalon en satin noir, chaussures en cuir verni noir, chemise blanche ornée de dentelle sur le devant et un lacet-cravate bleu électrique lui aussi. Accompagné du colosse, il se dirigea vers Jerry et Mel. De toute évidence, cet individu possédait le type hispanique : teint olivâtre et yeux marron, avec des pattes en forme de cimeterre qui descendaient le long de sa mâchoire, et une moustache très fine qui aurait pu servir à débiter du pain de seigle en tranches. En outre, il affichait un air suffisant et content de lui ; et il observa Jerry et Mel de la tête aux pieds comme s'il était le roi, et eux des lits mal faits.

Le colosse s'adressa à Jerry :

— Voilà le gars qui vous a transmis le message au téléphone, et il affirme qu'il s'est pas trompé.

— Évidemment, dit l'Hispanique.

Jerry pointa son doigt sur lui.

— Vous m'avez dit un A.

— Oui, exact, dit l'Hispanique.

— Je suis pas obligé de supporter...

Jerry s'interrompit et le regarda en fronçant les sourcils.

— Quoi ?

— Exact, dit l'Hispanique.

Puis il s'avança, sous le regard hébété de Jerry et du colosse ; il regarda la lettre peinte sur la caisse posée sur le hayon.

— Mais ça, l'est pas bon, dit-il en agitant son index.

— Ah, vous voyez, dit le colosse. (Pendant quelques instants, il avait nagé dans la semoule, mais là, il retrouvait enfin la terre ferme.) Je vous l'avais bien dit, c'est pas la bonne caisse.

— Non, ça l'est pas oune A, dit l'Hispanique.

Jerry se tourna vers l'intermédiaire en écartant les bras, comme pour dire, *vous voyez bien ?*

Le colosse s'était tourné vers l'Hispanique, et ses épaules n'étaient plus seules à rouler sous sa veste, d'autres muscles ondulaient sous la peau de son front. Lentement, d'une voix douce, dangereuse, il dit à l'Hispanique :

— C'est pas un A ça ?

— Non, bien sûl qué non, répondit celui-ci.

Il ne paraissait guère intéressé par ce problème, à peine intrigué.

L'intermédiaire désigna la lettre A sur la caisse.

— Bon, si ça c'est pas un A, dit-il, qu'est-ce que c'est ?

— Ah... fit l'Hispanique.

Tout le monde attendit, mais il n'avait rien d'autre à ajouter.

— Alors ? demanda le colosse.

L'Hispanique lui adressa un sourire aimable, tout disposé à apporter son aide.

— Oui ?

Le doigt du colosse était toujours pointé sur le A, et il se mit à trembler lorsque celui-ci demanda :

— *Bon Dieu, c'est quoi cette putain de lettre, espèce de sale tapette !*

L'Hispanique exprima son indignation en devenant plus grand et plus mince.

— Je viens dé vous le dile. C'est la lettle Ah.

— La lettre Ah ?

Le colosse semblait prêt à manger le béton.

— Dans ce cas, c'est quoi la lettre A, nom de Dieu ?

— Oh, c'est tlès simple, dit l'Hispanique.

Sortant de sa poche intérieure de veste le genre de stylo en argent qu'affectionnent les avocats douteux, il s'empressa de tracer sur la caisse la lettre : E.

Tout le monde ouvrit de grands yeux. Puis, d'une voix étouffée par l'angoisse, Mel déclara :

— Il utilise l'alphabet espagnol.

Un minuscule sillon de doute se creusa horizontalement au-dessus des sourcils fins de l'Hispanique.

— Jé vous demande paldon ?

Jerry répondit :

— Vous auriez dû regarder *La Rue Sésame* à la télé, crétin.

— L'alphabet espagnol ? dit l'intermédiaire. Ce taré vous a donné les instructions avec l'alphabet espagnol ?

— Jé vous demande paldon ?

Le colosse se retourna et balança un coup de poing à l'Hispanique qui s'affala sur le sol en ciment. S'adressant ensuite à Jerry, il dit :

— Vous, vous attendez ici.

— O.K. !

Le contact retourna vers la Cadillac. L'Hispanique resta allongé sur le dos ; le sang coulait dans ses pattes en forme de cimeterre.

Mel prit la parole :

— Tu ne t'en es peut-être pas rendu compte, Jerry, mais pendant un court instant, j'ai eu peur.

— Un type cool comme toi ? Je n'aurais jamais imaginé ça.

— En fait, ajouta Mel, je crois que je vais aller attendre dans la bagnole. O.K. ?

— Vas-y, répondit Jerry.

Au moment où Mel s'asseyait dans le break, l'intermédiaire revenait vers Jerry.

— C'est bon, y a pas de mal. Demain vous récupérez la caisse marquée d'un E, et on se retrouve ici demain soir, même heure, même chaîne.

— Hé ! ça fait deux livraisons, répondit Jerry. J'exige d'être payé deux fois.

Le colosse fit la grimace, puis il hocha rapidement la tête.

— O.K. ! c'était pas de votre faute.

Il lui tendit une petite carte de visite.

— Si vous avez des ennuis, vous appelez ce numéro.

La carte était vierge, à l'exception d'un numéro de téléphone, écrit à la main à l'encre noire.

— Entendu.

Jerry glissa la carte dans sa poche et désigna la caisse.

— Et ça, qu'est-ce que j'en fais ?

— Vous la gardez.

— O.K. !

Jerry repoussa la caisse à l'arrière du break et referma le hayon. Puis il demanda :

— Vous voulez bien dégager votre copain que je puisse reculer.

— Vous n'avez qu'à rouler dessus.

AVANT CELA...

La nation sud-américaine baptisée Descalzo, enserrée par la terre, est perchée tout en haut de la Cordillère des Andes entre la Bolivie et le Pérou. L'économie repose sur un mélange d'agriculture (principalement l'igname et le haricot de Lima) et d'aide militaire américaine ; la population se compose de 7 pour cent de Blancs, de 1,9 pour cent de Noirs, de 3,6 pour cent d'Amérindiens, de 92,6 pour cent d'autres et de 1,2 pour cent d'indéterminés. Le gouvernement est une démocratie de type parlementaire dotée d'une constitution librement adaptée de celle des États-Unis, avec deux chambres législatives, des élections tous les trois ans, et un président qui s'est autoproclamé président à vie en 1949, après le malheureux accident fatal qui coûta la vie à son prédécesseur, tombé malencontreusement d'avion. Le président actuel, Pablo y Munoz Diaz Malagua, ancien commandant en chef de l'armée de l'air, est un père charitable envers son peuple, dont le niveau de vie est déjà supérieur à celui de Haïti.

Même si la plupart des touristes nord-américains n'ont peut-être pas encore découvert le Descalzo, ce pays a beaucoup de choses à offrir. Outre le panorama majestueux de la montagne épargnée par la pollution des infrastructures modernes, il y a également la petite, mais dynamique, capitale : Quetchyl, avec ses nombreux squares et plazas, chacun orné d'une magnifique statue du président Malagua, parfois à cheval, parfois sans cheval. Mais la plus formidable attraction de tout Quetchyl, et sans doute de tout le pays, c'est le National Museum, avec son immense collection d'objets d'art pré-colombien. Les poteries, les couteaux, les bas-reliefs et les statues provenant des Aztèques, des Olmèques et des Mayas sont exposés comme il convient, c'est-à-dire dans des pièces nues, sous un éclairage naturel, sans la déformation des ampoules électriques. De brillants artisans locaux fabriquent des reproductions de la plupart de ces objets, destinées ensuite à la distribution et à la vente à travers le monde non communiste, procurant ainsi une autre source de revenus fort appréciée à l'économie de la nation.

Aujourd'hui, sur la Plaza de Libertad, la grande place située devant le palais présidentiel, une cérémonie inhabituelle va se dérouler. Des récompenses sous forme de médailles vont être attribuées à trois héros de la République, trois hommes qui ont récemment risqué leur vie afin de sauver les trésors nationaux, et ceci pour le bien de la nation. Étant donné que le président Malagua doit remettre ces médailles en personne, la Plaza de Libertad est entièrement ceinturée de soldats et d'aviateurs armés de mitrailleuses, tandis que l'Avenida del Progresos et le Boulevard John F. Kennedy sont tous les deux bouclés par des tanks Sherman. Des membres de la population, propres et présentant bien, munis de petits drapeaux aux couleurs nationales, le pourpre et l'orange, ont été autorisés à pénétrer sur la place pour prendre part à cet événement historique. Des équipes de tournage des chaînes Granada, NBC et Rediffusion, ayant versé les droits et les émoluments nécessaires, sont présentes également pour enregistrer cet hommage à l'attention d'un monde impatient.

Et maintenant, vêtu de son plus bel uniforme, monté sur l'estrade démontable, derrière la vitre en plastique à l'épreuve des balles, le président Malagua s'apprête à prendre la parole. Les mères avisées feront taire leurs enfants.

Le président Malagua commence son discours :

— Messieurs les sénateurs, et messieurs les députés. Hôtes distingués et observateurs étrangers. Messieurs les membres du corps diplomatique, monseigneur Halcon, lieutenant colonel Guffey. Mes chers concitoyens.

... Nous sommes réunis ici aujourd'hui pour rendre hommage à trois individus courageux qui, au cœur de l'épreuve, ont montré qu'ils possédaient en eux la fibre et l'esprit dont sont faits les habitants de ce pays. En honorant ces trois hommes, c'est également nous que nous honorons, nous qui possédons le même sang, la même chair, la même force. Et nous honorons aussi leurs parents et leurs professeurs, leurs prêtres et leurs grands-parents, dont l'exemple et l'assiduité à travers les ans ont conduit à cet instant de triomphe et de gloire éternels.

... Ce qui a été accompli par ces trois hommes, Pedro Ninni, José Caracha et Edwardo Brazzo, les honore, et nous honore nous qui les honorons. Car en défendant et en sauvant le Prêtre Aztèque Dansant mondialement célèbre, la fierté de notre nation, ils sont eux-mêmes devenus la fierté de notre nation, aussi chers à nos yeux que l'objet qu'ils ont su protéger en notre nom. Que dis-je, ils sont plus chers encore, eux qui sont faits de ce sang, de ces os et de ces nerfs, chair de notre chair, sang de notre sang, plus chers que l'or, plus chers même que l'habileté et le talent qui ont façonné le Prêtre Aztèque Dansant, il y a de cela des milliers d'années, bien avant ce bref instant présent sur la scène de l'existence humaine.

... Aussi sommes-nous tous réunis ici aujourd'hui pour exprimer la reconnaissance d'un peuple enthousiaste, les remerciements chaleureux des mères des générations à venir pour qui le Prêtre Aztèque Dansant a été sauvé, afin qu'elles aussi puissent le contempler et s'en trouver enrichies, comme nous l'avons été, vous et moi, mes enfants, lors de nos nombreuses visites communes au National Museum.

... Faut-il répéter encore une fois ce que ces trois hommes ont fait pour la nation reconnaissante ? Comment pourrait-on se lasser de cette histoire, une histoire remplie d'autant de dignité, de virilité, de courage et de patriotisme ? Alors nous la conterons une fois encore et entre les pages de l'histoire de ce pays retentira le récit de ce jour où des brigands étrangers ayant franchi clandestinement la frontière d'un de nos pays frères — mais sachez que nous n'adressons aucun reproche, nous ne prendrons aucune mesure de représailles, notre désir de vivre en paix avec nos voisins n'a pas été ébranlé par cette expérience, aussi dure que fut cette épreuve pour notre volonté et notre patience nationales — où des brigands étrangers venus à bord de leur véhicule à quatre roues motrices qui leur permet de passer là où seuls des ânes et des chèvres se sentent en sécurité —, dans ce genre de véhicule que nos amis Américains nous ont promis, mais qu'ils ne nous ont pas encore livrés, même si je n'en tiens nullement pour responsable mon bon ami le lieutenant colonel Guffey, l'attaché militaire de notre très estimé associé du monde libre, les États-Unis — ce jour où, à vrai dire, dans le but ignoble de se livrer au vol et au pillage, ils débarquèrent dans l'humble demeure de José Caracha, artisan et sculpteur, qui à cet instant même, à la lumière des bougies fabriquées de ses propres mains, travaillait sur les reproductions du Prêtre Aztèque Dansant destinées à l'exportation dans les pays étrangers où la réputation du Prêtre Aztèque Dansant s'est depuis longtemps répandue, ils étaient loin d'imaginer, ces brigands et ces voleurs, la valeur et la trempe des hommes qui les attendaient dans ce pays.

... Car José Caracha n'était pas seul au cours de cette nuit fatidique. Non, mes chers enfants, deux autres hommes étaient à ses côtés, deux autres bras puissants de la République. Et l'un d'eux était Edwardo Brazzo, ministre adjoint au Commerce Extérieur, dont le génie et la clairvoyance ont rendu possible la vente de ces reproductions du Prêtre Aztèque Dansant à l'étranger. Le deuxième de ces hommes était Pedro Ninni, gardien au National Museum, qui, grâce à la sagesse et à la perspicacité d'Hector Ovella, directeur du National Museum, avait été envoyé au domicile de José Caracha pour veiller sur le Prêtre Aztèque. Dansant de renommée mondiale durant tout le temps où celui-ci n'occupait pas sa niche d'honneur entre les murs du National Museum.

... Voilà pourquoi ces trois hommes valeureux étaient présents quand ces brigands étrangers arrivèrent en douce, et en pleine nuit, dans le but de s'emparer de notre patrimoine national. Au prix de quels risques ces trois Héros de la République parvinrent-ils à repousser l'ennemi ? La preuve en est le sang versé par Pedro Ninni afin de défendre le patrimoine de notre pays. La preuve, c'est que les voleurs étrangers n'ont pas réussi à emporter ce qu'ils étaient venus chercher. Le Prêtre Aztèque Dansant repose de nouveau au National Museum. L'honneur national est sauf. L'honneur national a été défendu. L'honneur national est ressorti grandi du geste de Pedro Ninni, José Caracha et Edwardo Brazzo.

... Aussi allons-nous leur rendre hommage, et chacun d'eux va recevoir de mes mains une médaille en bronze pour leur exprimer la gratitude de toute une nation. Et pour commencer, je demande à Pedro Ninni de s'avancer pour recevoir de mes mains ce symbole de notre gratitude.

Pedro Ninni, un petit homme trapu, appuyé sur des béquilles, s'avança en boitillant pour recevoir sa médaille.

ENCORE UN PEU AVANT CELA...

— Écoute, Pedro, dit Edwardo Brazzo d'un ton agacé, as-tu envie de mourir pauvre ?

— Je n'ai pas envie de mourir du tout, répondit Pedro Ninni. Vous savez ce qu'ils ont fait au cousin de Miguel quand ils l'ont surpris avec l'âne ? Ils l'ont pendu par la langue.

— Ce n'est qu'une rumeur, dit José Caracha.

— Moi je me contente des rumeurs, dit Pedro Ninni. Il y a certaines choses que je préfère ne pas savoir.

Il était presque minuit et les trois hommes étaient groupés autour de l'établi en bois brut dans la cabane en adobe, au sol en terre et au plafond en tourbe, de José Caracha. Des bougies artisanales posées sur la table crépitaient et dégageaient une odeur nauséabonde, en projetant de grandes ombres dansantes sur les murs. Les bruits de la jungle, des *criiiks* et des *couarcs* anonymes entraient par les fenêtres sans carreaux ; et tout en parlant, les trois hommes chassaient distraitement du revers de la main les moustiques, les aoûtats, les moucherons et les puces. Aux alentours, dans la nuit moite, la population de Quetchyl dormait paisiblement, la bouche ouverte.

José Caracha dit :

— Écoute, Pedro, il ne s'agit pas du cousin de machin-chose qui se conduit mal avec un âne. Il s'agit d'une affaire très sérieuse, qui concerne des gens importants. Comme Edwardo ici présent.

— Parfaitement, confirma Brazzo en tapotant la cravate trempée de sueur qui lui servait de grade. Réfléchis un peu, Pedro. Est-ce que je risquerais ma place au gouvernement, si je n'étais pas sûr de mon coup ? J'ai beaucoup plus à perdre que toi.

— Tout ce que j'ai à perdre, répliqua Pedro, c'est ma langue. Et la tête où je la range.

— Il ne peut y avoir aucun problème, insista José. C'est un plan à toute épreuve.

— Ah bon ? (Pedro haussa les épaules, et derrière lui, sa silhouette sautilla sur les murs.) J'ai rien compris à ce plan. Je pense même qu'il y a pas de plan du tout. On vole la statue, on vole pas la statue, on poursuit des types qui existent même pas, tout ça a aucun sens pour moi. Aucun.

Les deux autres échangèrent un regard en poussant un soupir. Au début de l'élaboration de ce projet, ils avaient envisagé un instant d'abattre Pedro d'une balle dans la tête avec son propre pistolet, pour des raisons de vraisemblance, mais leur bonté innée les avait fait renoncer à cette idée. Maintenant, ils commençaient à le regretter.

Mais trop tard, le plan était élaboré ; impossible d'en changer. José secoua la tête, se tourna vers Pedro, et dit :

— Je vais tout t'expliquer encore une fois. Point par point.

— J'ouvre grand mes oreilles, dit Pedro.

Edwardo murmura des paroles inaudibles, et Pedro lui jeta un regard méfiant.

— Hein ! Quoi ?

— Non rien, je réfléchissais à voix haute, répondit Edwardo. Vas-y, José.

— Bon, écoute bien, Pedro, dit José. Avec tes oreilles grandes ouvertes. Là-bas aux États-Unis, il y a des musées, des musées très très riches, et l'un de ces musées à New York veut notre Prêtre Aztèque Dansant.

— Pour quoi faire ? demanda Pedro.

— Pour le mettre dans leur musée.

— Pour quoi faire ?

Exaspéré, Edwardo frappa du poing sur la table et s'exclama :

— On se fout de savoir *pour quoi* ! Ils ont du fric, un point c'est tout, et ils vont nous en donner une partie !

— Je vois, dit Pedro. Il y a déjà des choses que je comprends pas, et vous pouvez même pas m'expliquer, mais c'est pas grave. Continuez.

José continua :

— Les gens du musée, expliqua-t-il, ont contacté d'autres personnes, qui à leur tour ont contacté les personnes qui exportent la marijuana, qui elles ont contacté Edwardo, qui m'a contacté, et moi je t'ai contacté.

— Moi, j'ai contacté personne, dit Pedro.

— Tu n'écoutes pas, dit José. Tu parles et tu n'écoutes pas.

— D'accord. J'écoute. Je parle plus.

— Bien. (José prit une profonde inspiration et poursuivit son explication.) Je possède la statue originale du Prêtre Aztèque Dansant, ici chez moi, prêtée par le National Museum, afin que je puisse en faire un moule servant à fabriquer des reproductions.

D'un geste, Pedro désigna la petite armée de Prêtres Aztèques Dansants alignés sur le sol en terre dans un coin de la pièce.

— Oui, je vois, dit-il.

— Je me suis particulièrement appliqué sur une de ces reproductions, expliqua José, si bien qu'elle ressemble en tous points à l'œuvre originale.

Il se pencha au pied de sa chaise pour s'emparer d'une statuette qu'il déposa sur la table.

— La voici !

Les sourcils froncés, Pedro observa le Prêtre Aztèque Dansant, d'un jaune safran étincelant dans la lumière des bougies. Mesurant environ trente-cinq centimètres de haut, c'était la représentation très compliquée d'un homme dans une pose inhabituelle : les genoux légèrement fléchis, la main gauche posée sur le genou gauche, le pied droit décollé du socle sur lequel se dressait la statuette, et le bras droit replié en travers de la poitrine. L'homme était nu, à l'exception des bracelets de plumes qui enserraient ses chevilles et du masque à l'expression maléfique qui couvrait son visage. Sur le masque brillaient deux yeux verts percés en vrille.

— Il est vraiment très laid, commenta Pedro.

— La laideur ne compte pas avec les antiquités, expliqua José.

Pedro prit la statue pour l'examiner de plus près dans la lumière dansante des bougies.

— Et ce truc, ça vaut beaucoup d'argent ? dit-il.

— Non, pas celle-ci, répondit José en prenant une statuette identique posée sur le sol. Voici l'originale.

— Attention ! s'exclama Edwardo. Il va les mélanger !

Pedro prit un air offusqué.

— Non, aucun risque, répondit José. J'ai fait une croix

rouge avec un feutre sur le socle de la statuette originale. Regardez...

Tous regardèrent la croix rouge. Pedro reposa la reproduction sur la table et dit :

— De toute façon, je voulais pas la voir. Moi, je veux juste savoir ce que vous avez l'intention de faire avec toutes ces statues horribles.

— Ah ! fit José en enlevant les deux statues de la table. Nous attendions le moment propice, et celui-ci est enfin arrivé. Les archéologues américains sont repartis ce matin à bord de leur VTT, et ils ont certainement franchi...

— Leur VTT ? demanda Pedro.

— Leur Véhicule Tout Terrain, si tu préfères, précisa José. Des voitures 4x4.

— Je comprends rien, dit Pedro.

Edwardo s'exprima en serrant les dents.

— Pedro, tu n'es pas *obligé* de *tout* comprendre ; sache simplement qu'ils ont traversé la jungle, qu'ils ont franchi la frontière du Descalzo, et qu'ils ont laissé des *traces*.

Pedro acquiesça.

— Oui. Tout le monde laisse des traces.

— Bien, dit Edwardo, en se tournant vers José. Allez, à toi. Continue.

— Merci, répondit José, et il se pencha de nouveau vers Pedro. Cette nuit, après minuit, nous allons donner l'alerte tous les trois. On va se mettre à hurler en courant dans tous les coins. Et toi, tu tireras avec ton arme.

— Sur quoi ? demanda Pedro.

— En l'air, répondit José.

Étant sculpteur, il possédait une grande patience.

— Pourquoi ? demanda Pedro.

— Pour faire fuir les voleurs.

— Mais il n'y a pas de voleurs, répondit Pedro. À part nous.

— Nous ferons *semblant*, dit José. Nous ferons croire

que des voleurs étrangers sont venus ici pour dérober le célèbre Prêtre Aztèque Dansant, et nous ferons croire que nous les avons mis en fuite.

— Pourquoi ? demanda Pedro.

— Parce que tout le monde sera content quand le Prêtre Aztèque Dansant retrouvera sa niche demain au National Museum, expliqua José, et personne ne remarquera qu'il s'agit non pas de l'original, mais de ma reproduction. L'original sera ensuite expédié à New York, avec toutes les autres copies, le musée nous paiera et nous aurons beaucoup d'argent.

— Combien ?

— Des millions de peserinas.

— Ça fait combien en dollars américains ?

— Des centaines, dit José. Peut-être même des milliers.

Pedro acquiesça, voilà enfin des paroles qu'il comprenait. Puis il demanda :

— Mais pourquoi on doit faire semblant de chasser des voleurs qu'existent pas ? Pourquoi on rend pas tout simplement la copie au musée et on envoie pas la vraie statue à New York, sans jouer toute cette comédie ?

— C'est psychologique, dit José en observant Pedro d'un air dubitatif, les sourcils froncés.

— Je peux peut-être lui expliquer, intervint Edwardo.

José lui jeta un regard surpris.

— Vous croyez vraiment ?

— Je peux toujours essayer.

Les deux avant-bras appuyés sur la table, Edwardo regarda Pedro d'un œil sévère.

— Pedro...

Celui-ci se mit au garde-à-vous.

— L'année prochaine, ou dans deux ans, dit Edwardo, le musée de New York annoncera qu'il est en possession du Prêtre Aztèque Dansant. Si nous ne faisions pas toute cette mise en scène ce soir, le gouvernement examinerait la reproduction qui se trouve dans notre musée ; ils s'apercevraient que c'est une copie, et ils poseraient des questions, du genre : « Qui avait accès au Prêtre Aztèque Dansant ? » Et ils se souviendraient de José, de toi et de moi.

Pedro acquiesça.

— Et ils nous feraient pendre par la langue, dit-il.

— Oui, c'est une des possibilités. (Edwardo leva la main à la manière d'un policier qui règle la circulation.) Mais justement... Ce soir, nous allons faire croire qu'il y avait d'*autres* voleurs, que nous sommes des gens honnêtes qui avons sauvé le Prêtre Aztèque Dansant. Ce soir, nous allons prouver que quelqu'un d'autre a volé la statue.

Pedro fronça les sourcils à tel point qu'il ne voyait presque plus.

— Ça, je comprends pas, dit-il. Je comprends jamais ce passage-là.

— Pedro, il faut nous faire confiance, dit Edwardo. José et moi nous avons reçu une éducation, et *nous* on comprend.

— Pedro, enchaîna José, tout ce que tu as à faire, c'est de raconter à tout le monde que des hommes, des étrangers, ont débarqué ici au volant d'une grosse voiture, une sorte de Jeep, en hurlant qu'ils voulaient le Prêtre Aztèque Dansant, mais tu leur as tiré dessus avec ton arme, et ils se sont enfuis.

— J'ai encore jamais tiré avec mon pistolet, dit Pedro.

— Ça ne te plairait pas ? demanda José.

Depuis des années, le vœu le plus cher de Pedro était de tirer avec son pistolet, mais il n'était pas question de l'avouer.

— Ils me feront payer les balles, dit-il.

José et Edwardo s'esclaffèrent, et Edwardo dit :

— Pour avoir défendu notre célèbre trésor national ? Ils te donneront une médaille, Pedro !

— Une médaille ? répéta ce dernier avec un sourire sardonique. Ah ! je savais bien que c'était une plaisanterie.

Edwardo posa sa main sur son bras.

— Écoute-moi bien, Pedro. Tu vas devenir un héros. Tu vas recevoir une médaille.

José intervint :

— Il est temps de passer à l'action.

Retrouvant aussitôt son sens des réalités, Edwardo se redressa :

— Oui, tu as raison. Inutile d'attendre plus longtemps.

Pedro les regarda l'un et l'autre en clignant des paupières.

— Maintenant ? Déjà ?

— Autant être débarrassé, répondit José.

— Et si on buvait un petit coup avant ? proposa Pedro en montrant la cruche de José remplie de gluppe, la boisson nationale du Descalzo, une fermentation de peau d'igname pourrie et de tiges de haricots de Lima.

— Non, pas d'alcool, répondit José. Pas avant que tout soit terminé. Venez, allons-y.

— Je... je crois que je suis pas encore prêt, dit Pedro en essayant de paraître détendu, mais déjà Edwardo s'était approché de la fenêtre et s'était mis soudain à hurler :

— Hé ! Hé ! À l'aide ! Au secours ! Au voleur ! Meurtriers ! Assassins !...

— Oh, non, soupira Pedro.

José s'était levé lui aussi, et il hurlait des mots comme voleurs et assassins, tout en tirant Pedro par le bras, et en lui murmurant d'un ton féroce :

— Sors d'ici ! Sors d'ici et hurle ! Sers-toi de ton arme !

— Très Sainte Mère de Dieu... gémit Pedro.

Sans cesser de brailler, José et Edwardo, ensemble, le flanquèrent dehors.

— Au secours ! Au secours ! Au secours ! hurla Pedro, et ce n'était pas de la comédie.

Saisissant son pistolet, il pressa sur la détente. Hélas, dans sa précipitation, il avait oublié de sortir son arme de l'étui avant de tirer et c'est ainsi qu'il se sectionna l'orteil.

LE LENDEMAIN MATIN...

Jerry Manelli descendit son linge sale en empruntant l'escalier extérieur privé et pénétra dans la partie de la maison habitée par ses parents en passant par la porte de la cuisine.

— Alors, quoi de neuf, maman ? lança-t-il en déposant son linge sale sur la machine à laver.

Debout devant la cuisinière, la main gauche sur la hanche, Mrs. Manelli remuait une sauce à spaghettis à l'aide d'une cuillère en bois. Elle était convaincue qu'il existait quelque part, une sauce à spaghettis parfaite, quelque part à portée de l'esprit humain, et elle était bien décidée à la découvrir. Elle testait divers ingrédients, des marques, des variantes. Elle testait des marmites, des cuillères, des feux plus ou moins forts. Elle essayait la même recette quand il faisait soleil et quand il pleuvait, avec différentes pressions atmosphériques. Elle en était à sa trente-deuxième année de recherche, et prête à continuer jusqu'à la fin des temps si nécessaire.

— Tu te lèves de bonne heure, dit-elle à son fils, sans cesser de remuer la sauce avec la cuillère en bois.

— Faut que je fasse vite, répondit Jerry d'un ton aimable.

Il prit la cafetière sur le brûleur du fond et huma la nouvelle sauce.

— Ça sent bon.

— Je crois que c'est en train de figer, dit-elle. Je trouve que tu es matinal, vu l'heure à laquelle tu es rentré cette nuit.

Myrna et son rosé l'avaient aidé à oublier quelque peu sa contrariété à la suite du malentendu avec la caisse marquée d'un A. Un grand sourire apparut sur le visage de Jerry.

— Faut que je fasse vite, répéta-t-il d'un ton légèrement différent.

Il ajouta du sucre et de la crème dans son café et demanda :

— Où est papa ?

— Il fait voler un cerf-volant, répondit sa mère.

— Tu te moques de moi.

— C'est sa dernière trouvaille. Il est parti vers Alley Pond Park avec un cerf-volant. Il l'a fabriqué lui-même, on dirait un ravioli.

Le père de Jerry avait pris sa retraite deux ans auparavant après avoir été employé dans l'entrepôt d'un grand magasin de Long Island, et à partir de ce jour-là, son nom apparut sur une quantité incroyable de fichiers d'envois de prospectus, si nombreux qu'on ne pouvait pas tous les insulter. Tout le monde cherche à arnaquer les vieux. Un thème récurrent se retrouvait dans tous ces prospectus : les retraités devaient avoir une occupation, un hobby, afin de combattre le relâchement dû à l'inactivité. Mais son père n'avait jamais travaillé un seul jour durant toute sa vie — la plupart de ses journées de travail, il les passait à chercher un moyen de quitter l'entrepôt sans se faire remarquer, en emportant un canapé —, malgré tout, il croyait dur comme fer à cette histoire de hobby, comme si la Sainte Vierge en personne était descendue sur un nuage pour lui transmettre des instructions. « Un homme sans hobby se dessèche et meurt, disait-il. Un hobby vous aide à garder un esprit vif, à faire circuler le sang, et à rester jeune. Des études ont été faites, il y a des statistiques. C'est un fait prouvé. »

Malheureusement, son père n'avait jamais eu un seul hobby dans sa vie ; il ne savait même pas ce qu'était un hobby, et il était incapable de s'intéresser très longtemps à ceux qu'il avait essayés. Il avait essayé la collection de timbres, de pièces de monnaie, de pochettes d'allumettes. Il avait même investi une somme importante dans un émetteur radio, sans jamais s'en servir. « J'ai rien à dire. Et je connais même pas tous ces gens. » Il avait essayé de construire un bateau à l'intérieur d'une bouteille, et moins d'une demi-heure plus tard, il avait brisé la bouteille sur le radiateur et quitté la maison en claquant la porte. Il avait voulu bâtir une Cathédrale St. Patrick avec des cure-dents et s'était arrêté à la première marche. Il avait pensé devenir spécialiste des statistiques du base-ball, mais la dernière fois qu'il s'était passionné pour ce sport, il y avait seize équipes dans les ligues majeures, aujourd'hui il y en avait des centaines. Il se mit ensuite à découper des trucs dans les journaux, des récits de catastrophes ou des gros titres amusants (« Les mesures contre les pots-de-vin dans la construction, retardées faute de crédits », tiré du *New York Times)*, mais il n'avait réussi qu'à couper la nappe de la table de la salle à manger avec les ciseaux, et à se coller les doigts.

Son père l'ignorait, et personne ne le lui dirait, mais il s'avéra que son seul hobby était la recherche d'un hobby. Nul doute que cela stimulait son esprit et sa circulation sanguine, et si maintenant il était parti faire un tour dans le parc avec un cerf-volant construit de ses mains, alors peut-être qu'en effet ça l'aidait également à rester jeune.

— Bon, dit Jerry, j'irai peut-être y faire un saut avant le déjeuner.

Il vida sa tasse de café et la déposa dans l'évier. Sa mère leva la tête.

— Tu ne prends pas de petit déjeuner ?

— J'ai une commande spéciale ce matin. (Il embrassa sa mère sur la joue.) À tout à l'heure.

— Hé ! si tu vois ton père, lui lança-t-elle. Dis-lui qu'on dîne à six heures. Pas à six heures et demie ou sept heures moins le quart. *Six heures.*

PLUS TARD CE MATIN-LÀ...

— On dirait qu'ils sont en train de chier, dit Frank McCann.

— Non, c'est un concours de pets, répondit Floyd, son frère. Ils se mettent en rond et ils essaient de faire le plus gros pet.

Floyd et Frank étaient dans la cuisine ensoleillée de ce dernier, assis devant la table en Formica blanc sur laquelle trônaient quatre Prêtres Aztèques Dansants aux yeux verts et peints en doré, au milieu d'un déploiement rural de copeaux d'emballage. La caisse frappée d'un A était posée par terre au pied de la table, le couvercle arraché.

Teresa, l'épouse de Frank, et également la sœur de Jerry, plantée devant l'égouttoir où elle épluchait des carottes, jeta un coup d'œil par-dessus son épaule et suggéra :

— Peut-être qu'ils dansent.

— Ouais, c'est ça, ils dansent, ricana Frank. La gigue de la pomme pas mûre.

— Bon, qu'est-ce qu'on fait ? demanda Floyd. On les balance ?

— Non, on va les ranger dans le placard, répondit Frank.

Il y avait au sous-sol, derrière le bar, un placard dans

lequel ils entreposaient tous les objets qui pouvaient avoir de la valeur, mais pour lesquels ils n'avaient pas encore trouvé le bon client. Des paires de skis, par exemple ; il y avait beaucoup de paires de skis dans le placard en bas.

— Voyons ce qu'on a d'autre aujourd'hui, dit Floyd.

Ils remirent les quatre Prêtres Aztèques Dansants et la plus grande partie des copeaux d'emballage dans la caisse, avant de s'intéresser aux boîtes, aux sacs et aux paquets expédiés par la poste et qui constituaient la récolte régulière de Jerry à l'aéroport. Ils éventrèrent les sacs de courrier en toile, ouvrirent les boîtes en carton à coups de poing, les caisses en bois à l'aide de pinces-monseigneur, et séparèrent rapidement le bon grain de l'ivraie. Toutes les lettres recommandées furent ouvertes, l'argent liquide mis d'un côté, les valeurs et les actions de l'autre. Les petits paquets susceptibles de renfermer des bijoux formèrent une troisième pile. Tandis que Teresa continuait de préparer le minestrone du jour, le butin s'amoncelait sur la table de la cuisine, alors que les boîtes, les enveloppes, les sacs vides et les lettres jonchaient le sol.

Si Frank était à la maison dans la journée, c'est qu'il faisait partie d'un syndicat des techniciens du théâtre. Le syndicat exigeait que tant de ses membres soient engagés pour chaque production à Broadway ou Off-Broadway, et peu importe qu'une équipe aussi importante soit nécessaire ou pas à la réalisation de ce spectacle. Frank, un homme de trente-quatre ans au teint pâle et au ventre proéminent, avec des cheveux roux clairsemés et un gros visage rougeaud, appartenait au syndicat depuis douze ans, ce qui lui conférait une certaine ancienneté, si bien qu'il réussissait généralement à se faire engager dans des spectacles où il faisait double emploi, et de ce fait, sa présence était rarement obligatoire.

Floyd McCann, le portrait craché de son frère, en plus jeune et en plus mince, appartenait pour sa part à un syndicat du bâtiment, et lui aussi disposait de beaucoup de temps libre. Quand ils n'étaient pas en grève — et généralement ils étaient en grève —, c'était autre chose : la municipalité n'avait plus de crédits, ou bien l'entrepreneur n'avait pas obtenu les autorisations nécessaires. Présentement, des ouvriers noirs occupaient le chantier sur lequel Floyd était censé travailler, pour réclamer Dieu sait quoi, si bien que Floyd restait chez lui, tout en étant payé, et il était venu faire un saut chez Frank pour assister au déballage du jour.

Frank était occupé à compter la recette en liquide, tandis que Floyd séparait les titres au porteur, actions ou obligations, des titres nominatifs, quand la porte de la cuisine s'ouvrit et Jerry fit son entrée, vêtu de sa combinaison blanche de travail et coiffé de sa casquette bleue de baseball, l'air contrarié.

Quelque chose ne tournait pas rond. À cette heure de la journée, Jerry était *toujours* au travail, et il ne portait *jamais* sa combinaison en dehors de l'aéroport.

— Salut, Jerry, dit Floyd.

— Qu'est-ce qui se passe ? demanda Frank.

— Y a un os, répondit Jerry. À cause de cette foutue caisse.

— Qu'est-ce qui cloche ?

— Ce matin, je suis allé à l'aéroport pour récupérer la bonne caisse, expliqua Jerry. Mais elle n'y était plus. On l'avait déjà livrée.

— Bon, bah tant pis, dit Floyd.

— Non, pas tant pis.

Jerry ôta sa casquette, s'essuya le front avec et la remit sur sa tête.

— J'ai appelé le numéro que notre intermédiaire m'a filé hier soir, dit-il. La réponse a été : on veut cette caisse.

— Hé ! attends un peu, dit Frank. Une fois que le colis est sorti de l'aéroport, c'est *leur* problème.

— À les entendre, répondit Jerry, j'ai peur que ce soit plutôt le nôtre.

— Mais ce n'est pas juste, Jerry.

Lentement, d'un air pensif, Jerry dit :

— Je crois que la question n'est pas de savoir si c'est juste ou pas, Frank.

— Oh...

— Compte tenu de notre clientèle, ajouta Jerry, on peut pas se permettre d'avoir des réclamations.

— Alors, qu'est-ce qu'on va faire ? demanda Frank.

— Va falloir que j'aille livrer l'autre caisse à Manhattan chez... comment déjà ? (Il souleva la caisse contenant les quatre statues et lut à haute voix l'adresse inscrite au pochoir :) Bud Beemiss Enterprises, 29 West 45th Street.

— Ouais, tu vas faire l'échange, dit Frank.

Jerry tenait la caisse dans les bras.

— Ça fout toute la journée en l'air, dit-il.

— T'en fais pas pour ça, lui dit Floyd. La récolte d'hier a été bonne.

— Ah oui ? Au fait, qu'est-ce qu'il y avait dans le paquet de matériel dentaire ?

— Des dents.

— Ah ! Bah, on peut pas gagner à tous les coups. Teresa, tu veux bien m'ouvrir la porte ?

MAIS...

Le restaurant chinois *La Déesse du Paradis,* dans Broadway, près de la 97e Rue, sert de la cuisine cantonaise *et* szu-ch'uanaise ; le menu est si important, si long, si compliqué dans sa description minutieuse des détails qu'un jour, un étudiant coréen inscrit en maîtrise de philosophie à l'université de Columbia y entra pour déjeuner et tomba en extase cataleptique devant toutes les variétés de porc aux épices, et il fallut le conduire à l'hôpital Bellevue. Le fait de reprendre connaissance dans la salle d'attente du service des urgences fut pour lui une expérience tellement forte — surtout après la lecture du menu de *La Déesse du Paradis* —, qu'il abandonna aussitôt la philosophie, et aujourd'hui, il conduit le *cable-car* à San Francisco.

Outre la possibilité d'y déjeuner et d'y dîner normalement, et son service soigné de plats à emporter, *La Déesse du Paradis* offre également des salons particuliers pour des groupes de douze à deux cents personnes. Votre repas de mariage, votre réunion de collègues de bureau, votre bar-mitzva, ou votre appel à la révolution armée bénéficieront de la courtoisie, de la gentillesse et de la nourriture raffinée qui ont rendu célèbre *La Déesse du Paradis* dans le monde entier : « Choisissez tout ce que vous voulez dans notre menu géant. »

Aujourd'hui à midi et demi, un groupe de seize personnes ayant su saisir cette occasion avait pris possession de la salle Mandarin, située au sommet d'une volée de marches couleur corail, au-dessus des salles normales. La salle Mandarin, avec un mur vert, un mur orange, un mur violet, et un mur vitré dominant le flot de voitures dans Broadway, était occupée présentement par des tables disposées en U. Les couverts pour les seize convives — de lourdes assiettes richement décorées d'or et de bleu, accompagnées de grosses cuillères et fourchettes en métal argenté, de fines et longues baguettes en plastique rouge, de véritables serviettes en tissu astucieusement pliées en forme de bonnets d'âne, et des cartes nominatives en forme de minuscules parasols —, étaient disposés autour du U de façon à dégager entièrement le centre.

Un observateur extérieur n'avait aucune chance de deviner quel lien avait pu rassembler ces seize personnes dans cette salle. Jeunes et vieux, hommes et femmes, Blancs et Noirs, hétéros et homos, tous ces gens étaient aussi différents les uns des autres qu'un échantillon d'un institut de sondage, et ils semblaient ne partager le même intérêt que pour le déjeuner. Et pourtant, durant tout le repas, ils conversèrent avec une joyeuse familiarité, ignorant les barrières de classe, d'âge, de race et de sexe.

À la fin du repas, alors qu'on apportait les boules de glace et les *fortune cookies**, tout le monde était souriant et détendu, à l'exception d'une jeune femme, Bobbi Harwood, qui était *furieuse.* Elle était furieuse après son mari, Chuck « Professeur Charles S » Harwood, qui était assis à sa droite et qui lui affirmait avec affabilité qu'il ne lui en voulait pas de l'avoir cocufié une fois de plus avec un Noir, en couchant avec Oscar Russell Green.

— Je n'ai *pas* couché avec Oscar, déclara Bobbi entre ses dents serrées. Je te le répète pour la dernière fois, Harwood.

Elle l'appelait par son nom de famille uniquement quand ils se disputaient.

— Je t'assure que ça m'est égal, mon amour, répondit Chuck.

Il n'employait des mots doux que lorsqu'ils se disputaient.

— Espèce de salopard égoïste et stupide, je sais très bien ce que tu penses.

— Allons, chérie, dit Chuck.

Il avait une façon absolument horripilante de devenir de plus en plus calme, à mesure que les gens autour de lui devenaient de plus en plus hystériques. C'était d'ailleurs son flegme, de l'avis de Bobbi, qui lui avait valu sa réputation, totalement usurpée, d'homme intelligent.

---

* Petits biscuits renfermant un proverbe ou une prévision. (*N.d.T.*)

Chuck Harwood, sorte d'Abraham Lincoln de trente-trois ans à la grande silhouette osseuse et voûtée, était anthropologue ; originaire de Chicago, il était maintenant maître-assistant à l'université de Columbia. Toute sa vie, il avait vécu dans de grandes villes dotées de transports en commun développés ou au contraire dans des coins totalement reculés de la planète — sept mois au Guatemala, quinze mois au Tchad —, sans aucun moyen de transport, voilà pourquoi il était un des rares Américains adultes de race blanche du vingtième siècle à ne pas savoir conduire une voiture. À vrai dire, conduire ne l'intéressait pas.

Ce qui faisait enrager Bobbi, presque autant que le comportement soi-disant raffiné de son mari, face à ses soi-disant métissages. (Chuck refusait de croire qu'elle le trompait avec des Blancs.) La question n'était même pas de savoir si elle couchait ou pas avec tous ces Noirs, elle était de savoir si l'absence de jalousie proclamée de Chuck était sincère ou pas. Voilà la vraie question, la seule, et Bobbi était folle de rage qu'il refuse d'avouer la vérité.

Quant à Bobbi, qui avait commencé dans la vie sous le nom de Barbara Ann Callfield à Oak Crest, dans le Maryland, et qui était parfaitement capable de subvenir à ses besoins comme une femme indépendante (elle était première harpiste au sein du New York City Symphony Orchestra), elle n'était jamais allée suffisamment au nord pour éprouver de la culpabilité envers les Noirs, ni suffisamment au sud pour éprouver de l'hostilité, ni connu suffisamment de grandes villes pour en avoir peur, ou vécu suffisamment à la campagne pour être abasourdie lorsqu'elle en voyait un. Conclusion, son attitude naturelle envers les Noirs considérés comme des êtres humains normaux entraînait souvent des malentendus. « Je te considère comme un *ami*, Jojo », disait-elle, en posant une main sévère sur le bras marron foncé et frémissant. Tandis qu'à l'autre bout de la pièce, Chuck tétait sa pipe, avec sur le visage un sourire de fausse indulgence.

Comme il le faisait présentement, calmement, sobrement, en acquiesçant avec sagesse, et disant :

— Tu mènes ta vie à ta guise, ma chérie, je te l'ai toujours dit, et je le pense sincèrement.

Un bouquet de fleurs dans un lourd bocal en verre se trouvait à portée de main. Bobbi voulut s'en saisir, mais avant qu'elle ne puisse accomplir son geste (quel qu'il ait été), elle fut distraite, comme Chuck et toutes les personnes assises autour de la table, par le tintement d'une cuillère contre une tasse à thé. Un grand Noir musclé s'était levé au centre de l'assemblée, et il réclamait le silence.

Il s'agissait d'Oscar Russell Green, leader de ce groupe de seize personnes et dernier amant en date supposé de Bobbi. Avec sa moustache fournie, sa coupe afro discrète et son sourire chaleureux, il paraissait beaucoup plus jeune que ses quarante-trois ans, et voilà presque un quart de siècle qu'il s'occupait de politique et militait pour les droits civiques. En outre, il avait l'habitude de parler en public, et à cet instant, il gardait le silence, souriant à son auditoire, jusqu'à ce qu'il soit certain d'avoir l'attention de chacun. Alors, avec un hochement de tête et un large sourire, il déclara tout à coup :

— Ça y est, nous avons réussi.

Et d'une voix forte, en brandissant le poing :

— *Nous avons réussi à faire fonctionner le système !*

Les personnes présentes laissèrent exploser des cris de joie, hurlant et tapant dans leurs mains, en s'adressant mutuellement de grands sourires. Y compris Bobbi qui, abandonnant sa querelle avec Chuck, distribua des sourires joyeux autour d'elle.

Oscar Russell Green hocha la tête en souriant, et lorsque la clameur s'atténua, il ajouta, calmement :

— Ils ne nous ont pas pris au sérieux, les amis. Une bande de cinglés et de détraqués, voilà ce qu'ils pensaient de nous. Et ils ont cru que jamais nous ne pourrions œuvrer ensemble pour le bien commun. Blancs et Noirs, hommes et femmes, ils pensaient que nous passerions notre temps à nous battre, au lieu de combattre la mairie ? Eh bien ils avaient *tort !*

Nouveaux cris de joie, nouveaux applaudissements.

Mais Oscar Russell Green redevint sérieux.

— Nous pouvons être fiers de nous, dit-il. Et je pense que nous avons tous beaucoup appris ; cette expérience a fait de nous des êtres plus riches et responsables, des hommes meilleurs. Nous avons appris qu'il était *possible* de travailler ensemble. Il est possible de faire fonctionner le système... dans notre intérêt.

Encore des applaudissements. Tandis qu'elle frappait dans ses mains, Bobbi remarqua le sourire complaisant de Chuck, et cessa immédiatement d'applaudir. Mais, furieuse qu'il l'empêche, par son hypocrisie, de se joindre à l'enthousiasme général, elle se remit à applaudir avec fougue, juste au moment où tout le monde s'arrêtait. Elle s'empressa de glisser ses mains sous la table, en marmonnant dans sa barbe.

— Chers amis, disait Oscar Russell Green, nous avons fait un délicieux repas ce midi, et j'ose dire que nous l'avons bien mérité. À la fin du déjeuner on nous a apporté des *fortune cookies,* et en lisant le mien, je l'ai trouvé particulièrement approprié, et j'aimerais vous le livrer.

Il déplia la petite bande de papier et lut :

— « Celui qui hésite reste second. »

L'auditoire éclata de rire, hochant la tête et échangeant des plaisanteries.

(En réalité, Oscar Russell Green mentait. Le message dissimulé à l'intérieur de son biscuit disait en fait : « Celui qui garde la bouche ouverte est certain d'attraper des mouches. » Mais en préparant hier soir son discours d'aujourd'hui, Green avait décidé de ce qui serait inscrit à l'intérieur de son *fortune cookie,* et si le véritable *fortune cookie* d'aujourd'hui ne correspondait pas à ce qu'il attendait, ce n'était certainement pas sa faute. D'ailleurs, que voulait dire cette phrase : « Celui qui garde la bouche ouverte est certain d'attraper des mouches » ?)

Green poursuivit :

— Je suppose que cette expérience nous a tous appris cela, n'est-ce pas ? Ne jamais hésiter, ne jamais se contenter de la seconde place. *Jamais.*

Green reposa la bande de papier.

— Comme le Cavalier Solitaire, notre travail est maintenant terminé, et nous pouvons tous repartir dans le soleil couchant. Mais nous laissons derrière nous la trace tangible de ce que nous avons réalisé. Les travaux de construction ont débuté lundi dernier, et dans moins d'un an, le « Stokely Carmichael Memorial Squash Court and Snack Bar » sera terminé et ouvrira ses portes dans Morningside Park, offrant ainsi aux habitants de toutes races de Harlem la possibilité de pratiquer ce sport sain et en pleine expansion qu'est le squash.

Cette phrase déclencha une *standing ovation.* Voilà donc ce qui unissait tous ces gens. Jeunes et vieux, riches et pauvres, yin et yang, tous s'étaient rassemblés il y a huit ans, mus par ce même désir de faire connaître le squash aux individus défavorisés. Riches femmes au foyer, militants politiques déterminés, étudiants passionnés, publicitaires à l'esprit large, tous étaient unis par le même but, et aujourd'hui que ce but était atteint, ils applaudissaient leurs efforts et leur réussite, et pourquoi pas ? Ils le méritaient.

(Il y eut à une certaine époque un petit point de controverse à l'intérieur du groupe concernant le nom à donner à leur réalisation. Certains des membres des classes moyennes trop cultivés refusaient de le baptiser le Stokely Carmichael *Memorial* Squash Court and Snack Bar, sous prétexte que Stokely Carmichael n'était pas mort, mais comme le fit remarquer finalement Oscar Russell Green : « Il n'a pas besoin d'être mort pour que l'on se *souvienne* de lui, n'est-ce pas ? En son temps, Stokely a fait énormément pour la Cause sur la scène de l'histoire, et il mérite qu'on se souvienne de lui. » Ce qui mit fin à la controverse, en dépit d'un petit malin faisant à voix basse une remarque où il était question de Humpty Dumpty.)

Mais les individus présents aujourd'hui n'étaient pas seulement des vainqueurs. C'étaient également des survivants, les seize obstinés rescapés d'un groupe de pression qui avait autrefois compté des centaines de membres. L'activisme des années soixante leur avait montré la voie, et dans les premiers temps, il n'était pas difficile d'obtenir une liste importante de sympathisants pour défendre quasiment n'importe quelle cause des droits civiques, mais il avait fallu beaucoup de volonté pour ne pas se laisser ébranler au milieu des molles années soixante-dix. Ces gens représentaient des anachronismes, et ils en étaient conscients, mais bien souvent, l'anachronisme est une récompense en soi. Et on pouvait leur pardonner s'ils avaient décidé d'applaudir leur persévérance.

Comme toutes les bonnes choses, la *standing ovation* prit fin, et tous les membres du groupe, heureux et le rouge aux joues, se rassirent en riant et en bavardant, jusqu'à ce que Green hausse la voix de nouveau, pour dire :

— Mesdames et messieurs, puis-je réclamer votre attention encore une minute ?

Il le pouvait. C'est lui qui les avait rassemblés au tout début, lui qui les avait conduits durant toutes ces années de collectes de fonds, de démonstrations publiques, de pressions et de combats, pour finalement parvenir à cet instant de triomphe, aussi pouvait-il bénéficier de leur attention aussi longtemps qu'il le désirait.

— Merci. J'ai encore une chose à dire. Notre véritable récompense, notre authentique récompense, se construit en ce moment même dans Morningside Park, mais j'ai pensé que nous devrions tous avoir un petit quelque chose à emporter chez nous, un petit souvenir de tout ce que nous avons enduré ensemble. À la manière des gens du cinéma qui distribuent un Oscar. (Avec un large sourire, il ajouta :) Bien que je m'appelle moi aussi Oscar, je ne peux pas me donner à vous. Je peux vous donner mon amour, et ma gratitude, mais je ne peux pas me donner à vous.

Bobbi décida d'ignorer le petit sourire narquois de Chuck.

Green poursuivait :

— Je me suis donc entretenu avec Bud Beemiss et Chuck Harwood, et nous avons décidé qu'il nous fallait quelque chose qui *ressemble* à un Oscar, car nous avions tous *tenu notre rôle à merveille !*

Rires et applaudissements.

— Alors voici !

Green se pencha pour prendre un grand paquet enveloppé de papier kraft posé au pied de sa chaise. Arrachant l'emballage, il fit apparaître un Prêtre Aztèque Dansant, éclatant, qu'il déposa sur la table devant sa coupe de glace fondue.

La statuette fut accueillie par un mélange de rires et de stupéfaction. En riant, Green déclara :

— Chuck a découvert ce petit personnage et Bud s'est arrangé pour le faire venir. Chuck m'a raconté sa légende, et la vérité, c'est que ce bonhomme n'a *aucun rapport* avec le squash.

Comme personne ne savait s'il s'agissait d'une plaisanterie ou pas, il y eut quelques gloussements brefs, que Green ignora.

— Il s'agit, expliqua-t-il, de la reproduction d'une très ancienne statue aztèque ; elle représente un prêtre aztèque en train d'exécuter une sorte de danse. Autrefois, du moins. *Désormais,* c'est l'*Autre Oscar,* la récompense que nous nous attribuons. C'est l'Oscar de la Danse de la pluie ; car il saute en l'air de joie comme nous l'avons fait ce jour-là devant la Commission budgétaire. Aucun d'entre vous n'a oublié ?

Non, aucun. Et soudain, tout devint évident pour chacun : la similitude entre ce personnage qui se contorsionnait et une photo parue à l'époque dans le *Daily News* montrant Green, pris d'une frénésie oratoire, en train de sautiller sur place au cours d'une audition du groupe devant la Commission budgétaire. Comprenant et appréciant l'allusion, tous éclatèrent de rire et applaudirent, en montrant du doigt la statuette. Les applaudissements redoublèrent quand, tout à coup, les serveurs du restaurant entrèrent en tenant dans les mains d'autres Prêtres Aztèques Dansants à la peau dorée et aux yeux verts, pour les distribuer autour de la table, comme des verres de digestif, un pour chaque convive.

Comme c'est gentil, se dit Bobby. *Quel amour cet Oscar.* (Non pas qu'elle ait jamais couché avec lui, ni même qu'il le lui ait jamais proposé.) Mais c'était un être adorable, tout simplement (contrairement à certains dont elle pouvait citer le nom), et cette drôle de petite statue jaune et tarabiscotée en était un exemple supplémentaire. Elle la prit dans ses mains, celle-ci était froide entre ses doigts, examinant le corps tordu et tendu, les yeux verts qui projetaient des étincelles de lumière au milieu de son masque maléfique. Elle sourit à la statuette, remplie d'amour pour elle, remplie d'amour pour Oscar à cet instant, mais soudain, elle sentit de nouveau Chuck qui l'observait, avec son sourire condescendant et son regard vide, alors elle tourna la tête en disant :

— Je te conseille de ne pas gâcher ce plaisir, Harwood. Sincèrement.

— Ma chérie, tu es libre de faire ce que tu veux. J'espère seulement que tu me reviendras quand tout sera fini.

Il n'y avait aucun moyen de le convaincre, aucun moyen de discuter avec lui. La seule façon de survivre, c'était de lui laisser le dernier mot, d'essayer de ne pas en tenir compte, et d'essayer de penser à autre chose.

Fort heureusement, on servit le cognac à ce moment-là, dans de petits verres sertis d'or. Le groupe se porta tout d'abord un toast, puis un toast à Oscar Russell Green, un toast aux Autres Oscars, un toast au « Stokely Carmichael Memorial Squash Court and Snack Bar », et tout fut terminé. Les convives se levèrent de table et se déplacèrent à travers la pièce pour se serrer la main, en promettant de rester en contact, en se montrant mutuellement leur Autre Oscar, puis commencèrent à prendre congé, par petits groupes de deux ou trois ; les rires et la bonne humeur se poursuivirent dans l'escalier et jusque sur le trottoir où des groupes de plus en plus restreints se rassemblaient, se séparaient, se regroupaient de nouveau, avant de s'éloigner pour de bon.

Et soudain, après toutes ces années, voilà que Oscar Russell Green se mit *réellement* à faire du rentre-dedans à Bobbi qui n'en croyait pas ses yeux. Pendant des années ils s'étaient côtoyés, Oscar était venu chez eux, Bobbi et lui s'étaient retrouvés seuls très souvent, et pas une seule fois il n'avait tenté la moindre approche. Et voilà que brusquement, sur le trottoir, devant *La Déesse du Paradis* il attaquait bille en tête.

— Bobbi, ce n'est pas le bon Oscar que vous serrez contre votre sein, dit-il en désignant la statuette qu'elle tenait dans ses bras.

Et comme elle répondit par un simple éclat de rire, il ajouta autre chose. Et encore autre chose. Avec dans le sourire une intensité lubrique, se tenant un peu trop près, la dévisageant d'un air éloquent, tandis que Chuck attendait près d'une bouche d'incendie, la pipe coincée entre ses lèvres déformées par un petit sourire, avec sur le visage l'expression d'un oncle indulgent. Jusqu'à ce que Bobbi soit finalement obligée de poser la main sur l'avant-bras d'Oscar, en disant :

— Je veux que nous restions *amis,* Oscar.

— De *très bons* amis, j'espère.

Qu'est-ce qui lui prenait ?

Chuck intervint à ce moment-là.

— Bobbi, il faut que je passe à la fac quelques heures. Pourquoi tu n'irais pas te distraire avec Oscar ?

Ce fut la goutte qui fit déborder le vase.

— Et toi, répliqua Bobbi, pourquoi tu ne vas pas t'enfiler la queue dans un taille-crayon électrique ? C'est la bonne dimension !

— Bon, à bientôt, dit Oscar, avec un large sourire, en reculant sur le trottoir, et en agitant la main à la manière d'un humoriste qui sort de scène.

Les autres étaient déjà partis. Bobbi et Chuck restèrent seuls devant le restaurant.

— Fais signe à un taxi, connard, dit Bobbi. J'ai eu ma dose pour la journée.

Avec un haussement d'épaules, toujours aimable, nullement froissé, Chuck s'avança sur la chaussée pour héler un taxi. En montant à bord, Bobbi ne remarqua pas la fourgonnette blanche qui s'arrêta sur la droite dans un crissement de freins, pas plus que le jeune type en combinaison blanche qui en jaillit, pour se ruer à l'intérieur du restaurant.

CE QUI VOULAIT DIRE QUE...

VICTOR KRASSMEIER — RAPPORT ANNUEL

Situation présente

Alors que les fluctuations des marchés financiers intérieurs et internationaux sont restées aussi imprévisibles que le pronostiquait le rapport annuel de l'année dernière, la tendance générale est demeurée à la baisse, ce qui était également prévu. Dans toute la mesure du possible, cette tendance a été prise en compte dans le plan qui a germé dans les hautes régions corticales du cerveau de Victor Krassmeier.

Liquidités

Malheureusement, l'état morose de l'économie, à la fois sur le plan intérieur et international, a rendu plus difficile le maintien ou l'élaboration de mesures de liquidités à court terme. Bien que Victor Krassmeier demeure une structure saine et stable, avec un important actif (sous forme de biens, d'actions, de sociétés en nom collectif et divers intérêts dans d'autres branches commerciales) d'un montant de 1,6 million de dollars (voir annexe 1), ce problème de liquidités à court terme demeure un cas épineux, qui n'a cessé, à vrai dire, de s'aggraver.

Cash Flow

Rapide analyse de la situation. (Voir tableau 1.) Au cours de l'année fiscale qui vient de s'achever, les rentrées de liquidités n'ont pas réussi à suivre le rythme des sorties de fonds dix mois sur douze. Cette balance négative a entraîné une situation dans laquelle diverses obligations récurrentes, comme par exemple le salaire du chauffeur et l'appartement dans West 65e Rue avec occupant (voir annexe 2), courent un grave risque de cessation de paiement avant la fin de l'année civile en cours.

Alternatives

De manière schématique, deux solutions s'offrent à Victor Krassmeier dans cette conjoncture.

(1) Limiter certaines de ses dépenses personnelles.
(2) Trouver une source supplémentaire d'afflux de liquidités afin de combler le déficit budgétaire.

Le problème avec la solution (1), c'est que toute mesure d'économie envisagée entraîne aussitôt d'énormes complications dans le mode de vie de Victor Krassmeier. (Renvoyer le chauffeur, par exemple, obligerait Victor Krassmeier à apprendre à conduire à son âge, ou bien à se battre sans cesse avec la populace pour trouver un taxi.) Le problème avec la solution (2), c'est que les nouvelles sources d'afflux de liquidités ne tombent pas du ciel.

Décision de la direction

Ayant rejeté la première option sus-mentionnée, après un long examen de conscience, et n'ayant pas ménagé ses efforts pour analyser les chances de réussite de la seconde, Victor Krassmeier a finalement découvert une source de revenus potentielle, bien que ponctuelle. Celle-ci a nécessité l'instauration de brèves relations d'affaires — une association officieuse, à vrai dire — avec un individu peu ragoûtant nommé August Corella.

Le nouvel associé

August Corella ne ressemble pas à l'associé classique. Par exemple, son nom ne figure pas dans le *Who's who.* Et bien qu'il exerce une sorte de poste administratif au sein d'un syndicat de boulangers dans le New Jersey, ses activités semblent en réalité beaucoup plus étendues.

Relations d'affaires antérieures

Grâce à ses liens charitables et déductibles des impôts avec divers musées locaux (voir annexe 3), Victor Krassmeier a découvert le commerce des objets anciens et des œuvres d'art d'origine douteuse. Autrement dit, des objets que les musées et le gouvernement américains considèrent comme des marchandises qui peuvent être achetées ou vendues librement sans problème de légalité, mais des objets que certains gouvernements étrangers, par exemple le Mexique ou l'Italie, considèrent comme leur propriété, et donc de la marchandise « volée ». Bien qu'ayant lui-même participé aux tractations concernant certains de ces objets, en tant que représentant du musée, Victor Krassmeier eut pour la première fois l'occasion de traiter avec August Corella qui, en l'occurrence, agissait en tant que représentant du vendeur ou autrement dit du « voleur ».

Relations actuelles

August Corella fut le premier à attirer l'attention de Victor Krassmeier sur l'éventuelle acquisition par le Musée des Arts des Amériques du Prêtre Aztèque Dansant du Descalzo. Lorsque Victor Krassmeier transmit rapidement à August Corella la réponse positive des responsables du musée concernés, August Corella organisa le transfert de l'objet en question de l'endroit où il se trouvait jusqu'au musée. Quand se posa la question du financement du transfert, Victor Krassmeier proposa une participation à parts égales, qu'August Corella accepta fort joyeusement.

Responsabilités des associés

Chacun des associés a investi dans le projet une mise de fonds équivalente. August Corella avait pour tâche d'organiser le transfert de l'objet de l'endroit où il se trouvait jusqu'au musée.

Quant à Victor Krassmeier, il devait mettre au point les conditions de la vente avec le musée.

Avantages de cette collaboration

Le musée ignorant que Victor Krassmeier était un des mandants de la vente, il put ainsi négocier avec lui-même et pousser le musée à dépenser une somme beaucoup plus importante que celle envisagée initialement.

Bénéfices escomptés

Le Prêtre Aztèque Dansant du Descalzo est entièrement en or massif, à l'exception des yeux verts qui sont en émeraude. Outre sa valeur intrinsèque en terme de métal précieux et de pierre précieuse, il possède en tant qu'objet d'art précolombien une valeur supplémentaire, d'autant qu'il est unique. Après que la statuette eut été livrée au musée en bon état, après qu'elle eut été authentifiée par deux spécialistes en art précolombien déjà choisis, un chèque d'un montant d'un million deux cent quarante mille dollars sera remis à Victor Krassmeier. Une fois l'association dissoute et tous les autres frais de la transaction réglés, Victor Krassmeier peut espérer empocher un bénéfice net s'élevant entre cent soixante-dix mille et deux cent mille dollars. En liquide.

L'avenir

Le matériel physique de Victor Krassmeier reste performant et compétent, avec seulement une très légère dépréciation, à l'exception toutefois d'un problème persistant au niveau de la prostate, qui ne devrait cependant pas gêner de futures transactions commerciales. En ce qui concerne la scène économique intérieure et internationale, Victor Krassmeier demeure optimiste à longue échéance. Le système subit régulièrement une de ces périodes de bouleversements et d'ajustements, mais à l'instar de la plus grande partie du monde financier (voir graphique 1 et tableau 2), il estime que la reprise tant attendue commencera enfin à apparaître au cours du deuxième ou troisième quart de la prochaine année civile. Son portefeuille d'actions et ses autres biens restent foncièrement sains. « Le coup de l'Amérique du Sud » devrait permettre de régler le problème de liquidités, du moins jusqu'au retournement de tendance prévu. Si l'apparition de ce retournement devait se faire attendre, une nouvelle collaboration avec August Corella, ou d'autres, serait certainement envisageable. Tout compte fait, Victor Krassmeier juge sa situation actuelle très éprouvante pour les nerfs, mais bénéfique.

***

Victor Krassmeier (doyen de la firme Winkle, Krassmeier, Stone et Sledge, membres des Bourses de New York et d'Amérique ; membre du Conseil d'administration des chemins de fer de l'Ohio et de l'Indiana ; curateur du musée des Arts des Amériques, membre de la commission du Metropolitan Ballet) observa d'un œil sombre, par-dessus son bureau, August Corella, et dit :

— Encore du retard ? Encore ?

— Pas vraiment du retard, répondit Corella. Y a un problème.

Le bureau où se trouvaient ces deux hommes dégageait une telle opulence feutrée que leurs paroles semblaient voyager de l'un à l'autre sur de petits coussins en peluche. Le bureau de Krassmeier, en acajou lustré avec des ferrures en or, avait la forme en haricot des piscines encastrées, et sur sa surface lisse et luisante étaient posés un poste de téléphone sophistiqué, un nécessaire de bureau en onyx et en or, et un bloc-notes sans notes. Le panorama de la ville à demi abstrait qui était fixé sur le mur latéral, au-dessus du grand canapé en velours côtelé, ressemblait à un reflet noyé de brouillard de la véritable ville ensoleillée qu'on apercevait derrière la grande baie vitrée de la pièce, sans le bégaiement du World Trade Center. C'est ici, dans ce bureau situé au dernier étage du Benchmark Building, entouré des symboles et des outils de son pouvoir, que Victor Krassmeier, individu obèse et dégarni, dont les épaules charnues et la taille épaisse étaient presque entièrement masquées par un costume taillé à la perfection, avait coutume de s'asseoir pour baigner dans la sensation agréable d'une autosatisfaction confortable. Il n'était nullement habitué à cette panique soudaine qui nouait l'estomac. Regardant son fruste associé en clignant les paupières d'un air renfrogné, il demanda :

— Un problème ? Comment ça un problème ?

August Corella, un homme aux traits obtus qui ressemblait à un chauffeur de taxi endimanché le jour où sa fille recevait son diplôme, répondit :

— Le messager ne l'a pas eu.

— Il ne l'a pas eu ? Le colis s'est perdu ?

— Non, pas exactement, dit Corella. En fait, ce qui s'est passé, c'est que notre objet s'est trouvé mélangé à quinze copies, et tous ont été distribués en guise de prix.

— Des prix ?

Krassmeier secoua la tête, comme pour chasser de ses oreilles ces propos incompréhensibles.

— Des prix pour quoi ? demanda-t-il.

— J'en sais rien, Vic.

Corella était la seule personne au monde qui ait jamais appelé Victor Krassmeier, « Vic ».

— Et si vous voulez mon avis, ça n'a pas beaucoup d'importance, hein ? Ce qui compte, c'est que seize personnes différentes ont reçu les trucs, et on sait pas qui a le nôtre.

— Mais c'est affreux ! Il faut le récupérer.

Corella acquiesça.

— Évidemment. Quelqu'un doit retrouver la trace de ces seize personnes, se rendre ensuite chez chacune d'elles pour savoir laquelle a gagné le gros lot. Le problème c'est de trouver de qui il s'agit ? Vous voulez vous en charger ?

Krassmeier lui jeta un regard hébété.

— Moi ? Personnellement ?

— Envoyez quelqu'un, suggéra Corella.

— Impossible. Personne ne sait que je suis mêlé à cette histoire.

Corella n'avait rien à dire. Krassmeier continua à le dévisager, en attendant la suite, mais tout à coup, Corella était heureux de garder le silence. Se sentant pris dans une situation qu'il ne maîtrisait pas totalement, Krassmeier progressa avec prudence.

— Et le messager ? demanda-t-il. N'est-ce pas *lui* le responsable ?

Corella secoua la tête.

— Non. Pour commencer, il est pas responsable de la confusion. Deuxièmement, il fait même pas partie de l'organisation, c'est un escroc indépendant qui travaille à l'aéroport Kennedy. Il ne sert qu'à ça, à prendre livraison des colis à l'aéroport.

— Peu importe. Demandez-lui de s'en occuper.

— Je vous le répète, Vic, c'est un escroc indépendant. Si jamais il pige qu'il s'agissait pas d'un paquet ordinaire, il voudra mettre la main dessus, pour son propre compte, pas pour vous ni pour moi. Alors quand il m'a appelé, je lui ai dit de laisser tomber, je lui ai dit que c'était pas si grave.

— Et l'individu responsable de la confusion ?

— Il a reçu une petite punition, répondit Corella. Et il n'est pas en état de chercher quoi que ce soit.

Krassmeier n'avait aucune envie de connaître ce genre de détails. Revenant au problème principal, il déclara :

— On ne peut quand même pas rester sans rien faire. Il *faut* retrouver cette statue.

— Parfaitement, répondit Corella.

Et une fois de plus, il se mura dans le silence.

Krassmeier l'observa. D'une voix hésitante, il demanda soudain :

— *Vous*, vous pourriez vous en charger, n'est-ce pas ?

— J'ai d'autres chats à fouetter, Vic, répondit Corella.

Mais il ne dit pas *non.*

— Vous connaissez des gens qui pourraient vous aider.

— Pas gratuitement.

Tout à coup, Krassmeier comprit ce qui se passait et ce qui allait suivre. Après tout, les affaires étaient les affaires.

— Oh... fit-il.

— Vous avez beau regarder la chose sous tous les angles, dit Corella avec un petit sourire, ça va coûter de l'argent.

— Je vois, dit Krassmeier.

— Je crois que vous et moi, Vic, on va devoir... comment vous dites déjà ? Renégocier.

CEPENDANT...

Jerry Manelli ressortit de la bibliothèque de Grand Army Plaza, avec l'impression qu'on lui avait injecté de la Novocaïne dans tout le corps, et que celle-ci commençait seulement à se dissiper. Il regardait autour de lui en clignant des paupières, et après s'être installé au volant de la fourgonnette, il ne démarra pas immédiatement, il resta assis là à contempler d'un air hébété, de l'autre côté de la grande artère, les statues de la guerre de Sécession qui paraissaient si occupées et si sûres d'elles.

Maintenant il savait à quoi s'en tenir, et cela déclenchait des sortes de fourmillements électriques dans son cerveau. C'était la même sensation que vous éprouvez quand votre voiture à été démolie dans un accident et que vous en sortez sans une égratignure ; tout votre corps tremble, il vibre comme les prémices d'un tremblement de terre ; vos mains, vos genoux, vos coudes, vos *oreilles,* tout miroite autour de vous pendant que vous restez planté là, et de votre voix devenue aiguë vous dites : « Je vais bien, je n'ai rien, je vais bien. » Et à partir de ce jour-là, après cela, vous ne serez plus jamais le même.

Cette découverte lui faisait le même effet, une absinthe qui lui rongeait le cerveau. Elle l'avait transformé, hors de lui-même, en quelque chose de nouveau. L'arnaque suprême.

Plus moyen de faire marche arrière désormais. Comment continuer à vivre en sachant que vous étiez passé à côté du gros coup ?

Quels sentiments entièrement nouveaux ! Jerry avait toujours imaginé qu'il était un des habitants les plus roublards de la plus roublarde des villes du monde, et rien jusqu'ici n'avait réussi à l'impressionner. Qu'il s'agisse de franchir pour la première fois au volant de sa fourgonnette la pancarte « accès réservé au personnel » à l'aéroport Kennedy, de monter l'arnaque des juke-box, ou d'escroquer les types des loteries clandestines, jamais il n'avait eu le sentiment de boxer dans une catégorie supérieure à la sienne.

Nom de Dieu, il n'y avait pas de catégorie supérieure. Il était toujours le même, dans la même ville, et il était toujours prêt à saisir les occasions qui se présentaient. Pas vrai ? Vrai.

D'une main tremblante, Jerry mit le contact. Il allait bien, il n'avait rien, il allait bien.

MALHEUREUSEMENT...

— Écoute !

Wally Hintzlebel se dressa sur les coudes, en tendant l'oreille. La seule chose qu'il entendait, c'étaient les battements de son cœur.

— Quoi ? chuchota-t-il.

La femme couchée à ses côtés, une femme mariée nommée Angela Bernstein, chuchota à son tour :

— Je crois que c'est mon mari !

Wally, un vendeur de piscine dont le violon d'Ingres était l'amour l'après-midi, possédait un réflexe totalement pavlovien dès qu'il entendait le mot « mari » ; il sautait immédiatement dans son pantalon. Ce qu'il fit présentement ; rebondissant sur Angela, qui poussa un petit *yip* de surprise, de douleur et de peur, et déjà il enfilait ses mocassins, la main tendue vers sa chemise posée sur la chaise la plus proche, quand la voix masculine tant redoutée monta d'en bas :

— Angela ? Tu es là ?

Angela s'était levée à toute vitesse elle aussi ; aux prises dans un combat de catch frénétique avec sa robe de chambre, chuchotant à Wally :

— Cache-toi ! Cache-toi !

— Je vais sortir par-derrière ! chuchota-t-il.

Il était presque habillé.

— Trop tard !

Ils entendaient maintenant les pas dans l'escalier.

— ... Vite, dans la penderie !

— *Hein ?*

— Vite ! Vite !

S'aidant de ses pieds et de ses mains, elle le poussa brutalement à l'intérieur de la penderie et lui claqua la porte au nez.

Il aurait protesté, s'il en avait eu le temps. Jamais dans toute sa carrière, jamais, on ne l'avait obligé à se cacher dans une maison où se trouvait le mari. Quand on ne pouvait pas sortir par la porte, on pouvait toujours sortir par la fenêtre. Mais cette fois, il lui avait été impossible de repousser Angela pour s'enfuir, et il se retrouvait dans cette foutue penderie, persuadé que le mari allait ouvrir cette foutue porte qui lui écrasait le nez, et jamais il ne s'était senti aussi ridicule de toute sa vie.

Wally Hintzlebel, une grande asperge de vingt-quatre ans avec de grosses lunettes rondes et un sourire charmeur, vivait avec sa mère divorcée dans une petite maison de Valley Stream, juste derrière la limite de Nassau County. Wally était l'homme de la maison depuis que ses parents avaient divorcé quand il avait treize ans, et il n'en faisait jamais assez pour sa mère. Par exemple, la piscine dans le jardin derrière la maison était presque aussi grande que la maison elle-même, et bien que le patron de Wally chez Utopia Piscines lui ait accordé un important rabais, celle-ci lui avait quand même coûté une jolie somme. Mais rien n'était trop beau pour maman.

Wally ne projetait pas de se marier un jour. Il se trouvait parfaitement bien à la maison avec maman, qui prenait aussi bien soin de lui qu'il prenait soin d'elle ; quant au sexe, le monde était rempli des femmes des autres. Il n'était pas choquant qu'un représentant en piscines dise à une séduisante cliente potentielle : « Je parie que vous êtes irrésistible en maillot de bain », et en fonction du sourire qu'on lui adressait, Wally devinait immanquablement s'il avait une chance de conclure ou pas. Depuis quatre ans qu'il vendait des piscines, pas une seule minute il n'avait éprouvé un sentiment de frustration.

Et, jusqu'à cette minute, jamais il ne s'était retrouvé prisonnier à l'intérieur d'une penderie, avec un mari arrivé à l'improviste de l'autre côté de la porte. Dans la chambre, mari et femme se retrouvaient maintenant face à face, et deux questions s'entrechoquèrent :

— Qu'est-ce que tu fais au lit ?

— Qu'est-ce que tu fais ici à cette heure ?

Les extrémités des cintres en fer s'enfonçaient dans la nuque de Wally, mais il craignait de les faire tinter en essayant de les déplacer. À vrai dire, il avait trop peur pour faire le moindre geste, et il resta en déséquilibre contre la porte, au milieu des vêtements qui sentaient le renfermé et écrasant des paires de chaussures instables, alors qu'à l'extérieur, les deux questions, après s'être démêlées, reçurent simultanément leur réponse :

— Je ne me sentais pas très bien, je crois que je couve une grippe ou je ne sais quoi.

— J'ai rendez-vous avec Jerry. Il est pas encore arrivé ?

— Jerry ? Qu'est-ce qu'il veut ?

— Oh ! c'est à cause de cette foutue caisse avec les statuettes... Hé ! qu'est-ce que tu as sous ta robe de chambre ?

— Et pourquoi le... Arrête, Mel !

— Oh, oh... Viens un peu par ici, ma jolie.

— Pas maintenant, Mel, je...

— Ça va te faire du bien, tu verras. Faut transpirer pour évacuer la fièvre.

— Non, Mel. Mel... Meeeeeellll.

— Un petit câlin, baby.

— Oh, Mel, je...

Wally ferma les yeux, bien qu'il fasse un noir d'encre à l'intérieur de la penderie et qu'il ne puisse rien voir. Il poussa un soupir et appuya son front contre la porte en bois ; à l'extérieur, les voix s'étaient muées en murmures, parfois accompagnées par le grincement des ressorts du lit, alternativement plus fortes ou plus douces...

Avait-il une chance de filer maintenant, de se glisser discrètement hors de la chambre et de la maison pendant que le mari était occupé à autre chose ? C'était possible, mais pas certain, et cet élément de doute empêcha Wally de pousser la porte de la penderie, car si un mari cocu peut devenir furieux, un mari cocu et nu contraint à un *coïtus interruptus* se transforme en bombe à hydrogène. Wally resta donc où il était, pendant qu'à l'extérieur, le couple franchissait le défilé avec sa caravane, jusqu'à la Terre promise, avant de s'abandonner à des câlineries et des gazouillis parfaitement répugnants.

Dieu soit loué, la sonnette de la porte d'entrée retentit, mettant fin à cet épisode. Accompagné par la violente vibration des ressorts du lit, le mari s'exclama :

— Merde ! Ce doit être Jerry.

— Calme-toi, dit Angela. J'enfile ma robe de chambre et je descends lui ouvrir. Pendant ce temps-là, habille-toi.

Wally tendit l'oreille, la joue et le front appuyés contre la porte, mais il n'y eut pas d'autre échange. Uniquement des bruissements et des raclements dans la chambre, puis des échos étouffés d'une conversation au rez-de-chaussée.

Et tout à coup, une autre voix d'homme, étonnamment forte et distincte, lança :

— C'est bon, j'attends ici.

Cette voix semblait venir directement de sous les pieds de Wally.

— Tu veux un café, Jerry ?

C'était la voix d'Angela.

Wally regarda ses pieds en fronçant les sourcils, mais la penderie demeura aussi obscure.

Jerry disait :

— On va s'en occuper, Angela. Les autres vont arriver.

— Qui ça ?

— Frank et Floyd.

Nom de Dieu, se dit Wally. *Une convention !*

— Je vais prévenir Mel que tu es arrivé.

Wally attendit. Plus aucune parole ne fut prononcée sous ses pieds, puis au bout d'une ou deux minutes, la voix d'Angela résonna de nouveau dans la chambre :

— Jerry dit que les autres doivent venir également.

— Je me demande ce qui se passe, répondit son mari.

— Aucune idée. Bon, je m'habille et je descends tout de suite.

— Mmm. Je t'aime, baby.

Wally reconnut le *smack* caractéristique d'une paume qui claque sur des fesses à travers une robe de chambre.

Pouvait-il s'enfuir maintenant ? Wally s'apprêtait à pousser la porte de la penderie quand celle-ci s'ouvrit brutalement d'une trentaine de centimètres et Angela lui glissa d'une voix chuchotante :

— Ne bouge pas !

Et elle lui enfonça douloureusement dans le ventre son classeur de démonstration rempli de photos de piscines qu'il avait oublié en bas.

— Oups... fit-il, avant que la porte ne se referme violemment. La voix du mari, sous ses pieds, demanda :

— Alors qu'est-ce qui se passe, Jerry ?

— Attends que tout le monde soit là, j'ai pas envie de répéter.

Bon sang, qu'est-ce que ça signifiait ? Penché en avant, en essayant d'écarter les vêtements et les cintres sans faire trop de bruit, Wally s'accroupit dans l'obscurité, il fourra son classeur dans un coin et se mit à jouer à la pêche miraculeuse au milieu des chaussures. Les voix continuaient à monter d'en bas, juste sous ses doigts, discutant des embouteillages et du temps ; et soudain, Wally sentit un bout de moquette décollé. Il tira dessus et un triangle de lumière apparut.

Cette maison à un étage située à Hollis dans le Queens, non loin de Belmont, avait été construite au cours de la vague de développement immobilier aussitôt après la Seconde Guerre ; depuis, elle avait été chamboulée, transformée et adaptée par un grand nombre de propriétaires bricoleurs. Mel et Angela avaient ajouté la moquette dans leur chambre, et le gars chargé de la pose en avait mis également à l'intérieur de la penderie, masquant ainsi la grille d'une bouche de chaleur datant d'avant l'époque où le déplacement de plusieurs murs du haut avait transformé cet espace en penderie. Le pendant de la grille placé tout en haut du mur de la salle à manger au rez-de-chaussée était demeuré en place, en partie parce qu'il ne gênait personne, et aussi parce que aucun des habitants actuels de la maison ne savait exactement à quoi servait cette grille. Résultat, si Wally plaquait son visage et ses épaules sur le sol de la penderie, au milieu des chaussures, le cul en l'air, et s'il regardait en biais sur sa droite, il apercevait très distinctement, à travers les deux grilles, la quasi-totalité de la salle à manger où un type grassouillet, vêtu d'une chemise blanche à manches courtes et d'un pantalon noir, discutait avec un type plus jeune en combinaison blanche.

La sonnette retentit et le type grassouillet dit :

— J'y vais.

À en juger par sa voix, c'était le mari. Il quitta la pièce et l'autre type — Jerry certainement — fit les cent pas autour de la table, l'air inquiet, mais songeur.

C'était le moment de mettre les voiles, sans aucun doute. Même s'il ne pouvait pas descendre au rez-de-chaussée avec tous ces types qui débarquaient, il pouvait toujours sortir par une des fenêtres du premier et sauter dans le jardin derrière la maison. Il l'avait déjà fait ; à condition de garder les genoux fléchis et de retomber dans l'herbe, vous évitiez la casse. Bon, vous aviez peut-être un peu mal aux pieds pendant quelque temps, mais il y a des châtiments bien plus terribles dans la vie. Des tas.

Donc, c'était le moment de mettre les voiles, c'était la meilleure chose à faire, et c'était le genre de Wally de mettre les voiles... Pourtant, il y avait quelque chose d'intrigant, quelque chose de mystérieux et de passionnant dans le comportement et la conversation de ces hommes. Il n'aurait su dire d'où lui venait cette impression, mais son instinct lui disait qu'il avait tout à gagner en découvrant ce qui se tramait dans cette maison.

Alors il se déplaça au milieu des chaussures, pour tenter de trouver une position plus confortable, et il s'installa pour écouter.

LÀ-DESSUS...

Assis à la table de la salle à manger, Jerry attendait l'arrivée des deux autres. Mel était impatient de savoir ce qui se passait, mais Jerry lui répondait simplement :

— Attends. Je n'ai pas envie de répéter plusieurs fois.

Car tout était clair dans son esprit désormais, il était calme, il était sûr de lui, et il ne tremblait pas. Il continuait à vibrer intérieurement, mais c'était l'excitation, l'adrénaline, la sensation qu'éprouve le toréador la première fois où il pénètre dans l'arène et découvre le taureau.

Floyd McCann arriva le premier, bientôt suivi de son frère Frank. Angela, vêtue maintenant d'un pantalon et d'un débardeur, prit les commandes de bière, de thé glacé et de café, et enfin les quatre hommes s'assirent autour de la table de la salle à manger ; tous les regards étaient braqués sur Jerry, qui déclara en préambule :

— On est tombé sur un truc. Un truc pas banal.

Frank demanda :

— Tu as fait l'échange ?

— Non.

Jerry avait décidé de tout leur raconter dans l'ordre chronologique, sans éventer le suspense.

— Comme prévu, dit-il, je suis allé jusque chez Bud Beemiss dans la 45e Rue. Là-bas, une fille derrière un bureau m'a répondu : « Oh ! toutes les autres caisses ont déjà été expédiées au restaurant. » Je lui ai demandé quel restaurant, « le grand restaurant chinois au nord de la ville » qu'elle m'a répondu. Et ensuite, elle m'a expliqué le truc : toutes ces statues dans les caisses devaient être remises à des gens, comme des sortes de prix. À seize personnes différentes.

Frank secoua la tête.

— Mauvais, commenta-t-il.

— Ouais. Alors je suis vite remonté dans la fourgonnette pour foncer jusqu'au restau. Ah ! la vache, si vous aviez vu les bouchons dans le centre ! De quoi piquer une crise ! Évidemment, quand je suis arrivé, c'était trop tard ; les statuettes avaient été distribuées, les gens étaient rentrés chez eux, tout était terminé. Alors qu'est-ce que j'ai fait ? J'ai appelé notre intermédiaire, de là-bas, du restau ; il m'a demandé de le rappeler dix minutes plus tard, ils avaient besoin de réfléchir, qu'il m'a dit. Pendant que je poireautais, j'ai demandé au serveur chinetoque du restau qui étaient ces gens à qui on avait refilé les statuettes ; il m'a répondu que c'étaient les gens du Comité du sport pour tous. J'imagine que ces statuettes sont des sortes de trophées de bowling comme ceux qu'on voit un peu partout.

— Hé ! ces statuettes jouent pas au bowling, intervint Frank. Elles sont en train de chier.

— Tais-toi, Frank, et écoute, dit Mel. Alors, et ensuite, Jerry ?

— Dix minutes plus tard, j'ai rappelé, et ils m'ont dit que ça n'avait pas d'importance finalement, de ne pas m'en faire, ce n'était pas grave. Alors j'ai dit O.K. ! et j'ai raccroché.

Floyd McCann dit :

— Donc, on est peinards, pas vrai ? On n'est plus obligés de s'en faire à cause de cette foutue caisse ?

— Oui, c'est ce que je me suis dit moi aussi, répondit Jerry. Au début. Mais rapidement, j'ai senti que quelque chose clochait. C'est vrai quoi, ces types étaient impatients de récupérer cette caisse, puis après avoir réfléchi pendant dix minutes, ils déclarent tout à coup que ça n'a plus d'importance, ils me disent de laisser tomber.

— Ils ont tiré un trait dessus, voilà tout, dit Frank.

— Alors qu'ils y tenaient tellement avant ?

— Ils ont planqué un truc à l'intérieur des statuettes, dit Frank. De l'héroïne, ou un truc comme ça. Et ils ont fait un trait dessus.

— Non, répondit Jerry. Un petit chargement d'héroïne n'est pas assez important pour expliquer leur comportement jusqu'à présent ; d'un autre côté, c'est pas aussi « pas important » qu'ils voulaient me le faire croire tout à coup au téléphone. Vous pigez ?

— Non, dit Frank.

— Ils savent bien qu'on ne chercherait pas à récupérer quelques sachets d'héro, expliqua Jerry. Non, s'ils essayent de nous faire croire que c'est pas important, c'est que c'est un gros truc.

Mel semblait très intéressé.

— Mon vieux, Jerry, je crois que t'as raison. Et je crois que t'es tombé sur un gros truc.

— Ouais, moi aussi, dit Jerry. Voilà pourquoi je suis allé à Brooklyn en prenant le pont de Manhattan, et là, j'ai fait un saut à la grande bibliothèque qu'ils ont là-bas, sur Grand Army Plaza. Vous voyez de quoi je parle ?

Mel voyait, mais les autres ne voyaient pas.

— Continue, Jerry, dit Frank.

— Donc je suis entré dans la bibliothèque, dit Jerry, avec une de ces statuettes, et là, je suis tombé sur une fille qui m'a aidé à trouver ce que c'était. Bon sang, elle s'est donné un mal de chien, elle a appelé des collègues dans d'autres bibliothèques, elle a cherché dans des livres, et finalement elle a trouvé.

De sa poche de combinaison, Jerry sortit une feuille de papier froissée qu'il lissa sur la nappe de la table. L'écriture fine et appliquée de la bibliothécaire ressemblait à un petit archipel au milieu d'un océan de blanc.

— Ces trucs, expliqua Jerry, sont des reproductions d'une très ancienne statuette d'Amérique du Sud, bien avant Christophe Colomb. On l'a baptisée le Prêtre Aztèque Dansant. Mais voici le plus important : l'originale est en or massif, les yeux sont en émeraude, et elle vaut un million de dollars.

Tout le monde prit un air hébété.

— Un million de dollars ? dit Frank. Pour une statue en train de chier ?

— Et voilà...

— Mais où tu veux en venir ? demanda Floyd. Nous, on a que les copies, et elles, elles valent pas un million de dollars.

— Exact, répondit Jerry. Mais réfléchis un peu. Imaginons qu'un type décide de *voler* cette statuette là-bas en Amérique du Sud pour la faire entrer clandestinement, ici aux États-Unis, et la vendre à un milliardaire ou je ne sais qui ? Quel est le meilleur moyen de lui faire franchir la douane ? *Au milieu d'un tas de reproductions !*

— Nom de Dieu, Jerry ! s'exclama Mel en se redressant sur sa chaise. Je pense que tu as mis dans le mille !

— Hein ? Vous croyez vraiment ? demanda Frank. Un million de dollars ?

— Voilà pourquoi ils veulent plus qu'on la cherche, dit Jerry. Maintenant qu'elle est sortie de sa caisse et mélangée aux autres. Ils étaient obligés de nous dire la vérité ou de nous mettre sur la touche.

— Jerry, dit Mel. Tu veux essayer de la retrouver, c'est bien ça ?

— Tu as tout compris.

— Hé ! une minute, intervint Floyd. Si la statuette originale vaut vraiment un million de dollars, ils vont se mettre à sa recherche eux aussi.

— Oui, mais on possède un avantage sur eux, expliqua Jerry. Le type à qui j'ai parlé au téléphone voulait connaître le nom du groupe qui avait distribué les statues ; je lui ai répondu que j'en savais rien. Alors que je le sais. Autrement dit, il nous suffit d'obtenir les noms des membres du Comité du sport pour tous, et ensuite de remonter jusqu'à la véritable statuette.

— Comment on fera pour avoir leurs noms ? demanda Frank.

— On va appeler le *Daily News,* répondit Jerry. Eux ils pourront nous renseigner.

Il avait réfléchi à tout cela en revenant de la bibliothèque.

Floyd demanda :

— Mais si ces statues sont toutes pareilles, comment on fera pour reconnaître la bonne ?

— L'or ne se brise pas, répondit Jerry.

Il avait réponse à tout. À tout.

— Un million de dollars, dit Mel. Partagé en quatre.

— Un quart de million chacun, dit Floyd, le regard lointain. Vous savez ce que ça représente un quart de million ? demanda-t-il, avant de répondre lui-même à la question : ça fait deux cent cinquante mille dollars !

VOILA POURQUOI...

L'homme qui sauta par une fenêtre du premier étage dans le jardin derrière la maison des Bernstein avait sur le visage une expression extrêmement songeuse.

ET ENSUITE...

Lorsque enfin il raccrocha le téléphone — le service des sports du *Daily News* l'avait aiguillé vers le service des faits divers, qui l'avait ensuite aiguillé vers le service des renseignements —, Jerry était de mauvaise humeur.

— C'est pas du tout une équipe sportive, annonça-t-il aux autres. C'est une sorte de groupe politique noir.

— Des Noirs ? dit Mel.

— Oh, la vache ! dit Floyd. Faut qu'on pique un truc à une bande de *Négros ?*

Jerry se trouvait ralenti dans sa course, mais pas immobilisé. Il n'y avait aucune raison pour que ce soit facile. Qu'est-ce qu'il espérait ? Qu'on lui apporte tout sur un plateau ? Ce qui comptait, c'était de remporter les batailles difficiles. Non, ce qui comptait, c'était de *mener* les batailles difficiles.

— Un million de dollars, dit-il, ça reste un million de dollars.

Frank contemplait le mur comme s'il y voyait la peinture d'une vision de l'enfer.

— Quatre Blancs en train d'escalader en douce des échelles d'incendie dans Harlem, dit-il.

— Hé ! calme-toi, dit Mel. Si c'est un truc de politique noire, y a peut-être des Blancs dans le coup également. Jerry, est-ce qu'ils t'ont filé des noms ou des adresses ?

— Rien qu'un nom. Leur chef est un type nommé Oscar Russell Green.

— Ouais, ça ressemble à un nom de Noir, dit Floyd.

— Il nous faut la liste de tous les membres, dit Mel.

Soudain, Frank eut une idée :

— Hé ! et Patty Shea ?

Alors que les autres prenaient un air hébété — qui donc était ce Patty Shea ? —, Floyd acquiesça.

— Oui, tu as peut-être raison, dit-il.

Jerry demanda :

— Bon sang, c'est qui, ce Patty Shea ?

— Un cousin à nous, répondit Frank. Il est dans la police.

Jerry acquiesça.

— Ah ! je comprends. Si c'est un groupe politique, la police les connaît peut-être.

Floyd se tourna vers Frank.

— C'est toi qui as eu l'idée, appelle-le.

Mais Frank répondit :

— Non, appelle-le toi, tu le connais mieux que moi.

— Bon, intervint Jerry, il faut que *quelqu'un* l'appelle.

Ce fut donc Frank qui s'en chargea, sous l'oreille et le regard attentifs des autres. « Allô ! c'est toi Patty ?... Oui, c'est Frank... Frank... Frank *McCann,* imbécile, ton cousin... Oui, d'accord, je comprends. Écoute, Patty, si je te téléphone, c'est que je voudrais avoir la liste des membres d'un groupe de militants noirs qui s'appelle le Comité du sport pour tous... Écoute, tu es dans la police, t'as pas besoin de savoir pourquoi ça m'intéresse... Oui, c'est ça, tu peux tirer toutes les conclusions que tu veux, mais moi je te demande si tu veux bien m'aider ?... Oui, c'est ça, le Comité du sport pour tous. » Il lui donna ensuite le numéro de téléphone de Mel, et après avoir raccroché, il se tourna vers les autres :

— Il va nous rappeler, dans moins d'une heure certainement.

— Il pense qu'il peut nous aider ? interrogea Jerry.

— Si ces types ont déjà causé des ennuis, la police les connaît forcément.

— S'ils ne causaient pas d'ennuis, commenta Mel, ce ne serait pas une vraie organisation de militants noirs.

Frank écarta les bras.

— Dans ce cas, nous aurons les noms dans une heure.

À vrai dire, près de deux heures s'écoulèrent avant que Patty Shea ne rappelle. Les quatre hommes tuèrent le temps en jouant au poker autour de la table de la salle à manger, avec une mise limitée à deux dollars. Jerry remarqua qu'Angela paraissait nerveuse et irritable tandis qu'elle servait la bière, le thé glacé et les sandwichs, sans doute parce qu'elle n'était pas habituée à recevoir quatre hommes sous son toit en pleine journée, mais au bout d'un moment, elle monta pour se changer encore une fois et lorsqu'elle redescendit, elle semblait beaucoup plus gaie.

Jerry avait raflé trente-sept dollars quand le téléphone retentit enfin ; c'était Patty Shea. Muni d'un crayon et d'une feuille de papier, Frank prit la communication et nota immédiatement une série de noms et d'adresses.

— Seize personnes, hein ? dit-il à Patty Shea, en se tournant vers les autres avec un grand sourire. C'est un joli nombre bien rond.

Jerry regardait par-dessus l'épaule de Frank, tandis que la liste s'allongeait, en essayant de deviner lesquels de ces individus étaient noirs et lesquels étaient blancs. Mais ce n'était pas chose facile ; les Noirs ont un tas de noms différents. Jerry connaissait même un Noir à l'aéroport Kennedy qui s'appelait Murphy.

— Merci mille fois, vieux, dit finalement Frank. Écoute, il faut qu'on se voie un de ces quatre. Demande à Margaret de passer un coup de fil à Teresa, d'accord ?... Ouais, très bien... (Un rire.)... Non, ne t'en fais pas pour ça.

Et il raccrocha.

Jerry demanda :

— Pourquoi tu lui as dit de ne pas s'en faire ?

— Il espère qu'il n'entendra pas parler de nous dans les journaux.

— Je l'espère également, dit Jerry.

— Bon, maintenant qu'on a la liste, qu'est-ce qu'on fait ? demanda Mel.

— On va se répartir les tâches, expliqua Jerry, de façon à couvrir quatre personnes en même temps. N'oubliez pas que les autres sont à la recherche de la statuette, eux aussi.

Floyd qui était presque toujours suspendu aux basques de son frère Frank, et qui ne faisait jamais rien sans lui, demanda :

— Mais si un gars tout seul a besoin de quelqu'un d'autre ? Imagine qu'il faille entrer par effraction dans une maison ou je ne sais quoi ; il faut être deux.

— On s'aidera mutuellement, lui répondit Jerry. Mel, tu expliqueras la situation à Angela ; elle restera ici, et si l'un de nous a des problèmes, il n'aura qu'à l'appeler. Ou dès que quelqu'un trouve la statuette, il appelle Angela. On restera en contact permanent, de cette façon on pourra s'entraider en cas de besoin.

— Ouais, c'est un chouette plan, Jerry, dit Mel. Une vraie opération militaire.

— Comment on fait ? demanda Floyd. Chacun choisit quatre noms qui lui plaisent ?

— Voyons, Floyd, dit Jerry. Il faut nous organiser. Regardez un peu ces adresses, il y en a dans tous les coins. Dans le New Jersey, dans le Connecticut, partout... Ce qu'on va faire, c'est qu'on va les regrouper par secteurs, ça nous évitera de cavaler dans tous les sens. Mel, tu as des cartes routières ?

Mel en avait, et dix minutes plus tard, ils avaient réparti les membres du Comité du sport pour tous en quatre groupes plus ou moins localisés dans quatre secteurs géographiques. Jerry eut ensuite l'idée de numéroter ces groupes de un à quatre, de placer quatre morceaux de papiers numérotés dans un chapeau, afin que chacun d'entre eux tire un numéro pour connaître le lieu de sa mission.

Tout se déroula parfaitement bien jusqu'au moment de trouver le chapeau. La casquette de base-ball de Jerry était trop étroite et pas assez profonde pour cet usage, personne d'autre ne portait de chapeau présentement, et bien que Mel soit certain d'avoir un chapeau quelque part dans la maison, le seul résultat de ses recherches poussées fut cette remarque, en redescendant dans la salle à manger : « Oh là là, quel bordel dans cette penderie. Faudrait faire un peu de rangement, Angela. »

— Et si on prenait une casserole ? suggéra Angela.

Elle avait été mise au courant du projet, et du rôle qu'elle devait y tenir, et elle était maintenant assise dans la salle à manger avec les quatre hommes, sur une chaise supplémentaire, fumant cigarette sur cigarette, sans cesser de croiser et de décroiser les jambes.

Il y avait quelque chose d'indigne dans le fait de tirer au sort sa mission dans une casserole — le fond d'une casserole à double fond plus précisément —, mais Jerry se dit que la mise en place de cette opération méritait bien qu'on lui sacrifie un peu de dignité, si bien qu'on se dispensa du traditionnel chapeau ; les quatre mains plongèrent à l'intérieur de la casserole en aluminium, et personne ne fut satisfait de son sort.

— Harlem... dit Floyd, et à cause de la peur, ou par contraste avec sa mission, son visage n'avait jamais paru aussi blanc. J'ai jamais mis les pieds à Harlem de ma vie !

— Et moi alors ? dit son frère Frank. Je suis tombé sur le South Bronx. C'est *pire* que Harlem.

— Je peux pas, déclara Floyd. Je peux pas y aller, voilà tout.

— Hé ! avant de vous plaindre, les gars, regardez un peu ma liste, dit Mel. J'en ai dans tous les coins. Long Island, Connecticut, New Jersey... ça va me prendre un mois !

Puis tout le monde se mit à parler en même temps, jusqu'à ce que Jerry les fasse taire en cognant avec la casserole sur la table de la salle à manger.

— Hé, tu vas la cabosser ! s'exclama Angela, sans qu'on sache si elle parlait de la casserole ou de la table.

Et après que les *bong-bong* eurent plongé tout le monde dans un silence surpris, Jerry dit :

— Nous avons établi ensemble les quatre groupes. Personne ne s'est plaint avant, personne n'a le droit de se plaindre maintenant.

— Je *peux* pas aller à Harlem, dit Floyd.

Jerry refusa de compatir.

— Tu veux laisser tomber ? Si tu veux, tu peux rentrer chez toi tout de suite et tu n'auras pas ta part, aucun problème.

Floyd resta planté là, à cligner des yeux, coincé de tous les côtés. Frank lui donna une tape dans le dos.

— Allez, tu peux le faire, Floyd. Un bon Irlandais vaut dix Nègres.

— Il y a plus de dix Nègres à Harlem, répondit Floyd.

Son frère lui tapa de nouveau dans le dos, avec une certaine violence, et dit aux autres :

— Vous en faites pas pour Floyd. Il est toujours un peu nerveux avant, mais dès qu'il faut passer à l'action, on peut compter sur lui.

Ce qui mit fin à la discussion. La crise de nerfs de Floyd avait dissuadé les autres de se plaindre, et chacun se prépara à partir. Mel embrassa Angela sur l'oreille — il avait visé la bouche, mais elle avait tourné la tête, en crachant la fumée de sa cigarette —, et elle lui promit, d'un ton légèrement agacé, de rester près du téléphone. Oui, d'accord, elle appellerait également Teresa et Barbara pour les prévenir que Frank et Floyd ne rentreraient pas dîner.

Jerry téléphona chez lui.

— Maman, ne m'attends pas pour dîner ce soir.

— Nous avons eu des émotions, lui répondit-elle. Ton père a été arrêté par la police dans le parc.

— Arrêté ! Pour quelle raison ?

— Il a mis le feu à son cerf-volant. Mais tout s'est arrangé, il est rentré à la maison.

— Bon, tant mieux.

— Il s'est acheté une carabine à air comprimé.

— Super, dit Jerry.

APRÈS QUOI...

Floyd fit signe à Frank de ne pas s'éloigner, si bien qu'après le départ de Mel et de Jerry, les deux frères se retrouvèrent seuls sur le trottoir, et Frank dit :

— Alors, qu'est-ce que t'en penses ?

— Je dis qu'on a tiré le mauvais numéro, répondit Floyd. Tu es d'accord avec moi, non ?

— Ils n'ont pas triché, dit Frank. Je les ai bien surveillés, tu peux me croire.

— N'empêche, c'est encore nous les Irlandais qui nous faisons avoir, dit Floyd. Comme toujours. Des fois, tu peux réussir à rouler un Rital, et des fois tu peux même rouler un Youpin, mais aucun Irlandais ne peut rivaliser avec un Rital et un Youpin qui sont de mèche.

— Un million de dollars, c'est un million de dollars, dit Frank.

— Ouais, et le mauvais numéro ça reste le mauvais numéro.

— Alors, qu'est-ce que tu veux faire ? Laisser tomber ?

— On va travailler ensemble, dit Floyd.

Étant le frère cadet, membre d'un syndicat, et faisant partie d'une équipe d'ouvriers, Floyd n'avait aucune expérience de l'effort individuel, et nul désir d'acquérir ce genre d'expérience. Âgé de trente et un ans, il avait trois ans de moins que son frère, et toute sa vie il s'en était remis à Frank. Celui-ci l'avait toujours protégé des coups les plus durs de l'enfance, et aujourd'hui encore il était toujours là quand se présentaient ces problèmes de la vie d'adulte que ne pouvait régler le syndicat. Cette relation de dépendance entre les deux frères datait d'une époque si ancienne que ni l'un ni l'autre n'en avait véritablement conscience. Ils étaient frères, tout simplement, et comme le disaient tous ceux qui les connaissaient, ils étaient « très proches ».

Mais aujourd'hui, Frank affichait une contrariété inhabituelle.

— Travailler ensemble ? Comment veux-tu faire ?

— C'est simple, répondit Floyd. Au lieu de partir chacun de notre côté et de nous faire trancher la gorge dans des ruelles différentes, on n'a qu'à combiner nos listes et aller ensemble aux huit adresses.

— Ça va prendre plus de temps, objecta Frank. L'idée de Jerry c'était de nous séparer pour aller plus vite.

— On n'ira pas plus vite si on finit dans une ruelle avec la gorge tranchée d'un coup de rasoir.

Frank hésita, et Floyd comprit que son frère finirait par se laisser convaincre. Après tout, lui non plus n'avait sans doute pas très envie de s'aventurer seul dans le South Bronx. Poussant son avantage, Floyd ajouta :

— En fait, on ira *plus vite* à deux, Frank. On entre et

on ressort, hop, plus rapidement qu'un type seul qui passe son temps à regarder par-dessus son épaule.

Frank hésitait encore, les sourcils froncés ; il réfléchissait, puis, brusquement, il hocha la tête.

— Oui, tu as raison, dit-il. C'est d'accord, on va faire comme ça.

Un grand sourire fendit le visage de Floyd.

— Tu es un chic type, dit-il. Je savais que je pouvais compter sur toi.

— Tiens, j'ai un couple de Greenwich Village sur ma liste, dit Frank. On va commencer par eux. Avec un peu de chance, on sera même pas obligés d'aller vers le nord.

D'UN AUTRE COTÉ...

Jenny Kendall brandit l'Autre Oscar et le regarda en souriant ; drôle de petit objet. C'était bien une idée d'Oscar de trouver un souvenir pareil.

— Eddie, dit-elle, j'ai envie de l'emporter.

Eddie Ross leva les yeux de la grande caisse en plastique à l'intérieur de laquelle il était en train de ranger ses affaires, et adressa un sourire perplexe à Jenny.

— La statuette ? Tu veux te la trimbaler à travers tout le pays ?

— Oui. Ce sera notre porte-bonheur. Je la fixerai au guidon, comme Marlon Brando avec son trophée dans *L'Équipée sauvage.*

— J'y vois pas d'inconvénient, répondit Eddie. Et tu sais quoi ? Je crois que je vais emporter le mien moi aussi.

— C'est vrai ?

— Ouais. Ils monteront la garde pendant qu'on dort.

— Oh, Eddie ! s'exclama Jenny en posant l'Autre Oscar sur le lit pour pouvoir se jeter au cou d'Eddie et le serrer de toutes ses forces contre elle. C'est pour ça que je t'aime !

C'était *une* des raisons pour lesquelles elle l'aimait. La plupart des autres, elle n'en avait pas conscience. À dix-neuf ans, elle ne savait pas encore que l'âme humaine possède des passages souterrains et des recoins obscurs où se déroule une grande partie de l'action principale. Elle avait eu énormément de mal à convaincre ses parents qu'elle devait partir vivre à New York pour poursuivre ses études, malgré tout, elle n'avait pas le sentiment qu'il existait un lien entre ce combat et le garçon avec qui elle avait fini par s'installer.

Jenny avait créé une situation dans laquelle il lui était *absolument* impossible de dire à ses parents, (1) qu'elle n'habitait plus dans les dortoirs du campus, (2) qu'elle couchait avec un garçon, (3) qu'elle allait passer ses vacances d'été à sillonner le pays en moto avec ce même garçon, et (4) qu'il était noir. Mais le fait que sa vie soit une succession infinie de choses cachées à ses parents n'avait aucun rapport avec les disputes, les scènes et les affrontements qui avaient marqué sa dernière année au lycée. Aucun.

Quant à Eddie, dix-neuf ans lui aussi, il n'avait pas le sentiment d'être un individu complexe, rempli de contradictions sur le sujet de la race, pas plus qu'il ne songeait que Jenny illustrait mieux que quiconque ces contradictions. En vivant avec lui, elle niait la différence raciale qui existait entre eux, alors qu'en cachant son existence à ses parents, elle accentuait cette différence. Eddie était conscient de cette contradiction, de manière confuse, mais il savait qu'elle ne voulait rien dire. Ils étaient juste un couple de jeunes qui prenaient du bon temps, c'était aussi simple que ça.

Eddie consulta sa montre.

— Allez, il est temps de prendre la route, ma jolie, si on veut arriver à Rhode Island avant ce soir.

— O.K. ! mon amour.

Elle l'embrassa de nouveau, sur le nez, ils roulèrent leurs sacs de couchage, bouclèrent leurs bagages, fermèrent l'appartement pour tout l'été, et s'en allèrent.

PENDANT CE TEMPS...

La bibliothèque publique du West Side dans la 43e Rue à Manhattan possède une section consacrée uniquement aux périodiques, journaux et magazines. Les étudiants et les chercheurs en tout genre s'y pressent, car il est faux de dire que les journaux de la veille n'intéressent personne. Certains, assis devant de vieilles tables en bois, tournent les pages de grands volumes reliés, mais la plupart ont la tête enfouie dans la gueule des lecteurs de microfilms. La main droite levée pour tourner les manivelles bruyantes, ils gardent les yeux fixés sur l'écran de la machine où défile, jour après jour, toute l'histoire du monde dans une grisaille floue.

Les manivelles des lecteurs de microfilms sont la seule chose qu'on entende dans la section des périodiques, où règne une atmosphère générale de calme intemporel. Les recherches qu'on effectue ici sont, sans nul doute, très sérieuses, mais elles se déroulent sans précipitation, et tous ces chercheurs possèdent la patience, la maîtrise de soi, le calme et le soin du détail qu'on attribue généralement aux individus qui construisent des bateaux dans des bouteilles. Ils tournent leur manivelle, ils s'arrêtent, ils notent quelque chose dans le bloc-notes posé à leur droite, et ils recommencent à tourner la manivelle, mais tout cela à un rythme mesuré et réfléchi. Ceux qui consultent les immenses volumes reliés de journaux ne tournent jamais une page de manière brusque pour ne pas faire de courant d'air ; ils les feuillettent lentement, et la page retombe comme une vague paisible sur une plage de sable.

Au milieu de tout ce calme circonspect, Wally Hintzlebel faisait l'effet du parent pauvre lors d'un mariage en grande pompe. Il avait appris à utiliser cet outil de recherche au lycée, et à cet instant, il mettait son savoir en pratique de manière frénétique, étant venu ici directement après avoir sauté par la fenêtre de la chambre des Bernstein. Dans l'index du *New York Times* il avait recopié toutes les références concernant le Comité du sport pour tous, en remontant sur une période de plus de trois ans, et maintenant, il réclamait aux bibliothécaires le maximum de microfilms que ceux-ci voulaient bien lui confier, et il les faisait défiler dans le lecteur à une telle vitesse que l'appareil branlait sur la table. (Plusieurs chercheurs avaient ramassé leurs affaires pour s'installer ailleurs, le plus loin possible, avec des froncements de sourcils d'éléphants dérangés en plein repas.) Parfois, Wally interrompait le défilement du microfilm, puis il avançait par à-coups et soudain, il s'arrêtait, il glissait la tête à l'intérieur de la machine pour dévorer un article de quatre paragraphes. (« Un groupe d'activistes perturbe un conseil d'administration », par exemple.) De temps à autre, l'un de ces articles lui livrait un nom qu'il s'empressait de griffonner sur le bloc-notes posé à sa droite. Plus rarement, le nom s'accompagnait d'une adresse. Lorsque l'article avait été vidé de toute sa substance, la machine reprenait sa course folle, dans un grincement de manivelle. *Cric-cric-cric.*

Il faut préciser que Wally n'était plus le même. L'existence d'une statuette valant un million de dollars avait galvanisé son cerveau comme rien d'autre dans sa vie. Avec sa maman à la maison et les femmes des autres à l'extérieur, il s'était toujours estimé comblé, mais la vision d'un million de dollars en or — un million de dollars sous n'importe quelle forme —, avait transpercé son bonheur comme un rayon de soleil transperce un vampire, laissant dans son sillage une enveloppe fumante. Il voulait ce million. Jamais il n'avait véritablement désiré quelque chose, mais il voulait ce million. Oh ! il le voulait tellement.

Comment expliquer ce changement brutal ? Ne rien vouloir, puis vouloir tout, passer du bonheur complet à l'insatisfaction rageuse, de la quiétude à la frénésie. Ces choses étaient-elles enfouies en lui depuis tout ce temps ?

D'ailleurs, cette satisfaction avait toujours eu quelque chose d'étrange. L'idée de quitter le lycée, d'envisager de partir pour l'université, loin de Valley Stream, vers un autre monde rempli de visages nouveaux, vers une nouvelle vie, la découverte de nouvelles possibilités, l'avait rempli d'une nervosité impatiente, d'une excitation presque enivrante, mais quand sa mère lui avait expliqué qu'elle n'avait pas assez d'argent, et que de toute façon, il ne pouvait envisager de la laisser seule, il n'avait été nullement attristé. Cette nervosité, cette ivresse, cette impatience, tout cela s'était simplement évaporé, comme si elles n'avaient jamais existé. « Bien sûr, maman, avait-il répondu avec son grand sourire. Je ne quitterai jamais ma petite chérie. » Et il l'avait embrassée sur la joue.

Puis il y avait eu la conscription. Allait-il tirer un bon numéro ? Le moment approchait, tous les jeunes garçons de son âge ressentaient la même tension ; serait-ce un bon numéro ou un mauvais ? Il avait retrouvé ce sentiment de nervosité, cette sensation de petites bulles qui éclatent sous la peau, l'impression de se mouvoir dans une atmosphère de champagne. Hawaï, Tokyo, Paris, Rome. Des visions d'uniformes, de visages nouveaux, l'anonymat de l'armée, tout un monde d'expériences et d'aventures. Mais la conscription avait été abandonnée. L'armée se contenterait désormais des volontaires. Et quand sa mère avait fait remarquer à Wally la chance qu'il avait, il lui avait souri, il avait levé son visage serein vers le ciel et dit : « Ah, oui ! une sacrée chance. » Calme. Détendu.

Pas plus tard que l'année dernière, son patron lui avait expliqué que sa société de piscines allait se développer dans la région de Scranton-Wilkes Barre en Pennsylvanie, et si cela l'intéressait, il pouvait partir là-bas en tant que directeur des ventes. Cet après-midi-là, Wally était tellement énervé qu'il avait eu du mal à conduire, et la femme avec qui il avait couché avait dû lui dire deux fois qu'il lui faisait mal, mais quand il était rentré chez lui pour dîner avec maman — rôti à la cocotte, haricots verts et pommes de terre sautées —, il avait regardé son doux visage de l'autre côté de la table, et tout s'était dissipé de nouveau ; il était redevenu calme, sûr de lui et content. Inutile même d'évoquer devant sa mère cette occasion qui lui était offerte. Comme il l'avait expliqué à son patron le lendemain, en refusant sa proposition : « Je suis très heureux comme ça. »

Est-ce que Wally mentait à son patron en disant cela ? Non, absolument pas, il lui disait la vérité, telle qu'il la voyait. Est-ce qu'il mentait à sa mère ? Non, certainement pas ; elle était vraiment sa petite chérie. Comment pourrait-il lui faire de la peine, la faire pleurer, lui donner le sentiment de ne pas être aimée ? Tout ce que son père lui avait fait. Wally avait le devoir — et aussi le bonheur —, de corriger ce que son père avait fait à sa mère.

(Wally ment à Wally.)

Mais, chut. Il ne le sait pas. Il ne sait pas que l'excitation de l'université ne s'est pas volatilisée, qu'elle est simplement rangée dans un bocal à conserves à l'intérieur de sa tête, tout en haut sur une étagère. Juste à côté de l'excitation de l'armée. Sur la même rangée que l'excitation du poste de chef des ventes. Avec toutes les autres possibilités, ouvertures, fantaisies, occasions, libertés, fuites et potentialités de sa vie, tout cela bien aligné sur l'étagère sombre tout en haut, scellé dans des bocaux de conserves.

... QUI VENAIENT D'EXPLOSER !

D'exploser. *Bang-bang-bang-bang-bang-bang.* Une série d'explosions qui avaient fait du cerveau de Wally une sorte de flipper victime d'un court-circuit, avec une seule pensée cohérente : *Faut que je me dépêche. Faut que je mette la main sur ce million de dollars.*

Pour s'offrir quoi ? Des dortoirs remplis de jeunes étudiantes ? Des uniformes de l'armée dans des bordels de Tokyo ? Des femmes au foyer de Scranton ?

Pour s'offrir le monde ! La porte était ouverte, regardez, la porte de la cage était ouverte ! Et il savait *voler !*

Mais la bibliothèque allait fermer. L'expression de plus en plus frénétique, la main de plus en plus hystérique sur la manivelle, Wally faisait défiler à toute allure les bobines de microfilms, les remettait dans leurs boîtes et les rapportait au bureau pour en réclamer d'autres et encore d'autres.

Le bibliothécaire consulta sa montre d'un air dubitatif et dit :

— Je doute que vous ayez le temps de...

— Si, si, j'ai le temps ! J'ai le temps !

Car, sur les seize membres censés composer le groupe, il n'avait relevé jusqu'à maintenant que huit noms et trois adresses.

Le bibliothécaire revint d'un pas nonchalant, avec son air dubitatif et les bras chargés de nouveaux microfilms ; Wally les lui arracha des mains et fonça vers sa machine. *Cric-cric-cric,* faisait la manivelle. *Cric-cric-cric.*

— On ferme ! On ferme !

Cric-cric-cric.

— On ferme, monsieur. Tout le monde est parti, monsieur.

CRIC-CRIC-CRIC-CRIC-CRIC-CRIC ! ! !

— Allons, monsieur.

Onze noms. Cinq adresses. Plus de temps. Wally s'éloigna d'un pas titubant en marmonnant, sous le regard mauvais du bibliothécaire.

FINALEMENT...

Contrairement aux autres, Jerry ne pouvait pas se lancer immédiatement dans la chasse aux statuettes. D'abord, il devait rapporter la fourgonnette à l'aéroport Kennedy, remettre ses vêtements civils et récupérer son break. Aussi, en sortant de chez Mel, c'est vers l'aéroport qu'il repartit, en roulant aussi vite que le lui permettait la circulation.

Ils avaient commencé la construction de l'aéroport international J.-F. Kennedy (baptisé au départ Idlewild) un quart d'heure après le premier vol des frères Wright, et les travaux se poursuivaient toujours. Régulièrement, un responsable venait annoncer leur fin prochaine, mais il ne fallait pas le croire. Les travaux de l'aéroport Kennedy ne seront pas terminés le jour où le dernier jumbo-jet sera mis au rancart pour servir de remblai dans la baie de la Jamaïque.

Étant donné que l'aéroport n'est pas terminé, on trouve ici et là des portions de route qui se terminent en cul-de-sac, ou des rampes incurvées qui mènent inutilement à des bâtiments inachevés, ou encore des routes d'asphalte temporaires qui serpentent au milieu de champs abandonnés et envahis par les mauvaises herbes. Nul n'est capable de comprendre tout ce qui se passe ou devrait se passer à l'aéroport J.-F. Kennedy ; voilà pourquoi Jerry n'avait eu aucun mal à se dénicher un siège social quand Inter-Air Transport avait vu le jour.

Entre Air Canada et TWA, une portion de route cimentée décrit une sorte de Z au milieu d'immenses palissades de chantier ; elle plonge ensuite entre le mur d'un terminal et un autre mur de béton supportant une sorte de rampe d'accès au-dessus, avant de pénétrer directement dans une obscurité quasi totale du fait d'une seconde palissade qui bloque la sortie et des murs de soutien qui se dressent de chaque côté. Plusieurs panneaux sont fixés sur la première palissade. Sur l'un d'eux on peut lire « Stop », un autre indique : « Entrée interdite », et enfin, « Accès interdit à toute personne étrangère au service. »

Le jour où il avait découvert ce cul-de-sac, Jerry se l'était immédiatement approprié. À l'aide d'une lampe-torche, d'un pinceau et d'un pot de peinture blanche, il avait tracé deux emplacements de parking sur la surface en ciment juste devant la deuxième palissade. Sur celle-ci, à l'aide de la même lampe-torche, mais avec un pinceau différent et un pot de peinture noire, il avait inscrit, au-dessus d'un des emplacements de parking : « Inter-Air Transport », et au-dessus de l'autre, « Mr. Spaulding » (son nom lorsqu'il travaille). La fourgonnette ou le break restaient garés ici en permanence, et quand Jerry partait déjeuner, les deux véhicules s'y trouvaient. À la fin d'une journée de labeur, c'était un endroit parfaitement tranquille et sûr pour effectuer le transfert du butin quotidien entre la fourgonnette et le break. Contrairement à la plupart des petits entrepreneurs, Jerry était parfaitement satisfait de son emplacement.

Aujourd'hui, après s'être frayé un chemin parmi les embouteillages de l'heure de pointe, Jerry fut heureux de s'engager enfin dans son cul-de-sac ; il zigzagua entre les palissades, descendit dans l'obscurité, tourna à droite et s'arrêta à côté de son break. Il se changea à l'arrière de la fourgonnette où il suspendit sa combinaison comme toujours, puis il en descendit, vêtu de ses vêtements civils, verrouilla les portières, grimpa au volant de son break et consulta sa liste.

Bien qu'il ait quatre personnes à visiter, comme les autres, les siennes étaient regroupées à deux adresses. Il avait tiré le Upper West Side à Manhattan, et sur sa liste figuraient les noms suivants :

Mr. le Professeur et Mrs. Charles S. Harwood
237 West End Avenue.

David Fayley
154 West 87th St.

Kenneth Spang
154 West 87th St.

Fayley et Spang habitaient-ils dans le même appartement ou simplement dans le même immeuble, Jerry l'ignorait pour l'instant. Mais les époux Harwood étaient membres l'un et l'autre du Comité du sport pour tous, et assurément, ils vivaient ensemble ; autrement dit, deux des seize statuettes se trouvaient au même endroit. De toute évidence, c'était par là qu'il fallait commencer.

QUAND SOUDAIN...

Chuck Harwood, alias « Professeur Charles S », baissa vivement la tête ; le Prêtre Aztèque Dansant siffla à son oreille et vint se briser en mille morceaux contre le manteau en marbre de la cheminée. Bobbi Harwood, folle de rage, s'empara de la seconde statuette, avec l'intention de rectifier le tir.

— Voyons, Bobbi, dit Chuck.

Il était si *calme.*

Elle leva le bras qui tenait le deuxième Prêtre.

— Tu as cassé ta statuette, fit remarquer Chuck d'un ton raisonnable. As-tu réellement l'intention de briser la mienne également ?

— La tienne ?

Stupéfaite, Bobbi baissa le bras et regarda la statuette.

L'Autre Oscar, le Prêtre Aztèque Dansant, la statuette que lui avait donnée Oscar. À *elle.*

— Celle-ci, c'est la mienne, déclara-t-elle. La tienne est dans la cheminée, espèce d'ignoble salopard.

— Bobbi chérie, dit Chuck, aussi calme, serein et imperturbable qu'un paquebot sur une mer d'huile. Tu sais bien que tu te sers *toujours* la première. Au restaurant, chez nos amis, partout. Tu *insistes* pour être la première.

Désignant d'un geste nonchalant, presque amusé, les éclats dans la cheminée, il ajouta :

— Tu as choisi celle-ci en premier, donc c'est forcément la tienne.

— La voici la mienne, répliqua Bobbi en plaquant contre son sein le vilain petit monstre froid aux angles saillants. Tu as gâché ma vie, Harwood, mais cela tu ne l'auras pas. Pas ça. C'est *à moi.*

— Non, tu fais erreur, ma chérie. Pour savoir laquelle appartient à qui, c'est simple ; la *mienne* est encore intacte. Et j'espère que tu n'auras pas la bêtise de la casser comme tu as cassé la tienne.

— Celle-ci est à moi !

— À moi.

— *À moi, petite bite !*

— À moi.

Le motif de la dispute était donc maintenant le deuxième Prêtre Aztèque Dansant. Avant cela, il s'agissait du désir inébranlable de Bobbi de faire les courses chez Gristede, qui était plus cher, plutôt que chez Finast, qui était moins cher. Avant *cela* encore, une demi-heure plus tôt, il s'agissait du refus de Chuck d'apprendre à conduire une voiture, et juste avant ça, il s'agissait de savoir à qui revenait la faute s'ils vivaient à New York. Ils avaient suivi un long chemin tortueux depuis le commencement de leur dispute, au cours du déjeuner du Comité du sport pour tous, durant la crème glacée et le discours d'Oscar. C'était toujours la même chose ; ils *essayaient* de se disputer en cherchant à savoir si Chuck en voulait ou non à Bobbi de coucher avec un tas de Noirs, mais étant donné qu'ils ne parvenaient même pas à se mettre d'accord sur les postulats — Bobbi refusant de reconnaître, par exemple, qu'elle avait jamais couché avec Oscar, ni avec aucun des autres —, ils étaient incapables de s'en tenir au vrai sujet. L'affrontement enflait et bouillonnait entre eux, jamais résolu, tandis qu'ils s'efforçaient futilement d'évacuer la pression en hurlant pour d'autres choses.

Ah ! si seulement ils allaient vivre en Californie, où les gens ne se réunissaient pas en groupes aussi hétérogènes (pour ne pas dire bigarrés). Chuck s'était vu offrir plusieurs postes formidables dans différents secteurs de l'université, disposés comme des hôtels au Monopoly dans toute la vallée de San Fernando, juste au nord de Los Angeles, mais il les avait tous refusés. « Je ne sais pas conduire, répétait-il. On ne peut pas vivre à Los Angeles si on ne sait pas conduire.

— Eh bien, apprends ! hurlait-elle. Apprends à conduire, espèce de connard borné ! Apprends, espèce de minable du dix-neuvième siècle ! Apprends, pauvre enfoiré prétentieux ! »

Elle était très douce quand elle s'y mettait.

Mais cela restait sans effet. Chuck, de plus en plus calme, faisait son numéro avec sa pipe et répondait : « J'apprends à connaître l'homme, je laisse les machines aux autres. »

De quoi vous faire grincer les dents pendant toute la semaine.

Ou alors il lui retournait l'argument, en faisant allusion à l'orchestre. « Es-tu vraiment disposée à abandonner la musique ? » Elle tentait de lui faire remarquer qu'elle n'abandonnait pas la musique, que même à Los Angeles il y avait des orchestres ; il n'avait qu'à lui dire *où* ils iraient vivre, et *quand.* Elle s'occuperait alors d'organiser sa carrière. À ces mots, il hochait la tête, en tripotant sa pipe, et il répondait : « Pourtant, si je ne m'abuse, tu n'as pas encore donné ton préavis à l'orchestre, si ? »

Essayez donc de discuter avec un type comme ça, allez-y, essayez.

Pourtant, elle essayait ; elle essayait depuis presque six ans qu'ils étaient mariés, et intérieurement, elle était convaincue que cette usure et ces larmes permanentes commençaient à avoir des conséquences sur son apparence. Elle n'avait que vingt-neuf ans, grande et mince, avec des cheveux blond cendré et le genre de corps élancé qui fait fureur en maillot de bain, mais pourquoi fallait-il qu'elle ait ces petites pattes d'oie autour des yeux ? Fallait-il que ses épaules soient aussi crispées, et son nez si fin ?

C'était cet affrontement permanent qui l'abîmait, cela ne faisait aucun doute. Cela affectait son apparence physique et même sa musique ; depuis quelque temps, la harpe rendait un son presque âpre entre ses mains.

Et maintenant, voilà qu'elle lançait des objets. C'était nouveau, une nouvelle évolution dans leur guerre, mais

Chuck était trop stupide, trop content de lui pour seulement s'en apercevoir.

Il se contentait d'esquiver, comme si Bobbi lui lançait des objets au visage depuis toujours, puis calmement, il osait s'approprier *son* Prêtre Aztèque Dansant. Debout devant elle, avec sa pipe à la bouche, et ses mains dans les poches de son peignoir — il avait pris une douche précédemment, en plein milieu d'une crise de colère de sa femme, pour mieux montrer son indifférence —, il continuait à divaguer, sans même se rendre compte que les choses avaient changé.

Bobbi, elle, s'en était rendu compte. Alors qu'elle serrait le Prêtre Aztèque Dansant contre son sein, en foudroyant du regard le visage placide de son mari, en les écoutant se disputer tous les deux pour savoir à qui appartenait cette statuette, Bobbi comprit tout à coup qu'elle ne pouvait plus continuer ainsi. Comme entre la Russie et les États-Unis, il y aurait toujours un conflit limité quelque part, un autre pont aérien de Berlin, une autre guerre du Viêt-nam, une dispute portant sur le permis de conduire ou une statuette, plutôt que la véritable guerre qu'aucun des deux camps n'était assez téméraire, ou assez fou, pour déclencher.

Elle observa la statuette du Prêtre, en la tenant à bout de bras. Son masque maléfique et inquiétant, et ses petites parties génitales ratatinées attiraient en premier le regard, mais maintenant qu'elle le regardait, qu'elle le regardait réellement, avec ses genoux pliés, son pied levé, son torse déséquilibré, elle comprit que *lui aussi* esquivait. Il se défendait. Il esquivait les missiles, il esquivait les problèmes.

Se disputer pour une statuette ? Une stupide et misérable statuette en plâtre peint, sans la moindre utilité ? Son regard allait du Prêtre à son mari.

— C'est trop, Chuck, dit Bobbi, et elle aussi se sentit

très calme tout à coup. Tu as entendu parler de la goutte d'eau qui fait déborder le vase ? Hé bien, nous y sommes, c'est fait !

En disant cela, elle brandit la statuette.

Ce pauvre type était incapable de remarquer quoi que ce soit, pas même son calme soudain.

— Fais attention à ma statuette, dit-il, allant jusqu'à esquisser un petit sourire.

À cet instant, elle comprit qu'il *souhaitait* qu'elle la casse ; il la mettait au défi de la casser, comme il l'avait toujours mise au défi de coucher avec des Noirs. Oui, c'était certain, aucun doute. Leur mariage reposait sur ce conflit éternel ; en le résolvant, ils ne sauveraient pas leur mariage, ils le détruiraient totalement.

La statuette lui avait ouvert les yeux. Cette stupide petite créature venue d'Amérique du Sud lui avait finalement révélé la vérité.

— Encore une fois, dit-elle avec un calme si inflexible, si froid, si rigide que Chuck n'avait aucune chance de l'égaler. C'est la dernière fois, Chuck, dit-elle, et si tu dois faire preuve d'intelligence ou de prudence un jour dans ta vie, c'est le moment. Une dernière fois. Cette statuette est à moi.

Il secoua la tête. Jamais il n'avait fait preuve d'intelligence ou de prudence au cours de sa vie.

— Non, tu as tort, dit-il.

— Très bien, Chuck.

Tandis qu'il restait planté là, elle se retourna prudemment et emporta la statuette dans la chambre, en fermant la porte à clé derrière elle.

Il ne lui fallut pas longtemps pour préparer ses bagages ; elle se contenta de fourrer tous ses vêtements — plus la statuette — dans deux valises. Ce qui lui prit le plus de temps, ce fut de balancer toutes les affaires de Chuck par la fenêtre. Les chemises, les pantalons, les sous-vêtements, les chaussettes, les vestes, son imperméable et son pardessus, tout cela s'envola au-dessus de West End Avenue comme des planeurs peints par Dali. Dans leur chute vers le trottoir, les chaussures et les chapeaux formèrent une sorte de dessin humoristique sans légende à la Thurber. Les pulls, les jeans et deux maillots de bain se jetèrent dans le vide comme des banquiers ruinés lors du krach boursier de 1929, puis Bobbi referma violemment la fenêtre.

Laissant les valises bouclées sur le lit, elle retourna dans le salon où Chuck était occupé à se rouler un joint, une pratique fréquente à la fin d'une dispute. (Fin d'un round.)

— Tiens, salut, dit-il en levant la tête de son fauteuil en cuir. Il ne l'appela pas « ma chérie » ou « mon amour », signe supplémentaire qu'il considérait la dispute comme terminée.

— Passe-moi ton peignoir, dit-elle.

Il la regarda en clignant des yeux, légèrement surpris.

— Passe-moi ton peignoir.

— Mon peignoir ?

— Donne-le-moi.

Enfin, elle avait autant de patience que lui.

— Tu veux prendre une douche ?

— Donne-moi ton peignoir, Chuck.

Perplexe, mais accommodant, il reposa le papier à cigarette et le sachet en plastique contenant l'herbe, se leva, défit sa ceinture, ôta son peignoir et le lui tendit. Il avait un corps osseux, et l'on apercevait nettement ses côtes, comme chez le Prêtre Aztèque Dansant. Peut-être étaitelle tombée amoureuse de lui parce qu'il lui rappelait une harpe ?

Elle prit le peignoir, retourna dans la chambre, referma la porte, ouvrit la fenêtre, et balança le peignoir dehors.

Celui-ci plongea dans le vide en écartant les bras d'effroi et de désespoir.

Chuck était assis nu dans le fauteuil en cuir, comme O, en train d'allumer le joint, quand Bobbi réapparut avec les valises.

— Adieu, Chuck, dit-elle.

Il la regarda, bouche bée, en tenant l'allumette enflammée.

Elle ouvrit la porte de l'appartement et se retourna vers lui.

— Tu vas te brûler les doigts, dit-elle, mais il était trop tard.

SANS PARLER DE...

Tandis que Ralph le chauffeur conduisait la Cadillac Eldorado rouge foncé à travers la vaste étendue urbaine et industrielle du Connecticut, August Corella, assis à l'arrière en compagnie de Earl, son acolyte/garde du corps, tirait sur son cigare d'un air songeur en repensant aux événements de la journée. Il s'était passé beaucoup de choses depuis que Corella avait rencontré le bailleur de fonds Victor Krassmeier à midi, et pas uniquement des choses agréables.

Pourtant, tout avait bien commencé. D'une manière générale, August Corella préférait traiter avec des hommes d'affaires de haut niveau plutôt qu'avec n'importe qui d'autre. Tous des jobards. Dans chaque secteur, c'était la même chose : l'usine fabriquait le produit, les vendeurs le vendaient, et les cadres se réunissaient autour d'une table pour se dire combien *ils* étaient intelligents. Ils avançaient en roue libre, protégés par un système qu'ils n'avaient pas inventé et qu'ils ne comprenaient pas, et ils étaient tellement convaincus d'être malins et brillants que personne ne pouvait les rouler, si bien que *tout le monde* les roulait.

Le résultat de ses négociations avec Krassmeier aujourd'hui ? Cinquante mille dollars de plus qu'il avait réussi à lui soutirer, et s'il était obligé de dépenser la moitié de cette somme pour récupérer les statuettes, Corella serait le premier surpris.

Son plan était simple. Retrouver l'individu responsable du groupe possédant les statues, aller voir cet individu et les lui racheter. En lui offrant trois mille dollars pour commencer et en allant jusqu'à dix mille, tout en laissant sous-entendre deux choses au vendeur : la première, c'est qu'il y avait de l'héroïne dans certaines de ces statuettes ; et la seconde, que cette héroïne appartenait à la Mafia et qu'ils n'hésiteraient pas à tuer le vendeur s'il essayait de jouer au malin. Rien de tout cela ne serait formulé de vive voix, mais l'un et l'autre se comprendraient. Le vendeur se chargerait ensuite de tout le boulot, à savoir récupérer les statuettes, pendant que Corella vaquerait à d'autres occupations.

En quittant le bureau de Krassmeier, Corella s'était rendu directement au restaurant chinois *La Déesse du Paradis* où, grâce à un billet de cinq dollars, il avait appris que le déjeuner de ce midi avait été payé par une société baptisée Bud Beemiss Enterprises et située au 29 West 45e Rue. De retour dans le centre, Ralph et la Cadillac avaient attendu dehors pendant que Corella et Earl allaient jeter un coup d'œil à cette Bud Beemiss Enterprises qui s'avéra être une société de relations publiques dotée d'une réceptionniste qui se donnait de grands airs. Quand Corella lui annonça qu'il souhaitait voir Beemiss, elle lui demanda :

— Avez-vous rendez-vous ?

— Non, je veux juste le voir.

— Ah ! je suis sincèrement désolée, mais il n'est pas

au bureau cet après-midi. Il avait un déjeuner très important en ville ce midi et...

— C'est justement de ça que je veux lui parler, dit Corella.

— Ah ! je comprends, répondit la fille. Désolée pour ce fâcheux contretemps, messieurs.

— Où habite-t-il ? demanda Corella.

— Je regrette. Nous ne donnons pas les adresses personnelles.

— Son numéro de téléphone alors.

Avec le numéro de téléphone, il pouvait se procurer l'adresse.

Mais la fille répondit :

— Désolé, c'est impossible également. Voulez-vous que je vous passe la secrétaire de Mr. Beemiss pour prendre un rendez-vous ? Peut-être aura-t-il le temps de vous recevoir demain. Mais je ne peux vous le certifier.

Sa main se posa sur le standard téléphonique sophistiqué qui se trouvait devant elle.

— C'est aujourd'hui que je veux lui parler, dit Corella.

— Quel dommage que vous n'ayez pas téléphoné ce matin.

Corella recula d'un pas.

— Earl, dit-il. Explique-lui.

Earl qui était très grand et très brutal, et qui avait été l'intermédiaire de Jerry Manelli dans le parking de la Gare centrale des bus, fit rouler les muscles de ses épaules sous sa veste. Et il dit :

— Il nous faut l'adresse de Beemiss, c'est important.

La fille lui sourit.

— Vous savez, dit-elle, quand j'ai débarqué à New York au début, j'avais peur des agresseurs, des violeurs et d'un tas de choses, mais depuis deux ans je prends des cours dans un institut d'arts martiaux pour femmes dans Chambers Street, et cela m'a donné terriblement confiance en moi. Par exemple, grâce au karaté et au tai-chi-chuan, j'en suis arrivée à un stade où je peux briser du tranchant de la main une planche aussi épaisse que votre tête.

Sur ce, elle décrocha le téléphone et ajouta :

— Je vais appeler la secrétaire de Mr. Beemiss, elle pourra vous arranger un rendez-vous pour cette semaine.

— Laissez tomber, dit Corella en quittant le bureau.

Dans le hall, Earl dit :

— J'aurais pu m'occuper d'elle, vous savez, Mr. Corella.

Corella ne prit pas la peine de répondre. Il appuya sur le bouton de l'ascenseur en disant :

— Trouve-moi Beemiss.

— Bien, Mr. Corella.

Après quoi, Corella rentra chez lui à Red Bank, dans le New Jersey, et il attendit qu'Earl le contacte, chose qui ne se produisit qu'après cinq heures. Earl avait enfin l'adresse, et quand Corella et Ralph passèrent le chercher en voiture en traversant Manhattan, il s'avéra qu'il avait également un œil au beurre noir. Ce qui le rendait d'humeur maussade. Outre la douleur physique, il estimait qu'un œil au beurre noir nuisait à sa réputation de garde du corps, et de dur à cuire en général.

Que s'était-il passé ? Earl avait tout d'abord contacté ses sources habituelles pour essayer de se procurer l'adresse de Bud Beemiss, mais ses sources habituelles connaissaient surtout les adresses de tueurs à gages et les endroits où l'on pouvait acheter des armes à feu maquillées, alors finalement, il avait attendu la fermeture des bureaux de Bud Beemiss Enterprises, il s'était introduit dans les lieux et avait trouvé l'adresse dans le rolodex de la secrétaire de Beemiss. Ressortant du bureau, il était presque arrivé à l'ascenseur quand cette sale petite bêcheuse de réceptionniste était apparue au bout du couloir. Immédiatement, elle eut des soupçons. « Hé, que faites-vous ici ? » D'un naturel nerveux, et agacé par cette fille en particulier, Earl n'essaya pas de la calmer en lui racontant un mensonge quelconque, il tenta au contraire de la bousculer pour passer. C'est là qu'elle avait commencé à exécuter ses sales trucs de karaté, le projetant contre les murs du couloir. Et quand, énervé au point d'en oublier les bonnes manières, il voulut la frapper, elle se glissa sous sa garde et lui assena un joli crochet du gauche dans l'œil. Avec sa saleté de poing osseux. Si, pour finir, il n'avait pas dévalé l'escalier quatre à quatre, qui sait ce qui aurait pu arriver ?

Et maintenant, ils roulaient enfin en direction du nord-est, à travers le Connecticut. Ralph, le chauffeur, était furieux parce qu'il avait rencard avec une fille du tonnerre ce soir ; Earl était furieux à cause de son œil au beurre noir, et Corella commençait à être furieux parce qu'il fallait un temps fou pour aller là-bas. Pendant un moment ils avaient roulé sur Merrit Parkway, mais la carte routière de Ralph les avait ensuite envoyés sur une route goudronnée à deux voies qui serpentait dans la pénombre, encombrée de voitures conduites par des indigènes qui se fichaient de savoir *quand* ils arriveraient chez eux. Ralph se lamentait sur son rendez-vous manqué, Earl se lamentait sur son œil douloureux, et Corella se lamentait sur le temps perdu. Lui aussi subissait des pressions financières en ce moment (certainement moindres qu'un crétin comme ce Vic Krassmeier toutefois) et il voulait que cette foutue statuette soit *retrouvée, livrée* et *payée.* Mais au lieu de cela, ils visitaient tous les bleds du Connecticut, au milieu des érables agités par le vent, coincés derrière un break arthritique. Laissant éclater tout à coup son énervement, Corella se pencha vers l'avant.

— Ralph, tu as l'intention de suivre ce connard jusque dans son garage ?

Ralph détestait qu'on lui crie dans les oreilles.

— Dès que j'arriverai dans une zone de dépassement autorisé, Mr. Corella.

Une zone de dépassement autorisé se présenta enfin, et d'un coup de volant rageur, Ralph doubla le break poussif à l'intérieur duquel se trouvait Mel Bernstein, en klaxonnant avec une telle fureur que Mel faillit quitter la route. Après quoi la Cadillac fonça en direction du nord-est, vers le 11 Winding Lane à Greenway, dans le Connecticut, lieu de résidence de Bud Beemiss.

— Nom de Dieu ! s'exclama Mel en luttant avec le volant. Saloperie de chauffard !

Ayant repris le contrôle de son véhicule, lui aussi poursuivit son chemin en direction du nord-est et du 11 Winding Lane.

DE PLUS...

Mel Bernstein avait failli devenir avocat. Avant qu'il ne se joigne à son beau-frère Jerry Manelli pour la grande Chasse à la statuette, c'était même la chose la plus importante de son existence, d'où découlaient toutes les autres. Il avait failli devenir avocat, mais il n'était pas devenu avocat.

Voilà comment ça s'était passé, ou plutôt, ne s'était pas passé. Le père de Mel, chauffeur de bus employé par la municipalité de New York, était aussi un joueur invétéré, et donc toujours fauché. Pendant ce temps, le frère de la mère de Mel, Phil Ormont (né Goldberg) possédait un magasin de vêtements pour femmes à Miami Beach (prononcez « Momma Bitch »), ce n'était pas un joueur invétéré et ses affaires marchaient très bien, merci pour lui. Il acceptait volontiers de s'occuper du fils de sa sœur pendant les grandes vacances, d'autant que Mel était un garçon intelligent qui présentait bien et qui pouvait donner un coup de main à la boutique. Mel passa donc tous ses étés de jeunesse à « Momma Bitch » où règnent en permanence une chaleur et une humidité étouffantes, nuit et jour, et l'oncle Phil ne cessait de lui répéter que son avenir était assuré. « Ton avenir est assuré, fiston », répétait Phil dans la splendeur climatisée de sa boutique, au milieu des vieilles dames qui tripotaient les robes à fleurs. « Tout ce que tu veux, fiston, tout ce que tu veux, tu l'auras.

— Je veux devenir avocat, disait Mel, très souvent.

— Tout ce que tu veux, fiston, répondait Phil, très souvent. Tiens, va aider cette vieille dame. Regarde dans son cabas, je parie qu'elle vient de faucher des collants. »

Puis, en février de l'année où Mel, âgé de dix-sept ans, était sur le point de quitter New Utrecht High School à Brooklyn avec son diplôme en poche, son oncle Phil quitta la splendeur climatisée de sa boutique pour pénétrer dans l'environnement naturel de « Momma Bitch », et il tomba raide mort presque sur-le-champ. Sur le trottoir. En pleine rue. Gras, mort et moite. Le cœur. Évidemment.

La mère de Mel laissa s'écouler un laps de temps convenable — trois mois, jusqu'à la mi-mai —, avant d'écrire à la tante Rachel pour lui rappeler les promesses si souvent faites par ce pauvre Phil d'envoyer Melvin, son neveu préféré, à l'université pour y étudier le droit, et n'ayant toujours pas reçu de réponse à la mi-juin, elle n'hésita pas à faire les frais d'un appel longue distance, mais le numéro privé des Ormont n'était-pas-en-service-actuellement. Alors elle appela la boutique où le nouveau propriétaire lui apprit que Rachel était partie vivre à Las Vegas ou à Saint Thomas, à moins que ce ne soit quelque part en Californie.

Le problème avec quelqu'un qui avait failli devenir avocat, c'était cette démangeaison permanente au bout des doigts, ce sentiment que le fil de la vie vous a glissé entre les mains. Quel est le métier de remplacement pour quelqu'un qui pensait devenir avocat ?

Pour Mel, ce fut un tas de petits boulots, un tas d'escroqueries, jamais vraiment satisfaisants. Il avait été démarcheur à domicile, il avait dirigé une affaire de vente par correspondance qui proposait un ouvrage intitulé *Les Secrets du mariage danois,* il avait même vendu par téléphone du terrain en Arizona à des femmes au foyer de Washington Heights. Pendant un temps il fut expert de compagnies d'assurances, témoignant dans les affaires de litiges, mais au bout d'un moment, le nombre de procès en instance intentés contre lui par toutes les parties lésées, qui avaient découvert qu'il ne possédait aucune qualification, devint si important et inquiétant qu'il renonça à cette combine, se laissa rattraper par tous les procès et se déclara en faillite ; il fit un pied de nez à ses anciens débiteurs, et repartit à zéro comme vendeur de voitures d'occasion pour une société du Bronx baptisée « Big Man Motors ». (La publicité télévisée de Big Man en dit long : « Big Man *déteste* dire non ! Crédit *immédiat* sur le dernier modèle de voiture d'occasion de votre choix ! Vous n'avez pas de quoi payer le premier versement ? Aucun problème, Big Man accepte tout : votre vieille télé, votre machine à laver, votre réfrigérateur, n'importe quoi. Venez chez Big Man, vous repartirez en ayant fait une bonne affaire ! »)

Si vous pensez que le problème dans ce genre d'arnaque, ce sont les clients mécontents qui reviennent en poussant leurs épaves mortes, vous avez tort. Étant donné que les clients, d'une manière générale, ne versaient jamais *aucune* mensualité, ils n'étaient pas en position pour se plaindre. Non, le problème majeur venait des banques qui finissaient par ingurgiter toute cette paperasse sans valeur. Voici comment fonctionne cette combine : vous vendez à un concierge, une vieille Mercury de sept ans complètement crevée, en échange d'un canapé et de quarante-sept dollars par mois, et vous escomptez ensuite le prêt à la banque. Deux mois plus tard, la banque reprend la voiture, car évidemment le concierge ne verse pas une seule des mensualités de quarante-sept dollars, et la banque se retrouve avec quoi ? Une vieille Mercury de sept ans complètement crevée. Entre-temps, Big Man a transformé le canapé en argent liquide par l'intermédiaire d'une filiale de meubles d'occasion, et le vendeur a touché sa commission sur l'argent versé par la banque, lorsque celle-ci a repris le prêt, le concierge a pu rouler dans une voiture non volée pendant quelques mois, et tout le monde est content, sauf la banque.

Après avoir utilisé un tas de banques, Big Man en fut réduit à traiter avec d'autres sources de financement d'un genre plus impitoyable, et il s'avéra que ces nouveaux bailleurs de fonds n'étaient pas partisans de la récupération des épaves. Ils étaient partisans des passages à tabac. Plusieurs concierges se firent rosser si sévèrement qu'ils n'auraient plus *jamais* besoin d'une voiture, d'autres qui s'en étaient tirés avec seulement quelques menus os brisés commencèrent à traîner autour de chez Big Man, à la recherche du vendeur qui les avait entraînés dans cette sale histoire. Il n'était pas facile de convaincre des esprits aussi simples que ce n'était pas la faute du vendeur, et Mel décida de se lancer dans une autre activité.

C'est à cette époque qu'il découvrit la Littérature.

ÉCRIRE NE SUFFIT PAS

Évidemment, vous êtes un écrivain. Vous le savez. Mais il ne suffit pas d'écrire, encore faut-il être *publié.* Le succès vous appartient seulement le jour où vos *idées* ont atteint le grand public.

Mais comment réussir à se faire publier ? Le monde de l'édition est-il réellement un monde impénétrable comme beaucoup de gens le pensent ? Est-il vraiment nécessaire de « connaître quelqu'un » ? Ou bien le talent à lui seul suffit-il ?

Moi, je dis que vous pouvez réussir. J'ai vu des gens réussir, j'en ai aidé certains à réussir, et je peux vous aider *vous aussi*, si vous possédez le *talent,* le *désir* et si vous me faites *confiance.*

Pendant une période de temps limitée, l'agence littéraire Zachary George cherche à accroître la liste de ses clients. Envoyez-moi vos nouvelles, vos romans, vos articles de magazine, vos poèmes. S'ils sont vendables, je saurai trouver le créneau qui leur convient. Si ce n'est pas encore « tout à fait ça », je vous enverrai une lettre *personnellement* pour vous expliquer ce qui ne va pas, selon moi.

Une fois que vous serez reconnu, je ne prendrai que les dix pour cent habituels de commission sur les ventes de votre ouvrage. En attendant ce jour, évidemment, il vous faudra verser une avance sur ces commissions — totalement remboursable dès les premières ventes —, aux tarifs suivants :

Nouvelle ou article	10 $
Longue nouvelle ou scénario télé	25 $
Roman ou scénario de film	50 $

Contactez-moi dès *aujourd'hui.* Pourquoi attendre plus longtemps le succès ?

Mel avait rédigé cette annonce dans un éclair d'inspiration littéraire trois ans et demi plus tôt, par un frais dimanche après-midi d'octobre, et depuis, elle paraissait fréquemment dans les magazines pour hommes les plus faisandés, les magazines pour femmes les plus cinglés et les magazines littéraires les plus tolérants. Et les histoires arrivaient ! Des nouvelles qui combinaient deux ou trois séries télé récentes, des romans qui imitaient des livres de poche publiés dans les années 60, des articles sur la fluorisation ou Reinhard Heydrich, des scénarios de films racontant des histoires de gens qui prennent du LSD par inadvertance, des poèmes sur les couchers de soleil, de longues nouvelles décrivant la première expérience sexuelle d'une jeune fille (son « éveil » pour reprendre l'expression des auteurs), des scénarios pour la télé où des bandes de jeunes font régner la terreur dans le métro... Oh ! les histoires ne manquaient pas. Apparemment, tout le monde dans ce pays avait fusillé du regard son poste de télé en disant : « *Moi,* je pourrais écrire un truc bien mieux que ça. » C'est incroyable le nombre de gens qui se trompaient.

Comme escroquerie, à l'exception des lectures obligatoires, l'agence littéraire Zachary George était un petit chef-d'œuvre du genre. C'était très astucieux, très rentable, et même légal. Le plus formidable, c'est que Mel était désormais un digne membre des professions libérales, au même titre que n'importe quel avocat, médecin, dentiste ou expert-comptable. Il était agent littéraire.

En l'espace d'un an, tant d'écrivains pleins d'espoir avaient envoyé tant de cochonneries sans espoir que Mel abandonna son adresse de convenance du centre ville et son placard du Queens rempli de papier à lettre à en-tête, pour s'installer dans un véritable bureau de deux pièces dans Varick Street à Manhattan, avec une jolie secrétaire-réceptionniste nommée Ralphi Durant. S'il n'y avait pas eu toutes ces conneries à lire, la vie aurait été belle. (Bien entendu, il ne lisait pas tous les textes en entier. Il parcourait rapidement chaque envoi afin de se faire une idée, avant de le réexpédier accompagné de l'une ou l'autre de ses lettres types expliquant que : « Votre texte recèle de belles et réelles promesses, continuez à nous envoyer votre travail. Avec de l'argent. »)

Mais au bout d'un moment, toute cette lecture devint ennuyeuse. Elle pesait sur la digestion de Mel, elle le mettait d'humeur revêche, il se blottissait dans un coin chaque fois que la télé était allumée. Un empoisonnement du cerveau semblait sur le point de mettre fin prématurément à la carrière de Zachary George. Puis, au milieu de sa deuxième année d'activité, Mel trouva soudain la solution, en la personne du petit ami de Ralphi, un garçon nommé Ethelred Marx, un poète, tellement défoncé en permanence que ses oreilles fumaient, comme les plaques d'égout au petit matin. Ethelred n'attendait rien d'autre de la vie qu'un peu d'argent pour pouvoir se vêtir, se loger et se défoncer pendant qu'il travaillait à son projet d'un poème épique de douze millions de vers sur les chemins de fer américains. (Depuis trois ans il butait sur un problème de rime avec « parallèle ».) Mais à l'intérieur du corps dégingandé de Ethelred subsistaient encore les vestiges d'un ancien titulaire d'une bourse d'études à Oxford, ami du musée Guggenheim et diplômé de littérature américaine, et il s'avéra être le lecteur idéal pour l'agence littéraire Zachary George ; son esprit défoncé absorbait toutes ces histoires, nouvelles et romans avec un émerveillement réceptif quasiment bouddhique, et ses lettres de réponses, une libre adaptation des phrases types de Mel, constituaient de petites merveilles d'érudition, de perception, de conneries et d'enchaînements incongrus.

Se méfiant des étranges effluves qui semblaient planer en permanence autour d'Ethelred, Mel loua une autre pièce juste à côté de son bureau de deux pièces, et depuis, c'était dans celle-ci qu'Ethelred lisait les envois, rédigeait les lettres et se défonçait. (Parfois, d'étranges bruits émanaient d'Ethelred.) Ralphi continuait à repousser les amateurs dans l'antichambre, et Mel passait ses journées à son bureau dans la grande pièce où il travaillait secrètement — Angela elle-même n'était pas au courant — à l'écriture d'un roman. (Un des premiers envois qu'il avait reçus contenait une idée qui plaisait à Mel, alors il avait photocopié le manuscrit pour réécrire sa propre version de l'histoire, celle d'une fille qui kidnappe un psychiatre pour l'obliger à soigner sa sœur jumelle nymphomane, et autant que Mel puisse en juger, ce roman sentait le best-seller.)

Voilà pourquoi cette histoire de statuette en or était une telle aubaine. Comme la plupart des écrivains, Mel pensait qu'il n'y aurait plus aucun problème si seulement il avait un peu d'argent devant lui, afin de pouvoir s'asseoir à sa table et écrire *pour de bon,* sans avoir à se soucier du reste. L'arnaque de l'agence littéraire fonctionnait à merveille, pourtant l'argent semblait se volatiliser. Le voyage en Israël avait coûté cher, le voyage à Rome avait coûté cher, et entre les deux, Angela trouvait toujours le moyen de coûter cher. Les revenus de Mel avaient beau croître rapidement, ses dépenses semblaient croître à la même vitesse. Mais avec deux cent cinquante mille dollars en poche, il pourrait laisser Ralphi et Ethelred s'occuper de l'agence, et se retirer dans une maison isolée, à Porto Rico ou ailleurs, et écrire *pour de bon.*

Tandis qu'il traversait le Connecticut en direction du nord-est, dans le sillage du chauffard à la Cadillac rouge foncé, penché sur le volant, Mel se demandait si sur un plan éthique, un agent littéraire pouvait vendre sa propre camelote.

AU MÊME MOMENT...

Jerry garait son break devant une bouche d'incendie dans West End Avenue lorsqu'une chaussure rebondit sur le capot.

— Hein ? Quoi ? demanda-t-il en jetant un regard de défi autour de lui, comme tout vrai New-Yorkais qui se respecte.

Son expression s'assombrit quand un cardigan gris, avec des ronds en cuir aux coudes et un demi-paquet froissé de cigarettes More dans la petite poche à droite, s'étala comme une veuve désespérée sur son pare-brise.

— Attends un peu, espèce de salopard, grommela Jerry.

Lorsqu'il descendit de voiture, une véritable pluie de vêtements s'abattit sur lui.

Ce n'était pas un endroit où il faisait bon s'aventurer sans casque. Se faufilant entre les T-shirts et les pantalons de jogging, il traversa le trottoir au trot et s'engouffra dans le hall du numéro 237. C'était un grand immeuble de pierre grise qui occupait la moitié d'un pâté de maisons, sur une douzaine d'étages, abritant des appartements dotés de hauts plafonds et ornés d'intéressantes moulures où se développaient les cafards. Le hall était décoré dans le plus parfait style West Side Renaissance, avec des carreaux de céramique noir-noir et gris-blanc, sans oublier les rangées superposées de sonnettes en cuivre.

Jerry chercha le nom « Harwood » au milieu des sonnettes des interphones ; il le trouva enfin à côté du bouton marqué 7K. Parfait. Il sortit sa carte de crédit de la « Bank of America » avec l'intention de la faire glisser entre la porte et le cadre afin de repousser le loquet et d'ouvrir le verrou, lorsqu'il remarqua la barre métallique vissée le long du montant de la porte et qui obstruait l'espace nécessaire pour cette opération.

Bon, et maintenant ?

Il hésitait encore, la carte de crédit à la main, quand la porte du hall s'ouvrit brutalement et une jolie fille, mais l'air sombre et furieux, sortit la tête haute, en portant deux valises. Elle frôla Jerry sans même lui adresser un regard et sortit dans la rue d'un pas décidé.

D'un geste vif, Jerry retint la porte avant qu'elle ne se referme entièrement. Jetant un regard par-dessus son épaule à la jeune femme qui se frayait un chemin à coups de pied au milieu des caleçons éparpillés sur le trottoir, il pénétra dans l'immeuble et monta jusqu'au septième étage.

Il n'y avait pas le moindre bruit derrière la porte en fer de l'appartement 7K. Immobile, Jerry regarda d'un bout à l'autre du couloir et découvrit sur sa droite une porte avec l'inscription *Service.* Service ? Ouvrant cette porte, il découvrit un escalier peint en gris pas très propre et un palier encombré de cartons, de piles de journaux, de balais et d'un tricycle auquel il manquait une roue. Et les portes de service de quatre appartements : 7J, 7K, 7L, 7M.

— Parfait.

Il enjamba plusieurs cartons pour sonner à la porte du 7K. N'obtenant pas de réponse, il sonna de nouveau. Toujours rien. Il était déjà en train de glisser sa carte de la « Bank of America » le long de la porte (au moins, il n'y avait pas de saleté de barre en fer), quand une voix d'homme résonna à l'intérieur.

— Qui est-ce ?

— Hein ?

Jerry retira vivement la carte, la rangea dans sa poche de chemise et d'une voix forte et assurée, il s'écria :

— C'est l'service d'entretien !

— Il y a un problème ?

Cette fois, Jerry nota une étrange hésitation dans la voix, une sorte de nervosité tremblante.

Celle de Jerry demeura forte et assurée.

— Y a que'que chose qui cloche avec la plomberie.

— Un instant, je vous prie.

En attendant, Jerry regarda le bric-à-brac entassé autour de lui sur le palier et il découvrit, appuyé contre un pile de journaux, un vieux débouchoir à ventouse en caoutchouc rouge avec un manche en bois. Il s'en saisit et le tint sur son épaule, à la manière d'un baluchon.

Entre-temps, toute une série de verrous, de serrures et de chaînes s'était ouverte de l'autre côté de la porte, suivie par un bref mais surprenant silence. Et Jerry s'apprêtait à crier de nouveau lorsque la voix, qui paraissait plus lointaine, lança :

— Entrez !

Il se passait des choses bizarres ici. Tenant le débouchoir devant lui à la manière d'une matraque, Jerry se saisit de la poignée et poussa.

La porte s'ouvrit. Elle pivota lentement, révélant peu à peu une petite cuisine encombrée d'appareils ménagers blancs, avec des placards en bois peints couleur blanc cassé, des murs en carrelage blanc, un sol en vinyle gris-blanc et une table de cuisine rectangulaire avec des pieds en bois verts et un plateau en métal blanc. La couleur était fournie par le nombre incroyable de boîtes, de bouteilles, de conserves, d'assiettes, de tasses, de pots, de bols, de sacs en plastique et d'objets divers qui envahissaient toutes les surfaces planes disponibles.

Mais le plus intéressant dans cette pièce, c'était qu'il n'y avait personne. Perplexe, jetant un regard prudent dans l'angle mort derrière la porte, Jerry s'avança pas à pas dans la cuisine qui demeurait déserte. Tenant maintenant le débouchoir à deux mains, comme une batte de base-ball, il s'arrêta devant la table et demanda :

— Y a quelqu'un ?

— Excusez-moi, dit la voix familière.

On se serait cru dans *Alice au Pays des Merveilles.*

Jerry regarda sur sa droite ; une tête dépassait de l'entrebâillement d'une porte presque fermée à l'autre bout de la cuisine. On n'apercevait que la tête et les doigts d'une main, aussi décharnées l'une que l'autre. L'expression du visage de la tête semblait hésitante, timide, sûre de rien, y compris d'elle-même ; elle était dotée de sourcils dressés très haut sur le front. Une tête d'homme apparemment.

Jerry, continuant à jouer le personnage du réparateur tout en exprimant sa propre curiosité, demanda :

— Qu'est-ce qui se passe, l'ami ?

La tête répondit :

— Voulez-vous gagner dix dollars ?

Les gens ne distribuent pas leur argent sans raison. Doublement méfiant, Jerry avança à travers la cuisine en direction de la porte et de la tête.

— Hé ! qu'est-ce qui se passe ici ? Qu'est-ce qui vous arrive ?

Les doigts se transformèrent brusquement en un bras tout entier, tendu vers Jerry, la paume dressée, à la manière d'un policier qui règle la circulation.

— Ne bougez pas ! s'écria la tête, et la panique contenue dans sa voix se répercuta dans le tremblement de ses sourcils.

Jerry se pencha en avant, les yeux plissés. Le bras n'avait pas de manche.

— Hé ! dit-il. Vous êtes à poil ?

— Justement, il faut que je vous explique, dit la tête.

— Ah ! je vois, dit Jerry. Gagner dix dollars, hein ?

Saisissant le débouchoir près de l'extrémité en caoutchouc, il fit claquer le manche en bois dans sa paume.

— C'est moi qui vais te donner une récompense, promit-il en avançant.

— Non, vous vous méprenez ! gémit la tête, et la

main s'agita dans tous les sens, comme pour effacer Jerry de la cuisine.

Mais, comme celui-ci continuait à avancer, la tête et le bras disparurent brusquement et la porte claqua. Du moins, elle aurait claqué s'il s'était agi d'une porte battante. Au lieu de claquer, elle fit entendre une sorte de raclement de gorge en essayant faiblement de s'ouvrir vers Jerry, avant de s'immobiliser.

Jerry la rouvrit violemment avec sa paume et pénétra dans un grand living-room au plafond haut, juste à temps pour voir un grand type maigre et le cul à l'air s'engouffrer dans une autre pièce et refermer une porte. Qui cette fois-ci claqua pour de bon et se ferma à clé à en juger par le clic qui suivit.

Alice au Pays des Merveilles. À la poursuite du lapin blanc. D'un pas vif, Jerry traversa la pièce, bien décidé à enfoncer cette porte à coups de pied pour voir comment allait réagir le lapin à poil, mais deux choses l'arrêtèrent dans son élan. La première fut le souvenir de tous ces vêtements qui pleuvaient au-dessus de West End Avenue, et la seconde, l'odeur de marijuana.

Ah ! Ah ! Voilà. Le mégot d'un joint finissait de se consumer dans un cendrier en céramique de style africain, à côté d'un fauteuil en cuir. Effectivement, Jerry s'était mépris. Il ne s'agissait pas d'un dragueur de w.c. pour hommes, égaré, c'était un riche libéral radical-chic au grand cœur qui se défonçait à l'herbe et qui balançait toutes ses fringues par la fenêtre.

Et sa femme ? Mr. et *Mrs.* Charles S. Harwood. Était-elle quelque part dans l'appartement elle aussi, la tête dans les nuages et les vêtements dans la rue ? Jerry essaya de se souvenir s'il avait vu des vêtements de femme tomber du ciel.

Pendant ce temps, Harwood continuait à parler derrière sa porte verrouillée, expliquant dans les détails ce que Jerry venait de comprendre tout seul, sauf qu'il ne disait pas qu'il avait jeté ses affaires par la fenêtre, il parlait d'un « accident », tous ses vêtements étaient « tombés ».

Mais Jerry ne l'écoutait plus, car en balayant la pièce du regard, il avait soudain repéré un objet familier dans la cheminée. Il s'approcha, s'agenouilla et ramassa un morceau de plâtre appartenant sans aucun doute à un Prêtre Aztèque Dansant. La main droite, avec un bout du poignet.

Il y avait d'autres morceaux éparpillés. Assez pour constituer une ou deux statuettes ? Jerry fouilla dans tous les recoins de la cheminée, disposant les morceaux et les éclats devant l'âtre, et une fois qu'il eut terminé, il acquit la certitude qu'il n'y avait qu'une seule statuette. Les Harwood avaient reçu deux statuettes au déjeuner, et apparemment, le mari complètement fracassé avait également fracassé celle-ci. Alors, où était la seconde ?

La voix de Harwood était devenue plus plaintive.

— Vous êtes là ?

Jerry ne prit pas la peine de répondre. Au lieu de cela, il se livra à une fouille rapide des lieux, et une fois certain que le living-room ne renfermait aucun Prêtre Aztèque Dansant, autre que celui étalé devant la cheminée (qui lui ne pourrait plus danser), il retourna dans la cuisine pour poursuivre ses recherches. En vain.

Il revint dans le living-room juste au moment où Harwood s'aventurait au-dehors, avançant timidement un orteil nu en guise d'éclaireur. Apercevant Jerry, il poussa un cri et recula d'un bond à l'intérieur, en claquant et verrouillant la porte.

Mais il n'y avait plus que cette pièce à fouiller, alors Jerry s'avança et, prenant son élan, il balança un grand coup de pied dans la porte avec la semelle de sa chaussure, juste à côté de la poignée. De l'autre côté, Harwood jappait comme un chiot.

Il lui fallut trois coups de pied pour faire sauter la serrure, et Harwood jappa à trois reprises. Quand la porte s'ouvrit enfin à la volée, Jerry vit Harwood s'engouffrer dans un placard et refermer la porte derrière lui.

Qu'il y reste. Jerry récupéra la petite clé passe-partout qui se trouvait dans la serrure de la porte qu'il venait d'enfoncer, traversa la chambre en désordre et enferma Harwood à l'intérieur du placard. Après quoi il fouilla la chambre et la salle de bains, mais toujours aucune trace de la seconde statuette.

Conclusion, il ne restait plus que le placard. Tournant la clé et ouvrant la porte, Jerry découvrit Harwood qui brandissait dans sa main droite un cintre en bois au-dessus de sa tête, tandis qu'il couvrait tant bien que mal sa nudité avec les doigts écartés de sa main gauche. Il ressemblait à une parodie de la Statue de la Liberté par Dada ; et il était complètement défoncé. Il avait fumé presque tout le joint en quelques minutes après le départ de Bobbi, et les effets commençaient maintenant à se faire sentir pleinement.

— Le foyer d'un homme est son château, déclara-t-il.

Sans se soucier de lui, Jerry examina le placard totalement vide, à l'exception de Harwood et d'une série de cintres, et demanda :

— Qu'est-ce qui se passe ici, nom de Dieu ?

— Je défends mon château, répondit Harwood. Et je vais vous dénoncer au...

Jerry lui appuya sur la poitrine avec l'extrémité en caoutchouc du débouchoir.

— Où est la statuette ?

Harwood le regarda en clignant des yeux. Le cintre en bois fut mis en berne.

— Quoi ?

— La statuette. Celle qu'on vous a donnée à midi. Il y en avait deux. Vous en avez bousillé une dans la cheminée, où est la seconde ?

— Elle n'est plus ici ?

Apparemment très étonné, Harwood se pencha en avant, en s'appuyant contre le débouchoir, pour examiner la chambre par-dessus l'épaule de Jerry.

— Non, elle n'y est pas.

N'ayant aucune envie de continuer à soutenir ainsi le poids de Harwood, Jerry le repoussa jusqu'à ce que celui-ci retrouve son équilibre, puis il laissa retomber le débouchoir.

— Je peux vous assurer qu'elle n'y est pas.

— Dans ce cas, elle l'a emportée.

Cela semblait lui donner matière à réfléchir.

— Qui ? Votre femme ?

Jerry recula d'un pas pour examiner la situation. Il se souvint de cette jeune femme furieuse croisée dans le hall, avec les valises.

— Ah ! voilà ce qui s'est passé. Elle vous a plaqué et elle a balancé toutes vos affaires par la fenêtre.

— Je ne comprends pas, dit Harwood.

— Et elle a emporté la statuette. Où est-elle allée ?

— Je n'en ai aucune idée.

Jerry fit tourner le débouchoir dans sa main et enfonça légèrement le manche en bois dans la poitrine de Harwood.

— Essayez de deviner, dit-il.

— Aïe ! Non, ne faites pas ça.

— Devinez.

— Mais je n'ai pas envie de deviner.

— Si, vous avez envie, répondit Jerry. Ce que vous ne voulez pas, c'est que je continue à appuyer.

Et il appuya en guise de démonstration.

— Arrêtez, dit Harwood. Ça me fait perdre l'équilibre.

— Écoutez, mon vieux...

— Chuck !

— Je commence à perdre patience, dit Jerry.

Harwood fronça les sourcils.

— Mais qu'est-ce que vous lui voulez à cette statuette, bon sang ?

Avant que Jerry ne décide s'il devait répondre ou pas, Harwood prit un air pensif et demanda :

— Vous croyez qu'elle reviendra ?

Jerry trancha dans le vif du sujet :

— Revenir d'où ?

— De là-bas, répondit vaguement Harwood, en faisant un signe vague avec le cintre.

— Où ça là-bas ?

— Peut-être que je devrais apprendre à conduire.

Oubliant de masquer sa nudité, Harwood leva la main gauche pour tirer sur le lobe de son oreille gauche, un geste que font les professeurs afin de mieux réfléchir.

Jerry demanda :

— Votre femme a un petit ami ?

— Oh, là ! répondit Harwood.

Il poussa un soupir et s'adossa contre le fond de l'armoire, perdu dans une méditation empreinte d'une tristesse nostalgique.

— Comment il s'appelle et où est-ce qu'il habite ? demanda Jerry.

Harwood revint peu à peu sur terre.

— Qui ?

— Le petit ami.

— Le petit ami de Bobbi ?

Certaines femmes se donnent des noms d'homme ; et alors ? Jerry était en train de discuter avec un type nu dans une armoire qui venait de dire « le petit ami de Bobbi ». Et alors ?

— Oui, répondit Jerry.

— Oscar.

— Oscar ?

— Pas l'Autre Oscar. L'*autre* Oscar.

— Formidable, dit Jerry. Oscar comment ?

— Oscar Russell Green, répondit Harwood en fronçant les sourcils. Je me méfie des types qui ont trois noms.

Oscar Russell Green, un nom qui figurait déjà sur la liste.

— Parfait, dit Jerry. À la prochaine.

Harwood le regarda d'un air inquiet.

— Vous ne deviez pas aller me chercher un pantalon ?

— Pas que je me souvienne, répondit Jerry.

Sur ce, il referma la porte du placard à clé et quitta l'appartement.

AVANT CELA...

Assis dans sa Pinto garée dans la 11e Avenue à proximité de la bibliothèque, le siège arrière jonché de brochures sur les piscines, et le pare-brise orné d'une contravention toute neuve pour stationnement illicite, Wally Hintzlebel étudiait sa liste des membres du Comité du sport pour tous, qui ne comportait que cinq noms, avec cinq adresses :

Oscar Russell Green
291 West 127th St.

Professeur Charles S. Harwood
237 West End Avenue

Wylie Cheshire
58 Ridge Road
Deer Park, Long Island

Bud Beemiss
29 West 45th St.

Dorothy Moorwood
5 Ronkonkomo Drive
Alpine, New Jersey

Le cerveau et le corps de Wally étaient envahis de sentiments de fureur, d'impatience, d'avidité, de frustration, de panique, de médiocrité, d'envie, de haine, de désir et de désespoir. Il tremblait dans l'étau de toutes ces émotions ; il tremblait si fort que la voiture elle-même vibrait légèrement, et un boulon desserré de la plaque d'immatriculation à l'arrière bafouillait une petite chanson au caniveau.

Que faire ? Que faire ? Ces quatre types dans le Queens, ils avaient sans doute bien progressé dans leurs recherches à l'heure qu'il est. *Seize* statuettes, bon sang, seize statuettes, et il ne possédait que cinq adresses, et cette foutue bibliothèque était fermée jusqu'à demain.

Que faire ? S'introduire dans la bibliothèque ? Il ne savait même pas comment faire, il ne s'était jamais introduit nulle part, sauf dans les femmes des autres, et encore, seulement après qu'on lui eut ouvert la porte.

C'était peut-être un des cinq noms. Peut-être. Le trophée d'un million de dollars, la véritable statuette en or, ça pouvait être *n'importe laquelle* des seize, ça pouvait donc être une de ces cinq-là, une adresse parmi les cinq qu'il possédait.

Au coin de la rue se trouvait une cabine téléphonique,

libre. Encore légèrement tremblant, Wally descendit de sa Pinto et trottina jusqu'à la cabine d'où il appela sa mère.

— Maman, je ne rentrerai pas dîner.

— Allô ! Puis-je savoir qui est à l'appareil ?

— Maman ?

— Voulez-vous avoir la bonté de vous présenter, si ce n'est pas trop demander ?

— C'est Wally, maman.

— Wally ?

— Wally, maman. C'est Wally.

— Wally, tu vas être en retard pour dîner. Où es-tu ?

— Je ne rentrerai pas dîner, maman.

— Où ça ?

— Hein ?

— Où es-tu, Wally ?

— Je suis à Manhattan, maman. Écoute, maman. Je ne rentrerai pas dîner.

— Wally ? Est-ce que le petit Wally a une petite amie ?

— Oh ! allons, maman, tu sais bien qu'il n'y a que toi.

— Est-ce que mon petit Wally a rendez-vous avec une petite chérie ?

— Non, ça n'a rien à voir, maman. Je t'assure.

— Tu ne peux pas l'amener à la maison pour la présenter à ta gentille maman, Wally ?

— Écoute, maman, il ne s'agit pas du tout d'une fille ou d'un truc comme ça. Je te le *jure.* C'est pour le travail.

— Est-ce que Wally est vraiment, vraiment sûr ?

— Je t'assure, maman. Ce n'est pas une histoire de fille. C'est pour le travail.

— À cette heure, Wally ?

Wally comprit qu'il avait perdu. Il n'y avait aucune issue.

— Bon, je... euh (il regardait la 11e Avenue à travers

la vitre de la cabine), je vais rentrer, dit-il. J'expliquerai à... euh, aux autres... Je rentre tout de suite.

Il raccrocha au milieu des débordements de satisfaction de sa mère et s'empressa de regagner sa Pinto. Assis au volant, il démarra aussitôt et se faufila brutalement entre les taxis, roulant en direction de Midtown Tunnel.

Il mangerait avec un lance-pierres, voilà tout. Il dînerait à toute vitesse, en expliquant que... qu'il allait au cinéma, et il reviendrait rapidement en ville. C'était encore possible. Clignant des yeux à travers le pare-brise (la contravention toujours coincée sous l'essuie-glace répondait à ses clins d'œil en claquant au vent), il fonçait vers le tunnel au volant de sa Pinto.

EN OUTRE...

Oscar Russell Green était soûl comme un Polonais. En fait, il était plus soûl que *deux* Polonais. Nayamba était partie trouver refuge chez sa mère à Newark, et Green la laissait partir. Il la laissait foutre le camp. Il la laissait libre de faire tout ce qu'elle voulait.

Ce n'est pas facile d'être un leader. Que vous soyez à la tête d'un prestigieux régiment de Marines ou d'une foule d'ivrognes prêts au lynchage, vous devez faire preuve des mêmes qualités de chef : assurance, esprit de décision, autorité et une détermination inébranlable. Oscar Russell Green possédait en abondance toutes ces qualités de chef, malheureusement, il possédait également tous les défauts contraires, tels que le doute, l'indécision, et le défaitisme.

Quand il occupait un poste de chef, Green devait étouffer en lui tous ces défauts incompatibles avec un profil de leader. Ce qui voulait dire que de temps en temps, très rarement, et seulement dans les moments où les exigences du rôle de chef se faisaient moins pesantes, Green devait laisser cette autre partie de lui-même sortir de sa cellule pour faire une petite promenade rapide dans la cour. Avec une bouteille à la main.

Cela avait commencé aujourd'hui juste après le déjeuner à *La Déesse du Paradis.* Le cognac après la présentation de l'Autre Oscar était *tellllement* bon, il lui avait fait *tellllement* de bien, et il avait disparu *tellllement* vite du petit verre, qu'Oscar avait immédiatement perçu les premiers signes de relâchement des rênes du pouvoir, aussi s'était-il arrêté à la cabine téléphonique près de la caisse du restaurant pour avertir son épouse Nayamba. « Il est temps que tu ailles rendre visite à ta mère, ma chérie. La tornade noire vient d'être repérée au loin. »

« Amuse-toi bien, Oscar », avait-elle simplement répondu, avant de raccrocher.

Ayant lancé son avertissement lointain et précoce, Oscar dit adieu à ses troupes sur le trottoir devant le restaurant, et fit *en passant* une tentative de séduction avortée sur la personne de Bobbi Harwood, et c'était la première fois qu'il lui faisait des avances. (Outre le fait qu'il était fidèle à Nayamba, sauf quand il buvait, Oscar avait toujours gardé ses distances vis-à-vis de Bobbi jusqu'à ce jour, car une des qualités d'un chef était de ne faire preuve d'aucun favoritisme.) Mais Bobbi ne semblait pas intéressée, alors Oscar était reparti vers son foyer.

C'est-à-dire un appartement dans la 127e Rue Ouest, à proximité de l'Hudson River, dans un groupe d'immeubles en briques qui avait été récupéré par une association de riverains, remis à neuf à l'intérieur et transformé en appartements à loyers modérés. Connaissant plusieurs membres de l'association, Oscar avait réussi à faire un bond par-dessus la liste d'attente, et il occupait maintenant un joli trois pièces et demie au dernier étage, sur l'arrière, avec une vue étroite au nord et une autre assez belle sur le parking Henry Hudson à l'ouest.

Après avoir fait un saut chez lui, juste le temps de déposer l'Autre Oscar sur la commode de la chambre, Oscar était retourné vers le monde extérieur, où il avait visité un certain nombre de bars et de magasins de spiritueux avant de reprendre à nouveau le chemin de la maison, en titubant, ayant depuis longtemps oublié les exigences du rôle de chef. Essayant de boire au goulot un mauvais porto tout en montant l'escalier, il atteignit enfin sa porte, s'emmêla dans ses clés, parvint à ouvrir la serrure pour entrer, et c'est alors qu'il entendit des bruits provenant de la chambre.

Serrant la bouteille contre sa poitrine, Oscar marcha d'un pas titubant et déterminé vers la chambre, où il découvrit deux Blancs sur le point de sortir par la fenêtre pour se sauver par l'échelle d'incendie. Et l'un d'eux tenait dans sa main l'Autre Oscar !

— Hé, vous ! s'exclama le premier Oscar.

Les deux Blancs lui lancèrent un regard paniqué.

— Oh, non ! s'écria l'un d'eux.

— Sau... Sau... Sauve qui peut, bafouilla le second.

Et pourtant, il ne bougea pas, il resta planté là, devant la fenêtre.

— C'est à moi ! hurla Oscar en pointant la bouteille de porto vers l'Autre Oscar, d'un air à la fois surpris et outré.

Une giclée de vin se répandit sur le sol.

— Rendez-moi ça !

L'homme qui tenait la statuette se retourna brusquement, en essayant d'écarter son complice afin de pouvoir s'enfuir par la fenêtre.

— Oh, non, pas question ! s'écria Oscar en lançant la bouteille de porto qui continua à se vider.

Le bruit du verre brisé s'accompagna de la vision de la fenêtre d'Oscar qui volait en éclats. Les deux parties. Les cambrioleurs avaient en effet soulevé le carreau du bas, et la bouteille d'Oscar avait donc traversé les deux épaisseurs de verre.

— Bon Dieu de bon Dieu de bon Dieu !

Oscar se rua vers les cambrioleurs et se jeta sur celui qui tenait la statuette, un gros type au visage rougeaud, avec des yeux exorbités et une mauvaise haleine.

— Tiens, attrape ! s'exclama le type en lançant la statuette à son complice par-dessus la tête d'Oscar. Fiche le camp, Floyd !

Floyd s'élança. Mais, au lieu de fuir par la fenêtre, il sauta par-dessus le lit, et Oscar le rattrapa avant qu'il n'atteigne la porte de la chambre.

À ce moment-là, la scène dégénéra en une sorte de jeu stupide de cour de récréation : les deux Blancs se lançaient la statuette de l'un à l'autre, tandis qu'Oscar, debout entre les deux, essayait de s'en saisir. Tout cela sans cesser de s'interpeller : « Floyd ! Floyd ! », « Frank ! Frank ! »

Le jeu prit fin lorsque Oscar plaqua Frank au moment où celui-ci s'apprêtait à recevoir la passe latérale de Floyd. L'Autre Oscar fila devant eux et vint s'écraser contre le mur, avant de retomber sur le sol, avec la jambe droite brisée.

Floyd, Frank et Oscar se jetèrent tous les trois sur la statuette dans une sorte de mêlée, et ce fut Floyd qui en ressortit en brandissant le plus gros morceau, tandis que Frank émergeait en tenant la partie inférieure de la jambe droite de l'Autre Oscar, la jambe levée de la statuette brisée nette au niveau du genou.

Prêt à défendre son bien jusqu'au bout, même si cela devait durer tout l'hiver, Oscar se retrouva tout à coup face à deux individus qui n'avaient plus envie de jouer. Floyd et Frank se regardèrent, ils regardèrent les deux morceaux brisés que chacun tenait dans la main, et soudain, ils se désintéressèrent de la partie.

— Désolé, mon vieux, déclara Frank en lui tendant le tibia cassé.

— N'y voyez rien de personnel, ajouta Frank en déposant le reste de la statuette dans l'autre main d'Oscar.

Et pendant que ce dernier restait là, hébété, ils sortirent rapidement, mais de façon disciplinée, par la fenêtre brisée, avant de redescendre par l'échelle d'incendie et de s'enfuir.

— Ah ! ça alors, dit Oscar.

Quand il referma la fenêtre, les derniers morceaux de verre tombèrent, mais il bloqua néanmoins le loquet. Puis il téléphona au magasin de spiritueux du coin qui livrait à domicile.

PAR AILLEURS...

Bud Beemiss n'était *pas* le genre d'individu avec qui August Corella aimait traiter. Il préférait un parasite imbu de sa personne comme l'homme d'affaires Victor Krassmeier, mais ceci étant, Corella ne voyait aucune objection à discuter avec un individu aussi coriace que lui ; ils pouvaient parler le même langage, ils savaient à quoi s'en tenir. D'une certaine façon, Beemiss était un mélange des deux genres, mais le résultat était nouveau, et beaucoup plus ardu.

Il vivait dans une maison de style colonial pleine de coins et de recoins qui se dressait au milieu d'un parc vallonné, et la bonne qui les avait accueillis les avait ensuite fait entrer dans une bibliothèque, aux murs recouverts de livres.

— Pas mal, commenta Earl, en faisant visiblement

référence à l'ensemble : la bonne, la maison, la bibliothèque, et même les livres.

Pas très bon pour autant, songea Corella, sans s'exprimer à voix haute. Il attendait Beemiss, devinant déjà que ce ne serait pas facile.

Puis Beemiss lui-même entra dans la pièce d'une démarche sautillante, et ce fut encore pire que ne le craignait Corella. Sa chemise sortie du pantalon, son pantalon sans ceinture et ses chaussures à semelle de corde étaient d'une décontraction très impressionnante. Il avait le visage bronzé, sain, rond et lisse d'un homme qui prend grand soin de sa personne, les yeux bleus pétillants, et le sourire éclatant d'un homme qui ne fait pas de cadeaux. Il possédait la même dureté que Krassmeier, en plus chaleureux, mais la puanteur de la rue lui collait encore à la peau.

— Salut, les gars, dit-il en refermant la porte d'un petit geste et en avançant vers eux à grandes enjambées. Que puis-je pour vous ?

Le sujet de cette discussion serait le pouvoir, de toute évidence. Et Corella était bien décidé à établir d'emblée sa prédominance.

— Il ne s'agit pas de savoir ce que vous pouvez faire pour nous, Mr. Beemiss, déclara-t-il avec son air le plus coriace, mais de ce que *nous* pouvons faire pour vous.

Le sourire de Beemiss se transforma en rictus, mais pas à cause de la peur. Il semblait simplement agacé d'avoir dû abandonner ce qu'il était en train de faire : six longueurs de piscine, peut-être, ou une teinture à ses cheveux châtains.

— Messieurs, dit-il, je devine qu'il s'agit d'une affaire à traiter dans le cadre de mon bureau.

Quand vous commencez fort, il faut continuer.

— Non, nous réglerons ça ici, répondit Corella. Cela concerne le Comité du sport pour tous.

À voir la lueur qui s'alluma soudain dans les yeux de

Beemiss, Corella comprit que celui-ci venait soudain de se faire une fausse idée. Sans doute croyait-il qu'il s'agissait d'une histoire politique, des petits malfrats de droite qui cherchent à faire pression sur un libéral. D'ailleurs, ses paroles confirmèrent cette impression :

— Messieurs, inutile d'aborder des problèmes de différences qui...

— On vous a remis une statuette aujourd'hui, dit Corella.

Il n'avait pas de temps à perdre avec des malentendus.

Beemiss s'arrêta net. Il regarda Corella en fronçant les sourcils, sans savoir quoi dire.

Alors ce dernier poursuivit :

— Seize statuettes. Elles vous ont été expédiées d'Amérique du Sud.

Beemiss secoua la tête.

— J'avoue ne pas comprendre, messieurs.

— Nous sommes au courant pour ces statuettes. (Corella laissa un sourire glacial se former sur ses lèvres, puis disparaître.) C'est notre boulot.

— Votre boulot ?

— Cette cargaison ne vous était pas destinée.

Beemiss s'était légèrement penché en avant, comme s'il espérait mieux comprendre le sens de ces paroles en les entendant mieux.

— Ah bon ?

— Non. Vous deviez recevoir une autre cargaison, expliqua Corella. Celle-ci était destinée à des amis à moi.

Une lueur soudaine de compréhension modifia l'expression de Beemiss ; il se renversa en arrière, en hochant la tête, songeur.

— Oui, je vois.

Parfait. Il avait vite saisi, plus vite que ne l'aurait fait quelqu'un comme Krassmeier.

Corella dit :

— Mes amis veulent récupérer leur cargaison.

— Oui, je m'en doute.

Beemiss s'exprimait lentement, avec prudence, en réfléchissant. Il n'avait toujours pas peur.

— Conscients du désagrément occasionné, reprit Corella, mes amis sont prêts à vous dédommager en liquide ; vos amis et vous pourriez acheter quelque chose de mieux.

— Vraiment ?

— Oui. Ils vous donneront, euh...

Corella hésita. Beemiss et la maison unissaient leurs forces pour l'obliger à revoir son offre à la hausse.

— ... Quatre mille dollars en échange des statuettes.

— Quatre mille dollars... (Les yeux bleu clair scintillèrent.) Par statuette ?

Beemiss n'avait pas le droit de plaisanter.

— Quatre mille dollars pour toute la cargaison, répondit Corella. Et la tranquillité d'esprit.

Beemiss dressa l'oreille.

— Pardon ?

— Ces gens, mes amis... Ce ne sont pas des hommes d'affaires comme les autres.

— Oui, j'avais cru le comprendre.

— Si jamais quelque chose les empêchait de récupérer leur cargaison, dit Corella, *toute* leur cargaison, nous serions dans de sales draps tous les deux, vous et moi.

— Vous et moi ?

— Oui, ils seraient très fâchés contre nous. (D'un geste large, Corella désigna la bibliothèque.) Je vois que vous avez une jolie maison, une gentille famille, une société prospère à New York, vous ne voudriez pas que...

— Vous n'êtes pas de New York, n'est-ce pas ?

Corella fronça les sourcils.

— Comment ?

— Du New Jersey, je dirais. (Beemiss hocha la tête

pour lui-même.) Oui. Le milieu des docks. Peut-être vos amis font-ils partie de ce milieu ?

— Vous n'avez pas envie de connaître mes amis, répondit Corella.

— La question est : ai-je envie que vos amis connaissent mes amis ?

— Je ne vous suis pas.

— Vous souhaitez que je vous donne une liste, n'est-ce pas, de toutes les personnes qui ont reçu une statuette ?

— Absolument pas, répondit Corella, offusqué. Vous voudriez que je cavale aux quatre coins de la ville ? Vous avez un joli bureau à New York, des secrétaires ; dès demain vous demandez à l'une d'elles de se mettre au boulot et d'appeler tous vos potes pour leur dire de rapporter leur statuette. Et ensuite, vous me les remettez.

— Je suppose qu'il est question d'une avance en liquide ?

— À la première heure demain matin, dit Corella. L'argent sera sur votre bureau. À quelle heure vous arrivez ?

— Vers dix heures généralement.

— Dix heures demain matin, quatre mille dollars en liquide sur votre bureau.

— Quatre mille ? répéta Beemiss d'un air surpris, mais Corella était persuadé qu'il jouait la comédie. Je regrette, ai-je dit que j'étais d'accord pour quatre mille ?

— Vous voulez un peu plus ? (Corella haussa les épaules.) Mes amis ne vont pas ergoter.

— Je pense qu'en échange de seize statuettes, dit Beemiss... seize mille dollars serait une somme plus raisonnable.

— D'un autre côté, reprit Corella, mes amis ne sont pas prêts à se laisser voler sans réagir.

Beemiss haussa les épaules.

— Vous connaissez vos amis mieux que moi. À quel moment l'ergotage devient-il du vol à main armée ?

— Coupons la poire en deux. Disons huit mille.

— Si je sais compter, répondit Beemiss, la poire en deux entre quatre et seize mille, c'est dix.

— La moitié de seize, c'est huit. Acceptez huit mille.

— D'un autre côté, dit Beemiss, peut-être que je n'ai pas envie de conclure ce marché. Peut-être que nous préférons tous garder les statuettes. Après tout, elles possèdent une certaine valeur sentimentale.

— Écoutez-moi, dit Corella, et il s'efforçait maintenant de combiner la dureté avec un sentiment de sympathie. Vos amis et vous n'ont que faire de ces statuettes. Croyez-moi, je vous en prie. Pour votre bonheur, votre santé et votre bien-être, vous n'avez que faire de ces statuettes. Vous en voulez d'autres.

— Douze mille, dit Beemiss.

Corella secoua la tête.

— Non.

Beemiss haussa de nouveau les épaules, n'ayant rien à ajouter. Visiblement, ce n'était pas la première fois qu'il participait à des négociations.

Corella attendit, essayant de déterminer le juste équilibre entre menaces et paiement ; finalement, il hocha la tête et dit :

— D'accord pour dix mille dans ce cas. Et estimez-vous heureux que je sois un type si conciliant.

— Entendu, dit Beemiss. D'accord pour dix mille. Plus les autres statuettes.

— Les autres ? dit Corella en écartant les bras. Vous n'avez qu'à en acheter.

— On veut les *mêmes.* Donnez-nous la cargaison que vos amis ont reçue par erreur.

Voilà une complication ; dans l'immédiat, Corella ne savait pas quelle attitude adopter.

— Je crains que ce ne soit pas possible, dit-il.

— Dans ce cas, faites-moi parvenir une autre cargaison.

— Nous voulons la nôtre *immédiatement.*

— Parfait, dit Beemiss. Demain matin vous passez une commande pour seize autres statuettes à faire livrer à mon bureau de New York et vous envoyez le bordereau de commande avec l'argent.

Corella était de plus en plus perplexe. Cet idiot d'Équatorien s'était occupé du premier envoi. Et Corella n'avait pas la moindre idée de la façon de se procurer d'autres copies.

— Faites-le vous-même, dit-il. Combien vous ont coûté ces saloperies ?

— Dix-huit dollars pièce, prix de gros. Seize statuettes, ça nous fait donc deux cent quatre-vingt-huit dollars.

Corella paraissait, et se sentait, amer.

— Vous faites un joli bénéfice.

— L'erreur ne vient pas de moi, fit remarquer Beemiss.

— Très bien. Demain matin, vous aurez l'argent, dix mille deux cent quatre-vingt-huit dollars. Je vous appellerai dans l'après-midi.

— Je n'ai pas bien saisi votre nom.

— Mr. Kane. Et pendant que je suis ici, si j'en profitais pour récupérer *votre* statuette ?

Beemiss haussa un sourcil légèrement surpris.

— Avant de m'apporter l'argent ?

— Très bien, très bien. (Corella se tourna vers Earl.) File-lui six cent cinquante dollars.

De ce fait, Earl qui jusqu'à maintenant avait réussi à n'offrir que son bon profil à Beemiss, allait être obligé de se montrer de face. Grommelant dans sa barbe, l'air maussade, il sortit son portefeuille, détacha quatre billets de cent dollars et cinq billets de cinquante qu'il déposa sèchement dans la paume tendue de Beemiss. Ce dernier, un petit sourire sur le visage en observant l'œil au beurre noir d'Earl, dit d'un ton ironique :

— Merci.

— La statuette, demanda Corella.

— Elle est là-haut.

Beemiss sortit de la bibliothèque ; Corella et Earl lui emboîtèrent le pas.

— Je redescends tout de suite, dit Beemiss.

— On vous accompagne.

Ils montèrent donc tous les trois, longèrent le couloir et entrèrent dans le bureau de Beemiss, où Mel Bernstein (alias Zachary George) avançait sur la moquette en direction de la fenêtre ouverte, en serrant dans sa main gauche le Prêtre Aztèque Dansant.

PENDANT CE TEMPS...

Jerry rangea sa carte de crédit et pénétra chez les Fayley-Spang. Il s'avérait que David Fayley et Kenneth Spang, membres l'un et l'autre du Comité du sport pour tous, partageaient cet appartement de la 87e Rue Ouest, dans un de ces vieux immeubles massifs semblable à celui où habitaient les Harwood. Un petit couloir orné de tableaux abstraits et de photographies artistiques en noir et blanc conduisait à un salon surchargé d'objets en tout genre. Une déesse de la fertilité africaine en bois, avec seize seins, trônait dans un coin, près des éléments noirs et brillants d'une chaîne stéréo disposés sur des étagères en noyer foncé. Une tapisserie dans les tons dominants rouge et bleu peignait l'arrivée d'un barbare bien pourvu dans une cour caduque. Des tables basses en forme de cubes chromés flanquaient le canapé rouge foncé. Des plantes vertes grimpantes pendaient aux fenêtres. Une sorte d'étrange outil en cuivre se dressait parmi d'autres objets encore plus insolites sur une grande table en bois noir derrière le canapé.

Ce living-room ne ressemblait pas à ceux que Jerry connaissait. Celui des Harwood était plus imposant d'une certaine façon, ou plus apprêté, lui aussi, que l'endroit où Jerry vivait dans le Queens, mais au moins correspondait-il au schéma classique : un canapé et deux fauteuils, orientés face au poste de télévision. Un lampadaire à un bout du canapé, une lampe posée sur une table basse à l'autre bout. Le style était différent certes — on ne trouvait pas de lampadaires en chrome flexibles dans le living-room de Teresa ou d'Angela — mais la substance restait la même.

Ici en revanche, tout était différent. Le canapé, posé en plein milieu de la pièce, ne faisait face à rien du tout, à moins qu'on suppose que ce mur d'étagères — encombrées de livres, de bibelots, de petites photos encadrées, de souvenirs, de figurines, de machins, de bidules et de trucs, disposés avec goût —, ne remplace la télévision. À vrai dire, il n'y avait pas de téléviseur dans la pièce, pas plus que de fauteuil. Quelques chaises en bois rangées dans des espaces libres le long du mur pouvaient sans doute être rapprochées du centre afin de faciliter les conversations d'un petit groupe, mais la principale fonction apparente de cette pièce était d'accueillir deux personnes qui s'asseyaient sur le canapé pour... pour faire quoi ? Bavarder ? Lire ? Contempler les étagères ?

L'idée d'un mode de vie différent, une attitude totalement inhabituelle, était si forte que Jerry marqua un bref temps d'arrêt. De toute évidence, Fayley et Spang étaient pédés, mais là n'était pas la question ; le fait d'être pédé n'avait rien à voir avec le fait de posséder ou pas une télévision, ou bien la disposition du canapé. Les êtres humains ont découvert un tas de manières de vivre, un fait que la plupart des gens ont peu de raisons de remarquer. Pris par cette idée, surpris et intrigué d'une certaine façon, Jerry resta planté au milieu de la pièce, oubliant l'espace d'un instant sa quête de la statuette en or pour étudier les choses qui l'entouraient, essayant de deviner les comportements, les postulats qui avaient conduit vers cette autre voie.

Il fut arraché à ses réflexions par l'apparition soudaine, sur le seuil de la porte d'en face, d'un jeune homme mince à l'air morne qui entra dans la pièce d'un pas nonchalant comme si la présence d'inconnus dans cet appartement faisait simplement partie de son approche différente de la vie. Et c'était peut-être le cas.

La première réaction de Jerry — la surprise et l'appréhension —, fut estompée par sa seconde réaction — une hostilité culturelle vis-à-vis des homosexuels — qui céda la place presque immédiatement à une troisième sorte de surprise, différente, une sorte d'étonnement comique, quand il s'aperçut que ce jeune gars considérait l'existence de Jerry comme une chose naturelle, nullement insolite. Avec un petit sourire, et un geste désinvolte de la main, il salua Jerry d'un hochement de tête.

— Salut, dit-il.

— Salut, répondit Jerry.

Que faire ? Lui balancer un coup de poing ? Fuir ? Donner le change ? Mais quel change ?

— Je m'appelle David. Je suis l'ami de Kenny.

Jerry se montra du doigt.

— Jerry.

Avec une nonchalance supérieure à la normale, David esquissa de nouveau quelques gestes de la main.

— Je suppose que Kenny s'occupe de toi ?

— Oui, je crois.

Il était difficile d'imaginer ce que pouvait penser

David, et donc encore plus difficile de deviner les bonnes réponses à ses questions. En outre, Jerry venait de s'apercevoir que l'apparence calme et décontractée de David était gâchée par des yeux très rouges et très gonflés. David venait de pleurer. David était-il fou ?

— Fais comme chez toi, disait ce dernier, avec une fêlure à peine perceptible dans la voix, suggérant peut-être que son cœur se brisait lui aussi.

— Merci, répondit Jerry.

Il était certain désormais que la statuette n'était pas dans cette pièce, bien que s'y trouvent presque toutes les statuettes de l'histoire de l'humanité.

— Kenny est allé te chercher à boire ?

Que répondre à cela ? Regardant d'un air soucieux la porte par laquelle était entré David — le mystérieux Kenny allait-il apparaître à son tour d'une seconde à l'autre, en tenant un pistolet à la main ? —, Jerry répondit simplement :

— À boire ?

— Tu veux dire qu'il ne l'a pas fait ? (David secoua la tête avec une sorte de mauvaise humeur outrée, avant de pousser un soupir d'atroce souffrance.) Dans ce cas, je suppose que c'est à moi d'assurer l'hospitalité de cette maison. Qu'est-ce qui te ferait plaisir ?

— À boire ?

Cette conversation était difficile à suivre. Jerry haussa les épaules.

— Euh... vous avez de la bière ?

— De la bière ?

Le doute s'imprima sur le visage de David, ainsi qu'une petite touche de snobisme.

— Je vais voir, dit-il et il disparut en empruntant la même porte.

Jerry en était encore à se demander s'il devait le suivre et fouiller rapidement le reste de l'appartement, quand la porte de dehors s'ouvrit derrière lui et un second type entra, en rangeant ses clés dans sa poche.

Kenny Spang, ça ne faisait aucun doute. Un Noir d'une maigreur douloureuse, avec une énorme coupe afro, adressa à Jerry un regard où la surprise le partageait à l'ironie, et demanda :

— Tiens, à qui ai-je l'honneur ?

— Vous devez être Kenny, dit Jerry, car autant continuer à se comporter comme s'il était parfaitement à sa place ici.

— En effet, répondit Kenny. Et vous, vous êtes ?

— Jerry. David est dans la cuisine.

— Vraiment ?

Une lueur d'amusement brilla dans le regard de Kenny.

— Il est parti me chercher une bière.

— Comme c'est gentil. David est un garçon si charmant.

— C'est vrai, dit Jerry, au moment même où David revenait dans le living-room avec un grand verre de forme conique rempli de bière.

— Eh bien, dit Kenny en regardant le verre que David tendait à Jerry.

La vérité allait éclater d'un instant à l'autre. Jerry but sa bière le plus vite possible.

David jeta à son compagnon un regard blessé.

— C'est gentil de revenir, dit-il, et sa fausse indifférence ne parvenait pas à cacher sa tristesse.

— Un peu trop tôt à ce que je vois.

David exprimait une telle langueur sereine qu'il paraissait désarticulé.

— Jerry et moi nous bavardions en t'attendant.

— En m'attendant. C'est le comble !

Si Jerry voulait fouiller le reste de l'appartement, il ferait mieux de le faire maintenant, avant que ces deux-là ne se rendent compte de leur méprise. Reposant son verre de bière, il leur adressa un large sourire à tous les deux et dit :

— Bon ! vous savez ce qu'on dit. La bière elle ne vous appartient pas, elle ne fait que passer. Où sont les chiottes ?

Ses deux hôtes parurent effrayés par ses manières, mais David fut le premier à se ressaisir, et il lui désigna la porte en disant :

— Après la chambre.

— Merci.

Le téléviseur se trouvait dans la chambre, au pied du lit. Tout comme les deux statuettes posées l'une et l'autre sur une étagère en verre, au-dessus d'une table où était disposé un jeu d'échecs d'apparence très coûteuse. Tout en grattant le socle des deux statuettes avec une clé pour voir si la peinture cachait du plâtre ou de l'or, Jerry écouta la conversation qui se poursuivait dans le living-room. Kenny s'exprimait d'un ton narquois ; David d'un ton blessé et outré.

Kenny : Eh bien ! je ne peux pas dire que j'apprécie tes goûts.

David : *Mes* goûts ! Ça te va bien de dire ça !

Kenny : *Moi,* je sais ce que je cherche, contrairement à certains que je connais.

David (avec mélancolie) : Toute ma vie j'ai cherché un amour raisonnable.

Kenny : Tu n'as pas cherché au bon endroit.

David : Je suis bien d'accord.

Kenny : Bon ! je ne voudrais surtout pas vous déranger plus longtemps tous les deux. Je trouverai bien un autre endroit.

David : Je te l'interdis ! Si tu t'en vas, tu l'emmènes avec toi.

Kenny : On perd son calme, mon mignon ?

David : Je sais, toi tu ne perds jamais le tien. Mais si tu

t'en vas en laissant cette créature ici, jamais je ne te le pardonnerai. Et je ne plaisante pas, Kenny, je suis sérieux en disant cela.

Kenny : Tu me le refiles, c'est ça ? (Petit rire cristallin.) Quand on a peur de se brûler, on ne joue pas avec le feu.

David : Oh ! tu n'es qu'un vicieux. *Un vicieux !*

Du plâtre, et encore du plâtre. Après avoir reposé les statuettes à leur place, Jerry revint dans le living-room au moment du deuxième « vicieux » et découvrit les deux compagnons de chambre qui se faisaient face comme un couple de chats. Jerry leur adressa son grand sourire joyeux et décontracté.

— Bon ! écoutez, les gars, dit-il. J'ai l'impression que vous avez un tas de trucs à vous raconter, alors je ne vous dérange pas plus longtemps. Merci pour la bière. À bientôt.

— Oh ! je n'en doute pas, répondit Kenny, pendant que David s'efforçait vainement de prendre un air détaché.

— Eh bien, mon vieux, se dit Jerry dans l'ascenseur qui redescendait, qu'est-ce que tu penses de ça ?

APRÈS LE DÎNER...

Wally Hinztlebel, représentant en piscines et séducteur de l'après-midi, comptait parmi ces gens qui grandissent à l'ombre de New York City sans jamais en faire partie. Dans la communauté de Long Island où il avait passé sa jeunesse, la plupart de ses camarades d'école avaient des pères qui travaillaient en ville, et au cours de son adolescence, les gars et les filles qu'il connaissait prenaient parfois le métro pour se rendre à Manhattan, mais Wally ne traînait jamais avec ce genre d'individus. Il traînait avec une bande de son quartier. C'était un gosse d'une petite ville, entouré d'autres jeunes d'une petite ville, et la silhouette de Manhattan à l'horizon le laissait indifférent.

Au cours de sa vie d'adulte, son métier de représentant en piscines l'avait parfois conduit au-delà des limites de la ville, jusque dans le Queens ou Brooklyn, mais pour ce qui est de se rendre à Manhattan, c'était seulement sa troisième expérience. La première avait eu lieu neuf ans plus tôt, il avait alors quinze ans, à l'occasion de l'anniversaire de sa mère. Après avoir fait des économies, Wally lui avait offert des billets pour une comédie musicale sur Broadway, accompagnés d'un dîner dans un restaurant du centre. Bien qu'elle n'ait cessé de répéter que c'était merveilleux, il avait senti dès le début que c'était une erreur, une erreur qu'il n'avait jamais répétée. Le sourire crispé de sa mère dans le métro sale et bruyant lui avait fait comprendre, sans qu'elle ait besoin de parler, à quel point ce mode de transport l'incommodait. Au restaurant, ses affirmations selon lesquelles tout était absolument délicieux avaient alterné avec les questions incessantes adressées au serveur, afin de connaître les ingrédients de tous les plats. Elle mangeait du bout des lèvres, le regard perdu au loin, comme si elle guettait le bruit d'une cloche, puis elle disait : « Oh ! quel *drôle* de goût. » Quant à la comédie musicale, remplie de filles à demi nues et de chansons tapageuses, sa mère lui avait tapoté le bras en sortant, et en disant : « Je suis sûre que c'est un spectacle merveilleux. »

Sa seconde expérience à Manhattan avait eu lieu cinq ans plus tard, au cours d'une des rares absences de sa mère. La tante Leah, la sœur unique de sa mère, se mourait à Springfield, dans l'Illinois, et sa mère était partie là-bas une semaine, quatre jours d'attente près du lit, puis l'enterrement. Wally la conduisit à l'aéroport de LaGuardia pour prendre l'avion à destination de Springfield, puis, alors qu'il rentrait seul en voiture, il s'aperçut tout à coup que la maison était vide, que personne ne l'attendait, et un frisson nerveux d'excitation le parcourut de la tête aux pieds, comme un coucher de soleil qui se déploie à l'horizon. Roulant de l'aéroport à Grand Central Parkway, il atteignit la bifurcation où il pouvait prendre à l'est vers chez lui, ou bien à l'ouest vers la ville, et comme la flèche sur une planche de « oui-ja », la voiture tourna brutalement vers l'ouest de son propre chef. Que pouvait faire Wally à part suivre le mouvement ?

D'une certaine façon, cette seconde visite fut encore pire que la première. Après avoir roulé pendant deux heures dans les embouteillages de la fin de journée, sans connaître personne, sans avoir de destination, Wally avait finalement échoué dans un bar pour touristes, non loin de Broadway, où il s'était soûlé, avant d'être malade. De plus, la police avait embarqué sa voiture, et il avait dû passer la nuit dans un hôtel du quartier, naviguant entre les cauchemars et les courses jusqu'aux toilettes. De plus, il avait dû débourser cinquante dollars pour récupérer sa voiture le lendemain, si bien que Wally avait passé le restant de la semaine bien tranquillement devant sa télé dans son salon, en attendant le retour de sa mère.

Et aujourd'hui, il revenait pour la troisième fois (après une interruption pour le dîner), mais en l'occurrence, l'endroit où il se trouvait n'avait aucune importance. Si la piste de la statuette en or l'avait conduit en Alaska, au Congo, ou sur les anneaux de Saturne, Wally y serait allé de la même façon. Manhattan n'était qu'une toile de fond qui n'occupait aucune place dans ses pensées.

Voilà pourquoi il n'avait pas imaginé, avant d'arriver au 29 de la 45e Rue Ouest, l'adresse de Bud Beemiss, que celle-ci ne pouvait certainement pas correspondre à un lieu d'habitation. Sortant du Midtown Tunnel, il s'y précipita au volant de sa voiture, tandis que le dîner (poulet, petits pois, pommes de terre sautées, gâteau à la cerise et café) ballottait dans son estomac, s'imaginant déjà dans l'appartement de Beemiss, serrant entre ses mains la froideur électrique de l'or, mais dès qu'il vit le bâtiment, il comprit. C'étaient les bureaux de Beemiss, pas sa maison. Et à cette heure, il n'y avait personne.

Clignant des yeux, l'esprit en ébullition, Wally fouilla nerveusement dans la boîte à gants à la recherche de la liste de noms et d'adresses. Beemiss : à écarter ; il fallait quelqu'un d'autre, vite, quelqu'un d'autre.

Oscar Russell Green, 291, 127e Rue Ouest. Ça, c'était forcément une habitation. En outre, Green était, paraît-il, le leader du Comité du sport pour tous ; pourquoi n'aurait-il pas, *lui*, la liste de tous les membres ?

Wally redémarra en trombe au volant de sa Pinto. Oscar Russell Green. Il fallait faire vite...

ET DONC...

Dou di dou ouap dou dou ouap di dou...

Oscar Russell Green était un exécrable danseur, mais il s'en fichait. Il ne possédait aucun sens du rythme, il avait deux pieds gauches, il était incapable de bouger correctement ses épaules, et il ne savait que faire de ses mains, mais il s'en foutait complètement. S'il avait envie de danser, il danserait, nom de Dieu, un point c'est tout. Il danserait dans ce putain de salon, et tant pis si les putains de meubles se dressaient sur son passage. Au diable les putains de meubles.

Oscar dansait le Hustle. Enfin, pas vraiment, mais il le croyait, et c'était presque la même chose. Il évoluait d'un pas lourd à travers le living-room, basculant de temps à autre par-dessus de gros meubles, mais se relevant toujours pour continuer à danser. Encore et toujours. Au rythme de la musique dans sa tête, ou peut-être de la musique des sphères célestes. Une musique dont il se souvenait.

Après le départ du duo comique irlandais Frank et Floyd, Oscar avait plongé dans un sommeil nébuleux, jusqu'à ce que la sonnette de la porte le ramène sur terre avec une violente migraine. Fort heureusement, la sonnette annonçait la venue du livreur du débit d'alcools, et une série de rasades de gnôle avait apaisé son mal de crâne, le laissant plus ou moins réveillé, et plus ou moins dans de mauvaises dispositions, celles de non-chef.

Malgré tout, il lui restait encore assez de bonnes dispositions pour s'inquiéter de l'Autre Oscar brisé et décider finalement de réparer cette saloperie, *maintenant, sur-le-champ, à l'instant même,* mais où était passée cette foutue super-glu ? Cuisine cuisine cuisine cuisine... ah, *ah !* La super-glu. Ensuite, il alla chercher l'Autre Oscar et la jambe de l'Autre Oscar dans la chambre et revint dans le salon ; il répandit une grande quantité de super-glu sur les meubles, les lampes, ses mains, le sol, et en divers endroits de l'Autre Oscar, avant de remettre la jambe en place, et c'était bien le diable si ça ne tenait pas. C'était bien le diable. Après quoi, il reposa l'Autre Oscar sur le rebord de la fenêtre pour le laisser sécher, mais il eut énormément de mal à s'en débarrasser, avec toute cette super-glu partout, et quand il se recula pour admirer le résultat (basculant à la renverse par-dessus le pouf), il lui sembla que l'Autre Oscar enjambait la fenêtre, comme s'il venait du dehors. Mais il n'y avait pas d'échelle d'incendie devant cette fenêtre, rien que la nuit noire et silencieuse, quatre étages au-dessus de la rue, et il fallait que ce soit un *véritable* dieu pour entrer par cette fenêtre. Un dieu volant. « Tu as des nouvelles de la nonne volante ? » lui demanda Oscar, et il s'éloigna en ricanant à la recherche de sa bouteille. Il revint en ricanant avec, et s'assit sur le transat à bascule — plof, il se retrouva couché dessus, de manière totalement inattendue —, et il resta là à ricaner pendant un moment, en buvant à la bouteille, pour s'apercevoir ensuite qu'il n'arrivait plus à la reposer.

Nom de Dieu. Bordel de bon Dieu de saloperie de merde... Ah ! et puis zut, pourquoi la reposer d'abord ? Alors il continua à tenir la bouteille comme ça et à boire au goulot, en ricanant chaque fois qu'il regardait l'Autre Oscar, et soudain, il trouva que celui-ci avait quelque chose d'inquiétant.

D'effrayant. Pour sûr. Entrant par la fenêtre comme ça, doré et scintillant sur le fond obscur de la nuit, ses yeux verts luisant comme s'il s'agissait d'un véritable dieu carnivore, sautant sur une jambe comme un dieu volant carnivore de mauvaise humeur, venu pour tout détruire, mon gars, pour détruire *quelqu'un* avant de repartir.

— Salopard, marmonna Oscar en regardant cette saleté, et en buvant une autre rasade de la bouteille collée dans sa main.

S'il avait été un imbécile de Négro superstitieux, nom de Dieu, ce salopard là-bas sur le rebord de la fenêtre lui aurait donné de quoi *superstitionner.* Prenez un Nègre des plantations du Sud profond, songea Oscar, ce petit salopard là-bas lui ferait claquer des dents jusqu'à ce qu'elles lui sortent de la tête. Pour sûr.

Une chance que lui-même soit un citadin cultivé. Une chance.

Oscar but une autre gorgée, et s'aperçut que la bouteille était vide. Toujours collée à sa main, mais vide. Et ça c'était emmerdant, nom de Dieu. Sacrément emmerdant. Qui a besoin d'une bouteille vide collée dans la main ?

S'extirpant du transat à bascule en s'aidant d'une main — celui-ci ne voulait pas le laisser repartir jusqu'au tout dernier moment —, lorsqu'il se redressa brusquement et le projeta sur le canapé en mohair. Oscar se rendit dans la cuisine en titubant et fit couler de l'eau bouillante du robinet sur sa main jusqu'à ce que la bouteille lâche prise, il s'aperçut alors qu'il avait transformé ses doigts en saucisses de Francfort.

— Aïe !... Ouh, bon Dieu... Aïe !...

C'était une de ces douleurs qui augmentent progressivement, de plus en plus vive, bien après que la cause se fut arrêtée. Oscar revint dans le living-room d'un pas chancelant, en tenant une bouteille pleine dans sa main valide, l'autre coincée sous son aisselle, et sautant à cloche-pied en guise de remède contre la douleur de la brûlure. Il sautait sur place, en poussant parfois un « Oh ! », mais se contentant plus généralement de marmonner et de lancer des jurons, quand son regard se posa une fois de plus sur l'Autre Oscar ; il vit que l'Autre Oscar et lui sautaient en chœur.

— Ah ! s'exclama Oscar.

Il s'arrêta de sauter et contempla avec un large sourire l'Autre Oscar qui continuait de sauter, mais qui ne paraissait plus aussi effrayant. Plus effrayant du tout même.

En fait, l'Autre Oscar ne sautait pas, il *dansait.* Voilà ce qu'il faisait, il dansait, alors Oscar se mit à danser avec lui, et rapidement, Oscar se mit à danser à travers la pièce, exécutant sa version du Hustle, et voilà ce à quoi il était occupé quand il entendit le tintement dans la chambre.

Un tintement ? Un bruit de verre ? Frank et Floyd étaient de retour ? Serrant dans sa main valide sa bouteille à demi pleine (à demi vide ?), Oscar traversa l'appartement sur la pointe des pieds jusqu'à la chambre, et là, il découvrit un *autre* Blanc. Encore un autre.

Celui-ci était encore plus bizarre. C'était un grand type

maigre et décharné, avec des cheveux blond filasse. Il portait un veston, sa main était glissée dans la poche, et il pointait quelque chose en direction d'Oscar à travers cette poche. De plus, un masque dissimulait la moitié inférieure du visage, comme les pilleurs de banque dans les westerns. Seulement ce masque était une serviette en papier venant de chez McDonald's, et la double arche dorée renversée au milieu du masque faisait comme deux dents de lapin à cet autre cinglé, lui donnant l'air d'un castor.

— Les mains en l'air, ordonna le castor.

Oscar avait déjà les mains occupées : la première avec la bouteille, et la seconde par des picotements et des élancements.

— Nom de Dieu, dit Oscar.

— Reculez, dit le castor.

— Vous commencez à devenir pénibles, les gars, répondit Oscar, en reculant malgré tout.

Il recula pas à pas jusqu'au living-room, suivi par le castor qui pointait sur lui ce machin à travers sa poche de veste en le foudroyant du regard avec ses yeux d'un bleu délavé qui évoquaient pour Oscar, sans qu'il sache pourquoi, des piscines. Des piscines en colère.

Les deux hommes pénétrèrent dans le living-room. Oscar avançait à reculons, puis il bascula à la renverse par-dessus le pouf, projetant du whisky bon marché dans tous les coins, et tandis qu'il s'efforçait de se relever tant bien que mal, voilà que cet autre Blanc se précipitait à travers la pièce, la main tendue vers l'Autre Oscar.

— Hé ! s'exclama Oscar, mais le castor se saisit de l'Autre Oscar ; il se retourna et repartit en courant dans l'autre sens.

Mais l'Autre Oscar refusa de bouger. Il resta où il était, sur le rebord de la fenêtre — peut-être, songea Oscar, peut-être qu'il avait mis un peu trop de super-glu

— et le castor exécuta une formidable cascade comme s'il escaladait un mur invisible, jusqu'à se retrouver à l'horizontale à environ deux mètres du sol.

C'est à cet instant que l'Autre Oscar se brisa. La cheville de la jambe qui reposait sur le socle céda, et l'Autre Oscar s'enfuit avec le castor, abandonnant son pied gauche et son socle sur le rebord de la fenêtre. Le castor qui tenait fermement l'Autre Oscar atterrit les pieds en avant sur le transat à bascule qui l'avala. Il se referma comme une plante carnivore, engloutissant presque tout le castor, à l'exception de sa tête et du bras qui tenait l'Autre Oscar.

— Ça alors, commenta Oscar, admiratif. C'est la première fois que je vois une chose pareille.

Le castor se débattit à l'intérieur du siège à bascule, jouant des pieds et des poings, et soudain, le transat le recracha ; le castor tournoya sur le sol, se releva d'un bond et il s'apprêtait à se ruer hors du living-room quand il sembla s'apercevoir que l'Autre Oscar était brisé. Il s'arrêta dans son élan, comme sur ces photos prises sur le vif qui remportent toujours le prix dans la catégorie « sport », il regarda d'un air hébété le plâtre visible au niveau de la cheville de l'Autre Oscar, puis il dit :

— Oh, zut !

Et il jeta l'Autre Oscar sur le canapé.

Du moins, il essaya. Il essaya de nouveau. Puis il observa l'Autre Oscar qui était collé dans sa main, et c'est alors qu'Oscar se précipita vers lui en disant :

— Je vais vous aider, je vais vous aider.

— Bon sang, dit le castor.

La serviette en papier tremblotait à chaque fois qu'il parlait.

Oscar décolla la main du castor de l'Autre Oscar, puis

le castor fourra cette main dans sa poche pour pointer quelque chose sur Oscar en disant d'un ton coriace :

— Je veux la liste.

— Tout à l'heure, vous me menaciez avec l'autre poche, fit remarquer Oscar.

— Hein ?

Le castor baissa les yeux, comme si on venait de lui dire que sa braguette était ouverte, puis il fit un bond en l'air, se retourna en plein vol, et repartit à toutes jambes en sens inverse.

Oscar ne le suivit pas. Il écouta le bruit fracassant, puis le tintement, et enfin le *bong-bong-bong* des pas du type sur l'échelle d'escalier d'incendie.

— C'est la pire cuite que j'aie jamais connue, dit Oscar à voix haute.

Il reposa l'Autre Oscar sur le pouf pour le mettre à l'abri, et il reporta son attention sur le socle resté sur le rebord de la fenêtre.

Collé. Bel et bien collé. Avec un soupir, en secouant la tête, Oscar retourna dans la cuisine pour chercher de l'eau chaude.

PARALLÈLEMENT...

Résumé de notre histoire : Le consciencieux et très sérieux Mel Bernstein, engagé dans une affaire à l'instigation de son actif et rusé beau-frère, Jerry Manelli, s'introduit dans la luxueuse résidence du sémillant et sympathique Bud Beemiss en quête d'un horrible et précieux Prêtre Aztèque Dansant. Au même moment, sans que Mel le sache, Bud est en pleine discussion dans la bibliothèque avec le coriace et malhonnête August Corella, et le grand et méchant Earl, tandis que le trapu et indifférent Ralph reste dans la neuve et étincelante

Cadillac devant la maison. En entrant dans la pièce où se trouve le Prêtre, Bud, August et Earl découvrent Mel en plein forfait. Tout le monde est surpris. Et l'histoire reprend...

Mel sauta par la fenêtre, en serrant la statuette dorée dans ses mains. Dans son dos, Corella et Beemiss poussaient de grands cris, tandis qu'Earl s'interrogeait pour savoir s'il avait envie de sauter lui aussi par la fenêtre.

Mel retomba sur ses pieds. Puis il tomba sur les genoux, puis sur le côté, puis sur l'épaule, puis sur la tête, puis sur le dos. Et enfin il roula sur lui-même. Mais à aucun moment il ne lâcha la statuette, et à aucun moment celle-ci ne se brisa.

Là-haut, Corella et Beemiss continuaient de hurler. Earl, après avoir décidé que sauter par les fenêtres du premier étage ne faisait pas partie de son répertoire, s'était rué hors de la pièce pour se précipiter vers l'escalier.

Sur la pelouse, dans la faible lueur du crépuscule, Mel s'était relevé en titubant pour courir dans tous les sens. Après avoir percuté le côté de la maison, il retrouva enfin son sens de l'orientation et traversa à toutes jambes la pelouse vallonnée, en serrant la statuette contre sa poitrine. Les deux danois de la famille Beemiss, avec lesquels Mel avait sympathisé en arrivant, se mirent à sautiller joyeusement à ses côtés en faisant « Ouaf ! ».

Corella et Beemiss cessèrent enfin de hurler ; Corella sortit du bureau en courant à la suite d'Earl, tandis que Beemiss regardait d'un air perplexe l'homme et les deux chiens qui traversaient la pelouse en gambadant. Mais Beemiss possédait un esprit vif, et celui-ci avait commencé à réfléchir aux incohérences.

Earl, lui, ne possédait pas un esprit particulièrement vif, mais son corps l'était, et en moins de temps qu'il n'en faut pour le dire, il avait dévalé l'escalier, bondi à travers le vestibule et jailli sur le perron ; maintenant il faisait le tour de la maison dans le sillage de Mel. Corella, qui possédait une forme physique beaucoup moins éclatante, le suivait de loin en haletant.

Mel avait laissé son break sur un chemin de terre contigu à la propriété de Beemiss, hors de vue de la maison, derrière une rangée de pins. Mel et les chiens atteignaient les arbres au moment où Earl s'élançait simplement à travers la pelouse ; aussitôt les deux danois abandonnèrent Mel pour se tourner vers cet autre type. Voilà qui était l'étranger à leurs yeux, ce n'était pas un vieil ami comme Mel, et ils en conclurent que sa course avait quelque chose de suspect. C'est pourquoi ils l'interceptèrent et le jetèrent à terre.

— Hamlet ! Ophélie ! hurla Beemiss. Arrêtez ! Ça suffit ! Laissez cet homme !

À contrecœur les deux chiens libérèrent Earl, juste à temps pour voir Corella tourner au coin de la maison. Ah ! cette fois, voilà celui contre qui ils devaient défendre la maison. Avec un sourire joyeux, les deux chiens se précipitèrent vers Corella qui fit brusquement demi-tour et fonça ventre à terre dans la direction opposée.

— Hamlet ! Ophélie ! Revenez ! Revenez ici, nom de Dieu !

Les chiens s'amusaient beaucoup trop pour écouter un vieux rabat-joie. Faisant semblant de ne pas entendre la voix de leur maître, ils continuèrent à poursuivre Corella qui tourna au coin de la maison et s'engouffra à bord de la Cadillac, tirant Ralph d'un premier sommeil. Le bruit sourd des chiens se jetant contre le flanc de la voiture le tira d'un second sommeil.

— Bon sang ! s'écria-t-il en agitant dans l'air son *New York Post* lu et relu. Nom de Dieu !

— Démarre ! lui hurla Corella.

Ralph ne se le fit pas dire deux fois.

Au même moment, Mel faisait démarrer lui aussi son véhicule, tandis qu'Earl traversait la rangée d'arbres d'un pas lourd, tout en essayant d'ôter les traces de pattes de chien sur sa cravate. Le break était réticent, mais Mel pompa plusieurs fois sur l'accélérateur, et le moteur finit par tousser, crachoter, avant de démarrer. Mel exécuta un demi-tour encore plus serré que celui de Ralph, au moment où Earl jaillissait des pins. Mel accéléra ; Earl s'agrippa au pare-chocs arrière, la voiture fit un bond en avant, le pare-chocs arrière céda, et Earl se retrouva projeté au milieu des pins, avec le pare-chocs dans les mains.

— Suis-le ! Suis-le ! hurlait Corella.

Ralph devenait fou.

— Suis-le qui ça ? demanda-t-il sans se soucier de la syntaxe.

— Lui ! Lui ! Lui ! hurla Corella en montrant du doigt le break qui débouchait en brinquebalant sur la route goudronnée.

Earl surgit du bosquet de pins en agitant le pare-chocs, et les deux danois cessèrent d'essayer de pénétrer de force dans la Cadillac pour courir jouer avec leur deuxième nouvel ami.

— Non ! Non ! Non ! hurla Earl, en s'enfuyant parmi les pins.

— Hamlet ! Ophélie ! Revenez ici !

Earl traversa le bosquet de pins et déboucha sur le chemin de terre, au moment où Ralph s'engageait dans l'allée circulaire de Beemiss. Le break s'éloignait en bondissant et en cahotant sur la route goudronnée. Earl et la Cadillac se rejoignirent à l'endroit où le chemin de terre croisait la route goudronnée ; Ralph freina brutalement pour qu'Earl puisse monter à bord. Earl lança le pare-chocs aux chiens, plongea la tête la première à l'intérieur de la voiture, et Ralph repartit sur les chapeaux de roues. La Cadillac s'élança sur la route goudronnée, à la poursuite du break, et les chiens s'élancèrent à la poursuite de la Cadillac.

Au cours du premier kilomètre, aucun des deux véhicules ne gagna ou ne perdit du terrain. La Cadillac était plus rapide, mais la route était trop sinueuse et défoncée pour que Ralph puisse libérer toute la puissance du moteur. À vrai dire, il avait plus de mal que Mel à rester sur la chaussée.

Au moins réussirent-ils à distancer les chiens qui finirent par abandonner la course et s'en retournèrent, en échangeant de grands sourires. Ils avaient passé un moment merveilleux. De retour sur leur territoire, Hamlet rentra dans la maison en tenant dans sa gueule le pare-chocs de Mel, en guise de prise de guerre. Il bouda quand Beemiss refusa qu'il le garde.

Après ce premier kilomètre, Mel s'engagea sur une route légèrement plus large, et moins accidentée, sur laquelle la Cadillac pouvait mieux utiliser sa puissance supérieure. Toutefois, il n'y eut qu'une seule zone de dépassement durant les six premiers kilomètres, et Mel s'en servit pour doubler une voiture transportant un homme d'Église, un prêtre méthodiste nommé Actable qui aimait faire de longs trajets paisibles en voiture pendant qu'il préparait son sermon du dimanche suivant. Une route sinueuse et un flot de voitures venant en sens inverse obligèrent Ralph à rester derrière le révérend Actable et sa Roadrunner, tandis que Mel prenait le large, jusqu'à ce qu'il arrive à son tour derrière un minibus Volkswagen conduit par l'épouse d'un fleuriste nommée Muriel Leenk, qui avait neuf enfants, tous assis avec elle dans le minibus. Elle discutait de *Star Trek* avec trois des garçons.

Nouvelle zone de dépassement ! Mel doubla Mrs. Leenk à toute allure, une minute plus tard, Ralph dépassa le révérend Actable à toute allure. Puis Ralph colla au train de Mrs. Leenk pendant un certain temps, tandis que Mel collait au train d'un économiste réputé nommé Brasspendle, qui, tout en conduisant, se disputait mentalement avec Keynes ; et ce dernier se ridiculisait au cours de cette discussion.

Encore une zone de dépassement ! Mais une camionnette de service de lavage de couches roulait au pas sur la voie d'en face lorsque Mel et Brasspendle l'atteignirent. Si bien que Mel ne put dépasser la Saab de l'économiste. Malheureusement, la camionnette du service de couches avait libéré le passage quand Mrs. Leenk et Ralph arrivèrent à cet endroit, et Ralph fit bondir la Cadillac, comme si le véhicule allait décoller et se mettre à voler.

Penché sur son volant, les dents serrées, grimaçant et gémissant à voix basse, Mel vit la Cadillac grossir dans son rétroviseur. La nuit n'était pas encore tout à fait tombée, et il distinguait la grosse menace luisante du véhicule derrière ses quatre phares. (Ralph faisait partie de ces salopards qui roulent pleins phares quand ils suivent une autre voiture.) Droit devant, il n'y avait aucune zone de dépassement. Il n'y avait rien, il n'y avait rien, uniquement la...

L'autoroute du Connecticut ! Sans y réfléchir à deux fois, Mel se faufila sur la droite de Brasspendle, s'engouffra sur la rampe d'accès et fonça en direction de l'est. Juste derrière lui apparut la Cadillac, roulant déjà à cent à l'heure avant même de déboucher sur l'autoroute.

Mel roulait à cent dix, cent quinze, cent vingt, cent vingt-cinq... La Cadillac roulait à cent trente, cent trente-cinq, cent quarante.

Soudain, Mel pila net. Mel roulait maintenant à quatre-vingt-dix très exactement.

— On l'a ! s'écria Corella.

Dans son excitation, il tapait sur le siège devant lui, juste derrière la nuque de Ralph, qui détestait cela.

— On l'a ! On l'a ! On l'a !

Bong bong bong.

La Cadillac gagnait rapidement du terrain, l'écart se réduisait. Elle roulait à toute allure sur la file de gauche. D'une seconde à l'autre, la Cadillac allait dépasser le break et l'obliger à se ranger sur le côté, et alors Mel Bernstein connaîtrait un sort terrible.

Mais soudain, Ralph pila net à son tour ; à l'arrière, Corella et Earl se trouvèrent projetés au sol. La Cadillac roulait très exactement à quatre-vingt-dix.

— Hé, qu'est-ce qui se passe ? beugla Corella qui se relevait en s'agrippant au siège. Vas-y, double-le ! Balance-le dans le décor !

— Y a un flic, répondit Ralph.

— Hein ? Où ?

— Juste devant le break. C'est pour ça qu'il a ralenti.

— Bon Dieu, dit Corella. Bon ! Colle-lui au train.

Earl était remonté sur la banquette à son tour, et d'un ton chagriné, il dit :

— Bordel, vas-y mollo, Ralph.

Il frottait son autre œil, pas celui qui avait reçu le coup de poing de la fille. Il s'était cogné contre le siège de devant en tombant de la banquette. Ralph et Corella l'ignorèrent. Penchés en avant l'un et l'autre, ils essayaient d'apercevoir la voiture de police devant le break. Mais la nuit était tombée maintenant, et seuls les phares du break éclairaient la voiture qui le précédait, avec son gyrophare surmontant les insignes caractéristiques de la police. C'était un policier d'État. Patrouille de la route.

— Merde, merde, merde, dit Corella.

À l'intérieur du break, Mel avait un large sourire. Il aurait voulu courir embrasser ce flic. En voyant la Cadillac se rapprocher, il avait eu terriblement peur, mais maintenant il était hors de danger, pour le moment du moins. Il ne savait pas ce qu'il ferait ensuite, mais en attendant, les types de la Cadillac ne pouvaient pas s'en prendre à lui.

Le policier conduisait une Fury II. Les policiers d'État *adorent* les Fury II. Les policiers d'État continueront à conduire des Fury II jusqu'à ce qu'un constructeur automobile sorte une voiture baptisée Kill. Ce jour-là, les policiers d'État conduiront tous des Kill. Les policiers d'État se forment une image en lisant les Marvel Comics.

La Fury II, le break et la Cadillac roulaient bien sagement en file indienne sans dépasser le quatre-vingt-dix à l'heure, la vitesse limite autorisée dans ce grand État (presque treize mille kilomètres carrés), en direction de l'est sur l'autoroute du Connecticut. Les trois véhicules parcoururent cinquante-trois kilomètres en trente-sept minutes, puis soudain, la Fury II alluma son clignotant droit. Le policier d'État quittait l'autoroute.

Ne sachant toujours pas ce qu'il allait faire ensuite, Mel décida qu'il avait tout intérêt à rester derrière le policier. Peut-être que les types de la Cadillac renonceraient.

Dans la Cadillac justement, Corella tapa sur l'épaule de Ralph, ce que Ralph *détestait.*

— Il prend la sortie ! s'exclama Corella.

— Le flic aussi, répondit Ralph.

— Merde.

La Fury II, le break et la Cadillac brisèrent la formation comme des bombardiers qui partent en piqué au ralenti, descendant la rampe incurvée l'un derrière l'autre, avant de s'arrêter en file indienne au panneau « Stop » planté au bord de la petite route de campagne.

La Fury II mit son clignotant à gauche. Le break également. La Cadillac également. La Fury II tourna à gauche sur la route de campagne. Le break également. La Cadillac également. La Fury II passa sous le pont de l'autoroute. Le break également. La Cadillac également. La Fury II mit son clignotant à gauche. Le break également. La Cadillac également.

— C'est quoi, ce bordel ? (Corella agrippait le siège, tout près de l'oreille de Ralph.) Qu'est-ce qui se passe, bon Dieu ?

— Merde, dit Ralph. Il retourne sur l'autoroute.

En effet. Il retourna sur l'autoroute. Les autres aussi ; les trois véhicules retournèrent sur l'autoroute, l'un derrière l'autre, en direction de l'ouest cette fois. *(Au moins, maintenant,* se dit Mel, *on roule vers New York.)* Et ils se remirent en file indienne, en gardant leurs distances, sans dépasser le quatre-vingt-dix.

— Qu'est-ce que ça veut dire ? demanda Corella. À quoi joue ce salopard ?

— Il reste derrière le flic, répondit Ralph. Tant qu'il est derrière lui, on ne peut rien lui faire.

— Ah ! le salaud d'enfoiré.

Assis sur la banquette arrière, Earl boudait, même si les deux autres ne s'en rendaient pas compte. Son œil valide lui faisait de plus en plus mal. Il craignait d'avoir un autre coquard. *Deux* yeux au beurre noir. Ce n'était pas juste.

La Fury II, le break et la Cadillac parcoururent soixante-cinq kilomètres en quarante-sept minutes.

— Ça y est, il quitte de nouveau l'autoroute, dit Corella.

— Le flic aussi, répondit Ralph.

La Fury II, le break et la Cadillac quittèrent l'autoroute, prirent la route de campagne qui passe sous le pont et remontèrent sur l'autoroute, en direction de l'est.

— Je n'en peux plus ! hurla Corella. C'est quoi, cette poursuite ? On se croirait sur un manège !

Le policier d'État, un type nommé Luke Snell, avait vu un film avec Clint Eastwood à la télé la veille, et pour passer le temps durant son service, il s'imaginait plongé dans des aventures basées sur la trame et les péripéties du film. L'agent Snell adorait inventer des histoires quand il pilotait sa Fury II, et souvent il se disait qu'il pourrait écrire des histoires aussi bonnes que toutes ces conneries qu'on voyait à la télé. À vrai dire, il avait jeté quelques-unes de ses idées sur le papier et il les avait envoyées, avec des honoraires de lecture, à un grand agent littéraire de New York, un certain Zachary George, et George lui avait répondu personnellement pour lui dire que son matériau était prometteur et lui donner quelques conseils sur la façon de mieux le mettre en forme. Cette activité de création et d'imagination accaparait la plus grande partie de son attention, voilà pourquoi il demeurait indifférent à certaines choses du monde qui l'entourait, comme par exemple cette paire de phares, toujours la même, qui ne quittait pas son rétroviseur.

Au cours de l'heure et demie qui suivit, la Fury II, le break et la Cadillac roulèrent tranquillement sur l'autoroute, dans un sens puis dans l'autre, sans jamais dépasser le quatre-vingt-dix. Mel et Ralph craignaient de tomber en panne d'essence. Earl craignait pour son œil. L'agent Snell bâtissait ses fantasmes. Corella faisait une crise d'apoplexie.

Un peu avant dix heures, les trois voitures quittèrent de nouveau l'autoroute, mais cette fois, en arrivant au panneau « Stop » sur la route de campagne, la Fury II mit son clignotant à *droite.* Le break également.

— Hé ! il y a du nouveau, dit Ralph.

— Je n'en peux plus, soupira Corella.

Il avait le menton posé sur le dossier du siège avant,

à côté de la tête de Ralph, et celui-ci sentait son souffle dans son oreille, ce qu'il n'aimait pas du tout, mais alors pas du tout.

— Je deviens fou, ajouta Corella.

La Fury II tourna à droite sur la route de campagne et s'éloigna de l'autoroute en roulant à soixante à l'heure. Mel le suivit avec son break, en se demandant ce qui allait se passer ensuite. Ralph le suivit au volant de la Cadillac, en priant pour que Corella retire sa foutue bouche de son oreille.

La Fury II roula pendant environ six kilomètres sur la route de campagne, avant de mettre son clignotant à droite de nouveau. Puis la Fury II pénétra sur le parking de la caserne.

— Hé ! Hé ! beugla Ralph. Le flic a fini son service !

— Ce salopard va le suivre jusque dans le garage, dit Corella.

Mais Mel savait que c'était impossible. Inquiet tout à coup, il accéléra brutalement, au moment même où la Fury II quittait la route, mais les phares de la Cadillac demeurèrent toujours aussi gros et menaçants dans son rétroviseur.

Je ne dois pas me laisser rattraper. Chevauchant la ligne médiane pour empêcher la Cadillac de le dépasser, Mel fonçait sur la route, aussi vite que le lui permettaient le break, sa conduite et les lois de la gravité.

Corella, qui avait sombré dans un état très proche du désespoir au cours des deux dernières heures, s'était redressé et remis à brailler, en martelant le siège avant dans le dos de Ralph.

— On l'a ! hurlait-il. On l'a ! Vas-y, Ralph, double-moi cet enfant de salaud ! Double-le, pousse-le, tue-le, balance-le dans le décor !

Toujours à cheval sur la bande médiane, Mel négocia sans ralentir un virage serré et vit deux phares foncer droit sur lui. Il crut sa dernière heure arrivée. Il poussa un grand cri en levant les mains devant son visage, mais les phares le dépassèrent, un de chaque côté, et le break livré à lui-même quitta la route sur la gauche, s'enfonça dans les bois et rebondit contre plusieurs arbres.

Ralph était trop occupé à suivre le break. Lui aussi fut surpris en voyant soudain les phares de deux motos passer de part et d'autre de la Cadillac. Résultat, il suivit le break un peu plus longtemps qu'il n'aurait dû, hors de la route et jusque dans les bois. Toutefois, Ralph parvint à arrêter la Cadillac avec les freins plutôt qu'à l'aide des arbres.

Par une de ces coïncidences qu'aucun romancier n'oserait se permettre, les deux motos en question étaient pilotées par Jenny Kendall et Eddie Ross, les deux étudiants de l'université de New York, membres eux aussi du Comité du sport pour tous. Jenny et Eddie perdirent l'un et l'autre le contrôle de leur engin lorsqu'ils faillirent entrer en collision avec deux voitures qui roulaient au milieu de la route, mais ils parvinrent à s'arrêter sans le moindre dommage. Et Eddie hurla un juron en direction des feux arrière au milieu des arbres.

— Bande de cinglés !

— Peut-être sont-ils blessés ! s'écria Jenny.

Eddie et Jenny abandonnèrent donc leurs motos au bord de la route, avec les Autres Oscars fixés sur le guidon, pour aller voir si quelqu'un avait besoin d'aide.

En réalité, *tout le monde* avait besoin d'aide. Cette fois-ci, Earl s'était cogné le nez contre le siège ; il saignait, et il était dans une rage folle. Mel, qui avait bondi hors du break, en emportant la statuette, pour se précipiter bille en tête au milieu d'un bosquet de bruyère, se débattait comme une mouche dans une bouteille. Ralph et Corella, ayant jailli de la Cadillac pour se lancer à la poursuite de Mel, étaient perdus dans l'obscurité et ils persistaient à se sauter l'un sur l'autre.

— Ça suffit ! hurla Corella après que Ralph l'eut ceinturé pour la troisième fois.

— Je ne vois rien du tout ! se plaignit Ralph.

Et il le prouva une minute plus tard lorsqu'il saisit Jenny par la taille. Celle-ci poussa un grand cri et Eddie accourut pour balancer son poing sur le nez de Ralph. Corella les rejoignit, alerté par ce chahut, et Eddie lui écrasa le nez à son tour. Earl arriva ensuite, les yeux au beurre noir, le nez en sang et ainsi de suite ; il balança un coup de poing sur le nez d'Eddie, alors Jenny lui décocha un grand coup de pied dans la rotule et Earl s'assit par terre en disant :

— Cette fois, je démissionne. J'en ai assez.

Entre-temps, Mel, après être ressorti du bosquet de bruyère, s'était rapidement éloigné des voitures, de ces gens et de toute cette agitation. Il tomba alors sur deux motos stationnées au bord de la route, et à sa grande stupéfaction, l'une et l'autre avaient un Prêtre Aztèque Dansant fixé sur le guidon, exactement semblable à celui qu'il tenait dans la main.

— Nom d'un chien, dit-il.

Jetant un coup d'œil par-dessus son épaule, il vit que la poursuite s'était de nouveau organisée, et tout le monde, à l'exception d'Earl, se précipitait vers lui.

Ces deux Prêtres Aztèques Dansants faisaient-ils partie des seize Prêtres Aztèques Dansants ? Dans ce cas, que fabriquaient-ils ici, perdus au fin fond du Connecticut ? Mais d'un autre côté, se pouvait-il qu'ils n'en fassent pas partie ? Les deux hypothèses étaient trop invraisemblables, néanmoins, il y avait plus de chances pour que ces deux-là fassent partie des seize statuettes.

Que faire alors ? Les emporter toutes les trois ? Avec tous ces gens qui couraient vers lui, il n'avait pas le temps de les détacher des guidons. Mel se souvint alors des paroles de Jerry expliquant que la statuette en or ne se briserait *pas*, contrairement aux statuettes en plâtre, aussi donna-t-il un grand coup dans une des deux statuettes fixées sur le guidon avec la statuette de Beemiss, et les deux se brisèrent. Il donna un grand coup dans la seconde avec les restes de la statuette de Beemiss, et celle-ci se brisa à son tour. Alors il enfourcha une des motos, démarra, accéléra et fut projeté à la renverse lorsque la machine fit un bond en avant. Il tomba sur les fesses, tandis que la moto sans pilote s'élançait droit devant sur la route, avant de percuter de plein fouet une Fury II grise, la voiture personnelle de l'agent Luke Snell qui rentrait chez lui après son travail.

AU BOUT D'UN MOMENT...

Fut un temps au cours de l'histoire de la ville de New York où « monter à Harlem » était considéré comme une activité à la mode — danser au Cotton Club en écoutant Duke Ellington, et boire du gin douteux dans les bars clandestins du nord de la ville —, mais cette époque est depuis longtemps révolue. De nos jours, la plupart des New-Yorkais n'ont *jamais* mis les pieds à Harlem, et très rares sont ceux qui en éprouvent l'envie.

Y compris Jerry. Jamais auparavant il ne s'était aventuré sur ce continent noir situé au-delà de la 110ᵉ Rue, voilà pourquoi présentement il remontait Broadway avec une certaine raideur dans les épaules. Mais il n'avait guère le choix ; il avait déjà éliminé trois des quatre statuettes figurant sur sa liste, et il ne lui restait plus que celle en possession de l'épouse de Harwood, que le mari avait appelée « Bobbi ». À en croire Harwood, bien placé pour le savoir, Bobbi avait fichu le camp avec son amant, ce même Oscar Russell Green qui était à la tête du Comité du sport pour tous. Évidemment, celui-ci figurait sur la liste de quelqu'un d'autre, sans doute celle de Floyd, mais Floyd ou qui que ce soit ne chercherait *qu'une seule* statuette dans l'appartement de Green, Jerry était donc obligé de se rendre lui-même sur place, bien que cette idée lui déplaise fortement. D'après tout ce qu'il avait lu sur Harlem, il s'apprêtait à pénétrer dans une zone en guerre.

Si vous débarquiez à Harlem sans rien savoir de la véritable histoire de ce quartier, vous pourriez penser pénétrer sur le site d'une cité jadis puissante, abandonnée des centaines d'années plus tôt par ses fondateurs, peut-être à cause de la peste, ou bien parce que la civilisation à laquelle elle appartenait s'était éteinte, à moins que des êtres venus de l'espace aient atterri ici et emporté tous ses habitants sur Alpha du Centaure pour en faire du goulache. Et vous pourriez penser que la cité avait ensuite pourri pendant plusieurs siècles, abandonnée aux intempéries, pluie, neige et chaleur de l'été, avant que ne débarque un autre peuple — sans doute venu du New Jersey à bord de pirogues — qui avait investi ces carcasses de maisons vides et bâti sa propre société primitive sur les vestiges du passé. De telles choses se sont produites en Amérique du Sud et dans la péninsule du Yucatan au Mexique, alors pourquoi pas à l'embouchure de l'Hudson ? Il n'y a aucune raison. À vrai dire, quand vous y réfléchissez, cette histoire est assez proche de la vérité, non ?

Quand il gara son break dans la 127e Rue, à un demi-pâté de maisons de chez Oscar Russell Green, Jerry jeta un dernier regard attendri à ses enjoliveurs avant de s'éloigner, persuadé de ne jamais les revoir. Puis il se dirigea vers un immeuble en briques trapu qui paraissait moins délabré que la plupart de ses voisins immédiats, et il s'arrêta un instant sur le trottoir pour constater qu'il n'entendait pas le moindre cri à vous glacer le sang dans les environs. Aucune sirène de police ne hurlait au loin, aucun coup de feu. Personne ne courait au milieu de la rue en brandissant un couteau de boucher. Pour un lecteur du *Daily News,* voilà qui était pour le moins stupéfiant. Les Nègres n'étaient-ils pas censés se pousser du haut des toits ?

— C'est calme, murmura Jerry. Trop calme.

Il n'eut aucun mal à pénétrer dans l'immeuble grâce à la tactique de la carte de crédit ; la rangée de sonnettes dans le hall lui apprit que l'appartement de Green se trouvait au dernier étage. Jerry monta et colla son oreille à la porte, sans entendre aucun bruit, puis il chercha autour de lui l'entrée de l'escalier de service. En vain. Alors il monta sur le toit et redescendit par l'échelle d'incendie jusqu'à ce qui devait être la bonne fenêtre, et découvrit qu'elle était brisée. Les deux moitiés, celle du haut et celle du bas. Si Floyd ou qui que ce soit était passé par là, il avait fait de sacrés dégâts.

À l'intérieur, il y avait une chambre, avec la lumière allumée, mais sans personne. Jerry souleva la fenêtre, en essayant de ne pas faire de bruit, mais lorsqu'il enjamba le rebord, sa chaussure se posa sur du verre brisé. Sur la pointe des pieds, s'efforçant mentalement de se faire le plus léger possible, il traversa le plancher craquant, et il avait presque atteint l'autre bout de la chambre lorsqu'un grand Noir ivre et titubant apparut dans l'encadrement de la porte, en poussant des cris furieux et en agitant au-dessus de sa tête un Prêtre Aztèque Dansant.

— Tenez ! beugla-t-il, tandis que Jerry faisait un bond en arrière, terrorisé. Voilà ce que vous cherchez, bordel ! C'est la troisième fois ce soir, qu'est-ce qui vous prend, bon Dieu ? Laissez-moi me soûler tranquillement, nom de Dieu de merde !

Sur ce, il déposa brutalement la statue dans la main stupéfaite de Jerry.

Reprenant ses esprits, Jerry contempla la statuette et constata immédiatement qu'elle avait été brisée en plusieurs endroits et recollée, de façon plutôt bâclée. Et elle était très collante.

— Euh, non, dit-il en parvenant enfin au bout de la deuxième tentative à reposer la statuette sur une commode qui se trouvait à portée de main. En fait, je cherche Mrs. Harwood, c'est elle que je cherche.

— Mrs. Harwood ? Bobbi ?

Le grand Noir tituba contre le montant de la porte, et regarda autour de lui en clignant des yeux, comme si elle avait une chance de se trouver ici finalement.

— Non, il n'y a pas de Bobbi ici, conclut-il. Mais je le regrette, croyez-moi. Je le regrette.

— Où est-elle ?

— Chez elle. (Il glissa son pouce dans sa bouche et se livra à une parodie obscène de fumeur de pipe.) Avec ce cher vieux Chuck.

— Non, elle n'y est plus. Elle est partie.

— Ah oui ? La brave fille. Vous croyez qu'elle va venir ici ?

Jerry observa le grand Noir de haut en bas, en réfléchissant.

— Non, ça m'étonnerait.

— Merde.

— Bah, on ne peut pas toutes les avoir. Vous ne savez pas où elle aurait pu aller ?

— L'orchestre, répondit le Noir.

Jerry le regarda en plissant les yeux.

— Quoi ?

Le Noir tendit les bras devant lui et se mit à exécuter un geste bizarre avec ses deux mains.

— La harpe, dit-il. Elle joue de la harpe. Musique classique. Orchestre symphonique.

— Refaites ça pour voir, demanda Jerry.

Ce fut au tour du Noir de froncer les sourcils.

— Pardon ?

— Ce truc que vous faisiez avec vos mains. C'était quelqu'un qui joue de la harpe ?

— Évidemment.

Le Noir recommença le même geste bizarre.

Jerry secoua la tête.

— Ça ne ressemble pas à quelqu'un qui joue de la harpe, dit-il. On dirait que vous raflez toute la mise au poker.

— Vous êtes cinglé ou quoi ? Rafler la mise, c'est comme *ça* !

Et il exécuta un autre geste bizarre.

— Non, *ça*, dit Jerry, ça ressemble à quelqu'un qui joue de la harpe.

— Vous n'y connaissez rien, répondit le Noir. Au fait, pourquoi vous cherchez Bobbi ?

— Peut-être que je n'y connais rien, dit Jerry, mais moi je connais la réponse à cette question, et pas vous, et vous pouvez aller vous faire voir.

Le Noir parut offusqué.

— Ce n'est pas juste, dit-il.

— Et puis merde, répondit Jerry. Je ne vais pas rester ici à me faire insulter. Où est la sortie ?

— Je croyais que vous étiez du genre à utiliser les échelles d'incendie.

— Seulement pour entrer.

Jerry passa rapidement devant lui, à la recherche de la porte de l'appartement, mais soudain, il s'immobilisa et demanda :

— La troisième fois, vous avez dit ? Vous avez bien dit que j'étais le troisième à chercher cette statue ?

— Je me suis trompé, dit le Noir. Je l'avoue, je me suis trompé. En fait, vous êtes le premier qui cherchez Bobbi Harwood.

— Parlez-moi des types qui cherchent la statuette ?

— Pourquoi ?

— Pourquoi pas ?

Le grand Noir réfléchit à cette question, puis soudain, il hocha la tête et dit :

— Oui, vous avez raison. Bon ! pour commencer, il y a eu les foutus joueurs de ballon.

— Les joueurs de ballon ?

— Frank et Floyd. Ils n'arrêtaient pas de se lancer cette saloperie de statuette, et ils ont fini par la casser.

— Frank *et* Floyd, hein ?

— C'est comme ça qu'ils s'appelaient. Ensuite, il y a eu un grand type tout maigre de chez McDonald's.

— De chez McDonald's ?

— Il avait la serviette McDonald's sur le visage. On aurait dit un castor.

Était-ce un des types de la Mafia, ceux qui au départ voulaient récupérer la caisse marquée d'un E ? Curieusement, la description ne collait pas.

— Il était seul ou avec quelqu'un, celui-ci ? demanda Jerry.

— Non, tout seul. Il courait dans tous les coins comme un cafard.

— Hmmm.

C'était peut-être la Mafia, ou peut-être quelqu'un d'autre sans aucun rapport. Mais le plus important dans l'immédiat, c'était Bobbi Harwood.

— Bon ! à la prochaine, dit Jerry, et il quitta la chambre.

Le Noir le suivit en titubant à travers l'appartement jusqu'à la porte d'entrée où il demanda :

— Vous êtes sûr que vous êtes pas venu pour cette saloperie de statuette ?

— Je ne voudrais même pas la toucher avec des pincettes, répondit Jerry. Salut.

Sur ce, il descendit l'escalier au petit trot et sortit dans la rue.

Il y avait matière à réflexion. Frank et Floyd, pour commencer, que faisaient-ils ensemble ? Et qui était ce type avec la serviette de chez McDonald's sur le visage ? S'il n'était pas de la Mafia, alors que faisait la Mafia ?

Mais la question principale demeurait Bobbi Harwood. Arrêté sur le trottoir (il était tellement blasé désormais qu'il ne remarquait même plus le calme qui l'entourait), il regarda autour de lui, un peu comme s'il avait une chance de l'apercevoir d'ici. À ce moment même, Bobbi se trouvait quelque part dans cette ville, avec peut-être une statuette en or. Mais où ?

EXACTEMENT AU MÊME MOMENT...

— Je t'assure, Madge, dit Bobbi Harwood en remplissant de nouveau son verre à moutarde de bourgogne d'Almaden Mountain que contenait la carafe de deux litres. Ce soir, j'ai eu une révélation. Une révélation.

— Tant mieux, répondit Madge en masquant un bâillement derrière sa main.

Bobbi ne le remarqua pas. D'ailleurs, elle n'avait pas remarqué grand-chose au cours de ces dernières heures, depuis qu'elle était sortie d'un air furieux de la vie de Chuck — c'est ainsi qu'elle voyait la chose maintenant, avec un sentiment neuf de détermination et de volonté —, et qu'elle avait marché dans West End Avenue, avec les deux lourdes valises qui pendaient au bout de ses bras. Elle avait marché d'un pas, sans rien remarquer du monde qui l'entourait, ignorant les taxis, les sifflets et les piétons, concentrée exclusivement sur l'activité qui se déroulait à l'intérieur de sa tête, cette nouvelle atmosphère de liberté, de possibilités et de mouvement, cette certitude nouvelle qu'elle s'en était sortie maintenant, sortie pour de bon, et qu'elle se trouvait en équilibre à la limite d'un nouveau niveau d'existence ; et seul le poids des deux valises avait fini par la ramener sur terre. Lorsqu'elle avait pris conscience de la douleur qui lui brûlait les bras, elle avait compris également qu'elle ne pouvait pas continuer à marcher ainsi dans West End Avenue toute sa vie. Il lui fallait une destination.

C'est alors qu'elle avait pensé à Madge, comme elle l'avait déjà expliqué plusieurs fois à Madge depuis son arrivée. (« J'ai pensé à toi immédiatement. Immédiatement. ») Madge étant violoncelliste dans l'orchestre où Bobbi jouait de la harpe, Madge étant par ailleurs la meilleure amie de Bobbi sur cette terre, et Madge étant de plus une personne qui vivait seule actuellement, il n'était pas du tout surprenant que Bobbi ait pensé à elle, mais Bobbi elle-même semblait avoir du mal à s'en convaincre.

Quoi qu'il en soit, elle avait traîné ses valises pendant encore un bloc et demi jusqu'à une cabine téléphonique d'où elle avait appelé Madge, en disant : « C'est Bobbi, je viens de quitter Chuck pour toujours, est-ce que je peux venir dormir sur ton canapé cette nuit ? » Madge avait répondu, « oui bien sûr », et Bobbi avait pris un taxi jusqu'à ce sympathique immeuble en pierre brune réhabilité de Waverly Place dans le Village, et depuis, les deux femmes étaient assises dans le salon de l'appartement de Madge au deuxième étage, avec le bruit des voitures qui passaient dans la rue juste en dessous. Madge avait sorti la carafe de deux litres de vin rouge, pleine-alors-presque-vide-maintenant, et elles s'étaient installées pour une longue conversation entre amies. Un monologue, plus exactement, car pendant tout ce temps, c'est surtout Bobbi qui avait parlé, ses deux sujets favoris étant : A) le catalogue détaillé des défauts, des erreurs, des négligences et des échecs de Chuck, et B) une énumération plus vague, mais tout aussi passionnée, de toutes les possibilités nouvelles qui s'offraient à elle maintenant qu'elle s'était enfin libérée du piège. Le sourire compréhensif de Madge s'était quelque peu terni depuis environ une heure, mais elle aussi avait été mariée autrefois, et elle savait à quel point ce pouvait être affreux d'en finir une bonne fois pour toutes, aussi, en digne camarade, laissait-elle Bobbi continuer aussi longtemps qu'elle le souhaitait.

Jusqu'à la fin des temps apparemment.

— Une révélation ! répéta Bobbi.

D'un trait elle vida la moitié de son verre de vin et ajouta :

— J'ai compris soudain que je pouvais être moi, tu comprends ?

— Oui, je comprends, répondit Madge, et elle comprenait réellement.

Bobbi avait répété exactement la même chose au moins onze fois depuis son arrivée. Rapidement, avant que Bobbi ne puisse ajouter autre chose qu'elle avait déjà dite, Madge déclara :

— Je suis désolée, ma chérie, mais je crois que je n'en peux plus.

Bobbi lui jeta un regard hébété, sans comprendre.

— Tu quoi ?

— Je tombe de fatigue, répondit Madge en se levant. Tu n'es pas obligée de te coucher tout de suite, mais moi, j'y vais.

— Demain matin, déclara Bobbi, j'irai voir Coalshack.

Everett Coalshack était le chef du New York City Symphonia Orchestra où jouaient Bobbi et Madge.

— Oui, tu as raison, répondit cette dernière.

— Il saura me recommander auprès des bonnes personnes sur la côte Ouest, dit Bobbi. Je suis sûre qu'il m'aidera.

— J'en suis sûre aussi, confirma Madge, une fois de plus, avant de battre en retraite hors du salon et de portée de voix, pendant que Bobbi continuait à parler.

— J'irai vivre en Californie, dit Bobbi en s'adressant au verre à moutarde, à la carafe de vin et à la pièce déserte, et la première chose que je m'offrirai, c'est une voiture. Une *voiture,* nom de Dieu ! Et une jolie petite maison quelque part au bord de l'océan. Et plus jamais je ne verrai, je n'entendrai ou je ne parlerai à ce salopard de Chuck.

Elle continua ainsi dans la même veine pendant un petit moment, jusqu'à ce qu'elle remarque qu'elle était seule, alors elle se prépara pour se mettre au lit, ce qui voulait dire vider le contenu de ses deux valises sur le plancher du salon. Lorsque, au cours de cet exercice, elle mit à jour la statuette dorée qui avait tout déclenché, elle adressa un sourire radieux à l'horrible petite créature et lui chuchota :

— Tu es mon porte-bonheur. Tu le sais ? Tout est devenu possible grâce à toi.

Elle déposa la statuette sur le bord de la fenêtre, au milieu des plants d'avocats et des plantes vertes suspendues ; une atmosphère de jungle qui convenait parfaitement au petit diable. Et quand enfin elle éteignit la lumière et s'allongea sur le canapé, sous la deuxième couverture de Madge, elle remarqua que la lueur couleur pêche du lampadaire au-dehors projetait des reflets argentés sur les courbes tortueuses de la créature. Corail et or, avec des yeux malicieux vert émeraude.

— Bonne nuit, petit diable, lui murmura-t-elle, et elle crut le voir lui faire un clin d'œil.

BIENTÔT...

Les quatre femmes qui jouaient au bridge dans la salle à manger des Bernstein étaient Angela Manelli Bernstein (nord), Teresa Manelli McCann (est), Barbara Kavetchian McCann, l'épouse de Floyd (sud) et Kathleen McCann Podenski (ouest). (Kathleen, la sœur de Frank et de Floyd, était mariée à un gentleman polonais nommé Howie Podenski purgeant actuellement trois peines confondues pour escroquerie par correspondance, mais qui devait rentrer bientôt chez lui.) Angela avait demandé quatre piques en se fiant à la promesse de Barbara de la soutenir fermement, mais quand Teresa joua le valet de trèfle et quand Barbara fit le mort, Angela comprit immédiatement qu'elle s'était fait baiser une fois de plus.

— Barbara, dit-elle en foudroyant du regard la belle-sœur de sa sœur, qu'est-ce qui t'a poussée à me soutenir à pique, nom de Dieu ?

— Euh, en fait... répondit Barbara avec son battement de cils exaspérant, tu avais l'air tellement enthousiaste.

— Barbara... dit Angela, mais le téléphone sonna au même moment dans la pièce d'à côté.

Angela referma la bouche, compta jusqu'à sept, la rouvrit et dit :

— Barbara, va répondre. C'est toi qui fais *le mort.*

— Bon ! d'accord.

Barbara alla répondre, et Angela en profita pour comparer son jeu avec celui du mort, pour voir ce qui pouvait être sauvé.

Quand Angela avait appelé les épouses de Frank et de Floyd pour leur dire que leurs maris ne rentreraient pas dîner, l'idée de joindre Kathleen Podenski pour faire la quatrième et organiser une belle petite partie de bridge avait semblé naturelle. Et puisque les Bernstein étaient les seuls à ne pas avoir la chance de posséder des enfants, il semblait naturel également de jouer chez eux. (De plus, Angela était de garde auprès du téléphone pour recevoir les messages téléphoniques, dont celui-ci était le premier.) Les neuf enfants des autres femmes, depuis Francine, la fille de onze ans de Frank et Teresa, jusqu'à Ronald, le garçon de quatre ans de Floyd et Barbara, avaient tous été rassemblés chez Barbara, avec Francine dans le rôle de la baby-sitter et la télévision en couleurs pour les empêcher de faire des bêtises et tout allait bien.

La seule chose qui n'allait pas, en fait, c'était ce qui n'allait pas chaque fois qu'elles avaient la même idée. Barbara, l'épouse de Floyd, et sa partenaire (elles tournaient) perdaient *invariablement.* Invariablement. Et Angela qui était une joueuse de bridge très sérieuse et assez douée, *détestait* perdre. Elle détestait ça.

Et elle allait perdre une fois de plus, cela ne faisait aucun doute. Si elle montait sur le valet, Kathleen aurait certainement cette saleté d'as. Et si elle ne l'avait pas, Teresa l'aurait, cette saleté d'as. Dans tous les cas de figure, Angela se voyait perdre trois levées à carreau d'affilée. Enfer et damnation.

Angela choisit la ruse, en jouant une petite carte à carreau. Si Kathleen avait l'as, mais pas la dame, elle risquait de monter. Sauf qu'elle ne le fit pas, et au tour suivant, Teresa joua la dame, et cette fois, Angela monta avec le roi, et Kathleen avait l'as.

Kathleen était en train de jouer le dix de carreau, carte maîtresse désormais dans cette couleur, quand Barbara revint dans la pièce en disant :

— Je crois que c'est Mel !

Angela commençait à ne plus supporter Barbara. Elle la foudroya du regard.

— Tu *crois* que c'est Mel ?

— Il a l'air énervé.

— J'arrive tout de suite.

Angela joua ce tour à carreau jusqu'au bout, et Kathleen fit le pli. Angela devait maintenant rafler toutes les levées si elle voulait remplir son contrat. Tu parles.

Kathleen joua un autre trèfle. Angela n'en avait plus un seul désormais, ni dans son jeu, ni chez le mort, mais compte tenu des faibles cartes de Barbara, Angela préférait encore attendre, et elle joua un petit atout ; c'était bien le diable si Teresa ne montait pas avec un atout moyen.

— Alors, on s'en sort ? demanda Barbara.

Angela leva les yeux.

— On ? *On ?*

Prenant une décision soudaine, elle se leva, reposa sèchement ses cartes sur la table, à l'envers, et dit :

— Vas-y, joue. Je vais au téléphone.

Abandonnant Barbara à ses clignements de paupières, Angela se rendit dans le salon et prit le téléphone.

— Allô ! aboya-t-elle.

— Angela ? C'est toi ?

Mel n'avait pas l'air énervé, il avait l'air hystérique.

— Qu'est-ce qui se passe ?

— On m'a arrêté !

— Arrêté ! Pour cambriolage ?

— Non, tout sauf ça. Conduite dangereuse, atteinte à la sécurité, vol qualifié, voies de fait, tentative de meurtre, destruction volontaire de biens et fuite après un accident. Enfin, *tentative* de fuite.

— Toi ? (Le mépris coulait comme du miel de ses

lèvres.) Tu n'as pas suffisamment de cran pour faire tout ça.

— Toujours est-il que je me retrouve ici à Haddam Neck dans le Connecticut et...

— Où tu es ? Madame quoi ?

— *Haddam* Neck, Connecticut. C'est le seul coup de téléphone qu'on m'autorise, mais j'ai eu tort d'appeler ma femme. J'aurais mieux fait d'appeler Yasser Arafat.

La présence de Barbara juste à côté dans la salle à manger ne laissait aucune place pour la pitié dans le cœur d'Angela.

— Toi tu es peut-être je ne sais pas où dans le Connecticut, mais moi je suis dans le Queens en train de jouer au bridge avec *Barbara McCann,* alors qu'est-ce que tu veux que je fasse pour toi ?

— Ah, tu es vraiment un amour. J'ai été *arrêté.*

— Mieux vaut tard que jamais.

— Bien, Angela. Je sens que tu es de mauvaise humeur, alors écoute simplement ce que je vais te dire, et fais la commission à Jerry quand il appellera. Je pense qu'ils ont l'intention de me garder toute la nuit, mais je veux que quelqu'un m'envoie un bon avocat dès demain matin, ici à Haddam Neck, Connecticut.

— D'accord, d'accord, j'ai compris.

— Dis également à Jerry que j'ai trouvé la statue de Beemiss et c'était pas la bonne.

— Beemiss.

Angela avait enfin commencé à griffonner des choses sur le bloc posé près du téléphone.

— J'ai pas trouvé les autres statuettes, reprit Mel. En revanche, je suis tombé sur deux personnes qui sont sur la liste de quelqu'un d'autre. À vrai dire, j'ai même failli leur rentrer dedans. Edward Ross et Jennifer Kendall. Je pense que c'est Frank qui les a sur sa liste. Leurs statuettes étaient pas les bonnes.

Angela nota les noms sur le bloc.

— C'est tout ?

— Tu es vraiment une épouse formidable, Angela. Ton mari s'apprête à passer la nuit en prison, et toi tu demandes : « C'est tout ? »

Angela fit un effort.

— Garde le moral, dit-elle. Et essaie de ne pas choper des poux.

— Quel être chaleureux, dit Mel, et il raccrocha.

Angela haussa les épaules. Elle avait essayé, non ? De retour dans la salle à manger, elle demanda à Barbara :

— Alors, où on en est ?

Barbara clignait furieusement des paupières.

— On chute de quatre, répondit-elle.

— Ça aurait pu être pire, commenta Angela.

Elle s'attendait à pire.

— Pour l'instant, ajouta Barbara en jouant une carte.

EN TEMPS VOULU...

Wally Hintzlebel, vendeur de piscines, marquait le pas. Le secret de New York, c'est la vitesse, le mouvement, le mouvement incessant, toujours sur la brèche, faire vite, mais Wally marquait le pas. Certes, l'énergie nerveuse continuait à crépiter et à pétiller en lui, elle le poussait, l'aiguillonnait et le secouait, mais il n'était pas habitué à ce rythme, et son cerveau marquait le pas.

Voilà pourquoi c'était si agréable de se trouver dans l'appartement du professeur Charles S. Harwood. Vide, silencieux, calme. Quel bonheur, après tout ce qu'il avait enduré. D'abord la bibliothèque, puis le coup de téléphone à sa mère et l'aller-retour précipité entre la maison et le centre, puis l'adresse de Beemiss qui n'en était pas une, et ensuite le grand Noir ivre avec la statuette collée sur le bord de la fenêtre. Qui pouvait avoir l'idée de coller une statuette sur le bord d'une fenêtre ?

Autre question encore plus grave : quel genre d'individu était capable de jeter de l'eau bouillante par la fenêtre sur la tête de quelqu'un qui passait dans la rue ? (D'accord, techniquement, Wally avait cambriolé l'appartement de Green, mais il n'avait rien *emporté,* pas vrai ? Est-ce que ça méritait de l'eau bouillante sur la tête ?)

Mais maintenant, comme un havre de paix après la tempête, il se retrouvait enfin dans l'appartement de Harwood, sans le moindre fou, quelle merveille, ni sans la moindre personne d'ailleurs.

Malheureusement, sans la moindre statuette en or non plus, car les fragments éparpillés dans la cheminée du salon provenaient de toute évidence d'une copie en plâtre du Prêtre Aztèque Dansant. Le million de dollars ne se trouvait pas ici. Il fallait repartir.

Sortir de Manhattan, enfin. Sur les deux dernières adresses que possédait Wally, la première se trouvait dans le New Jersey, et l'autre à Deer Park à Long Island, non loin de chez Wally. La frénésie et l'appât du gain le poussaient à choisir le New Jersey, mais la fatigue et ses nerfs l'incitaient à opter pour ce type de Deer Park — un certain Wylie Cheshire —, puis à rentrer chez lui pour reprendre demain matin.

S'en aller, quoi qu'il en soit. Il devait s'en aller d'ici, cet appartement ne lui était d'aucune utilité. Malgré tout, il restait là, légèrement tremblant, le regard morne, mais avec quelques crépitements tout au fond de lui, tandis qu'il observait le living-room désert. Quelque chose le retenait ici, quelque chose...

Pourquoi les lumières étaient-elles allumées ? Toutes les lumières de l'appartement allumées, et l'appartement totalement désert...

Pourquoi la chambre était-elle entièrement vidée ? Le living-room et la cuisine semblaient habités — à vrai dire, jamais il n'avait vu une pièce aussi en désordre que la cuisine —, mais dans la chambre, les tiroirs étaient grands ouverts, totalement vides. Que se passait-il ici ?

Intrigué, les sourcils froncés, Wally retourna dans la chambre, en s'interrogeant sur la signification de ces tiroirs de commode vides. Se tournant vers l'armoire, il constata que la porte était fermée à clé. Avec la clé dans la serrure. Perplexe, désorienté, Wally tourna la clé d'une main hésitante et ouvrit la porte... Un homme nu aux yeux exorbités se jeta sur lui en bredouillant : « Oh, Dieu soit loué, Dieu soit loué, j'ai cru que j'allais mourir de faim dans cette armoire, je priais pour que quelqu'un...

— Je n'ai rien à vous dire », répondit Wally.

Il repoussa l'homme nu à l'intérieur de l'armoire, referma la porte à clé et repartit. Pour se rendre chez Wylie Cheshire, Deer Park, Long Island. Assez de folie. Assez de Manhattan. Assez.

SOUS PEU...

Après son histoire d'amour à rebondissements avec les arbres du Connecticut, la voiture de Mel Bernstein ressemblait au chapeau d'un clochard, mais cette saloperie roulait encore. Mel roula vers l'ouest pendant une quinzaine de kilomètres avant de dénicher une cabine téléphonique, à proximité d'une station-service, d'où il appela de nouveau Angela.

Cette fois, ce fut elle qui décrocha, et Mel dit :

— C'est encore moi.

— Ah ! Mel, je suis contente que tu rappelles. J'étais de très mauvaise humeur tout à l'heure.

— J'avais remarqué. Mais de toute façon...

— Nous sommes en train de faire une partie de cartes, Teresa, Kathleen, Barbara et moi, et tu sais bien que Barbara me tape sur le système. Au fait, comment est ta cellule ?

— Je ne suis pas dans une cellule. Je suis dehors, voilà pourquoi je t'appelle.

— Tu t'es *enfui* ?

— Non, ils m'ont relâché. Écoute, je vais te raconter ce qui s'est passé, promit Mel.

Et il tint promesse, depuis le moment où il s'était introduit dans la villa de Beemiss jusqu'à ce que la moto percute la voiture du policer d'État, mais arrivé à cet instant, Angela l'interrompit :

— Allons, Mel. Si tu avais fait tout ça, ils ne te laisseraient jamais repartir.

— Attends, j'avais quand même quelques atouts dans ma manche, expliqua Mel. Pour commencer, le couple de motards était un couple mixte.

— Ah bon ? Lequel des deux était Noir ?

— Le type.

— Ah, ah ! fit Angela.

— Ensuite, ajouta Mel, il se trouve que les types dans la Cadillac étaient plus ou moins des sortes de gangsters. Ils se sont montrés très évasifs avec les flics. Mais ce qui a vraiment fait pencher la balance, c'est que le policier que j'ai percuté avec la moto est un écrivain amateur qui...

— Non ! ?

— Je te jure !

— C'est un client à toi ?

— Un poulain, rectifia Mel. Il m'a envoyé plusieurs histoires.

Il a reconnu immédiatement le nom de Zachary George. Ils voulaient savoir ce que je faisais dans la vie, alors je leur ai répondu que j'étais l'assistant de Zachary George, et le policier en est tombé sur le cul.

— Mel, c'est incroyable !

— Qu'est-ce qu'il y a de si incroyable ? Je reçois des centaines de récits merdiques par semaine.

— Oui, mais le policier...

— Angela, pour être franc, je pense que l'histoire du couple mixte et celle des gangsters auraient suffi à me tirer de là. Disons que mes liens avec Zachary George ont favorisé les choses.

— Alors ils t'ont relâché.

— J'ai dû verser une caution, par chèque, mais les choses en resteront là. Les gangsters ne voulaient pas porter plainte ni faire de vagues, et les flics ne voulaient même pas écouter le couple mixte, conclusion je suis libre.

— Tu rentres à la maison ?

— Non, il n'est pas très tard, et j'ai vérifié qu'un seul nom sur les quatre. Il y en a deux à Long Island, je vais y aller ce soir et je rentrerai après.

— Bonne chance, dit Angela.

— Pas de problème, la chance est avec moi, répondit-il, et il raccrocha.

De retour dans le break, il étudia sa liste. Une des trois adresses restantes se trouvait loin d'ici dans le New Jersey, mais les deux autres étaient relativement proches du domicile de Mel :

Ben Cohen
27-15 Robert Moses Drive
Glen Cove

Wylie Cheshire
58 Ridge Road
Deer Park

Ben Cohen ? Non, pas en premier. Mel avait besoin d'un interlude calme, un truc facile et sans danger. Wylie Cheshire, voilà ce qu'il lui fallait. Ce nom avait quelque chose de civilisé et de réconfortant, de posément anglais. Deer Park, Wylie Cheshire.

QUAND TOUT À COUP...

Les aventures de Frank et Floyd dans le ghetto
Une succession de black-outs

1

Sur la liste de Floyd :

Leroy Pikham
119 West 122nd St.

Leroy, il dit :
— Hé, Buhbuh.
Buhbuh, il dit :
— Ouais ?
— Mate cette bagnole.
— Quelle bagnole ?
— Celle-là.
Buhbuh regarde la voiture, et il voit deux Blancs à l'intérieur.
— Hmm, il dit.
Leroy, il dit :
— Cette voiture, elle est d'jà passée.
Buhbuh, il dit :
— Ah ?

Leroy, il dit :
— C'est p't'être des flics.
Buhbuh, il dit :
— Non.
Buhbuh et Leroy, ils sont assis sur le perron devant chez Leroy. Il est huit heures passées, mais il fait pas encore nuit. La maman de Leroy, la sœur de Leroy et Ruby, l'autre sœur de Leroy, elles sont à l'église, elles s'entraînent à chanter. L'autre sœur de Leroy, Reeny, elle est partie au ciné avec son petit copain, et le grand frère de Leroy, Luther, il est à l'armée. Y a personne chez les Leroy. Leroy, lui, il aime pas rester seul à la maison, alors avec son meilleur pote, Buhbuh, qui va lui aussi au collège Libération, ils sont assis sur le perron et ils parlent des astronautes, jusqu'à ce que Leroy il aperçoive cette bagnole.
Pendant un moment, ils disent plus rien, et puis Leroy il sourit et il dit : « Hé ! mec, j'ai *adoré* cette bouffe chinoise. » Buhbuh et lui, ils ont mangé au restaurant aujourd'hui presque pour la première fois, et ça les a vraiment botté. Un restau chinois, un vrai où qu'on s'assoit, avec des serveurs et tout le reste. Buhbuh et lui, ils y sont allés parce qu'ils ont filé un coup de main à un groupe de gens que Miss Tower elle travaillait avec. Miss Tower, c'est leur prof préférée au collège Libération, et tous les deux ils en pincent pour elle. Faut dire que Miss Tower, elle a un très joli cul, mais elle, c'est pas du tout son genre. Elle veut pas entendre parler de ça. C'est rien qu'une pucelle. Mais elle est pas mal à mater.
Le collège Libération, c'est autre chose. C'est pour les gars comme Leroy et Buhbuh qu'ont laissé tomber l'école et qu'ont maintenant dix-neuf, vingt ans, et qui savent pas quoi faire. Alors ils peuvent retourner dans cette école, qu'est pas une vraie école, avec des profs

emmerdants et des trucs débiles. Non, c'est fait exprès pour les jeunes plus âgés qui sont pas bêtes et qui *veulent* apprendre des choses. Y a déjà quatorze diplômés du collège Libération qui ont été à City College.*

Alors aujourd'hui, Leroy et Buhbuh, il a fallu qu'ils aillent dans ce vrai restau chinois, avec Miss Tower et toute cette bande, et ils s'en sont mis plein la lampe. Et maintenant, Leroy et Buhbuh ils parlent de ce qu'on mange dans ce restau chinois, jusqu'à ce que Leroy il dit :

— Tiens, la revoilà.

Buhbuh, il dit :

— Quoi ?

— La bagnole.

Buhbuh, il regarde et il voit la voiture, et c'est la même putain de bagnole que tout à l'heure, avec les deux mêmes putains de Blancs à l'intérieur.

Buhbuh, il dit :

— Putain...

— Des flics, il dit Leroy.

— Ouais, il dit Buhbuh.

Ils regardent la voiture qui tourne au coin de la rue, et après ils parlent d'un film qu'ils ont vu à la télé, avec des monstres et des vampires. Ils parlent de ça jusqu'à ce que Leroy il dit :

— Hé, mate un peu !

Buhbuh, il dit :

— Hein ?

— C'est des flics...

Buhbuh, il regarde et il voit les deux Blancs descendre de la voiture, ils marchent sur le trottoir, et ils avancent par ici. Buhbuh, il dit à Leroy :

— Hé ! j'ai rien fait moi.

---

* La prison municipale de New York. (*N.d.T.*)

— Moi non plus j'ai rien fait, mec.

— Alors, c'est quoi, ce bordel ?

Les deux Blancs, que c'est pas des flics, mais que c'est en réalité Frank et Floyd, ils s'approchent, ils saluent Leroy et Buhbuh avec des petits sourires nerveux, et ils montent les marches du perron, et ils entrent dans l'immeuble. Leroy et Buhbuh ils se regardent, et Buhbuh il dit :

— C'est qui, qu'ils cherchent ?

Ils parlent de ça, de tous les gens de l'immeuble, pendant que Frank et Floyd, ils montent à l'appartement des Pinkham, et ils entrent directement parce que Leroy il ferme jamais la porte, parce que si tu fermes la porte quand y a personne à l'intérieur, les drogués ils croient que y a des trucs à piquer et ils défoncent la porte. Alors Frank et Floyd ils entrent et ils se séparent pour chercher la statuette dans l'appartement, et quand ils se rejoignent à la porte, ils les ont trouvées toutes les *deux.*

Frank, il dit :

— C'est quoi, ce machin-là ?

Floyd il répond :

— C'est cette foutue statuette ! Et *ça ?*

Frank il dit :

— Merde. On n'a qu'à les embarquer toutes les deux.

Pendant ce temps, en bas, Leroy et Buhbuh ils ont réfléchi, ils se sont posé des questions, et ils ont compris c'était quoi ce bordel. L'appartement de Leroy, pas vrai ? Ils peuvent entrer dans cette foutue baraque, pas vrai ? Ils ont qu'à aller voir ce qui se passe, pas vrai ? Alors ils rentrent dans l'immeuble, ils montent, mais ils voient rien, mais quand ils passent devant la porte de chez Leroy, elle s'ouvre, et les deux flics ils sortent avec les deux statuettes que Leroy et Buhbuh ils ont reçues aujourd'hui au restau. Et Leroy, il demande :

— C'est quoi, ce bordel ?

Les flics, ils se mettent à brailler et à hurler, en agitant les bras, y en a un il cogne sans le faire exprès la statuette contre le mur près de la porte, et la tête de la statue elle se casse. L'autre il hurle :

— Laisse tomber ! C'est pas la bonne !

Et il cogne la deuxième statuette contre le mur, mais la tête *elle se casse pas,* et les deux Blancs ils regardent tous les deux la statuette avec des grands yeux ; ils bousculent Leroy et Buhbuh et ils dévalent l'escalier, avec la statuette qui s'est pas cassée.

Buhbuh il leur crie :

— Revenez ici avec ma statue !

Et il s'élance lui aussi dans les escaliers pour rattraper ces deux salopards.

Leroy, il suit Buhbuh.

En descendant l'escalier, les deux Blancs ils n'arrêtent pas de hurler :

— On l'a ! On l'a !

Arrivé sur le trottoir, Buhbuh il les rattrape, il en retient un par le bras pour essayer de récupérer sa statuette, et voilà qu'ils se battent sur le trottoir, et y a un tas de gens du quartier qui se disent qu'ils sont restés dehors trop longtemps, vaudrait peut-être mieux rentrer tranquillement pour voir ce qu'il y a à la télé. Et le Blanc, il frappe avec la statuette sur le nez de Buhbuh, et cette fois, la tête de la statuette, elle tombe, et le Blanc il hurle, de toutes ses forces :

— Et *merde !* Tiens, nom de Dieu !

Il lance la statuette dans les mains de Buhbuh, et avec l'autre Blanc ils font demi-tour et ils se grouillent de foutre le camp d'ici.

Leroy il secoue le poing en criant :

— Salauds de flics !

À Harlem, les flics ils ont pas bonne réputation.

2

Sur la liste de Floyd :

F. Xavier White
211 Riverside Drive

Malfaisante est toujours de mauvaise humeur quand elle suit un régime, et elle suit en permanence un régime, aussi est-elle en permanence de mauvaise humeur. Mais sa mauvaise humeur la pousse à interrompre son régime, si bien qu'en plus de suivre en permanence un régime et d'être en permanence de mauvaise humeur, Malfaisante ne cesse également de grossir. Comme l'a dit récemment F. Xavier en parlant d'elle, derrière son dos volumineux : « Bientôt, il va falloir que je lui mette une plaque d'immatriculation. »

Mais Malfaisante elle-même, aussi grosse, de mauvaise humeur ou affamée soit-elle, sait qu'il faut parfois se taire et céder à quelqu'un d'autre le devant de la scène, comme à cet instant. Et quand F. Xavier, avec son sourire onctueux et mielleux qui laisse apercevoir chacune de ses énormes couronnes, fait les présentations en disant : « Mr. Jonesburg, j'aimerais vous présenter mon épouse, Malfaisante ; ma chérie, voici Mr. Jeremiah Jonesburg », Malfaisante ne répond pas par une de ses grossièretés habituelles. Au contraire, elle sourit gentiment et fait un mouvement qui pourrait être une révérence — à moins qu'il s'agisse d'un tremblement de terre —, et elle répond simplement :

— Je suis enchaaaantée.

Mr. Jeremiah Jonesburg, surnommé « Triste Mort », sourit lui aussi, et sa bouche grande ouverte laisse apparaître une version cauchemardesque de la caverne d'Ali Baba. L'ivoire et l'or s'y mêlent, avec ici et là quelques espaces vides où ont déjà eu lieu des ponctions, le tout gardé par le dragon de son épaisse langue rouge, tachée de jaune et scabieuse. Cette horreur sourit et dit :

— Bonjour, fat mama.

Malfaisante grimace en entendant cela, et F. Xavier également, car il sait qu'il devra payer plus tard, mais pour le moment, Malfaisante continue de sourire et dit simplement :

— Ah ! vous. Il n'y en a pas deux comme vous.

En effet, il n'y en a pas deux comme Jeremiah Jonesburg, dit Triste Mort. C'est l'Homme, le Grand Homme de la 96e à la 155e, east side *et* west side. Les Italiens de « downtown » tremblent quand ils entendent prononcer le nom de Triste Mort, car c'est lui qui les a chassés, chassés de Harlem et de tous les environs. C'est le salopard le plus méchant, le plus mauvais, le plus fort, le plus coriace, le plus cool *et* le plus chaud qu'ait jamais connu le quartier. Là où il passe, les tombes poussent comme du chiendent, et là où il s'assoit le soleil ne brille plus jamais. Son lit est fait d'ossements de politiciens, et pour le déjeuner il dévore des orphelins de la police. Il se cure les dents avec des queues de billard, et il se mouche avec des contraventions. Quand il baise, il porte des Datsun, et le siège de ses toilettes est recouvert de toison pubienne. Il est capable de briser des briques avec ses mains, et son urine transperce l'acier. Ses femmes, il les empile trois par trois comme des stères de bois et il les possède toutes à la fois. La reine d'Angleterre repasse ses chemises, et sa Cadillac roule sur le sang des Ritals. Quand il est en colère, les balles fondent, et chaque fois qu'il sourit, un arbre meurt. Il est si méprisable qu'il ne peut se regarder dans un miroir, de peur de ne pas se supporter. Quand il parle, les postes de radio rendent l'âme, et quand il pète, des quartiers entiers se transforment en désert. C'est l'Homme, et nul ne l'oublie.

Et il est venu chez F. Xavier White, le meilleur entrepreneur de pompes funèbres de Harlem (« Nous devançons vos moindres désirs — Chez nous vous serez servis avec un sourire compatissant ») afin de prendre les dernières dispositions pour un enterrement. (Selon la rumeur, Triste Mort aurait également réglé les premières dispositions de cet enterrement, mais c'est une rumeur que personne ne mentionne en sa présence.)

— Tête de Pine était un ami, dit Triste Mort, et personne ne le contredit. Beaucoup de funérailles ont lieu chaque année dans cette ville, mais toutes ne sont pas *ce qu'il y a de mieux.* Moi, je veux ce qu'il y a *de mieux* pour Tête de Pine.

— Oh ! vous ne serez pas déçu, déclare F. Xavier. (Il sourit de toutes ses dents et se frotte les mains en disant :) Vous avez frappé à la bonne porte, Mr. Jonesburg. Je suis *spécialisé* dans tout ce qu'il y a de mieux.

— Tête de Pine vient du Sud profond, reprend Triste Mort. Avant de s'installer ici et de se lancer dans des affaires dans lesquelles il n'aurait pas dû se lancer. Un tas de membres de la famille de Tête de Pine vont venir de Louisiane, de Georgie et de l'Arkansas, et je veux leur montrer ce qu'il y a de mieux. *Ce qu'il y a de mieux.*

— Parfaitement, sir. Mr. Jonesburg.

— Et, ajoute Triste Mort, je veux qu'ils *sachent* que c'est ce qu'il y a de mieux.

— Il vous faut un orchestre, dit F. Xavier.

— Le *meilleur* orchestre.

— Je n'oserais infliger à vos oreilles autre chose que le meilleur orchestre.

— Parfait, dit Triste Mort.

Pendant un instant, son regard se perd dans le vide, au-delà de la masse minaudière de Malfaisante, et il dit :

— Les Ritals, dans le temps, quand un de leurs caïds se faisait descendre, tous ses concurrents se réunissaient pour lui offrir un *énorme* enterrement. Un *énorme* enterrement pas comme les autres.

— Une cérémonie d'adieu, dit F. Xavier. C'est ce qu'on appelle une cérémonie d'adieu.

— C'est ce qu'on veut pour Tête de Pine, dit Triste Mort. C'était mon concurrent, et je lui offre le plus beau des enterrements, et je veux que ce soit une cérémonie d'adieu. Plus grande que toutes les cérémonies d'adieu que les Ritals ont offertes à *qui que ce soit.* Plus grande que celle de Capone, plus grande que celle de Charlie Brody, plus grande que tout. Je veux qu'ils voient ça et je veux qu'ils sachent que c'est *ce qu'il y a de mieux.*

— Des fleurs, dit F. Xavier. De grandes couronnes de fleurs en forme de fer à cheval. Un tas de limousines noires.

— Non, prenez des limousines blanches, dit Triste Mort.

— Des limousines blanches, bien, dit F. Xavier. Et un tas de pleureuses en robes noires pour se lamenter sur la tombe. À moins que vous les préfériez en robes blanches ?

— En robes blanches ? C'est pas un mariage, c'est un enterrement !

— Oui, vous avez raison, dit F. Xavier en hochant la tête, avec un grand sourire, tandis que la sueur coule au milieu de son dos tel le fleuve Orénoque. Des robes noires.

— C'est pas tout, dit Triste Mort. Quand un inspecteur de police, un président ou un salopard de ce genre meurt, on lui fait de grandes funérailles avec des uniformes, des cortèges et un tas de conneries.

— Des corbillards tirés par des chevaux, dit F. Xavier, et d'une voix hésitante il ajoute : des chevaux noirs ?

— Oui, des chevaux, c'est ça, dit Triste Mort.

Il lance son sourire éclatant une fois de plus et Malfaisante tremble. (Elle est la seule femme sur terre à porter des boubous moulants, et quand elle tremble, tout le boubou frémit, comme de la jelly quand on claque la porte du réfrigérateur.)

— Et des uniformes aussi, ajoute Triste Mort. Et des personnalités.

— Le collège Libération a une fanfare, répond F. Xavier. Avec des uniformes.

— C'est *ça* l'orchestre dont on parlait ?

— Non, non, c'en est un autre. Le premier orchestre, ce sera un vrai orchestre de Dixieland de là-bas.

— Deux orchestres ? Hmmm... (Triste Mort se frotte le menton en réfléchissant ; ce qui fait un bruit de râpe.) Oui, ça me plaît, décide-t-il finalement. Avec des uniformes qui en jettent ?

— Quatre couleurs.

— Parfait. Et les personnalités ?

Voilà déjà une demi-minute que F. Xavier réfléchit à cette question, et il sent croître son angoisse, car, évidemment, les *vraies* personnalités — les maires ou les joueurs de base-ball, par exemple —, n'accepteraient jamais de participer à ce genre de funérailles. Mais il y a forcément une solution, et F. Xavier continue de sourire et de réfléchir, pendant que Triste Mort continue à le regarder.

En réalité, F. Xavier connaît un tas de personnalités de toutes sortes, un tas de gens différents au sein de la communauté. Afin de devenir le propriétaire du premier salon funéraire de Harlem, ce qui a toujours été son rêve, il a jugé bon de fréquenter diverses organisations et mouvements locaux (comme par exemple le Comité du sport pour tous). Au fil des ans, il a fini par connaître plus ou moins tout le monde, depuis le député Rangel lui-même jusqu'à Triste Mort ici présent, et nul doute que *certaines* de ces relations pourraient maintenant s'avérer utiles.

Le député Rangel ? Non, aucune chance.

Et le Comité du sport pour tous alors ? Oscar Russell Green, Wylie Cheshire... voilà assurément des noms connus, même si ce n'étaient pas à proprement parler des personnalités. Il pouvait faire appel à leur sens de la camaraderie récent, ou leur rappeler, si nécessaire, les automobiles qu'il leur a fournies généreusement au cours de leur long combat. Soudain, son sourire devient beaucoup plus confiant.

— Comptez sur moi, Mr. Jonesburg, déclare F. Xavier. Je ne peux pas vous donner une liste précise sur-le-champ, mais je vous promets que vous serez satisfait.

— J'espère, répond Triste Mort.

— Reste la question du chœur, s'empresse d'ajouter F. Xavier.

— Exact, dit Triste Mort, mais à ce moment-là, un homme parmi la douzaine que Triste Mort a placés aux abords du salon funéraire entre en levant la main pour attirer l'attention de son chef.

— Un chœur de femmes, est en train de dire F. Xavier, en robes longues. Noires ou blanches ? Parfois, le rouge peut faire très...

— Un instant, l'interrompt Triste Mort, et il se tourne vers son homme. Qu'est-ce qui se passe ?

— Deux Blancs.

— Deux *Blancs ?* Où ça ?

— Ils montaient par l'échelle d'incendie derrière.

— Des Ritals ?

— Non, des Irlandais. On a fouillé leurs portefeuilles, ils s'appellent tous les deux McCann.

— Ils sont encore en vie ?

— Ouais. Ils ont pas fait d'histoire. Quand on a

braqué les lampes sur eux, y en a un qu'est tombé dans les pommes.

— Amenez-les-moi, dit Triste Mort, et pendant que son homme ressort, il secoue la tête en disant : des Irlandais, hein ?

Frank et Floyd (c'est Floyd qui s'est évanoui), après avoir été rudoyés par un groupe de Noirs aux mines patibulaires et enfermés dans une pièce contenant des cercueils empilés, ne se sentent pas dans leur assiette.

— Finalement, dit Floyd, peut-être qu'un million de dollars, ça vaut *pas* un million de dollars.

— Si jamais, après tout ce qu'on a enduré, répond Frank, on apprend que quelqu'un d'autre à trouvé cette saloperie depuis longtemps déjà, je serai furieux.

— Bah, si je suis encore vivant pour l'apprendre, dit Floyd, je serai tellement heureux que je m'en foutrai pas mal. Si jamais je retourne un jour en Amérique, je m'agenouillerai pour embrasser le sol.

C'est alors qu'un groupe de Noirs entre dans la pièce et, saisissant Floyd et Frank par leurs quatre coudes, ils les conduisent dans la pièce où se trouvent Triste Mort, F. Xavier et Malfaisante. Frank et Floyd l'ignorent, mais F. Xavier et Malfaisante redoutent autant qu'eux le déclenchement d'un bain de sang.

Triste Mort, dont on devine immédiatement qu'il est le chef, observe Frank et Floyd de la tête aux pieds et dit :

— Des Irlandais. Qu'est-ce que deux Irlandais foutent par ici à m'espionner ?

Frank et Floyd le regardent en clignant des yeux d'un air hébété.

— Vous espionner ?

Triste Mort pose sur eux son regard pénétrant.

— Pour quelle bande vous travaillez ? Vous êtes de mèche avec les Ritals du centre ?

— Nous sommes chargés d'inspecter les échelles d'incendie, répond Floyd, et Frank lui lance un regard écœuré.

— Non, vous venez ici pour espionner Triste Mort, répond Triste Mort, et ça va vous coûter cher.

Frank qui a tout compris adresse un sourire en coin à Triste Mort et dit :

— Allons, Triste Mort, vous savez bien qu'on n'a rien à voir avec cette bande de métèques.

Triste Mort plisse les yeux.

— Ah, ouais ? Et comment je le saurais ?

Après tout, Frank est membre d'un syndicat du spectacle, et son expérience théâtrale s'avère fort utile. Adressant un large sourire à Floyd, et secouant la tête, il dit :

— J'ai bien l'impression qu'on est démasqués, mon pauvre Steve.

Floyd, lui, n'a pas la moindre idée de ce qui se passe.

— Steve ?

— Nous sommes découverts, répète Frank, puis il se tourne de nouveau vers Triste Mort. Vous savez bien que les Irlandais ne bossent pas avec les Ritals. Vous savez bien pour qui travaillent les Irlandais.

Les yeux de Triste Mort sont tellement plissés maintenant qu'il ressemble à un personnage de Dick Tracy. D'une voix où percent le doute et l'incrédulité, il demande :

— Vous êtes des flics ? Hein ?

— Pas exactement des *flics,* répond Frank sans se départir de son sourire excentré.

Floyd est toujours aussi déconcerté, mais il comprend que Frank est en train de faire passer une sorte de message à ce Négro, alors il décide d'intervenir.

— Il a raison. On n'est pas exactement ce que vous appelez des *flics.*

Triste Mort se penche en avant comme un enfant qui assiste au glaçage d'un gâteau. Dans un murmure ravi, il demande :

— Vous êtes des fédéraux ?

— Vous savez ce que nous sommes, répond Frank.

Sortant son stylo-lampe de sa poche, il le braque sur Triste Mort et dit :

— Et vous savez ce que je tiens dans la main.

— Oui, une lampe électrique, répond Triste Mort.

— Erreur !

Reculant brusquement d'un pas, il braque le stylo-lampe éteint dans tous les coins.

— Que personne ne bouge !

Deux des hommes de Triste Mort qui en fait n'avaient pas bougé jusqu'à maintenant, portent aussitôt la main à leur poche gonflée, mais Triste Mort les arrête :

— Du calme ! C'est un flingue camouflé !

Déroutés, les hommes de Triste Mort regardent autour d'eux en fronçant les sourcils.

— C'est du baratin, patron, dit l'un d'eux. Ces connards n'avaient même pas de plaque ni *rien.*

— C'est parce qu'ils travaillent clandestinement, imbécile, répond Triste Mort.

N'a-t-il pas vu tous les films de James Bond, *plus* tous les films avec Ed Cercueil et Fossoyeur Jones, *plus* tous les films de Fred Williamson, *plus* tous les films de Pam Grier ?

— Voilà pourquoi ils ont pas des flingues comme tout le monde.

— Exact, dit Frank.

Et soudain, il s'empare de Malfaisante qui se tenait dans son coin, paralysée, comme un beignet à la confiture pétrifié. Enfonçant l'extrémité du stylo-lampe dans le flanc de Malfaisante, Frank vient se placer dans son dos — il y a suffisamment de place pour Floyd qui s'empresse de le rejoindre —, et Frank s'exclame :

— Dégagez ! Si l'un de vous bouge, je la tue !

— Oh ! s'écrie Malfaisante. Oh, mon Sauveur !

C'est ainsi qu'elle prononce le nom de son mari.

— Allez-y, priez, madame. Mais que ça vous empêche pas de reculer. Lentement.

Triste Mort et ses hommes ont l'air de durs et ce *sont* des durs, en réalité, mais ils restent là sans bouger, tandis que Malfaisante sort lentement de la pièce à reculons, et que Frank et Floyd jettent des coups d'œil par-dessus ses épaules comme des conducteurs de char.

F. Xavier, les bras en croix, s'écrie :

— Ne t'en fais pas, ma chérie, ce sont des agents fédéraux, ils ne te feront pas de mal !

— Ça risquerait d'être éprouvant, dit Floyd en ricanant.

Caché par le boubou de Malfaisante qui descend jusqu'à terre, Frank balance un coup de pied dans le tibia de son frère, et ils sortent sans autre mauvaise plaisanterie, traversant tout le salon funéraire à reculons jusque dans la rue, où Frank et Floyd décampent aussitôt, en courant comme des vedettes du sprint sur un lit de charbons ardents, tandis que Malfaisante pousse un hurlement strident, avant de tomber à la renverse.

Un peu plus tard, plusieurs hommes de Triste Mort devront sortir pour aider Malfaisante à se relever, mais présentement, ils sont occupés, comme F. Xavier, à servir d'auditoire à Triste Mort, qui regarde autour de lui d'un air rayonnant.

— Alors, qu'est-ce que vous dites de ça ? Vous vous attendiez à ça ? Des agents fédéraux ! Ces types sont des fédéraux, et ils viennent espionner Triste Mort en personne ! Ah ! quand vous voyez Triste Mort, vous savez que vous avez devant vous l'image du *pouvoir* ! (Il balaye du regard les visages admiratifs et respectueux.) Des fédéraux ! Oh, oh !

3

Sur la liste de Frank :

Felicity Tower
240 St. Paul's Court
The Bronx

Dans sa chambre, debout devant son miroir en pied, sa peau marron et lisse luisant dans la lumière de la lampe, aussi nue qu'au jour de sa naissance (bien qu'ayant nettement gagné en taille et en formes), Felicity Tower danse le Hustle, seule, malgré le fait que le Hustle soit la première danse nouvelle depuis quinze ans où les gens se touchent. Comme l'a fait remarquer le *New York Times* dans son édition du 3 août 1975 : « Le développement du Hustle offre aux gens un moyen socialement convenable de poser leurs mains sur des membres du sexe opposé. » Ce qui, de toute évidence, n'est pas sans rapport avec le succès de cette danse, même si, comme le souligne également le *Times : «* Pour bien danser le Hustle, cela nécessite beaucoup d'entraînement et de travail. »

Felicity avait lu cet article et y croyait dur comme fer. Elle était convaincue en effet que le Hustle était un moyen socialement convenable de poser les mains sur un membre du sexe opposé (comprenez ce que vous voulez), et elle avait la certitude que l'entraînement et le travail constituaient la clé de la réussite, pas seulement pour le Hustle, mais dans tous les autres domaines.

Cette croyance dans le travail lui avait été inculquée

dés l'enfance, là-bas à Covington, Kentucky, où ses parents, un éboueur et une serveuse, soucieux de s'élever dans l'échelle sociale, avaient réussi à pousser chacun de leurs sept enfants (Felicity était la cinquième) jusqu'au bout de leurs études, comme s'il s'agissait des sept travaux d'Hercule. L'éthique du travail et du savoir imprègne toute la vie de Felicity. C'est elle qui l'a conduite à son métier actuel de professeur au collège Libération, et incitée à participer à des causes nobles, telles que le Comité du sport pour tous. Malheureusement, cela l'a également conduite, indirectement, à devenir à vingt-neuf ans, une magnifique vierge noire, nue et assoiffée de sexe, qui apprend à danser le Hustle seule devant le miroir de sa chambre.

Si les hommes qui fantasment sur Felicity — et ils sont nombreux — pouvaient imaginer les fantasmes qu'elle nourrit sur *eux,* seule dans son lit, lors de toutes ces nuits sans sommeil, ils décolleraient comme des fusées. Ils exploseraient en Technicolor. Mais aucun d'entre eux n'a le moindre soupçon. Felicity est un volcan qui bouillonne et gronde à l'intérieur, mais qui jamais n'est entré en éruption, si bien qu'aux yeux de tous les hommes alentour, elle demeure un volcan camouflé en iceberg impénétrable.

Au fil des ans, Felicity a tenté par divers moyens de combattre sa virginité, sans aucun succès. L'alcool la détend, mais dans le mauvais sens ; elle s'évanouit, sans parvenir pour autant à se décoincer. Une psychanalyse a prouvé qu'il n'y avait aucun problème au niveau de son comportement, uniquement au niveau du passage à l'acte, sans toutefois suggérer le moyen d'améliorer les choses. Certains médicaments la faisaient vomir, certains la rendaient paranoïaque, d'autres lui faisaient perdre connaissance, mais aucun ne parvenait à lever ses inhibitions. La thérapie de groupe lui avait permis de discuter avec d'autres personnes atteintes, mais le bavardage à lui seul n'avait jamais rien résolu. Deux croisières aux Caraïbes avaient seulement prouvé que si elle ne pouvait pas bronzer, elle pouvait quand même attraper des coups de soleil, mais même avec un nez pelé, ce que certains hommes trouvent sexy, elle demeurait une banquise sous les Tropiques.

Et maintenant, elle danse. Enflammée par la promesse du *Times* de pouvoir poser les mains sur les membres du sexe opposé, Felicity a décidé d'apprendre le Hustle, comme à une époque elle avait décidé d'apprendre le latin, ou à coudre des boutonnières. Pendant que passe un disque (« *Ease on Down the Road,* par les Consumer Rapport), elle exécute les mouvements face au miroir. Les bras tendus devant elle comme si elle tenait les mains d'un cavalier invisible, elle ondule avec une grâce sensuelle qui assécherait la gorge de quiconque la verrait. Ses jambes nues martèlent fermement le tempo 1-2, 1-2, et elle tournoie, elle glisse, en improvisant sur le 1-2-3. Les gestes des mains sont dociles, les mouvements de ses hanches et de ses épaules noires et nues sont quasiment une définition de l'acte sexuel, et la beauté sereine du visage ferait de nous tous des connaisseurs éclairés.

« Ease on dowwwn, Ease on down the roaaaaad. » Felicity lève le pied, lève le pied, pivote, aperçoit un visage blanc surpris dans le miroir, pivote, s'immobilise, regarde fixement le miroir d'un air hébété, elle ne voit rien. Elle se retourne ; sa poitrine se soulève lorsqu'elle jette un coup d'œil par-dessus son épaule en direction de la porte, mais elle ne voit rien.

A-t-elle rêvé ? Les sourcils froncés, elle observe le miroir, comme s'il renfermait un visage qui n'existait pas dans la réalité, à l'instar du Horla de Maupassant. Et en effet ! Le visage est là, mais au moment où elle aperçoit les grands yeux écarquillés, le visage disparaît à nouveau. Ou plutôt, il se cache derrière le montant de la porte.

Felicity sent battre son cœur. Ses efforts devant la glace l'ont fait transpirer légèrement, mais cette fine pellicule de sueur se glace soudain, et la chair de poule se propage sur tout son corps. Clignant des yeux, passant sa langue sur ses lèvres, elle se retourne brusquement et se dirige d'un pas mal assuré vers la porte.

Dans le salon elle découvre deux hommes, deux Blancs costauds aux épaules larges, avec des mains énormes et des visages sans pitié.

— Oh, mon Dieu ! murmure Felicity, sachant qu'elle est sans défense, en s'adossant au jambage de la porte, portant une main tremblante à son cou.

Un des deux hommes s'avance vers elle, sa grosse main tendue.

— Du calme, madame, dit-il.

(« Ease on dowwwn, Ease on down the roaaaad »)

— Oh, je vous en prie, chuchote Felicity.

Elle est totalement à leur merci, totalement.

— Ça ne sera pas long, répond le Blanc.

— Oh ! s'écrie Felicity.

Elle recule le long du mur du living-room jusqu'à ce que ses jambes heurtent le bras du canapé. Elle bascule à la renverse sur le canapé, les quatre fers en l'air, une jambe posée sur la table basse, par-dessus les numéros de *Harper's, The New York Times, The Atlantic, Viva* et *Penthouse.* Elle devrait se défendre, se protéger, mais la terreur la paralyse, la peur la vide de toutes ses forces. Elle reste étendue là, incapable de bouger.

Les deux hommes l'observent. Puis ils s'interrogent mutuellement du regard, et l'un deux dit, d'une voix basse et d'un ton stupéfait :

— Nom de Dieu !

— Écoutez, dit l'autre en s'adressant à Felicity et en brandissant un objet dans sa main, on s'en va tout de suite.

Un objet dans la main. Le regard voilé de peur de Felicity parvient à l'identifier : c'est la statuette dorée, le petit homme nu, l'Autre Oscar. Ce Blanc tient négligemment l'Autre Oscar dans sa main, et l'esprit de Felicity s'emballe, elle imagine les choses innommables qu'il a peut-être l'intention de faire avec cet objet, jusqu'à ce que le Blanc, avec son autre main, *brise un des petits doigts.* Un doigt de la statuette, l'auriculaire de la main droite, levée au-dessus du masque au rictus maléfique. Un *crac* résonne dans le silence soudain, car le disque s'est arrêté dans la chambre.

— Oh ! s'écrie Felicity, comme si c'était un de ses os qu'on avait brisé.

— Merde ! grogne le Blanc, avec un écœurement profond, et il balance la statuette et le petit doigt sur une table.

Puis, sous le regard horrifié et incrédule de Felicity, son compagnon et lui pivotent sur leurs talons et sans dire un mot ressortent par la fenêtre du living-room et disparaissent en empruntant l'échelle d'incendie. *Ils disparaissent.*

Dans la chambre, le tourne-disque, après avoir émis une série de *clics,* se met à jouer le disque suivant : *The Hustle,* par Van McCoy. « Danse ! Danse ! Danse le Hustle ! »

Sauvée, murmure Felicity à voix haute. Sauvée encore une fois.

Et elle laisse éclater de gros sanglots de soulagement.

4

Sur la liste de Frank :

Amanda Addleford
155 Midwood St.
The Bronx

Parce qu'elle travaille tard, et parce qu'elle doit prendre le métro chaque soir du centre de Manhattan jusque dans le South Bronx, Mandy voyage avec son arsenal. Dans son sac, qu'elle tient serré dans sa main gauche, on trouve une bombe de gaz lacrymogène, un sifflet d'agent de police, un stylo-lampe et un rouleau de *pennies*. En cas d'agression, elle peut repousser le malfaiteur avec la bombe de gaz, siffler pour alerter la police, garder un œil sur le criminel avec la lampe-stylo, et si le reste s'avère inefficace, elle peut toujours serrer le rouleau de pièces de monnaie dans son poing et lui balancer un marron.

Ce n'est pas le viol que redoute Mandy, pas à son âge. Elle a soixante-deux ans, elle est grosse, avec les pieds plats, elle marche en se dandinant comme un canard, et Valerie lui a dit un jour, au cours d'une de ses colères, que son visage ressemblait à une patate, un jugement que Mandy ne peut contredire. Voilà pourquoi, plus que sa personne, c'est son sac qu'elle veut protéger des inconnus mal intentionnés, mais jusqu'à présent — et elle travaille pour Valerie Woode depuis presque onze ans maintenant —, jamais elle n'a été contrainte d'utiliser son arsenal. « New York, disait-elle l'autre soir à Valerie, n'est pas à la hauteur de sa réputation. »

Valerie Woode, évidemment, est la fameuse vedette de Broadway, qui joue actuellement dans une reprise du *Retour* de Pinter ; Mandy est son habilleuse et aussi sa femme de chambre en quelque sorte, elle l'a même accompagnée à Los Angeles les rares fois — cinq en tout — où Valerie a consenti à jouer dans un film. (Elle n'accepte *jamais* de passer à la télévision, pas même dans un *talk-show.)* Comme le rideau se lève à sept heures et demie, la plupart des pièces se terminent à dix heures, mais il faut encore compter une heure — le temps d'ôter le maquillage et le costume de Valerie, de l'habiller pour une quelconque soirée après la représentation, et de préparer la loge pour le lendemain — avant que Mandy, son travail terminé, puisse prendre le métro pour rentrer chez elle. (Valerie lui paye son taxi, mais Mandy préfère dépenser cet argent d'une autre façon, principalement en confiseries de chez Loft.)

Ce soir-là, comme tous les soirs, le trajet en métro jusque dans le Bronx et le court trajet à pied jusque chez elle se déroulent sans incident, mais lorsque, après avoir ouvert les trois serrures de sa porte, Mandy pénètre dans son appartement, ne voilà-t-il pas qu'elle tombe nez à nez avec deux cambrioleurs montés par l'échelle d'incendie et qui entrent par la fenêtre du living-room. (Leurs bruits d'effraction les ont sans doute empêchés d'entendre la clé tourner dans les serrures.)

— Nom de Dieu ! s'écrie Mandy, se réjouissant de cette promesse d'affrontement après toutes ces années d'alerte préventive, et rapidement, elle fourre sa main dans son sac.

Les deux cambrioleurs, des Blancs fort bizarrement (à croire que la crise est bien plus grave qu'on ne le dit à la télévision), semblent à la fois stupéfaits et résignés de la voir là, mais nullement effrayés. Parlant tous les deux en même temps — Mandy n'essaye même pas de comprendre ce qu'ils disent — ils s'avancent vers elle à travers la pièce, les mains tendues dans un geste qui ne veut rien dire. Mandy s'empare de sa bombe de gaz, la sort de son sac et la brandit devant le visage d'un des cambrioleurs, et juste au moment où elle s'apprête à appuyer sur le gicleur, elle reconnaît Frank.

Frank ! Un machiniste, un accessoiriste ou quelque chose comme ça, un de ces types du syndicat qui traînent dans les coulisses. Mandy le connaît depuis des années, elle l'a croisé ici et là au cours des répétitions d'au moins quatre spectacles. Mais jamais elle ne pensait le voir un jour rentrer chez elle par la fenêtre du living-room.

Elle baisse la bombe de gaz.

— Frank ? dit-elle.

Frank s'arrête de marcher et s'arrête de parler ; il la regarde simplement d'un air hébété. Celui qui l'accompagne la regarde également d'un air hébété, puis il se tourne vers Frank et le regarde lui aussi d'un air hébété. Il ressemble beaucoup à Frank, et Mandy demande :

— C'est votre frère ?

— Ah ! j'arrive pas à y croire, dit Floyd.

— Moi si, répond Frank. Après ce qui s'est passé ce soir, je suis prêt à tout croire.

Frank tente le vieux coup de la méprise.

— Madame, dit-il, je crois que vous faites erreur. Vous devez confondre avec quelqu'un d'autre.

— Non, vous êtes bien Frank, dit Mandy en pointant sur lui un doigt catégorique. La dernière fois que je vous ai vu, c'était dans *Lancaster Abbey.*

Frank pousse un soupir.

— Amanda Addleford... Comment je pouvais deviner que c'était Mandy ?

— Bon sang ! s'exclame Floyd. On peut donc rien faire ?

— C'est déjà fait, répond Frank.

— Mais elle va prévenir les flics ! Elle va nous dénoncer ! On peut pas partir comme ça !

Frank lui lance un regard fatigué.

— Qu'est-ce que tu veux faire ? La tuer ?

— Hé, attendez une minute ! intervient Mandy.

— Moi, je suis incapable de tuer quelqu'un, déclare Floyd.

— En tout cas, pas *moi*, dit Mandy. Ça c'est sûr !

Frank secoue la tête, avant d'en arriver à une conclusion.

— Il va falloir l'emmener avec nous.

Mandy et Floyd s'exclament à l'unisson :

— *Quoi ?*

— On la gardera jusqu'à ce qu'on trouve la bonne, explique Frank. Peut-être que Jerry ou Mel ou quelqu'un d'autre saura quoi faire d'elle après.

— Vous m'emmènerez *nulle part,* déclare Mandy.

Elle braque de nouveau la bombe de gaz sur le visage de Frank, et cette fois, elle appuie sur le gicleur. Il se produit un sifflement. Alors que Frank se jette en arrière, une mousse blanche glisse le long de la bombe. Le sifflement s'éteint. Six années passées au fond du sac à main ont eu raison de la bombe de gaz.

— Hé, merde ! dit Mandy.

— Ça alors, dit Frank. Je pensais pas que je verrais ça un jour. Quelqu'un encore plus malchanceux que moi.

Floyd s'est dirigé vers un coin de la pièce.

— J'ai trouvé la statuette... *Clac...* C'est pas la bonne.

— Évidemment, dit Frank.

Il saisit Mandy par le bras.

— Allons-y. La journée a été longue, et j'ai envie de rentrer chez moi.

SAUF QUE...

Wylie Cheshire était furieux. Il remonta de la salle de jeux et décrocha si violemment le téléphone mural de la cuisine que sa femme, Georgia, tourna la tête et dit :

— Attention, Wylie, tu vas encore l'arracher du mur.

— Toi, la ferme, répondit Wylie en composant d'un

gros doigt rageur le numéro du magasin d'articles de sport.

Personne ne répondit, car le magasin était fermé à cette heure tardive, aussi coupa-t-il la communication pour composer à la place le numéro personnel du propriétaire du magasin, et quand celui-ci décrocha, Wylie s'exclama :

— Bon Dieu, Russ, c'est Wylie.

— Ah, salut ! Comment va, vieux ?

— Tu me demandes si ça va ? Cette saloperie de punching-ball a encore éclaté.

— Éclaté ?

— Il est par terre.

— Tu frappes trop fort, Wylie, je te l'ai déjà dit.

— C'est un punching-ball, oui ou non ? Alors je tape dedans !

— Bon ! je passerai demain matin à la première heure, dit Russ. Je ne peux rien faire ce soir.

— Nom de Dieu, Russ, j'étais en train de montrer des coups à mon beauf.

— Tu ne connais pas ta force, Wylie.

— Et comment ! On réglera ça demain matin.

Sur ce, il raccrocha violemment le téléphone, foudroya du regard Georgia et sa sœur Faith occupées à faire la vaisselle du dîner, et il redescendit dans la salle de jeux où le bon à rien de mari de Faith, Deke Finburdy, était en train d'admirer l'Autre Oscar dans la vitrine des trophées.

— Il peut pas le réparer avant demain matin, dit Wylie, et d'un coup de pied, il balança le punching-ball au fond de la pièce, près du tableau de fléchettes.

— Hé, c'est nouveau, ça ? demanda Deke en désignant l'Autre Oscar.

— Ouais, c'est nouveau, répondit Wylie.

Sa colère n'était pas passée, et il ne se sentait pas

d'humeur à parler, alors il prit une autre bière dans le frigo et se laissa tomber dans le canapé en boudant. Saloperie de punching-ball.

En vérité, c'était sur son bon à rien de beau-frère, Deke Finburdy, que Wylie avait envie de taper. Abruti et incapable, Deke avait épousé la sœur de la femme de Wylie *exprès*. Uniquement pour se la couler douce, en vivant aux crochets de Wylie Cheshire comme un parasite. Pas étonnant que Wylie ait frappé trop fort dans le punching-ball, avec Deke dans les parages.

Affalé dans le canapé, Wylie sirotait sa bière, pendant que Deke admirait une fois encore tous les souvenirs de Wylie, les photos et les récompenses encadrées, la vitrine des trophées remplie de coupes, les ballons signés. Tout était réuni ici : les quatre années de football universitaire de Wylie à Grambling College, ses trois ans chez les New York Giants, ses six ans chez les Kansas City Chiefs, ses deux ans dans la Canadian Football League, et ses trois dernières saisons triomphales chez les Bengals de Cincinnati. Toujours au poste de « defensive guard », un des plus gros, plus méchants, plus brutaux, plus malins et un des meilleurs défenseurs de football professionnel.

Et tous ces souvenirs étaient là pour le prouver, depuis le ballon avec lequel il avait marqué l'unique « touchdown » de sa carrière (l'arrachant des mains de Sonny Jurgensen et parcourant d'un pas lourd les onze « yards » jusqu'à la zone d'en-but) à la photo de son visage rond, noir et sérieux à côté du visage rond, blanc et souriant de Howard Cosell, la fois où Wylie avait été l'invité de *Monday Night Football,* il y a quatre ans, juste après qu'il eut annoncé sa retraite.

Wylie envisageait la possibilité de se faire une petite partie de fléchettes — le centre de la cible ressemblait un peu au nez de Deke —, quand un des gosses descendit l'escalier.

— Papa !

Wylie le regarda d'un œil.

— Qu'est-ce tu fais debout toi ?

— Y a un Blanc qui rôde autour de la maison ; il regarde par les fenêtres.

Wylie ouvrit de grands yeux.

— Un Blanc ?

— Ouais, il regarde par les fenêtres, dit le gosse.

Wylie avait vécu pendant sept ans dans ce quartier à majorité blanche sans connaître le moindre problème — il est vrai que Wylie Cheshire n'avait jamais aucun problème *où que ce soit* — mais depuis qu'il avait quitté le football professionnel, il se consacrait à un certain nombre de causes noires (un homme *doit* s'occuper, il ne peut pas traîner à la maison toute la journée), et les histoires que lui avaient racontées ses frères moins musclés lui avaient donné l'envie furieuse de mettre un jour la main sur un de ces fanatiques sectaires. Ce jour était-il enfin venu ?

— De quel côté de la maison ? demanda-t-il à son fils.

— Derrière, près des chambres.

Un voyeur plutôt qu'un fanatique ? Ah ! ce serait une déception, d'un autre côté, il préférait agir plutôt que de rester assis là à regarder Deke caresser amoureusement ses souvenirs, alors il se leva et dit :

— Deke, amène-toi.

Comme un corniaud obéissant, Deke accourut.

— Ouais, Wylie ?

— Le gosse vient de me dire qu'il y a un mateur dehors.

— Ah ?

— Voilà ce qu'on va faire, dit Wylie. On va le

prendre en tenailles. On le coince des deux côtés. Tu piges ?

— O.K. ! Wylie, répondit Deke.

Il était rempli de bonne volonté, mais c'était à peu près tout.

— Bon ! reprit Wylie. Tu sors par-devant, et tu fais le tour de la maison par la gauche. Ce côté-là, précisa-t-il en tendant sa grosse main dans la bonne direction. Pigé ?

— O.K. ! Wylie.

— Moi, je sors par-derrière et je fais le tour dans l'autre sens. Allons-y.

— Hé, je peux venir ? demanda le gamin. Je peux, hein ? Je peux ?

— Va avec Deke, répondit Wylie.

— Ouais, super !

Ils montèrent et se séparèrent au rez-de-chaussée. Wylie sortit par la porte de derrière sans faire claquer la moustiquaire et, marchant sur la pointe des pieds, il traversa le patio, sauta par-dessus les rosiers de Georgia, et s'avança discrètement jusqu'au coin de la maison. Risquant un œil de l'autre côté, il aperçut dans la lumière des différentes fenêtres le Blanc qui sautait sur place pour essayer de regarder à travers la fenêtre de la salle de bains plus haute que les autres.

Un simple voyeur finalement. Et tandis que Wylie l'observait, Deke et le gamin tournèrent au coin de la maison, sur le devant, et trottinèrent en direction du Blanc qui, en les voyant, pivota deux fois sur lui-même et se précipita tout droit vers Wylie. Mais il ne le savait pas encore.

Wylie le mit au courant. Au moment où le Blanc tournait le coin, Wylie se dressa sur son chemin, dans la position du défenseur, les pieds bien écartés, les coudes levés, les avant-bras prêts à frapper, les épaules penchées vers l'avant et la tête rentrée dans les épaules. Sans bouger.

Le Blanc s'arrêta dans un crissement. Il jeta un regard paniqué par-dessus son épaule en direction de Deke et du gamin, et tenta ensuite de contourner Wylie par la gauche. Celui-ci se déplaça juste assez pour lui donner un petit coup avec l'avant-bras ; le Blanc essaya alors de le contourner par la droite. Wylie se déplaça vers la droite et lui donna un second petit coup d'avant-bras.

Ce n'était pas un Blanc qui renonçait facilement. Cette fois-ci, il fit une feinte sur la gauche et tenta de nouveau de passer à droite, mais le front de Wylie s'écrasa sur son nez. Il poussa un petit cri nasillard, recula d'un pas, et se consacra ensuite pleinement à l'art de la feinte ; gauche-droite-gauche-droite, sans jamais aller nulle part. Sous le regard de Deke et du gosse qui, de loin, assistaient à cette scène comique.

Finalement, Wylie décida que la partie avait assez duré. Abandonnant la posture du défenseur, laissant retomber ses bras le long du corps, il dit :

— Mon gars, si Alex Karras n'a jamais réussi à me passer, tu crois que t'as une chance d'y arriver ?

Il était lent à comprendre, ce Blanc. Après une dernière feinte sur la gauche, il essaya encore une fois de passer sur la droite. Mais Wylie tendit le bras pour le cravater, et le Blanc retomba violemment sur le dos dans l'herbe, où il resta couché, essayant de reprendre son souffle.

Deke et le gamin s'approchèrent ; ce dernier regardait, fasciné, le visage tout rouge du Blanc.

— C'est qui, papa ? Un gars du Ku Klux Klan ?

— On va lui poser la question, dit Wylie. Dès qu'il aura retrouvé son souffle.

Deke observait le Blanc d'un air songeur, et soudain il s'exclama :

— Bon sang, je crois que c'est le type qu'a vendu la Willys à Willy.

Deke parlait de son frère Willy, un type encore plus bon à rien que lui. Se tournant vers Wylie, par-dessus le Blanc allongé, Deke dit :

— Tu te souviens, Wylie. J'avais accompagné Willy quand il avait acheté cette bagnole, la Willys rouge qu'a jamais bien roulé, et deux mois après, y a des types de la société de crédit qui sont venus la reprendre et ils lui ont cassé les deux bras.

— Ouais, parce qu'il avait pas payé les mensualités, dit Wylie, qui se souvenait parfaitement de l'incident.

Son rôle dans cette histoire avait consisté à refuser de prêter de l'argent au frère de Deke.

— Il leur a filé une machine à laver, dit Deke. Enfin bref, ajoute-t-il en baissant les yeux sur le Blanc dont le visage était devenu *très* rouge. Je suis sûr que c'est ce type qui lui a vendu la bagnole.

Wylie regarda le Blanc tout rouge.

— C'est vrai, mec ?

L'homme allongé dans l'herbe secoua violemment la tête dans tous les sens, en produisant des gargouillis. Apparemment, il avait du mal à faire redémarrer sa machine respiratoire. Dans un geste humanitaire, Wylie lui écrasa légèrement l'estomac avec son pied, pour l'aider à repartir ; le type commença alors à haleter, à souffler, à respirer et à s'agiter, à la manière d'une truite sortie de l'eau. Wylie attendit la fin de cette phase, et que le teint du type soit redevenu plus proche du blanc, puis il se pencha, saisit une grosse poignée de tissu et obligea le Blanc à se relever. Sans lâcher la chemise roulée en boule, Wylie demanda :

— T'es un vendeur de voitures ?

— NON !

Deke avait presque le nez collé contre le visage du type.

— Je suis sûr que c'est lui, dit-il.

Wylie demanda :

— T'es venu pour me vendre une bagnole ?

— Je... je... je

Wylie le secoua légèrement pour le décoincer.

— Tu quoi ?

— Je... je... j'ai entendu dire que la maison était à vendre !

— Ah, oui ? Et où t'as entendu ça ?

— À la station-service ! Là-bas...

Wylie le secoua de nouveau, avec colère cette fois.

— J'ai jamais entendu un mensonge aussi stupide, dit-il.

Deke intervint :

— Hé ! Wylie, on n'a qu'à appeler Willy pour qu'il vienne voir. *Lui,* il saura si c'est le même type.

— Ouais, bonne idée, répondit Wylie. Allez, viens, le vendeur de bagnoles, on rentre.

— Je n'ai pas le temps !

Wylie lâcha le devant de la chemise pour refermer sa main autour du bras du type.

— Attends, je vais t'aider à changer d'avis.

EN CONSÉQUENCE DE QUOI...

Angela et sa sœur Teresa étaient maintenant partenaires, et Teresa faisait le mort quand le téléphone sonna. Elle se leva pour aller répondre et revint au bout d'une minute en disant :

— C'est Mel.

Angela, qui essayait de faire une annonce sans atout particulièrement risquée, leva à peine la tête.

— Encore ?

— Il a l'air *bizarre.*

— Qu'est-ce qu'il veut, cette fois ?

— Je crois que tu devrais aller lui parler, Angela. Je vais jouer à ta place.

Angela tenta une impasse à carreau, mais Barbara était trop stupide pour se faire avoir... Son as tomba.

— Merde, dit Angela en se levant et en tendant les cartes à Teresa. Désolée, partenaire.

— On fera ce qu'on pourra, répondit Teresa.

Angela alla prendre la communication dans le living-room.

— Qu'est-ce qui se passe encore ?

— *Tu en as mis du temps !*

Difficile de reconnaître la voix de Mel dans ce chuchotement rapide et aigu.

Angela n'était pas d'humeur à écouter des balivernes.

— Qu'est-ce qu'il y a, Mel ?

— *Je suis prisonnier !*

— Où ça ? Encore à Haddam machin ?

— *À Long Island. Une sorte de gigantesque footballeur noir m'a kidnappé !*

— Mel, je ne sais pas ce qui t'arrive ce soir.

— *Envoie les autres chez Wylie Cheshire, 58 Ridge Road, Deer Park ! Vite !*

— Il n'y a personne ici. Tu es le seul qui appelles.

— *Écoute, Angela, je t'appelle d'un téléphone dans les toilettes ! Ils vont bientôt m'obliger à sortir ! Ils attendent un type à qui j'ai vendu une voiture il y a des années ! Une fois qu'il m'aura identifié, Dieu seul sait ce qu'ils vont me faire !*

— C'est bon, je viens, décida Angela. (N'importe quoi plutôt que continuer cette partie de bridge.) Répète-moi l'adresse.

— *Ce sont de grands types méchants, chérie !*

— Je suis une grande fille méchante. C'est quoi l'adresse ?

— *Wylie Cheshire, 58 Ridge Road, Deer Park !*

— J'arrive tout de suite, déclara Angela.

BIENTÔT...

New York et ses environs sont comme une sorte de maison. Manhattan est le salon, avec la télévision, la chaîne stéréo et tous les beaux meubles, l'endroit où l'on reçoit les invités. Brooklyn et le Queens sont les chambres où dort la famille, le Bronx est le grenier, rempli de cochonneries inflammables dont plus personne ne se sert. Staten Island est le jardin de derrière, Long Island est le garage indépendant, tellement plein de pots de peinture, d'établis, plus le bateau à moteur, qu'on ne peut même plus y rentrer la voiture. Hudson County, là-bas dans le New Jersey, est le sous-sol avec la chaudière, le congélateur et les piles de vieux journaux, les marais du Jersey sont les toilettes. Wetschester est le bureau, avec des lambris et une fausse lampe à pétrole, le Connecticut est la chambre d'amis, avec des rideaux amidonnés et des gravures de paysages. La cuisine se trouve tout là-haut à Albany, voilà pourquoi les plats sont toujours froids quand ils arrivent à table, et la salle à manger guindée a été détruite par William Zeckendorf et des amis au début des années 50.

Jerry Manelli avait passé la plus grande partie de sa vie dans un seul coin de cette maison, et il commençait seulement à s'en apercevoir. Ces dernières vingt-quatre heures avaient été très frustrantes, mais également très intéressantes ; voilà des années qu'une chose n'avait pas attiré ainsi son attention. Tandis qu'il évoluait dans le cercle restreint de la famille, d'Inter-Air Transport et d'une succession de Myrna, le monde autour de lui était rempli de quartiers étranges et de gens encore plus étranges, et même si ce n'étaient pas des personnes que vous aviez envie de côtoyer chaque jour, quelle importance ? Ils représentaient des expériences nouvelles, et il y a bien longtemps que Jerry n'avait connu aucune expérience nouvelle.

Le problème venait d'Inter-Air Transport. Cette saloperie marchait *trop* bien. Cela avait débuté comme une arnaque, et peu à peu c'était devenu un métier. Un métier. Certes, il pouvait se retrouver en prison, mais ça ne changeait rien ; ça restait un métier.

Dans trente ans il pourrait se voler une montre en or et prendre sa retraite avec son père, en cherchant des hobbies.

C'était le living-room incroyable des deux pédés qui avait tout déclenché, pour une raison inconnue, et aussi la scène qu'ils s'étaient jouée tous les deux, chacun étant persuadé que c'était l'autre qui avait ramené Jerry à la maison. Ça ferait une excellente histoire drôle, sauf que le living-room lui donnait un tour qui embrouillait les choses. Il fallait les avoir vus dans *ce* living-room pour comprendre. Jerry pourrait peut-être faire rire les autres en leur racontant l'histoire, mais ils ne comprendraient pas, parce qu'ils n'avaient pas vu le living-room. Même Mel qui était l'intellectuel de la famille. (Les Juifs ne pouvaient pas s'en empêcher. Seul un Juif pouvait être intello — lire des livres, écouter de la musique classique sur l'auto-radio — et rester un chic type.)

Mais d'autres facteurs avaient contribué au curieux état d'esprit dans lequel se trouvait maintenant Jerry, cette impression de découvrir soudain qu'il était dans une ornière de deux mètres de profondeur alors qu'il s'imaginait sur un nuage. Il y avait Harlem et le grand Noir ivre. Il y avait le type à poil et défoncé dans le placard ; et d'une certaine façon, dans le genre excentrique, ç'avait été amusant de discuter avec lui.

Mais le pompon revenait à l'épouse disparue, Bobbi Harwood. Quelle sortie ! Balancer toutes les affaires de son mari par la fenêtre, boucler ses valises et partir. Partir où ? Dans les milliards de coins et de recoins de la ville de New York, dans un monde rempli de tant de possibilités infinies que l'esprit lui-même ne peut toutes les concevoir. Jerry avait le sentiment que Bobbi Harwood elle aussi s'était découverte au fond de cette ornière de deux mètres, et elle avait fait la seule chose sensée : *sauter !* Elle était sortie de cette ornière pour aller ailleurs.

Mais où ? À force de songer à Bobbi Harwood, à essayer de deviner où et comment la retrouver, Jerry avait pris conscience peu à peu à quel point *lui* était facile à retrouver.

Comment différencier les mardis des jeudis ? Impossible.

L'esprit occupé par ces pensées, Jerry roula de Harlem jusqu'à presque Midtown Tunnel avant de s'arrêter dans une cabine téléphonique pour appeler chez les Bernstein. Ce ne fut pas sa sœur Angela qui répondit, mais Barbara, la belle-sœur de son beau-frère Frank, et elle dit :

— Y a plus personne à part moi.

— Où est Angela ?

— Mel a appelé pour dire qu'il avait des ennuis quelque part, alors Angela, Teresa et Kathleen sont parties à son secours.

— Angela, Teresa et Kathleen ? Où sont les gars ?

— Frank a appelé il y a dix minutes. Il avait l'air paniqué à cause de je ne sais quoi, et il a dit qu'il rentrait. Il m'a demandé si quelqu'un avait trouvé la bonne statuette, et quand je lui ai répondu non, il a prononcé des vilains mots.

— Et Floyd ?
— Il rentre avec Frank.
— Bon ! je vais rentrer moi aussi, dit Jerry. J'ai trouvé trois statuettes sur quatre, mais aucune n'était la bonne. Je chercherai la quatrième demain.
— Tu voudras une tasse de café ?
— Non, j'ai besoin d'une bière, répondit Jerry. Beaucoup de bières.
— C'est marrant, dit Barbara. Frank a dit exactement la même chose.

PLUS TARD...

Angela Bernstein, Teresa McCann et Kathleen Podenski descendirent du break devant la maison de Wylie Cheshire où Mel était retenu prisonnier.
Angela dit :
— Vous deux, vous entrez pour les distraire.
Les deux femmes prirent un air hébété.
— Pour les distraire ?
— Dites-leur que vous êtes des représentantes Avon.
— On n'a pas d'échantillons.
— Alors dites-leur que vous êtes des représentantes Avon venues recruter de nouvelles représentantes Avon.
Les deux femmes semblaient perplexes. Teresa dit :
— Je ne sais pas si...
— Oh, pour l'amour du ciel ! s'exclama Angela, faites travailler votre imagination ! Organisez une soirée Tupperware, dites que vous venez leur souhaiter la bienvenue de la part du Comité d'accueil de la ville, dites que vous êtes des bénévoles de la dystrophie musculaire progressive, que vous collectez des vêtements pour les pauvres. Inventez n'importe quoi !

— Bon, d'accord, répondit Teresa, qui paraissait toujours aussi perplexe.

Kathleen également, mais l'une et l'autre remontèrent malgré tout le beau petit chemin d'ardoise qui traversait la pelouse parfaitement tondue, jusqu'à la maison en briques de style ranch où Mel était retenu prisonnier.

Angela, quant à elle, se dirigea vers le côté de la maison. C'était un quartier chic de Long Island, avec de grands jardins, si bien que la maison voisine était située loin de là, à l'abri derrière de hautes haies. Après avoir attendu que Teresa et Kathleen fassent leur numéro de représentantes Avon à la porte, Angela longea le côté de la maison, en regardant par les fenêtres. Dans le living-room, deux couples de Noirs avaient accueilli Teresa et Kathleen ; les femmes étaient jeunes et élégantes, un des deux hommes paraissait plutôt maigre et dégingandé, le second était un *monstre.*

— Mon Dieu, murmura Angela, je n'aimerais pas coucher avec ça.

Et elle continua d'avancer.

Dans une des chambres, un certain nombre d'enfants noirs dormaient dans des lits superposés. Dans la chambre voisine, deux fillettes noires dormaient dans des lits d'enfants jumeaux ; *tout* dans cette pièce était décoré de volants en dentelle, y compris la corbeille à papier.

Elle atteignit enfin l'arrière de la maison. La porte de derrière n'était pas verrouillée ; de l'autre côté se trouvait une cuisine d'une extrême propreté. Apparemment, la maîtresse de maison savait entretenir son bateau.

Mais où était Mel ? À pas prudents, Angela traversa la cuisine puis une salle à manger déserte. Devant elle, elle percevait les murmures d'une conversation : la voix de Teresa, celle de Kathleen, d'autres voix. Impossible d'entendre ce qui se disait, mais le ton semblait calme et civilisé, aussi Angela jugea-t-elle inutile de s'inquiéter.

Mais où était Mel, nom de Dieu ? Pas dans la chambre des parents, ni dans le petit bureau masculin à l'excès, et elle avait fouillé toute la maison, à l'exception du sous-sol, alors elle retourna dans la cuisine et descendit l'escalier conduisant à une sorte de salle de jeu tellement encombrée de matériel sportif et de trophées qu'on aurait dit la vitrine de chez *Abercombie et Fitch* après un attentat à la bombe.

Mel se trouvait dans la buanderie, avec la chaudière, le chauffe-eau, la machine à laver et le sèche-linge, et il était aussi blanc que tous ces appareils.

— Tu as réussi ! s'exclama-t-il dans un chuchotement strident en essayant de serrer Angela contre lui.

— Plus tard, dit sa femme en le repoussant. Viens, fichons le camp d'ici avant que ça commence à mal tourner là-haut.

Là-haut, les choses n'avaient pas vraiment mal tourné, disons qu'elles allaient un peu de travers. Teresa et Kathleen étaient entrées dans la maison sans convenir au préalable d'une tactique, aussi Teresa s'était-elle emmêlée dans une histoire confuse en se faisant passer pour la représentante de la Ligue des femmes électrices, avant de s'apercevoir que Kathleen faisait une collecte pour lutter contre la fibrose cystique. La lueur d'incompréhension qui apparut dans les yeux de Wylie Cheshire, Georgia Cheshire, Deke Finburdy et Faith Finburdy ne s'atténua pas quand les deux femmes échangèrent leurs histoires au même moment et en plein milieu. Est-ce que ces femmes venaient leur demander de voter en faveur de la fibrose cystique ?

Pendant ce temps, Angela tentait d'entraîner rapidement Mel vers la sortie, mais celui-ci lui murmura :

— Attends une minute. Emportons ce que nous sommes venus chercher.

— Dépêche-toi !

Mel se dépêcha. Il traversa la pièce pour s'emparer du Prêtre Aztèque Dansant qui trônait au milieu des trophées, avant de rejoindre une Angela tremblante dans l'escalier. Ils remontèrent, sortirent par la porte de derrière et arrivèrent devant la maison lorsqu'un Noir tout maigre qui venait de descendre d'une vieille Buick miteuse, apercevant Mel, se mit à hurler à pleins poumons :

— Hé, toi ! C'est toi le salopard qui m'as vendu l'autre bagnole ! Hé, *Wyyyy-lieee !*

— Oh, non ! soupira Mel.

— La ferme, dit Angela au Noir. Fermez-la et c'est tout.

Au même moment, Wally Hintzlebel, jailli de nulle part, arracha le Prêtre Aztèque Dansant de la main de Mel, hébété, pivota sur ses talons et percuta de plein fouet Angela, si bien que tous les deux se retrouvèrent affalés dans l'herbe.

— La statuette ! s'écria Mel, et le Noir lésé lui donna un coup de poing dans l'œil. Aïe ! dit Mel en lui rendant son coup de poing.

La porte de la maison s'ouvrit, et un tas de personnes se précipitèrent au-dehors.

Angela et Wally se redressèrent et se regardèrent d'un air ébahi.

— Toi ! s'exclama Angela. Qu'est-ce que tu fous ici ?

— Reprends-lui la statuette ! hurla Mel à sa femme.

Il se bagarrait avec le Noir qui l'avait ceinturé et tentait de lui couper la respiration.

Wylie Cheshire traversa la pelouse en soufflant bruyamment pour venir séparer Mel et le Noir tout maigre, et il demanda à Mel :

— Qui t'a laissé sortir, toi ?

— Wylie ! s'écria le Noir. C'est lui, c'est lui !

— La ferme, Willy, dit Wylie. (Il secoua légèrement Mel.) Qui t'a fait sortir, hein ? Dis-le-moi.

Mais Mel ne prêtait guère attention aux paroles de Wylie, intrigué qu'il était par l'échange qui se déroulait dans l'herbe entre Angela et Wally. Ils étaient assis face à face, et Angela disait :

— Tu as tout écouté dans la penderie, hein ? Espèce de salaud !

— J'ai les mêmes droits que n'importe lequel d'entre vous, répondit Wally.

— Donne-moi cette statuette, ordonna Angela en essayant de l'arracher des mains de Wally.

Ils roulèrent dans l'herbe.

Pendant ce temps, Willy ne cessait de brailler :

— C'est lui, Wylie ! C'est lui qui m'a vendu la Willys !

— Je t'ai déjà dit de la fermer, Willy ! Toi, écoute-moi ! Comment est-ce que...

— Oh ! foutez-moi la paix, répondit Mel en repoussant Wylie comme un vulgaire moucheron.

Abasourdi et bouche bée, Wylie le regarda se diriger vers Angela en disant :

— Qu'est-ce que ça signifie ?

Après avoir balancé un coup de genou bien placé à Wally, Angela se relevait péniblement, en tenant la statuette.

— Allons-y, dit-elle.

— Tu as intérêt à me répondre, Angela, dit Mel.

(À l'arrière-plan, Willy expliquait à Deke Findbury que c'était bien Mel qui lui avait vendu cette Willys il y a longtemps, tandis que Georgia Cheshire demandait à Teresa des renseignements supplémentaires sur la Ligue des femmes électrices, alors que Faith Findbury et Kathleen assistaient à tout cela la bouche grande ouverte.)

Et Mel répétait :

— Tu as intérêt à me répondre.

— Oh, ne sois pas idiot, répondit Angela en voulant repartir d'un pas décidé.

Mais Wylie Cheshire l'arrêta en se dressant sur son passage.

— Cette statuette est à *moi,* madame.

— Ah oui, vraiment ? Alors, *tenez !*

Folle de rage, Angela lui donna un grand coup sur la tête avec la statuette.

Fort heureusement pour Wylie, ce n'était pas la bonne. Celle-ci se brisa ; Wylie recula en titubant et Angela jeta à tout le monde le même regard chargé de mépris, à Mel, Wylie, Wally, Willy, Deke, Kathleen, Teresa, Faith et Georgia, puis elle regagna le break d'un pas énergique. Trop c'est trop.

À CE MOMENT-LÀ...

— Je comprends rien à ce plan, dit Pedro Ninni.

— Tu ne comprends *jamais,* Pedro, répondit Edwardo Brazzo.

Sa cravate était encore plus avachie et mouillée de sueur que d'habitude, et son petit stock de patience était complètement épuisé.

— Pourquoi tu ne veux pas reconnaître que tu es *un être stupide, incapable et idiot,* Pedro, et faire ce qu'on te demande de faire sans *discuter* tout le temps ?

— Non, dit Pedro.

Edwardo le regarda d'un air hébété.

— Quoi non ?

— Non à tout, dit Pedro.

José Caracha, avec sa patience de sculpteur, intervint pour tenter d'arrondir les angles.

— Il fait chaud cette nuit, Edwardo, dit-il. Ne nous énervons pas.

— Ne pas m'énerver ? Alors que cet imbécile n'arrête pas de poser des questions, de discuter et de se plaindre, en disant non, non, non, non *à tout.*

— Il ne comprend pas, voilà tout, dit José. (Il se tourna vers Pedro.) Je vais essayer de t'expliquer.

— Je ne suis pas un être stupide, incapable et idiot, déclara Pedro.

— Bien sûr que non, dit José. Edwardo est un peu nerveux, rien de plus.

— Nerveux, répéta Edwardo. Nos *vies* sont en jeu.

— Du calme, du calme, lui dit José. (Il se tourna de nouveau vers Pedro.) Pedro, tu sais qu'apparemment quelque chose a mal tourné là-bas aux États-Unis, et nous n'avons pas reçu notre argent.

— J'y ai jamais cru de toute façon, dit Pedro.

— Bon, peut-être. Tu sais aussi que Hector Ovella, le directeur du musée, fait partie de notre petit groupe, et il est aussi furieux que nous de ne pas avoir été payé.

— Je suis pas furieux, répondit Pedro. J'ai jamais cru qu'on aurait cet argent.

— Ah ! tu vois ce qu'il faut supporter, dit Edwardo.

— Du calme, du calme. Pedro, le problème est que Hector nous tient pour responsables, *tous les trois,* de manière parfaitement injuste, et il dit que s'il n'a pas son argent à la fin de la semaine, il nous dénoncera aux autorités.

— Et on sera pendus par la langue, dit Pedro, comme je l'avais prévu depuis le début.

— C'est pourquoi, enchaîna José, nous devons quitter le pays.

— Santa Rosita Rosaria n'est pas en dehors du pays, dit Pedro. Santa Rosita Rosaria est une ville de *ce* pays.

— Exact, dit José. Nous le savons, Pedro, nous avons vécu ici toute notre vie.

— Alors pourquoi vous voulez aller à Rosie ? demanda Pedro, en utilisant le surnom populaire et argotique pour désigner Santa Rosita Rosaria.

— Parce que... expliqua José, pendant qu'au second plan Edwardo serrait les poings en grinçant des dents, parce que personne ne nous laissera monter à bord d'un avion qui quitte le pays. Mais on nous laissera prendre l'avion pour Rosie, et ensuite on le détournera pour l'obliger à nous emmener à New York.

— C'est là que ça se gâte, dit Pedro.

— Mais non, dit José. C'est logique tout simplement, il ne faut pas trois hommes pour détourner un avion. Donc, l'*un* de nous détournera l'avion, et quand celui-ci atterrira à New York, les deux autres s'éclipseront discrètement, pendant que le pirate de l'air se livrera aux autorités en réclamant l'asile politique. Les deux autres iront voir les gens qui nous doivent de l'argent à New York, ils prendront l'argent et une partie servira à engager un avocat pour faire libérer sous caution le pirate de l'air, ensuite nous partirons loin de là tous les trois et nous vivrons avec ce qui reste de l'argent.

— À New York, ils me pendront par la langue, dit Pedro.

— Mais non, ils font pas ce genre de choses là-bas, répondit José. Ce sont des gens très civilisés, très gentils à New York.

— Tu ne peux pas expliquer ça à un abruti pareil, dit Edwardo.

— Si, il peut, dit Pedro. Merci, José, vous m'avez tout expliqué comme une personne intelligente et j'ai tout compris.

— Parfait, dit José. Je savais que tu comprendrais.

Maintenant, nous allons tirer à la courte paille pour savoir lequel de nous trois détournera l'avion.

— Hmmm, fit Pedro.

APRÈS CELA...

Quand Jerry revint chez les Bernstein, il y avait déjà beaucoup de monde. Mel et Angela étaient dans la cuisine, en train de se disputer pour une raison quelconque. Teresa, Kathleen et Barbara étaient dans la salle à manger, en train de se disputer à cause du bridge. Frank et Floyd étaient dans le living-room avec une vieille et grosse femme noire, avec laquelle ils se disputaient pour savoir s'ils auraient dû ou non la kidnapper.

— Qu'est-ce qui se passe ici ? demanda Jerry.

Mel et Angela refusèrent de lui prêter attention, aucune des joueuses de cartes ne lui donna une réponse intéressante, et Frank et Floyd continuèrent à parler tous les deux en même temps. Désignant la femme noire, Jerry demanda :

— Pourquoi vous l'avez ramenée jusqu'ici, bon sang ? C'est pas un Prêtre Aztèque Dansant.

— Je danse pour personne, déclara la grosse femme noire.

Frank parvint enfin à obtenir suffisamment de silence autour de lui pour répondre à la question :

— J'avais pas le choix, Jerry. Elle m'a reconnu.

— Reconnu ? Comment ça reconnu ?

— Reconnu, quoi ! Comme quand tu dis : « Tiens, salut, Frank. »

— Tu la *connais ?*

Les concours de circonstances nécessaires pour en arriver là plongeaient Jerry dans l'ahurissement.

— Elle travaille au théâtre, expliqua Frank. C'est une

habilleuse, elle m'a déjà croisé dans les coulisses. Je savais simplement qu'elle s'appelait Mandy. Comment je pouvais deviner qu'elle s'appelait Amanda Addleford ?

— En tout cas, vous allez vous retrouver dans le pétrin, déclara Mandy, si vous me relâchez pas immédiatement.

— Nous sommes déjà dans le pétrin, madame, répondit Jerry, quoi qu'on fasse.

— On pouvait quand même pas la tuer, hein ? dit Frank. Mais on pouvait pas non plus la laisser appeler les flics. Alors on l'a ramenée avec nous.

— Vous ne pouvez pas la garder, dit Jerry. Elle n'a rien à voir là-dedans.

— J'espérais que tu trouverais une solution, Jerry, dit Frank.

— Ah, oui ?

Floyd intervint :

— Mais à part ça, on s'est bien débrouillés, Jerry. On a...

— Chut, pas devant la prisonnière, le coupa Jerry. Elle en sait déjà beaucoup trop.

— Alors, qu'est-ce qu'on fait d'elle ? demanda Frank.

— Relâchez-moi, dit Mandy. Immédiatement.

— On va la planquer le temps de réfléchir au problème, répondit Jerry. Un instant...

Il retourna dans la cuisine où Mel et Angela continuaient à se disputer, et demanda :

— Vous n'auriez pas une penderie là-haut où on pourrait planquer la vieille que Frank et Floyd ont ramenée ?

— Une penderie ! hurla Mel, et pour une raison inexpliquée, la dispute redoubla de violence.

Mel hurlait après Angela et Angela hurlait à son tour après Mel, et Jerry n'y comprenait rien du tout. Il retourna donc dans le living-room pour dire à Frank et à Floyd :

— Fermez-la. Emmenons-la au premier, on trouvera bien un endroit pour la planquer.

— Vous faites une grosse erreur, dit Mandy.

— Ça ne sera pas la première de la journée, répondit Jerry.

Pendant ce temps dans la cuisine, Mel hurlait les mots « dans la penderie » sur tous les tons : « Dans la penderie ! », « Dans la *penderie* ? », « *Dans* la penderie ! ». De leurs côtés, Jerry, Frank, Floyd et Mandy montèrent au premier étage à la recherche d'une penderie. Après avoir regardé partout, ils choisirent finalement la penderie de la chambre qui pouvait se fermer de l'extérieur. Mais juste au moment où ils s'apprêtaient à pousser Mandy à l'intérieur, Mel gravit l'escalier quatre à quatre et fit irruption dans la chambre en hurlant :

— Non, pas dans *cette* penderie !

— Qu'est-ce qui se passe ? demanda Jerry.

Mel se jeta à l'intérieur comme si on venait d'y découvrir de l'or. Il balança au-dehors des chaussures, des cintres et diverses épaves, entre ses jambes écartées à la manière d'un chien qui déterre un os, puis il arracha le coin de la moquette et s'exclama :

— Regardez ! On entend tout ce qui se dit dans la salle à manger !

En effet. Les femmes se disputaient pour des histoires de bridge dans la salle à manger.

— O.K. ! dit Jerry. Pas la peine de s'énerver comme ça, Mel.

— Où on met Mandy, alors ? demanda Frank.

— Dans le prochain bus, répondit Mandy.

— Mettons-la dans la salle de bains, dit Mel.

— Et si quelqu'un a envie de pisser ? demanda Jerry.

— Il y a des chiottes en bas, dit Mel.

Il ressortit de la penderie en claquant rageusement la

porte, et soudain, il s'écria à travers le plancher en direction du rez-de-chaussée :

— Jézabel !

La réponse étouffée lui parvint de la cuisine :

— *Connard !*

Mel se rua hors de la chambre en hurlant.

— Tout le monde est devenu dingue, dit Jerry. Allons enfermer votre copine dans la salle de bains.

Et donc, ils enfermèrent Mandy dans la salle de bains, sans prêter attention à ses solutions de rechange, puis ils redescendirent dans le living-room.

Jerry se laissa tomber dans le canapé.

— Je crois que quelqu'un devrait m'apporter une bière, dit-il.

— J'y vais, dit Floyd. T'en veux une, Frank ?

— Et comment !

Floyd quitta la pièce et Frank s'assit à son tour.

— Ah ! quelle nuit, dit-il.

Jerry demanda :

— Comment se fait-il que Floyd et toi vous étiez ensemble ?

— On a réuni nos listes. Ne te fâche pas, Jerry, ça a marché. On a fait toutes les adresses. On a trouvé deux statuettes de Floyd et deux des miennes.

— Il en reste quatre, fit remarquer Jerry.

— Un des noms sur la liste de Floyd, expliqua Frank, est un croque-mort de Harlem qui s'appelle F. Xavier White, quand on est arrivés sur place, des gangsters noirs parlaient avec lui d'organiser des funérailles. Ils nous ont mis le grappin dessus, et on a eu de la chance que ce ne soit pas *nos* funérailles. Impossible de chercher une statuette dans ces conditions.

— O.K. !

— L'autre nom sur la liste de Floyd, poursuivit Frank, c'est un certain Marshall Thumble, vivant à Harlem lui aussi. On a trouvé l'adresse, mais il y avait personne chez lui et on n'a pas réussi à trouver la statuette. Par contre, on en a trouvé une supplémentaire chez Leroy Pinkham.

— Une supplémentaire ?

— Eh oui, c'est la journée qui voulait ça, dit Frank. C'était peut-être celle de Thumble. C'était peut-être celle de quelqu'un d'autre. Ou peut-être même qu'elle faisait pas partie des seize qu'on cherche. De toute façon, elles se sont cassées toutes les deux, donc elles n'étaient pas en or ni l'une ni l'autre.

— Et les deux adresses sur ta liste ?

— Edward Ross et Jennifer Kendall, à Greenwich Village. Nous avons commencé par là, mais y avait personne là non plus, et pas de statuettes. Apparemment, ils avaient fichu le camp. On n'a pas perdu de temps, Jerry, on a fait les deux listes.

— Oui, et vous avez ramené le deuxième prix.

— Tu veux parler de Mandy ? (Un rictus déforma le visage de Frank, mélange d'excuse et de profonde réflexion.) Franchement, Jerry, je savais pas quoi foutre d'elle.

Floyd revint avec les bières, et avec Mel, le visage rouge et le souffle court. Derrière eux, Jerry vit Angela quitter la maison à grands pas, dans une rage folle. On entendit sa voiture démarrer, rugir et décoller dans un gigantesque crissement de pneus. Jerry but une gorgée de bière et demanda :

— Mel, on essaie de faire le point. Tu peux nous accorder ton attention une minute ?

Mel jeta un regard noir en direction de la fenêtre.

— Pourquoi pas ? répondit-il d'un ton grinçant.

— Alors, assieds-toi, Mel, dit Jerry.

Mel fronça les sourcils, en regardant autour de lui ; il semblait sur le point de débiter des dizaines d'insultes, puis brusquement, il se laissa tomber à l'autre bout du canapé.

— J'ai trouvé deux des statuettes de ma liste, dit-il en foudroyant maintenant du regard la table basse. Et deux de la liste de quelqu'un d'autre.

— Encore des supplémentaires ?

— Des quoi ?

Les sourcils de Mel se rejoignirent comme s'il essayait de creuser un trou dans la table basse par la seule puissance de son regard.

— Edward Ross et Jennifer Kendall, dit-il. Ils sont sur la liste de...

Ravi, Frank s'exclama :

— C'est à moi ! Hé ! qu'est-ce que vous dites de ça, les gars ? (Puis l'étonnement prit le dessus.) Mais comment t'as fait pour les trouver ?

— Ils étaient dans le Connecticut.

Jerry, la liste des seize membres du Comité du sport pour tous sur les genoux, tenait les comptes, et il demanda :

— Beemiss, tu l'as trouvé ?

— Oui, répondit Mel. Et Cheshire aussi. (Son regard se fit encore plus noir.) *Cheshire.*

— Parfait, dit Jerry. Moi, j'en ai trouvé trois. Ça veut dire qu'on en a déjà éliminé onze, et peut-être douze, en fonction de la statuette supplémentaire qu'ont découverte Frank et Floyd.

— Je *pense* que c'est celle de Marshall Thumble, dit Floyd.

— Vous irez vous en assurer demain, répondit Jerry. Frank et toi. Et vous retournerez également chez le type des pompes funèbres. Il ne reste que quatre, peut-être cinq, statuettes, c'est donc forcément l'une de celles-ci. Et toi, Mel ?

Mel se retourna en jetant un regard sombre à Jerry,

comme s'il se demandait s'il allait ou pas le tuer à coups de hache.

— Quoi moi ?

— Tu te sens d'attaque pour continuer demain ?

— Je m'occuperai des deux qui restent, répondit Mel. (Il se pencha vers Jerry sur le canapé.) Pourquoi est-ce que je pourrais pas le faire, hein ?

— Parfait, répondit Jerry. Moi, j'essaierai de localiser Bobbi Harwood. La bonne statuette se trouve forcément parmi celles qui restent, ne l'oubliez pas, et nous sommes en avance sur la Mafia parce qu'ils ont perdu leur temps à cavaler après Mel dans le Connecticut.

— Ils vont reprendre les recherches demain, dit Floyd.

— On verra ce problème en temps voulu, répondit Jerry en vidant sa bière. C'est tout pour ce soir. Il est temps que tout le monde aille se reposer.

— Et Mandy ? demanda Frank.

— Ta copine dans la salle de bains ? Elle peut passer la nuit ici. On trouvera une solution demain matin.

Mel poussa un soupir et sembla se détendre.

— Je vais lui apporter une couverture et un oreiller, dit-il. Elle pourra dormir dans la baignoire.

— Moi, je vais dormir dans mon lit, dit Jerry en se levant et en s'étirant. Bonne nuit.

FINALEMENT...

Tout le monde a beaucoup couru, mais le moment est venu de ralentir. Jerry Manelli boit une dernière bière chez lui devant sa télévision, il se relaxe en regardant *L'Impossible Mr. Bébé* sur Channel 5. Frank et Teresa McCann, couchés dans leurs lits jumeaux, regardent le *Tonight Show* sur Channel 4. Floyd et Barbara McCann font l'amour, mais à cause de la faible épaisseur des murs de leur maison et de la proximité de leurs enfants, ils font bien attention à ne pas y prendre trop de plaisir.

Angela Bernstein est rentrée à la maison, Mel et elle discutent de leurs problèmes conjugaux autour de la table de la cuisine, en compagnie de Mandy Addleford, compatissante, mais pleine de bon sens, comme Ann Landers.

Assis à table dans sa cuisine, Wally Hintzlebel joue à la canasta avec sa mère en lui racontant des mensonges pour justifier ces griffures sur le visage que lui a faites Angela Bernstein. Oscar Russell Green dort sur le plancher de son living-room, à plat ventre, tandis que le téléviseur projette *L'Impossible Mr. Bébé* sur le dessus de son crâne. Felicity Tower est parfaitement réveillée dans son lit, incandescente comme le filament d'une ampoule.

Bien plus au sud, à Quetchyl, Pedro Ninni, Edwardo Brazzo et José Caracha dorment la bouche grande ouverte. Quelque part à New York, le *véritable* Prêtre Aztèque Dansant brille dans l'obscurité ; aucune substitution n'a eu lieu au Descalzo, la vraie statuette se trouve bien parmi les quatre dernières.

L'homme d'affaires Victor Krassmeier, souffrant de constipation, lit *Barron's,* assis sur le siège des toilettes. Le truand August Corella boit une Rob Roy dans son salon, en regardant le *Tonight Show,* et en ressassant sa sombre journée. Earl est au lit avec un steak qu'il plaque alternativement sur son œil droit et son œil gauche, en regardant le *Tonight Show* avec l'autre. Ralph rêve qu'il dévale une montagne au volant d'une voiture sans freins.

Wylie Cheshire, un pansement en forme de croix sur le front, à l'endroit où Angela Bernstein l'a frappé avec le Prêtre Aztèque Dansant, regarde *Le Pirate écarlate* sur Channel 9, l'humeur maussade ; sous le pansement, la bosse continue à enfler. Luke Snell qui a lui aussi un pansement blanc sur la lèvre supérieure, à l'endroit où le volant lui a cassé trois dents lors du choc avec la moto, regarde également *Le Pirate écarlate,* mais sans y prendre en retour le plaisir escompté.

Bud Beemiss, installé dans son bureau avec un verre de Martini on the rocks, contemple d'un air sombre l'endroit vide où se trouvait son Prêtre Aztèque Dansant, et il réfléchit. En bas, dans la maison, Hamlet et Ophélie dorment en souriant.

David Fayley et Kenny Spang, chacun terriblement blessé à l'idée que l'autre ait pu ramener Jerry Manelli à la maison, sont couchés côte à côte dans le lit, réveillés, sans se parler et sans se toucher. Jenny Kendall et Eddie Ross, couchés dans le même sac de couchage, dans un bois du Rhode Island, font l'amour ; ils se débrouilleront avec une seule moto, un seul sac de couchage, et l'un avec l'autre.

Leroy Pinkham, couché sur le sol de son living-room avec sa sœur Ruby et sa sœur Renny, regarde *L'Impossible Mr. Bébé.* Buhbuh est couché par terre lui aussi, dans son living-room, à quelques rues de là, et il regarde *Le Pirate écarlate.*

F. Xavier White est assis dans son lit ; il écoute Malfaisante lui énoncer ce qu'il a fait de travers aujourd'hui, c'est-à-dire tout. Jeremiah Jonesburg, dit « Triste Mort », dort joyeusement, en rêvant de funérailles.

Chuck Harwood, recroquevillé sur le sol de sa penderie, ronfle en dormant ; il sera *très* courbaturé demain. Bobbi, l'esprit rempli de fragments de rêves troublants, cuve son vin sur le canapé de Madge.

Chez eux, dans leurs lits, Ben Cohen et Mrs. Dorothy Moorwood dorment paisiblement ; ni l'un ni l'autre ne peuvent imaginer ce qui les attend demain.

Présentement, tout le monde se repose. Tout le monde va dormir. Et vous aussi.

Deuxième partie
des recherches

À New York, tout le monde veut aller quelque part. À Noël, tout le monde veut aller chez *Macy's,* et l'été, tout le monde veut aller à la plage. À cinq heures de l'après-midi, tout le monde veut traverser les tunnels. Le samedi soir, tout le monde veut aller au kiosque à journaux pour acheter la presse du dimanche. Dans les quartiers chics, tout le monde veut aller chez *Zabar,* et dans les quartiers pauvres, tout le monde veut aller chez *Balducci.* Tout le monde, tout le temps, veut prendre le prochain ascenseur, le prochain métro et la place de son voisin.

Des employés de bureau veulent aller dans les toilettes des patrons. Les patrons veulent aller à Palm Springs ou à Palm Beach. À l'aéroport Kennedy, les passagers de première classe veulent aller dans le salon des VIP. Les chauffeurs de taxi veulent traverser la ville. Les enfants veulent aller au Radio City Music Hall, les adolescents veulent aller au cinéma porno, et un pour cent de la population veut aller assister à un spectacle sur Broadway. Les démarcheurs à domicile veulent gagner un voyage gratuit à Porto-Rico grâce à un chiffre de vente d'un million de dollars.

McDonald's veut s'installer dans le Village. Des types qui portent le nœud papillon de l'année dernière veulent redevenir dans le vent. Des sous-directeurs veulent un bureau en coin. Là-bas chez ABC, ils veulent entrer dans la course.

Ceux qui font du shopping veulent monter dans un taxi climatisé. Durant la semaine, ceux qui ont une cause à défendre veulent aller à City Hall Park, mais le dimanche ils veulent aller à Central Park.

Les passagers du train A veulent aller à Harlem.

Les coursiers veulent monter au sixième étage. Les anciens alcooliques veulent descendre au sous-sol de l'église. Les cambrioleurs veulent escalader l'échelle d'incendie et les éleveurs de pigeons monter sur le toit.

Vite, il faut faire vite.

Presque tout le monde veut passer à la télé. Les gens des télévisions locales veulent passer sur les chaînes nationales. Les gens des chaînes nationales veulent aller à Palm Springs ou à Palm Beach.

Les retraités de l'Upper West Side veulent s'asseoir au soleil sur un banc au milieu de Broadway. Une fois arrivés, ils voudraient être à Miami.

Les hommes veulent être auprès des femmes. Les femmes veulent être les égales des hommes. Les enfants intelligents veulent entrer à la High School of Music & Art, les enfants idiots veulent quitter l'école.

Ceux qui habitent dans de vieux immeubles veulent emménager dans des tours. Ceux qui habitent dans les cités veulent retourner dans un vieil immeuble. Les acteurs de New York veulent aller à Los Angeles.

À New York, tout le monde veut aller quelque part. Et parfois, quelqu'un y arrive.

AU CENTRE...

Jerry Manelli avait hâte de repartir, mais sa mère refusait de le laisser quitter la maison deux matins de suite sans prendre de petit déjeuner.

— Tu as bien cinq minutes pour manger un œuf, dit-elle.

— Si tu veux mon avis, répondit Jerry, les types de la Mafia ne prennent pas le temps de manger des œufs le matin.

— Eh bien, ils auront le ventre vide, et pas toi.

— D'accord, d'accord.

Jerry mit à profit ce délai pour passer quelques coups de téléphone afin de s'assurer que les autres étaient déjà en route. Frank attendait Floyd qui venait de partir de chez lui. Quand Jerry appela chez Mel, une voix de femme grasseyante répondit :

— Domicile des Bernstein, j'écoute.

— Hé ! s'exclama Jerry, qu'est-ce que vous faites en liberté, vous ?

— Je suis en liberté conditionnelle, répondit Mandy. J'ai promis de ne pas m'enfuir. Vous voulez parler à quelqu'un ? Y a les pancakes qui sont en train de brûler.

— Où est Mel ?

— En haut avec miss Bernstein, il s'habille.

— Empêchez-le de tourner en rond toute la journée.

— Et *moi* ? demanda Mandy. Moi non plus j'ai pas envie de tourner en rond toute la journée.

— On trouvera une solution cet après-midi, lui répondit Jerry. Quand l'autre affaire sera réglée.

— Hmm, fit Mandy, en exprimant le plus grand doute, avant de raccrocher.

Jerry sortit dans le jardin derrière la maison où son père s'amusait à tirer sur un album de timbres avec sa nouvelle carabine à air comprimé.

Le vieil homme était décharné et il n'aimait pas mettre ses dents.

— Alors, comment ça va ? demanda Jerry.

— Je crois que le canon est tordu.

Les œufs brouillés étaient cuits, nappés de sauce spaghetti, et Jerry s'assit à table pour les engloutir. Sa mère qui l'observait, dit :

— Prends ton temps.

— Une autre fois, maman. Faut que je fasse vite.

— Tu n'as que ce mot-là à la bouche, vite, vite, vite.

Jerry but son café d'un trait.

— Et alors ? Il n'y a que ça qui compte.

— Je suppose que tu vas la retrouver, non ?

Jerry s'essuya la bouche avec la serviette en papier et se leva.

— Qu'est-ce que tu veux dire ?

— Tu vas retrouver cette statuette en or, non ? Et ta part sera de deux cent cinquante mille dollars, hein ?

— Et alors ?

— Eh bien, tu auras ce que tu voulais, dit sa mère, tout ce qui t'a toujours fait courir. Et ensuite ?

Il la regarda d'un air ébahi.

— Tu plaisantes ? Allons maman, je pourrais tout dépenser en un mois. Tu plaisantes ? Deux cent cinquante mille dollars ? Je les claque en un mois. Sans même quitter New York.

Elle fronça les sourcils.

— Mais dans ce cas, quel intérêt ?

— Quel intérêt ? L'arnaque, voilà l'intérêt. À plus tard, maman, dit-il et il quitta la maison.

SUR LE CANAPÉ...

Bobbi et Madge prenaient tranquillement leur petit déjeuner dans le living de cette dernière ; les rayons du soleil filtraient à travers les plantes vertes et les avocats. Bobbi était assise sur le canapé avec son petit déjeuner étalé devant elle sur la table basse, tandis que Madge, dans le fauteuil près de la télé, avait posé son plateau sur un coussin.

— Mmm, fit Bobbi.

Elle mangea un peu d'œufs brouillés, mâchonna une tranche de bacon. Elle but une gorgée de café, elle grignota un toast et reprit encore un peu d'œufs brouillés. Madge l'observait avec stupéfaction et intérêt.

— Comment fais-tu pour avaler tout ça ? Tu n'as pas envie de vomir ?

— Aujourd'hui, répondit Bobbi, je suis une nouvelle femme. Une femme totalement nouvelle.

Elle but un peu de café, mordit dans un toast, et soudain, un grand sourire apparut sur son visage. Elle gloussa, la bouche fermée.

Madge lui adressa un sourire perplexe.

— Qu'y a-t-il de si amusant ?

Bobbi mâcha, mâcha, mâcha, déglutit, fit passer le tout avec une gorgée de café et éclata de rire.

— J'ai balancé toutes les affaires de Chuck par la fenêtre !

— Oui, tu me l'as déjà dit hier soir. Plusieurs fois même.

Sérieuse tout à coup, l'air grave, Bobbi regarda son amie à l'autre bout de la pièce.

— Je l'ai quitté, Madge, je l'ai plaqué pour de bon !

— Oui, tu me l'as dit également.

Bobbi fronça les sourcils.

— Tu crois qu'il va s'en tirer ? Et s'il restait coincé dans l'appartement pour toujours, sans ses vêtements ?

— Ne t'inquiète pas pour lui, dit Madge. J'ai téléphoné ce matin et ça n'a pas répondu, c'est donc qu'il est sorti. Avec ses vêtements sur le dos.

— Et il me cherche.

— Très certainement.

— Mmm.

Mâchonnant d'un air absent, Bobbi promena son regard autour d'elle, en mettant de l'ordre dans ses pensées, et c'est alors qu'elle aperçut le Prêtre Aztèque Dansant, l'Autre Oscar, debout sur le bord de la fenêtre, au milieu de la jungle de Madge, et elle sourit. L'Autre Oscar, c'est lui qui avait tout rendu possible, qui avait tout déclenché. Il dansait, là au milieu des plantes vertes, sa peau dorée brillait dans le soleil, ses yeux verts pétillaient d'intelligence, sa posture même semblait vous ordonner *d'agir, d'être,* de *bouger,* de *devenir.*

— À qui tu souris comme ça ?

— À mon avenir, répondit Bobbi.

— Tu sais ce que tu vas faire maintenant ?

— Parfaitement. Je vais aller vivre en Californie.

— C'est décidé ? Pas de regrets du lendemain ?

— Nous ne sommes pas le lendemain, dit Bobbi. Nous sommes à la *veille* de ma nouvelle vie.

Madge grimaça.

— Envoie ça au *Reader's Digest,* dit-elle.

— J'irai jusqu'au bout, Madge.

— T'es un chef, Bobbi. Tu as déjà fait ton programme ?

— Une fois habillée, j'irai voir Everett Coalshack. En tant que directeur de l'orchestre, il pourra me donner des lettres de recommandation et d'introduction auprès des gens de la côte Ouest. Ensuite, je récupère ma harpe et je fiche le camp. Aujourd'hui même.

Impatiente et affamée tout à coup, elle s'empiffra d'œuf, de bacon et de toast, puis demanda à Madge si elle avait les Pages Jaunes.

— Quoi ? dit Madge.

— Fumfumfumf, répéta Bobbi.

Elle s'empressa de mâcher, puis elle avala un peu de café pour faire glisser le tout et dit :

— Tu as les Pages Jaunes ?

— Oui, bien sûr. (Madge alla chercher l'annuaire sur l'étagère sous la télé à l'autre bout du living.) Qu'est-ce que tu cherches ?

— Je n'ai presque pas d'argent, expliqua Bobbi. J'irai à la banque ce matin pour retirer quelques centaines de dollars, mais c'est quasiment tout ce qui me reste. Et je refuse de demander *quoi que ce soit* à Chuck. Même s'il n'a rien du tout.

— Si tu trouves de l'argent dans l'annuaire, dit Madge, montre-moi la page.

— Non, pas de l'argent. Mais un moyen de me rendre en Californie.

— Fascinant.

Madge s'assit sur le canapé à côté de Bobbi pour assister au miracle.

C'était très simple. Bobbi ouvrit l'annuaire à la section Automobiles ; sous la rubrique Transporteurs Automobiles, une vingtaine de sociétés proposaient de conduire votre voiture de n'importe où à n'importe où.

— Parfait, dit Bobbi en s'emparant du téléphone.

— Mais tu n'as pas de voiture à faire expédier ? dit Madge.

— Où crois-tu qu'ils trouvent leurs chauffeurs ? répondit Bobbi.

Elle passa son premier appel, déclarant à la personne qui décrocha :

— Bonjour, je voudrais conduire une voiture jusqu'en Californie.

En fait, il n'y avait que deux problèmes. Premièrement, elle voulait partir *aujourd'hui,* ce qui était un peu trop précipité pour la plupart des sociétés, bien qu'elles puissent lui proposer une voiture pour le lundi ou le mardi suivant. Et deuxièmement, elle n'appela pas les sociétés en suivant l'ordre alphabétique, mais en se fiant à son intuition, et ce n'est qu'au huitième appel qu'elle tomba sur Beacon Auto Transport où une jeune femme visiblement débordée lui dit :

— O.K. ! mademoiselle. On a un gars qui s'est pas présenté ce matin. Si vous avez les soixante-quinze dollars de caution et des bonnes références, on peut déjà régler ça par téléphone et vous pourrez quitter la ville cet après-midi.

— Je serai chez vous dans deux heures, répondit Bobbi.

DANS LES BUREAUX DE LA DIRECTION...

L'air morose, August Corella et Victor Krassmeier étaient assis dans le bureau de ce dernier, attendant l'arrivée de Bud Beemiss. Corella avait souffert de revenir ainsi auprès de Vic, et il avait encore plus souffert de convoquer Bud Beemiss, mais avait-il le choix ?

La vérité, c'est qu'August Corella ne faisait pas partie de la Mafia. Il avait monté quelques jolies petites escroqueries, c'est tout, essentiellement dans le secteur de la boulangerie, et très souvent, c'était bien utile de laisser croire qu'il avait sa carte de mafioso, mais en réalité, il n'appartenait pas et n'avait jamais appartenu à la pègre.

Et pour cette raison, parce qu'il n'était pas un truand patenté, il n'avait rien pu faire quand Earl et Ralph avaient l'un et l'autre refusé de venir travailler aujourd'hui. Ce matin, Ralph avait prétendu avoir la grippe, en émettant quelques raclements de gorge peu convaincants au téléphone. Earl, plus franc, déclara qu'il avait deux yeux au beurre noir et une coupure très visible au bout du nez, et il n'était pas question, « je répète *pas question* » qu'il sorte de chez lui avant que tout, « je dis bien *tout* » ait disparu. Et encore...

Un mafioso, évidemment, ne tolérerait jamais ce genre

de choses. Un mafioso sourirait et dirait : « Personne ne peut démissionner, Earl. Tu le *sais.* » Mais si Corella avait tenté de le menacer de cette façon, Earl lui aurait raccroché au nez et travaillerait aussitôt pour un autre escroc du syndicat.

Voilà pourquoi Corella, seul, avait dû traverser le fleuve au volant de sa Cadillac, puis il avait appelé Vic et ensuite Bud Beemiss, dont la maison du Connecticut avait été le théâtre de toute cette folie de la nuit dernière, et il avait arrangé ce rendez-vous, car August Corella avait besoin désormais d'un nouveau gang et d'un nouveau plan.

Et il devait empêcher ces crétins d'Inter-Air Transport de mettre la main sur cette foutue statuette.

Vic Krassmeier brisa enfin ce morne silence en demandant :

— Qu'est-il arrivé à cet individu responsable de tous ces ennuis ? Celui qui ne connaissait pas son alphabet ?

— Oh ! il est sur la touche. Earl l'a puni légèrement et il l'a renvoyé chez lui en Équateur par avion.

— Peut-être s'est-il écrasé, dit Krassmeier avec dévotion, et au même moment son interphone sonna. Oui ?

— Mr. Beemiss vient d'arriver, annonça une voix féminine et métallique.

— Faites-le entrer.

En pénétrant dans le bureau une minute plus tard, d'une démarche bondissante et le sourire aux lèvres, dans sa veste en daim, Beemiss arborait le visage d'un homme sacrément content de lui. Ah ! si seulement Earl pouvait le punir lui aussi et le balancer dans un avion pour n'importe où. L'Antarctique, par exemple.

— Bonjour, dit Beemiss en s'approchant de Corella, avec un petit sourire. Mister Kane, c'est bien cela ?

— Corella.

— Corella ? Oui, c'est beaucoup plus plausible.

Et Beemiss insista pour lui serrer la main.

Corella le présenta ensuite à Krassmeier qui resta assis derrière son bureau, refusant de se lever, de lui serrer la main, de sourire, de parler et de faire quoi que ce soit, à part grogner. Cela sembla réjouir Beemiss, et en s'asseyant, ce dernier reporta son regard amusé sur Corella, en disant :

— J'avoue que ce petit vaudeville de la nuit dernière a éveillé ma curiosité.

Le moment de vérité était venu.

— Une des statuettes qui ont été remises à vos amis est l'originale, dit Corella. Nous l'avons sortie clandestinement d'Amérique du Sud.

— Ah ! fit Beemiss. Je me disais bien qu'il s'agissait d'un truc comme ça.

— Il y a eu une confusion, expliqua Corella, et vous avez reçu la mauvaise caisse. Mais avant qu'on puisse rectifier l'erreur, l'autre groupe a découvert le pot aux roses. C'est l'un d'eux qui vous a piqué votre statuette hier soir.

— Et je suppose que ce n'était pas la bonne ?

— Non.

— Je suppose également que vous avez un acheteur pour la vraie ?

— Évidemment.

Beemiss attendit, avec une curiosité polie, puis il demanda :

— Qui ?

Corella se tourna vers Krassmeier qui réfléchit un instant, avant de hausser les épaules. Apparemment, il pensait que tout espoir était perdu. Alors, Corella dit à Beemiss :

— Le musée des Arts des Amériques.

— Ah ! fit Beemiss en reportant son sourire sur Krassmeier.

— Vous êtes l'un des conservateurs, non ?

Krassmeier répondit dans un grognement :

— Oui.

— Vous avez mené les négociations pour le compte du musée ?

— Oui.

— Et peut-on savoir jusqu'où vous vous êtes autorisé à pousser les enchères ?

Une fois de plus, Krassmeier et Corella échangèrent un regard, mais cette fois, ce fut Corella qui haussa les épaules. Krassmeier dit :

— Un million et des poussières.

— Des poussières ? On peut donner un chiffre à ces poussières ?

— Deux cent quarante mille.

— C'est une grosse poussière, dit Beemiss.

— Il y a eu beaucoup de frais engagés, dit Corella. Ne serait-ce que du côté sud-américain.

Beemiss ricana.

— Oui, j'imagine que les Sud-Américains se sont montrés terriblement voraces.

Krassmeier se pencha en avant au-dessus de son bureau et dit :

— En fait, nous aurions besoin de votre aide.

— Oui, c'est ce que j'avais cru comprendre, répondit Beemiss. À condition que les autres n'aient pas déjà récupéré la statuette.

— Espérons que non.

— Oui, espérons, dit Beemiss. Et s'ils ne l'ont pas, vous voulez que je la récupère pour vous la vendre.

— Nous la *vendre ?*

Krassmeier semblait sincèrement choqué. Beemiss émit son petit ricanement exaspérant.

— Vous ne me demandez tout de même pas de vous la *donner ?*

— Nous partagerons les bénéfices, dit Krassmeier.

— Je préfère toujours avoir un chiffre en dollars, répondit Beemiss. Vous savez quoi ? Je me contenterai de la poussière.

— Pardon ?

— Je me contenterai des deux cent quarante mille.

— Deux cent quarante mille *dollars ?*

— Il vous reste un million à vous partager, fit remarquer Beemiss.

— Non, il ne reste pas autant, protesta Krassmeier.

Beemiss haussa les épaules et sourit, sans rien dire.

— Vous êtes peut-être le mieux placé pour récupérer la statuette, dit Krassmeier, mais c'est *nous* qui pouvons la vendre.

— Rien ne m'oblige à prendre part au jeu.

Corella avait assisté à cette scène en silence, mais il comprenait maintenant que Krassmeier se trouvait dans une impasse. Vous parlez d'un négociateur. Calmement, Corella dit :

— C'est entendu.

Beemiss acquiesça.

— Merci.

Krassmeier foudroya Corella du regard.

— Entendu ? Mais vous savez aussi bien que moi qu'il ne reste plus autant. Les frais...

Corella lui adressa son regard le plus affable.

— Nous pouvons toujours procéder à quelques ajustements, Vic.

C'était fascinant de voir les diverses expressions se succéder sur le visage de Krassmeier, tandis qu'il comprenait peu à peu à quel point Corella l'avait manipulé. Les frais importants, la part de Krassmeier qui ne cessait de diminuer... Quel dommage de devoir abattre ses cartes, mais Corella était un homme réaliste, et le moment était venu de partager le gâteau différemment.

Le visage de Krassmeier virait au mauve, et sans doute se serait-il mis à hurler des accusations, malgré la présence de Beemiss dans le bureau, si ce dernier n'avait pas brisé le charme, en disant :

— C'est parfait. Nous allons tout de suite noter cela noir sur blanc, en restant vague sur la nature du travail à effectuer, mais en précisant le montant des émoluments. Après quoi, je téléphonerai à mes amis du comité pour rassembler les statuettes. Puis-je utiliser votre téléphone ?

Krassmeier était incapable pour l'instant de s'exprimer de manière normale, aussi Corella répondit-il à sa place :

— Évidemment, dit-il. Vic n'y voit aucun inconvénient.

Krassmeier grogna.

BEAUCOUP PLUS BAS AU SUD...

Le Descalzo étant posé à cheval comme une selle sur l'échine de la cordillère des Andes, il est généralement très difficile de voyager entre Quetchyl, située à la frontière est du pays et Santa Rosita Rosaria (plus communément appelée Rosie), située beaucoup plus loin vers l'ouest. Afin de faciliter ce trajet aux fonctionnaires du gouvernement et aux hommes d'affaires les plus importants, un vieux DC-3 assure régulièrement la liaison entre Quetchyl et Rosie, le lundi, le mercredi et le vendredi, et entre Rosie et Quetchyl, le mardi, le jeudi et le samedi. (Le dimanche, tandis que le pilote récite de *très* ferventes prières à l'église, les deux mécaniciens travaillent d'arrache-pied, de l'aube jusqu'à la tombée de la nuit, pour faire en sorte que l'avion tienne encore, au moins une semaine de plus.)

Aujourd'hui, mercredi, l'avion s'apprête à quitter

Quetchyl à destination de Rosie à dix heures du matin, et parmi les passagers se trouvent Pedro Ninni, José Caracha et Edwardo Brazzo, ce dernier ayant dépensé presque toutes ses économies pour acheter les billets. Pedro, comme les autres, a revêtu sa tenue civile à cette occasion, mais son arme de gardien de musée officiel est dissimulée dans les profondeurs du sac en papier brun qui contient son sandwich de cuissot de chèvre et sa bouteille de gluppe. (Car voilà une aventure, quoi qu'en disent José et Edwardo, que Pedro refuse de vivre en étant sobre.)

Évidemment, Pedro savait depuis le début que ce serait lui qui tirerait la courte paille. Elle lui revenait de droit, de par sa naissance et son destin. Ce qu'il ne savait pas, en revanche, c'était s'il irait jusqu'au bout et s'il détournerait cet avion. Un grand et gros avion plein de passagers ; ça ne lui paraissait pas correct. Peut-être qu'il irait simplement jusqu'à Rosie et se suiciderait. Ou bien il laisserait Edwardo et José le tuer. Ou peut-être qu'il quitterait le pays à pied, bien que le Pérou et la Bolivie aient tendance à renvoyer chez eux les citoyens du Descalzo recherchés par les autorités. (Les gouvernements préfèrent entretenir de bonnes relations avec les gouvernements voisins.)

Était-il possible de *marcher* jusqu'à New York ? Cela ne semblait pas plus difficile, en tout cas, que de voler un avion jusqu'à New York.

Combien de gardes armés y a-t-il à l'aéroport international de Quetchyl ? Des hommes en uniforme marron avec des pistolets automatiques, des hommes en uniforme bleu avec des mitraillettes, des hommes en uniforme gris avec des revolvers dans des étuis. Et chacun d'eux jette un regard hostile à Pedro.

Edwardo et José ne quittent pas Pedro d'une semelle, l'empêchant ainsi de s'enfuir ou de boire trop de gluppe.

En attendant l'annonce de l'embarquement, tous les trois sont assis dans la salle d'attente étouffante qui sent le renfermé ; avec les onze autres passagers de ce vol : cinq fonctionnaires du gouvernement, deux prêtres, un médecin américain chargé par les Nations Unies d'une enquête sur la malnutrition, accompagné de son assistante et maîtresse canadienne, un marchand de haricots de Lima et un journaliste français à la recherche d'exemples de comportement antidémocratique. Ces quatorze personnes sont entassées dans la pièce exiguë, entourés de gardes armés, et quand dix heures deviennent dix heures et demie, puis onze heures moins le quart, Pedro se met timidement à espérer. Peut-être que le vol n'aura pas lieu. Peut-être que l'avion s'est écrasé. Peut-être que quelqu'un l'a détourné hier, alors qu'il se rendait à Rosie. Peut-être que le pilote a retrouvé la raison. Peut-être...

« Les passagers du vol 617 de la compagnie Descalzo International World Airways à destination de Santa Rosita Rosaria doivent embarquer porte 27. Embarquement immédiat. Dernier appel. »

Dernier appel ? C'est le *premier* appel. Mais là n'est pas le problème, le problème c'est que ce foutu avion va finir par décoller apparemment. Maudissant son sort et serrant entre ses doigts son sac en papier renfermant arme, sandwich et gluppe, Pedro franchit à contrecœur, avec les autres, l'unique porte de l'aéroport et traverse la piste jusqu'à l'avion avachi sous le soleil chaud et humide, comme un animal en voie de disparition qui fait sa mue. Peint aux couleurs du drapeau national, en rouge vif et orange, mais à la façon camouflage de la Seconde Guerre, l'appareil semble souffrir d'une rare, mais redoutable, maladie de peau.

Pedro trébuche en montant les marches. Car il s'aperçoit soudain que ce n'est pas seulement la première fois qu'il va détourner un avion, c'est également la première fois qu'il va *monter* dans un avion. Est-ce que ce monstre va réellement décoller ?

— Santa Maria, murmure Pedro, Santa Teresa, Santa Clara...

— Non, señor, lui dit l'hôtesse, Santa Rosita Rosaria.

Beauté du Descalzo, nourrie à l'igname, mesurant bien plus d'un mètre vingt, ses formes amples moulées dans un tailleur mini-jupe orange avec des pois rouges, cette hôtesse se nomme Lupe Naz, et peut s'enorgueillir de quatre ans d'ancienneté sur cette ligne. D'un seul regard, elle comprend que Pedro fait partie des passagers à problèmes. Terrorisé au moment du décollage, il va certainement vomir, et il cache certainement une boisson alcoolisée dans cet horrible sac en papier. Avec un sourire chaleureux et professionnel, elle ajoute néanmoins :

— Je vous souhaite un bon voyage, señor.

Pedro répond par un grognement et monte à bord.

Étant donné que cet avion n'effectue aucun vol international, il n'est tenu de se conformer à aucune règle ou loi, autres que celles du gouvernement du Descalzo dont il est la propriété. Voilà pourquoi c'est le seul DC-3 au monde à posséder des rangées de cinq sièges. Avançant de biais dans l'allée centrale, derrière José, et poussé dans le dos par Edwardo, Pedro se laisse désespérément installer au milieu du groupe de trois sièges, entre José sur sa droite du côté hublot, et Edwardo sur sa gauche, du côté allée.

Un réacteur se met en marche.

— Aïe ! s'écrie Pedro.

Il regarde à travers le minuscule hublot, tandis qu'au-dehors l'abominable engin pète, gémit, vrombit, s'étouffe, fume, siffle, pétarade, pour finalement s'en tenir à un bruit à mi-chemin entre un tracteur et une avalanche.

Et le *second* réacteur se met en marche à son tour !

Horrifié, Pedro jette un coup d'œil au-delà du visage tendu d'Edwardo, et il voit l'aile opposée qui se met à vibrer comme une feuille de palmier.

— L'avion est en train de mourir, murmure Pedro, et soudain, il répète à voix haute : l'avion est en train de mourir. Et plus fort encore : *l'avion va exploser !*

Les passagers étant éparpillés sur les sièges étroits, seuls quelques-uns d'entre eux entendent le cri de Pedro par-dessus les spasmes tuberculeux des réacteurs ; parmi ceux-là, les deux prêtres font leur signe de croix, le journaliste français sourit d'un air condescendant, tandis qu'un des cinq fonctionnaires du gouvernement, l'assistant adjoint du sous-directeur du Ministère des ouvriers agricoles involontaires, se lève d'un bond, pris de panique, et se rue hors de l'avion pour rentrer chez lui, un geste qu'il regrettera amèrement quand il apprendra par la suite quel événement il a manqué.

Une autre paire d'oreilles a également entendu le hurlement strident de Pedro, celle de l'hôtesse Lupe Naz, qui traînait non loin de là, sachant qu'il n'allait pas tarder à lui causer des ennuis. Elle se précipite vers lui, et sa mini-jupe orange à pois rouges remonte sur son postérieur généreux, enveloppé dans un collant mauve, et d'une voix ferme, elle déclare :

— Asseyez-vous immédiatement ! Cet avion ne va pas exploser. Cet avion n'a *jamais* explosé !

Pedro la regarde d'un air hébété ; sa panique n'a pas totalement disparu. Il plisse les yeux en rejetant la tête en arrière ; il a du mal à la regarder, les pois rouges semblent danser et devenir flous sur le tissu orange.

— Quoi ? dit-il.

— Asseyez-vous, ordonne Lupe, ou sinon je vais être obligée d'appeler la sécurité.

Edwardo et José le saisissent chacun par un coude, et Pedro se retrouve assis sans l'avoir voulu.

— Et ne bougez plus, dit Lupe. (Adressant un sourire à Edwardo qui se trouve le plus près d'elle, elle dit :) Je suppose que c'est le premier vol de votre ami ?

— Mon ami ? répond Edwardo avec un grand sourire innocent. Nous ne voyageons pas ensemble. On ne se connaît pas.

Lupe observe les trois hommes tassés sur cette rangée de sièges, puis elle regarde autour d'elle les hectares de places libres.

— Ah ! fait-elle en s'éloignant.

En jetant un coup d'œil par-dessus son épaule, elle voit les trois inconnus discuter furieusement à voix basse.

— Cette femme est folle ! chuchote Pedro. Cet avion n'a jamais explosé ? Qu'est-ce que ça veut dire ? Ces machins ne peuvent exploser qu'une seule fois !

Edwardo, pendant ce temps, ne cesse de murmurer :

— La ferme ! La ferme ! La ferme !

Pendant que de son côté, José murmure :

— Elle va se douter que nous sommes ensemble ! On doit se séparer !

Mais au même moment, l'avion s'ébranle, et tous les trois se retrouvent plongés dans un silence figé. (C'est également le premier vol de José et le troisième d'Edwardo.) Ils regardent par le hublot, et ils voient l'aéroport bouger !

— Aiiiiie ! gémit Pedro.

— Du calme ! s'écrie Edwardo en frappant du poing sur le bras du fauteuil.

L'aéroport accélère, il fonce se mettre à l'abri à reculons. Une violente vibration s'est emparée du siège de Pedro. Ses oreilles sont pleines d'eau de mer. Une brume rouge écarlate traversée de pois orange palpite devant ses yeux.

— Nonnnnnnnnnn ! s'écrie Pedro, et alors que le DC-3 s'arrache péniblement à la piste bosselée et rapiécée, il plonge la tête en avant et vomit dans son sac en papier, sur sa bouteille de gluppe, son sandwich à la chèvre et son pistolet.

DANS LE WEST SIDE...

Jerry cherchait une place pour se garer dans West End Avenue quand il aperçut deux visages familiers : Oscar Russell Green et le professeur Charles S. Harwood marchaient en direction de la 72e Rue au nord, en plissant les yeux dans le soleil matinal. Green parlait, avec fermeté et emphase, en faisant un tas de gestes, tandis que le professeur hochait la tête d'un air professoral, tout en tirant sur une pipe noire ou marron très foncé. Ce dernier s'était rhabillé, il portait maintenant une chemise et un pantalon froissés et sales, et en y regardant de plus près, deux chaussures dépareillées.

Et puis zut pour la place de stationnement ! Jerry s'arrêta devant la première bouche d'incendie et prit dans la boîte à gants sa *plaque de stationnement* — les mots « En panne. Parti chercher de l'aide », griffonnés à la hâte au dos d'une enveloppe — et la plaça bien en évidence derrière le pare-brise, puis il se lança sur la piste de Green et Harwood.

Ceux-ci, arrivés à hauteur de la 72e Rue, se dirigeaient maintenant vers l'est. Green continuait à protester, Harwood continuait à ruminer. Espérant s'approcher suffisamment près des deux hommes pour entendre ce qu'ils se disaient, Jerry les suivit dans la 72e Rue pendant un demi-bloc, jusqu'à ce qu'ils entrent dans un petit restaurant, le genre tables en bois brut avec un tas de plantes vertes suspendues et des hamburgers géants servis sur du pain de seigle. Ils allaient prendre leur petit déjeuner ensemble, signe, apparemment, que l'épouse du professeur n'était pas encore rentrée à la maison.

Un bref instant, Jerry envisagea d'entrer à son tour dans le restaurant pour manger à une table voisine, mais ces deux types avaient vu son visage. De plus, c'était le moment idéal pour fouiller de nouveau l'appartement de Harwood, à la recherche d'indices qui lui permettraient de retrouver l'épouse en fuite.

Jerry retourna alors vers West End Avenue — un policier dépourvu de toute charité chrétienne était en train de coller une contravention sur le pare-brise du break — et cette fois, il n'eut aucun mal à pénétrer dans l'immeuble de Harwood, car un Noir décharné à l'air maussade, en combinaison verte, avait bloqué la porte du hall, le temps de nettoyer le sol à l'eau savonneuse. Quand Jerry marcha sur le carrelage encore humide, le type lui jeta un regard furieux, mais Jerry lui répondit sur le même ton, puis il prit l'ascenseur et s'introduisit dans l'appartement de Harwood à l'aide de sa carte de crédit.

Très peu de choses avaient changé depuis la dernière fois, sauf que plus personne ne vivait dans l'armoire. En outre, une petite pile de vêtements froissés et sales était posée sur le lit, une infime partie de la pluie vestimentaire de la veille.

Un rapide examen de l'appartement convainquit Jerry que le seul endroit pouvant s'avérer d'une quelconque utilité était le bureau à cylindre du salon, rempli d'un fouillis de papiers en tous genres. À y regarder de plus près, il s'agissait principalement de factures, mais au milieu des deuxièmes et des troisièmes avis (et même quelques *derniers avis),* se trouvaient quelques lettres, de vieilles listes de courses, des rendez-vous (« Madge, salon de thé russe 1 h 30 »), et un carnet d'adresses. Ce dernier était un peu *trop* utile ; il semblait contenir, en effet, tous les noms de l'hémisphère occidental. Le fait qu'il y ait parfois quatre adresses sous un même nom, dont trois étaient barrées, indiquait qu'il s'agissait d'un vieux répertoire, rarement mis à jour. La plupart des gens qui y figuraient n'avaient sans doute pas revu ou entendu parler des Harwood depuis des années.

O.K. ! Retour aux pense-bêtes. Jerry les passa de nouveau rapidement en revue, en notant mentalement la fréquence avec laquelle revenaient certains noms, et pour finir, il se retrouva avec les trois qui apparaissaient le plus souvent sous la petite écriture soignée qui devait être celle de Bobbi Harwood. (L'autre écriture, large, brouillonne et presque indéchiffrable semblait mieux correspondre à un professeur.) Ces trois personnes étaient Madge, Bill et Eleanor. L'examen du carnet lui fournit une seule Madge et une seule Eleanor (Madge Krausse, 18 Waverly Place et Eleanor Bonheur, 298 Est 81ᵉ Rue), mais six Bill.

Parfait. Un joli téléphone était posé sur le bureau à cylindre, une version moderne de l'incroyable téléphone que les journalistes utilisaient dans les films des années 30. Jerry le tira vers lui et commença par appeler les Bill.

1) « Allô !
— Allô ! Est-ce que Bobbi est là ?
— Qui ?
— Bobbi.
— Bobbi qui ? Vous êtes sûr d'avoir le bon numéro ?
— Non. »

2) « Allô !
— Allô ! Est-ce que Bobbi est là ?
— Ne quittez pas...
Un silence.
— Huw-wo ? »

3) « Allô !
— Allô ! Est-ce que Bobbi est là ?

— *Moi,* c'est Billy.

— Ah ! bonjour, Billy. Est-ce que Bobbi est là ?

— Euh, on a eu un type qui s'appelait Brucey, mais il est rentré chez lui. Est-ce qu'un Billy peut faire l'affaire ?

— Non. »

4) Onze sonneries. Pas de réponse.

5) « Allô !

— Allô ! Est-ce que Bobbi est là ?

— Non, pas en ce moment. Il est à L.A., vous voulez son numéro ?

— Non. »

6) « Allô !

— Allô ! Est-ce que Bobbi est là ?

— Écoutez. Ça vous ennuie si je vous dis quelque chose ?

— Quoi ?

— Plus personne ne m'appelle. Et je sais pourquoi. Mais j'en veux à personne, c'est moi le seul responsable. Je suis trop entreprenant, c'est ça le problème. Je fais peur aux autres. Mais je me sens si seul, si affreusement *seul,* ce sentiment de déprime, cette grisaille... Vous savez que je ne me suis pas rasé depuis trois jours ? J'ai peur d'approcher du rasoir. Et de la fenêtre aussi. Je me dirigeais vers la fenêtre quand le téléphone a sonné. Personne ne veut de moi, voilà ce que j'étais en train de me dire, tout le monde s'en fout, personne ne remarquera que j'ai disparu. Mais le téléphone a sonné, et je me suis dit, *peut-être.* Peut-être que quelqu'un s'intéresse à moi finalement, peut-être, peut-être qu'il reste une lueur d'espoir...

— Désolé, je me suis trompé de numéro. »

Et voilà pour les Bill, à l'exception du numéro quatre qu'il pourrait peut-être rappeler plus tard. Restaient Madge et Eleanor ; sans trop savoir pourquoi, Jerry appela d'abord Madge.

— Allô !

— Allô, Madge ?

— Oui ?

— Est-ce que Bobbi est là ?

— Non, elle est partie. C'est Chuck ?

— Ouais. Où est-elle ?

— Je crois que vous avez une chance de la trouver au bureau de l'orchestre. Hé, Chuck !

— Hmm ?

— Je crois qu'elle est vraiment décidée, vous savez. Si vous voulez la récupérer, faudra mettre le paquet.

— Oh ! j'en ai bien l'intention, répondit Jerry.

AU SEPTIÈME CIEL...

— Bonne chance, mon chéri.

— C'est toi mon porte-bonheur, mon amour.

— Et dépêche-toi de rentrer, mon chéri, dit Angela.

— Compte sur moi, promit Mel, et ils s'embrassèrent encore une fois, un long et lent baiser, avant qu'il ne quitte enfin la maison et trottine jusqu'à son break tout cabossé dont les flancs portaient encore les marques laissées par les arbres du Connecticut.

Quel monde nouveau et merveilleux ! Le soleil brillait, l'air était vif et clair ; le cœur de Mel débordait de tendresse et d'amour. Ce qui s'était passé autrefois entre Angela et... cet individu s'était avéré une bonne chose finalement. Une excellente chose même. Ils s'en étaient aperçus, Angela et lui, la nuit dernière, au cours de ces longues heures de discussion avec Mandy autour de la table de la cuisine. Et plus tard, dans la merveilleuse chaleur de leur lit où ils avaient échangé des promesses nouvelles, des promesses sincères, et ce matin, une sorte de halo vaporeux les enveloppait tous les deux, comme du fromage trop fait. Leur mariage, proche du naufrage, avait été sauvé.

La chance était de son côté désormais, Mel en était convaincu. C'est *lui* qui allait trouver la statuette aujourd'hui, car c'était la journée de Mel Bernstein. Tu entends ça, monde ? Aujourd'hui, c'est *le Jour de Mel Bernstein !*

Cela signifiait que la statuette en or était forcément entre les mains de Ben Cohen ou de Mrs. Dorothy Moorwood, les deux derniers membres du Comité du sport pour tous qui restaient sur la liste de Mel. Il le fallait, il le fallait. L'un des deux possédait la statuette, et Mel la trouverait, parce que c'était *sa* journée.

— Pour Angela, murmura-t-il en faisant démarrer le break, et il partit, en direction de la plus proche des deux adresses pour commencer :

Ben Cohen
27-15 Robert Moses Drive
Glen Cove, Long Island.

DANS LE DÉTROIT...

Si vous êtes commerçant juif à Harlem, vous avez tout intérêt à participer à la vie de la communauté, voilà pourquoi Ben Cohen, dont le magasin de spiritueux était situé dans Lenox Avenue non loin de la 125e Rue, consacrait tant de temps, d'argent et d'efforts à des causes telles que le Comité du sport pour tous. Mais durant ses moments de loisirs, Ben Cohen était membre d'une communauté bien différente : il était plaisancier dans le détroit de Long Island.

La ville de New York est davantage entourée d'eau que n'importe quelle autre grande ville au monde, et pourtant, elle s'en soucie beaucoup moins. Paris possède un petit ruisseau baptisé la Seine, et un pont l'enjambe tous les cinq mètres. À voir la façon dont les Londoniens traitent la Tamise, on pourrait croire que c'est une chose phénoménale, allant jusqu'à la border de leurs monuments les plus prestigieux, comme par exemple le Parlement. La ville de San Francisco, ce jouet à ressort, ne traverse jamais sa Baie, et Venise aime tellement la sienne qu'elle s'y enfonce peu à peu.

New York est pleine d'eau, pourtant rien ne le laisse supposer. Des cinq districts qui composent la ville, un seul — le Bronx — se situe sur le sol véritable des États-Unis, et malgré tout, vous pouvez passer des mois à New York sans voir d'eau, à l'exception de celle qui coule de votre robinet. L'île de Manhattan à elle seule est entourée de trois fleuves et rivières qui sont l'Hudson, Harlem et East River, d'un affluent, Spuyten Duyvil, et d'un ruisseau, le Bronx. L'île mesure une vingtaine de kilomètres de long et environ trois de large, et sur les six voies de circulation qui partent de la partie sud, quatre sont des tunnels. Les gens, qui chaque jour de leur vie se rendent sur l'île de Manhattan et en repartent pour leur travail, ne voient jamais le littoral, sauf quand ils vont à la plage l'été.

Conclusion, pour ceux qui se sentent attirés par l'eau, la seule chose à faire c'est de quitter la ville, et pour la plupart d'entre eux la destination idéale est Long Island qui, sur la majeure partie de ses cent soixante-dix kilomètres de long, est bordée par deux bras de mer protégés, le détroit de Long Island au nord et la grande baie du Sud au sud. L'été, les plaisanciers sont aussi nombreux au large des deux côtes de Long Island que des pigeons dans un square. Et parmi eux, chaque fois qu'il en a l'occasion, se trouve Ben Cohen.

Aujourd'hui, l'occasion s'offrait à lui. Certes, il devrait se rendre au magasin ce soir, mais il disposait de presque toute sa journée, alors il était là dans le port, seul, occupé à préparer le *Bouchon Flottant II* pour l'été.

Un sacré bateau, le *Bouchon Flottant II,* un Chriscraft d'un blanc éclatant, avec la roue du gouvernail située sur le pont supérieur, au-dessus d'une cabine pouvant accueillir quatre personnes. Son double moteur noir Mercury de soixante-dix chevaux étincelait à l'arrière, où deux fauteuils de metteur en scène blanc et vert pastel étaient disposés sur la moquette intérieur-extérieur vert pastel elle aussi. Le baquet en plastique blanc rempli d'eau (pour ceux dont les pieds nus étaient couverts de sable), était posé à côté du paillasson de bienvenue en caoutchouc blanc sur lequel le nom *Bouchon Flottant II* était inscrit en italique vert pastel. Le brasero, d'une propreté immaculée, reposait sur une étagère basse en Formica dans un coin.

À l'intérieur, le blanc et le vert pastel continuaient à dominer, sur les coussins en vinyle des deux canapés (les lits à roulettes étaient glissés dessous), la table en Formica, les placards et les étagères en Formica eux aussi. Les rideaux, blancs à pois verts, étaient en plastique, tout comme le meuble blanc de la télévision. L'intérieur des chiottes était en plastique blanc, avec du papier toilette vert.

Mais au-dessus, là-haut autour du gouvernail, c'était le territoire de Ben Cohen. Capitaine de son bateau, avec sa casquette Budweiser, légèrement inclinée sur son crâne de manière désinvolte, sous un auvent de toile et flanqué d'une paire de longues cannes à pêche qui ressemblaient à des antennes flexibles, quand Ben Cohen était aux commandes du *Bouchon Flottant II,* Ben Cohen se sentait *chez lui.*

Cet endroit était pour lui ce qu'un bureau est pour beaucoup d'hommes. Des photos de sa famille et du magasin, dans des cadres étanches, étaient accrochées tout autour du tableau de bord, à côté d'autres souvenirs, parmi lesquels l'Autre Oscar acquis dernièrement et qu'il avait fixé avec du ruban adhésif sur le dessus du tableau de bord, entre la statuette de la sirène enceinte et celle du singe assis sur un livre intitulé *Darwin,* en train d'observer un crâne humain. Sur le dossier du fauteuil de metteur en scène en toile blanche installé devant le gouvernail, on pouvait lire, en lettres vert pastel, « Cap'taine Cohen ».

Ce dernier se trouvait justement là-haut, occupé à astiquer les cuivres avec une couche de bébé (posséder un bateau, c'est avoir toujours quelque chose à nettoyer ou à repeindre), quand une voix venue du quai s'écria :

— Bonjour !

Ce qui n'était pas une façon, Cohen le savait bien, de s'adresser à un bateau. Il fallait dire : « Ohé, du navire ! » Comprenant qu'il avait affaire à un marin d'eau douce, Cohen poursuivit sa tâche, en répondant malgré tout de manière appropriée :

— Ohé à vous !

— J'aimerais voir Mr. Cohen.

À terre, Ben Cohen, s'appelait *mister,* mais à bord d'un bateau, le terme *mister* s'adressait au second ou à tout autre officier subalterne ; à bord, Ben Cohen était *capitaine,* mais comment un marin d'eau douce aurait-il pu le savoir ?

— C'est moi, répondit Cohen.

Il descendit de l'échelle pour découvrir un sourire doucereux sur le visage d'un homme de moins de quarante ans portant une veste claire froissée et une cravate.

Debout sur le quai dans la lumière du soleil, il se penchait légèrement vers Cohen. Cet individu n'avait rien d'un plaisancier, et Cohen n'éprouvait aucune sympathie à son égard.

— Que puis-je pour vous ? demanda-t-il.

— Je suis passé chez vous, répondit l'inconnu, mais votre épouse m'a dit que j'avais une chance de vous trouver ici.

— Ah oui ?

— Je m'appelle, euh... Mel George, et je... euh... Je peux entrer une minute ?

— Entrer ? Vous voulez dire « monter » ?

L'inconnu répondit par un petit rire affable.

— Oui, oui, c'est cela. Je ne connais pas grand-chose aux bateaux, vous savez.

— Je m'en rends compte, dit Cohen. Montez à bord si vous le souhaitez.

— Merci.

Mel George monta prudemment sur le pont et plongea directement le pied dans le baquet d'eau.

— Ah, zut ! dit-il.

Cohen secoua la tête.

— Généralement, les gens font ça uniquement quand ils sont pieds nus.

— Nom de Dieu, pesta Mel George, et en retirant son pied (et sa chaussure) du baquet, il le renversa et toute l'eau se répandit sur la moquette.

— Hé, doucement ! dit Cohen.

— Oh, je suis vraiment confus, dit Mel George.

Il gardait son pied mouillé en l'air, comme un chien qui lève la patte, et il le secouait. Au même moment, le bateau tangua légèrement ; Mel George vacilla et balança un coup de pied dans le brasero posé sur son socle.

— *Doucement !*

— Désolé, désolé.

Mel George se pencha en avant pour ramasser le brasero, se cognant dans le fauteuil de metteur en scène. Celui-ci alla percuter l'autre fauteuil, et les *deux* se renversèrent.

— Bon Dieu ! dit Cohen.

Un assez gros bateau venait de passer, et le petit mouvement de houle qui avait secoué le *Bouchon Flottant II* quelques secondes plus tôt n'était que la première vaguelette des remous causés par le yacht. Soudain, des vagues plus importantes firent rouler le bateau de Cohen, d'abord vers la gauche, puis vers la droite, et Mel George lâcha le brasero dans l'eau.

— Oh, mon Dieu ! s'exclama-t-il.

— Qu'est-ce que vous foutez, bordel ! hurla Cohen.

Mel George se raccrocha à divers endroits du bateau, laissant des traces de doigts graisseuses sur tous les cuivres. Les remous passèrent sous la coque du bateau en plusieurs vagues successives, et pendant tout ce temps Mel George resta planté là, les yeux écarquillés, comme un somnambule qui se réveille tout à coup et se retrouve sur la corniche d'un immeuble. Cohen en profita pour relever les fauteuils de metteur en scène et en glisser un à portée de main de Mel George.

— Asseyez-vous, nom de Dieu !

Mel George s'exécuta.

— Je suis terriblement confus pour votre... machin, dit-il. Je vous rembourserai, évidemment.

— Dites-moi ce que vous me voulez, répondit Cohen, et ensuite vous ficherez le camp pour me laisser nettoyer tout ça.

— Oui, bien sûr, bien sûr. Je suis vraiment désolé, ce n'était pas une très bonne entrée en matière, car en fait... voyez-vous, j'appartiens au RJU.

— J'ai déjà donné au bureau, répondit Cohen.

Ce qui était faux. Mais il avait décidé un jour, il y a

longtemps, qu'il ne pouvait pas soutenir financièrement à la fois les causes juives et les causes noires, et pour diverses raisons, il avait finalement décidé de s'en tenir à celles des Noirs, et de laisser les Juifs lutter sans lui. Y compris le Recours Juif Unifié.

Malheureusement, Mel George n'était pas du genre à se laisser dissuader aisément.

— Je ne viens pas vous demander véritablement une contribution financière, dit-il.

— Je n'ai pas de temps à offrir, répondit le capitaine du *Bouchon Flottant II.*

— Oh ! nous savons que vous êtes un homme très occupé, dit Mel George. Nous ne voulons surtout pas accaparer votre temps.

— Vous ne voulez ni de l'argent ni du temps ? De quoi s'agit-il alors ?

— Eh bien, comme vous le savez, dit Mel George, le projet de plantation d'arbres en Israël est un formidable succès depuis des années et...

Il se lança alors dans une interminable énumération de la plupart des projets philanthropiques juifs du vingtième siècle, liés ou non à Israël. Mentionnant d'abord le B'nai B'rith*, de manière plutôt embrouillée, puis les kibboutz et le festival Chanukah annuel au Madison Square Garden. Tous ces mots formaient des phrases cohérentes, et toutes ces choses étaient familières à Cohen, et pourtant, il avait le sentiment que tout cela n'avait aucun sens. Mais où voulait en venir ce type au juste ? Il tenta de le découvrir plusieurs fois en posant des questions directes, mais la réponse avait tendance à être encore plus confuse que la phrase qui avait provoqué la question, si bien qu'au bout d'un moment, Ben Cohen se contenta de rester assis

---

* Fraternité juive fondée à New York en 1943 et composée de membres de tous les pays. (*N.d.T.*)

dans le second fauteuil de metteur en scène en attendant que la tempête se calme.

Au bout d'un moment, Mel George toussota.

— Excusez-moi, j'ai la gorge un peu irritée.

— Ça ne m'étonne pas, répondit Cohen.

— Pourrais-je... Si vous aviez un peu d'eau ?

— De l'eau ? Bien sûr. (Cohen se leva et demanda :) Vous préférez de l'eau gazeuse ?

— Non, merci, de l'eau plate c'est parfait.

— Avec des glaçons ?

— Hein ? Oh oui, merci. Merci infiniment.

Cohen disparut dans la cuisine pour aller chercher un verre d'eau avec des glaçons ; quand il ressortit sur le pont, Mel George avait disparu.

Non, il était encore là. Il était là-haut près du gouvernail, regardant tout autour de lui avec son sourire doucereux insupportable. Dieu seul sait quels dégâts il avait bien pu causer là-haut !

— Hé, George ! lui lança Cohen. Descendez de là ! (D'un ton moins brusque, il ajouta :) J'ai votre verre d'eau.

— Ah, merci ! Merci ! (Il redescendit par l'échelle sans cesser de sourire.) J'admirais la vue de là-haut. C'est beau, très beau. Vous avez un beau bateau, Mr. Cohen.

Oui, jusqu'à ce que vous montiez à bord, songea Cohen. Mais il ne le dit pas à voix haute. À la place, il dit :

— Tenez, votre verre d'eau.

Mel George le remercia encore une fois, but le verre d'eau et dit :

— Bon ! je ne veux pas vous retenir plus longtemps. Mais vous repenserez à nous la prochaine fois que nous passerons vous voir, hein ?

— À quel sujet ?

Mais Mel George lui tendit le verre, en souriant, et en

débitant un tas de paroles confuses. Il se préparait à quitter le bateau, en gardant le bras gauche étrangement tendu le long du corps comme s'il s'était blessé sur l'échelle — quel bonheur —, et sous le regard hébété de Cohen, l'homme redescendit à terre, lui adressa un signe avec sa main valide et pivota sur ses talons pour s'éloigner sur la longue jetée en bois.

Cet imbécile s'était-il fait mal en cassant quelque chose là-haut ? S'empressant de gravir l'échelle, Cohen découvrit immédiatement ce qui avait disparu : l'Autre Oscar. Ce salaud le lui avait volé ! Le bras gauche raide... il avait planqué la statuette sous sa veste !

Se retournant brusquement, Cohen vit Mel George qui s'éloignait sur la jetée, en marchant. Coup de chance, un jeune type apparut au bout de la jetée, venant dans cette direction. Cohen s'empara alors de son mégaphone vert pastel.

— AU VOLEUR ! ARRÊTEZ-LE !

Le jeune homme, un grand type mince, la chemise sortie sur un pantalon gris, sembla comprendre immédiatement, car il se mit à courir pour bloquer l'extrémité de la jetée. L'apercevant, Mel George s'arrêta et le désigna du doigt, en lui criant quelque chose apparemment. Un mensonge sans doute.

Cohen se hâta de descendre l'échelle et de sauter à terre pour s'élancer sur la jetée, aussi vite que le lui permettaient ses baskets antidérapantes et son embonpoint d'homme mûr. Jetant un coup d'œil par-dessus son épaule, Mel George le vit accourir et il hésita un instant, comme un joueur de base-ball pris entre le deuxième gardien de base et le bloqueur. Puis, choisissant la seule décision qui s'offrait à lui, il s'élança droit devant pour essayer de renverser ou de contourner le jeune type.

Mais celui-ci ne l'entendait pas de cette oreille. Mel George et lui tentèrent de feinter d'un côté, puis de l'autre, et tandis que Cohen les rejoignait en soufflant, le jeune type balança un coup de poing sur le nez de Mel George qui tomba lourdement à la renverse sur la jetée en bois. La statuette de l'Autre Oscar glissa de sous sa veste et tomba sur ses genoux.

— Ah ! merci, dit Cohen, essoufflé. Merci.

Il se baissa pour récupérer la statuette sur les genoux du voleur et se retourna pour adresser un sourire haletant au jeune homme. Qui balança un coup de poing sur le nez de Cohen, s'empara de la statuette et s'enfuit à toutes jambes.

DANS L'EAU...

Wally Hintzlebel avait commencé la journée par une dispute avec sa maman. Une chose qui n'arrivait *jamais,* des ennuis avec sa maman, mais c'était arrivé ce matin, et pour finir, Wally avait hurlé Dieu-sait-quoi à sa mère et quitté la maison en courant. (Il ne se souvenait plus de ce qu'il lui avait crié, et il espérait qu'elle ne s'en souvenait plus non plus.)

La faute incombait à ses cauchemars, sans aucun doute. Il avait dormi par à-coups, ne cessant de se réveiller pour entendre son cœur battre comme un bruit de pas précipités, avant de replonger dans des mondes imaginaires remplis de chaînes et de monstres, où il courait, courait et courait encore. De gigantesques crevasses lumineuses zébraient le plafond voûté de la caverne, à travers lesquelles les rayons du soleil carbonisaient tout ce qu'ils touchaient. Se noyant dans des mers troubles couleur vert-de-gris, le corps doté de tentacules mouvants. Le pied et la cheville bloqués sous un rocher, tandis que la grande nuit noire descendait de la montagne. Des rires et des croassements, le Prêtre Aztèque Dansant qui sautille sur une jambe, en se moquant de lui, et remonte d'un bond dans les arbres aux feuilles couvertes de fourrure marron. Et Wally se redressait de nouveau dans son lit, le souffle coupé, le corps luisant de sueur, la tête remplie de toutes ces choses qu'il n'avait pas faites. La statuette, la statuette ! Est-ce que les autres l'avaient récupérée ? Était-ce trop tard, était-ce déjà trop tard ? Est-ce qu'ils dormaient, *eux* ?

Pas étonnant qu'il se soit disputé avec maman au petit déjeuner, quand elle avait recommencé à lui parler de ses égratignures sur le visage, et à l'asticoter de manière insupportable au sujet de ses petites amies. Il avait hurlé, il avait jeté des choses, et il était parti à toute vitesse, il s'était mis à courir et depuis, il ne cessait de courir.

Jusqu'à la bibliothèque de Mineola tout d'abord, en roulant plus vite qu'il ne l'avait jamais fait, où quarante minutes de recherches frénétiques *(cric, cric, cric...)* lui permirent d'accroître sa liste de quatre nouveaux noms et de six nouvelles adresses. Après avoir quitté la bibliothèque, direction l'adresse la plus proche, celle d'un certain Ben Cohen, 27-15 Robert Moses Drive, Glen Cove.

Où Mrs. Cohen lui apprit : a) que son mari se trouvait certainement sur son bateau à la marina près de Bayville, et b) qu'un autre monsieur avait demandé lui aussi à voir Ben, il y avait moins d'une demi-heure.

Vite ! Rouler ! Courir ! Ne pas se laisser doubler ! Sus au nouveau Wally, vite, vite, vite à la marina, où soudain quelqu'un s'écriait dans un mégaphone : « Au voleur ! Arrêtez-le ! » Et là, sur la jetée, il avait aperçu le mari. Exactement le même mari. Cet emmerdeur de mari, exaspérant, fouille-merde et mauvais coucheur.

Non, pas cette fois. Courant vers l'extrémité de la jetée, Wally lui bloqua le chemin en s'écriant :

— Arrêtez ! Donnez-moi ça !

Le mari pointa son doigt sur lui.

— Vous, ne vous mêlez pas de ça, eut-il le culot de répondre. Ça ne vous regarde pas.

Wally tremblait de la tête aux pieds, de rage.

— Donnez-moi cette statuette ! Elle est à *moi !*

— Espèce de petit salopard qui écoute aux portes, occupez-vous de vos affaires !

Un gros type coiffé d'une casquette Budweiser — certainement Ben Cohen —, se précipitait vers eux sur la jetée. Le mari jeta un coup d'œil par-dessus son épaule, puis essaya de se faufiler d'un côté et de l'autre, mais à ce moment-là Wally perdit le contrôle de lui-même, il *se laissa emporter,* et il balança un coup de poing sur le nez de ce salopard !

Le mari tomba sur les fesses. La statuette en or tomba sur ses genoux. Wally voulut s'en saisir, mais le gros type arriva à ce moment-là pour la ramasser, et il bredouilla des remerciements, jusqu'à ce que Wally lui balance un coup de poing sur le nez à lui aussi. Wally était devenu un nouveau continuum de vie, une nouvelle façon d'être. Wally était maintenant un individu capable de frapper *n'importe qui* sur le nez.

La statuette était à lui. L'arrachant des mains du gros type, il pivota sur ses talons et se remit à courir, en direction du parking où il avait laissé sa voiture.

Mais il n'eut pas le temps d'y arriver. Le satané mari était de nouveau à ses trousses, et il courait sacrément vite, ce salopard. Il obligea Wally à changer de direction, et celui-ci dut tourner à droite devant une grande bâtisse ouverte remplie de bateaux posés sur des remorques. Le crissement bruyant des chaussures du mari sur les graviers résonnait dans son dos, de plus en plus proche, et Wally bifurqua de nouveau, s'engouffrant par une ouverture dans un grillage et traversant un parking goudronné — merde, ce n'était pas le bon —, avant de virer encore une fois à droite, juste au moment où la main tendue du mari glissait sur son épaule.

C'était comme dans un de ses cauchemars : il courait, courait, sans jamais arriver nulle part, tandis que le destin funeste tonnait dans son dos. Il franchit une barrière, traversa une nouvelle zone de graviers, contourna une petite cabane blanche en bardeaux, traversa une jetée en bois. Bifurquant une fois de plus, en criant, le souffle coupé, les yeux levés désespérément vers le ciel, il courait ventre à terre en suivant un labyrinthe de jetées le long desquelles étaient amarrées des embarcations, traversant sans s'arrêter l'arrière d'un bateau, dont les occupants, en train de regarder *Le Juste Prix* à la télé tournèrent la tête, hébétés, et poursuivant sa course folle sur une autre jetée, tandis que les pas lourds continuaient à résonner juste derrière lui, et...

Le bout de la jetée. Devant lui, les planches grises patinées par les intempéries s'interrompaient brusquement. Aucun bateau n'était amarré aussi loin, il n'y avait que le détroit de Long Island et au loin, très loin, le Connecticut.

— Non ! Non ! Non ! hurla Wally, sans cesser de courir. Elle est à moi ! Elle est à moi !

Serrant la statuette dorée contre sa poitrine, il courut à toutes jambes jusqu'au bout de la jetée et sauta dans l'eau. Le bruit de pas qui le poursuivait se transforma aussitôt après en *plouf*.

EN VILLE...

Quasiment personne n'habite à New York, et cela est particulièrement vrai de ceux qui y sont nés. Ils vivent dans des *quartiers,* tout comme les habitants des petites villes vivent dans des petites villes, et ils quittent très rarement leur quartier. L'habitant moyen d'Ozone Park, par exemple, dans le Queens, n'a sans doute jamais mis les pieds dans le quartier de Midwood à Brooklyn, et pourquoi le ferait-il ? Ce n'est qu'un quartier semblable aux autres, semblable au sien, avec des églises, des magasins, des cinémas et des écoles, et rien de spécial susceptible d'attirer des personnes extérieures. Et même si la plupart des habitants d'Ozone Park et de Midwood se sont très certainement rendus à Manhattan — parce qu'ils y travaillent ou parce qu'ils y ont passé une soirée —, ils ne considèrent pas réellement Manhattan comme faisant partie de *leur* ville natale. « Je vais en ville », disent les gens des districts périphériques.

Et pour Jerry, bien que né et élevé à New York, bien qu'il se considère comme un New-Yorkais à part entière, bien que le rythme et la saveur de New York soient une partie intégrante de sa personnalité, cette soudaine course folle à travers Manhattan eut sur lui l'effet d'un révélateur. La seule différence entre Jerry et le touriste moyen venu d'ailleurs, c'est que Jerry était déjà habitué au rythme nerveux de la ville, le tempo, l'agitation, ce mouvement incessant. Mais son aspect, sa diversité étaient des choses qu'il ignorait, ou qu'il avait apprises trop jeune et oubliées depuis.

Certes, la statuette demeurait l'objectif principal, mais Jerry commençait à apprécier cette quête en soi. À force de se déplacer en ville, de la découvrir à différentes heures de la journée, de découvrir les gens qui y vivaient, il éprouvait ce sentiment d'appartenance, de complicité, que ressentent certaines personnes face à l'océan. Océan ou ville, c'est la même chose, c'est l'appel du sang, une pulsation infinie et impitoyable qui attire tous ceux qui savent ressentir ces liens profonds. Jerry en faisait partie. Cette ville était le royaume de l'arnaque, et arnaque était le deuxième nom de Jerry.

En roulant dans Broadway, entre l'appartement des

Harwood et les bureaux de l'orchestre dans le centre, Jerry souriait aux tours grises et dentelées de Manhattan qui l'entouraient. Quand tout cela serait terminé, peut-être viendrait-il s'installer quelque temps en ville. Chouette endroit pour dépenser un million de dollars.

DANS LES AIRS...

Le sandwich au cuissot de chèvre était foutu, mais la bouteille de gluppe était soigneusement bouchée, fort heureusement, et une fois l'extérieur bien nettoyé — et un peu aérée, peut-être —, le contenu serait tout aussi buvable qu'il l'avait toujours été.

Le pistolet, en revanche, était dans une situation plus délicate, et voilà pourquoi Edwardo était présentement coincé en compagnie de Pedro dans les toilettes minuscules de l'avion, le nez plissé dans une grimace de dégoût à cause de la puanteur. La tâche consistait à nettoyer le contenu de l'estomac de Pedro sur le pistolet sans endommager le mécanisme de celui-ci, car il serait peut-être hasardeux de détourner un avion à l'aide d'une arme rendue inutilisable à cause d'un mélange de vomi et d'eau. Ne faisant pas confiance à Pedro pour nettoyer le pistolet avec suffisamment de soin, Edwardo avait ravalé sa fierté — et aussi sa bile —, pour le rejoindre dans les toilettes, un endroit si exigu que toute activité normale en ces lieux était interdite aux personnes de taille adulte. (À l'arrivée de ces vols Quetchyl-Rosie, on voyait systématiquement les passagers se précipiter en masse vers n'importe quels toilettes, buissons ou murs disponibles. Il est donc conseillé de faire *très* attention où vous mettez les pieds quand vous visitez ces aéroports, à Quetchyl ou à Rosie.)

— Voilà, dit enfin Edwardo en tamponnant l'arme

avec une grande quantité de serviettes en papier, une opération qu'il était impossible de réaliser sans enfoncer à chaque fois son coude dans l'oreille de Pedro. Je crois que ça devrait aller maintenant.

— On va faire un essai ?

Edwardo observa Pedro d'un air songeur, presque avec envie, finalement il secoua la tête.

— Non, Pedro. On ne va pas faire un essai. On va s'en servir.

— S'en servir ? répéta Pedro, et son visage, particulièrement ses yeux, prirent aussitôt cette expression d'âne bâté qui submergeait ses traits dès qu'on disait quelque chose qu'il ne voulait pas comprendre.

— Le moment est venu de nous emparer de l'avion, déclara Edwardo en collant la crosse de l'arme dans la paume réticente de Pedro. Surtout, tire seulement si tu en as l'intention.

— Hein ? Pourquoi est-ce que j'aurais l'intention de tirer ?

— Parce que tu vas détourner cet avion !

— *Maintenant* ? J'ai même pas déjeuné !

Le mot « déjeuner » prononcé dans ce réduit nauséabond faillit avoir raison d'Edwardo, mais il ferma les yeux, la gorge et les sphincters, et au bout de quelques secondes, le spasme passa ; il put rouvrir les yeux et dire, d'une voix douce et lente, d'un ton très persuasif :

— Tu vas détourner cet avion *immédiatement,* Pedro, ou sinon je me charge personnellement de te flanquer dehors.

Pedro regarda Edwardo ; il vit une telle fureur étinceler dans ses yeux qu'il aurait presque pu profiter de la lumière pour lire une bande dessinée. Il y a un temps pour être idiot et un temps pour être intelligent ; Pedro était assez intelligent pour faire la différence.

— Bien, Edwardo, dit-il.

— Bien, Pedro, dit Edwardo. Je vais sortir d'ici le premier, pour ne pas éveiller les soupçons. Toi, tu comptes jusqu'à cinquante, ensuite tu sors, tu vas directement dans la cabine de pilotage, tu montres ton arme au commandant et tu dis : « Conduisez-moi à New York. »

— Bien, Edwardo.

— Bien, Pedro.

En nettoyant le pistolet, Edwardo avait aspergé ses vêtements d'eau, plus particulièrement le devant de son pantalon, aussi arracha-t-il une poignée de papier-toilette — ils avaient utilisé toutes les serviettes en papier —, pour tenter de se sécher. Mais c'était impossible à l'intérieur de cet espace exigu, alors il lança un dernier éclair de mise en garde à Pedro et sortit.

L'hôtesse Lupe Naz, qui avait des raisons dès le début de tenir à l'œil ce passager vomisseur, l'avait vu avec étonnement pénétrer dans les toilettes, il y a quelques instants, en compagnie d'un autre homme. Cela était pour le moins inhabituel, même si l'on racontait que des couples effectuant leur lune de miel faisaient parfois ce genre de choses durant ces vols, sans beaucoup de réussite d'ailleurs. Quoi qu'il en soit, voilà un des deux hommes qui ressortait — pas le dégobilleur, l'autre —, en essuyant avec une grosse boule de papier-toilette des taches humides sur le devant de son pantalon. Lupe plissa le nez avec dégoût, grâce à quoi elle affichait déjà une expression de circonstance lorsqu'il passa devant elle et qu'elle capta les effluves émanant de lui. Sainte Mère ! Mais qu'avaient-ils donc *fait* là-dedans ?

Resté seul dans les toilettes, Pedro comptait cinquante gorgées de gluppe. Son estomac, traumatisé et terrifié, réagissait comme une fosse à serpents dans laquelle on jette une torche enflammée, mais il s'en fichait. D'accord, il avait accepté de détourner ce foutu zinc, et il détournerait ce foutu zinc, mais rien dans le contrat ne précisait qu'il devait être conscient à ce moment-là. Tant qu'à détourner un avion, autant le faire sans s'en rendre compte.

Quaa... rante-huit. Quaa... rante-neuf. Cinquaaaante.

La bouteille était presque vide. Inutile de s'encombrer de cette saloperie s'il restait juste, *glou-glou-glou-glou-glou-glou,* six gorgées à l'intérieur. Pedro rota le feu et la fumée, s'essuya la bouche avec sa manche, ignorant les protestations de son estomac furieux, laissant la bouteille de gluppe dans les toilettes, et ressortit enfin du placard. Passant devant l'hôtesse sans remarquer son regard noir — ni son air surpris, ni son air révolté —, il descendit l'allée en titubant et tenta d'enjamber Edwardo pour regagner son siège du milieu. Mais Edwardo lui décocha un *grand* coup de pied dans le tibia.

— Ouïe ! hurla Perdo. Pourquoi est-ce que vous avez fait ça ?

Aucun être humain ne peut dire une phrase d'un ton sifflant sans prononcer de mots en *sss,* mais Edwardo réussit ce prodige :

— Va dans la cabine, bougre d'idiot !

— Oh ! fit Pedro, et soudain, il sembla découvrir le pistolet qu'il avait glissé dans sa ceinture, sous les pans de sa chemise qu'il ne rentrait jamais dans son pantalon. Désolé... J'avais oublié.

Sur ce, il rota au nez d'Edwardo et de José — l'un et l'autre eurent un mouvement de recul —, et repartit d'un pas mal assuré vers l'avant de l'appareil.

Son estomac et sa tête bourdonnaient tous les deux maintenant. Un champ orange constellé de pois rouges envahissait la périphérie de son champ de vision, à moins qu'il s'agisse de l'hôtesse ? Non, c'était bien un champ orange avec des pois rouges qui bordait son champ de vision et se resserrait peu à peu, comme un iris qui se referme.

Il avait atteint la porte. Les poignées n'avaient jamais été son fort. Il resta là un moment à la tripoter maladroitement, jusqu'à ce que l'hôtesse accoure et le saisisse par le coude :

— Monsieur ! Monsieur !

— Ça y est, vous en faites pas, je la tiens, dit Pedro pour la rassurer.

En effet, au même moment, la poignée tourna, et l'hôtesse et Pedro se retrouvèrent projetés à l'intérieur de la cabine, et la porte se referma en claquant derrière eux.

Edwardo et José qui avaient observé la scène à travers leurs paupières mi-closes, échangèrent un regard.

— Eh bien, dit José, notre sort est désormais entre les mains de Dieu.

— Si seulement c'était vrai, répondit Edwardo. Hélas, il est entre les mains de Pedro.

En réalité, c'était l'hôtesse qui se trouvait entre les mains de Pedro. Étant donné sa taille, son poids et sa complexion générale, celle-ci semblait constituée presque uniquement d'attributs sexuels primaires, et il avait beau faire, Pedro ne parvenait pas à en détacher ses mains. Déséquilibrés l'un et l'autre, ils se balançaient d'avant en arrière à l'intérieur du minuscule cockpit, dans le dos du pilote et du copilote stupéfaits, et c'est seulement lorsque Lupe Naz se cambra et gifla Pedro que celui-ci reprit suffisamment ses esprits pour retrouver son équilibre et se souvenir de ce qu'il venait faire ici. Et s'apercevoir également que les protestations de son estomac face au mélange du gluppe et des mouvements de houle devenaient de plus en plus virulentes.

Tandis que tout le monde parlait en même temps.

— Que se passe-t-il ici ? demandait le copilote.

Le pilote s'écriait :

— Éloignez-le des commandes !

Et l'hôtesse hurlait :

— Violeur ! Pervers ! Dégénéré !

Chaque chose en son temps, se dit Pedro ; son estomac devrait attendre. Extirpant le pistolet de sous sa chemise, Pedro dit :

— Conduisez-moi à New York.

Et il vomit sur le pilote.

DANS LE NORD DE LA VILLE...

Leroy, il dit :

— Hé, mate un peu !

Buhbuh, il dit :

— Quoi ?

Leroy, il répond :

— Là-bas !

C'est l'enterrement. Aloysius Dundershaft, surnommé « Tête de Pine », il va dans le Queens, pour se faire enterrer à côté de l'autoroute de Long Island.

La vache, sacré enterrement. Ça commence avec des chevaux, y a quatre chevaux noirs et quatre chevaux blancs. Mais la police, ils ont dit que les chevaux ils peuvent pas traverser la 125e Rue et bloquer les voitures, alors F. Xavier White, il a mis les chevaux sur des camions à plateau. Deux camions, avec quatre chevaux noirs sur le premier camion et quatre chevaux blancs sur le deuxième camion. Et à côté de chaque cheval, y a un type en costume noir, avec une chemise blanche et une cravate noire qui le tient par la tête. Les camions, ils ont été peints en noir juste avant l'enterrement, et les chauffeurs des camions, eux aussi ils portent des costards noirs avec des chemises blanches et des cravates noires, comme les types avec les chevaux. Et les chevaux, ils lèvent la queue et ils chient sur les camions.

Après les chevaux, y a les voitures avec les fleurs. Y a quatre voitures de fleurs, toutes bourrées de couronnes, de gerbes, de bouquets et aussi des fers à cheval en fleurs. Y a des fleurs blanches, des fleurs jaunes et aussi des fleurs mauves et des fleurs roses. Y a des œillets et des glaïeuls, des roses et des lis, des delphiniums, des jalousies, des iris, des pivoines, des marguerites, des chrysanthèmes, des muscaris, des giroflées et des phlox. Y a aussi un tas d'autres fleurs, et du vert même avec les fougères et les feuilles de rhododendron. Y en a qu'ont des rubans en satin autour, avec des mots marqués dessus, comme « CONDOLÉANCES » ou « BONNE CHANCE » ou « À UN AMI ». Mais si on y regarde de plus près, y en a d'autres qu'ont des rubans avec écrit dessus « FÉLICITATIONS » et « MAZEL TOV » ou « BON VOYAGE », ce qu'est pas forcément bien, ça dépend comment qu'on voit les choses, mais c'est parce qu'en fait, F. Xavier White il a fait un arrangement avec un fleuriste en gros de la 6e Avenue devant chez *Macy's,* comme quoi les voitures elles livreraient toutes les fleurs du grossiste qui devaient aller dans le Queens, à condition que F. Xavier, lui, il pouvait d'abord les utiliser pour l'enterrement. Alors Tête de Pine, il a droit à toutes les fleurs du monde entier, et forcément y a un tas de mariages dans le Queens qui vont commencer en retard.

Après les bagnoles de fleurs, y a le corbillard, et après le corbillard, y a encore un *autre* corbillard. Deux corbillards. Tête de Pine, il a droit à ce qui se fait de *mieux* comme enterrement.

Le premier corbillard, c'est une Cadillac Fleetwood, noire et brillante comme une boule de bowling toute neuve. Avec du cuir bordeaux à l'intérieur, et même une tablette électrique qui sort sur le côté pour poser le cercueil dessus et qui rentre après. Comme ça, personne y se fait mal au dos en se penchant. Et aux fenêtres sur le côté y a des rideaux en dentelle noire, comme les dessous pour les femmes qu'on vend dans les magazines pour hommes que les femmes elles lisent pas. Et le cercueil il est tellement beau que franchement c'est *une honte* de l'enterrer. Ça ferait un supermeuble pour la chaîne stéréo. Un bois super, ça résonne d'enfer, faudrait foutre les enceintes *dedans*. Un bois très foncé, comme la couleur du cirage rouge sang pour les chaussures. Avec des poignées chromées et des charnières chromées qui brillent comme des pare-chocs. Une forme super, avec plein de moulures et des angles biseautés partout, ça ferait chouette dans la salle à manger.

À l'intérieur, où personne il peut le voir, y a tellement de satin rose rembourré qu'on dirait une grosse dame dans un mariage vue à l'envers. Et Tête de Pine, il est couché là-dedans lui aussi, sur le dos, la main gauche sur les bijoux de famille, et la main droite sur la main gauche. Il est habillé superclasse, avec ses *platform-shoes* tricolores, son pantalon à pinces à carreaux verts et noirs, son sous-pull à col roulé orange, plus une veste verte à deux tons style Belle Époque et sur la tête, il a un béret vert. Il a aussi ses boucles d'oreilles, et *quatre* rangées de perles, trois bagues et la montre électrique digitale (toujours à l'heure précise, même maintenant), et la gourmette chromée (cadeau d'une dame) où qu'y a marqué dessus « MISTER CLASSE ». Il est super comme ça, sauf autour du visage un peu et aussi un peu dans la nuque où que ça coule, on dirait. Dommage que personne il a pensé à prendre une photo.

Et puis y a le deuxième corbillard qu'est aussi une Cadillac Fleetwood, pareil que le premier, sauf que l'intérieur il est gris au lieu de bordeaux. Et le cercueil dans le deuxième corbillard, il est presque aussi sensas que le cercueil qu'est dans le premier corbillard. En fait, on dirait que c'est le même, mais ça se peut pas, vu qu'il coûte cent vingt-sept dollars de moins. Mais il est beau quand même. Et à l'intérieur, y a toutes les fringues préférées de Tête de Pine, et toutes ses cassettes préférées, et son poste de radio préféré, avec aussi un exemplaire de *Penthouse* qu'est sorti trop tard pour qu'il puisse le lire, et son carnet d'adresses, ses deux maillots de bain, plus une colombe vivante pour montrer comme quoi c'est la paix maintenant entre Tête de Pine et Triste Mort Jonesburg. Et la colombe, elle fait un sacré raffut.

Après les deux corbillards, voilà l'orchestre. Le *premier* orchestre. Il est sur un camion à plateau lui aussi, comme les chevaux, et c'est un sextet, tout le monde est habillé en noir et a l'air très recueilli. Y a un pianiste, un gros type avec une grande bouche très large et un chapeau melon sur le crâne, un petit clarinettiste tout maigre avec une cravate noire toute fine et de longs, très longs doigts avec au moins six grosses jointures osseuses à chacun de ces foutus doigts, y a aussi un bassiste avec un long bras, une moustache épaisse et une tonsure sur le dessus de la tête, et un petit trompettiste joufflu qu'a des gouttes de sueur partout sur le front et des gros yeux tout ronds qui roulent quand il joue, et aussi un grand joueur de trombone qu'a l'air tout triste, avec des lunettes dorées qui glissent au bout de son nez, et un petit batteur nerveux qui ressemble à une araignée assis tout en haut d'une grosse caisse claire avec un palmier dessiné sur la grosse caisse.

Et l'orchestre il joue. Il joue de la musique d'enterrement. De la musique d'enterrement *jazz.* Très lente, mais rythmée. Avec un tas de notes de trombones looooongues et graaaaaaves, pleines de tristesse. Beaucoup de main gauche au piano. La clarinette, elle joue des petites notes sans se faire remarquer, et même quand la trompette elle fait un son strident, elle fait ça en douceur. Pareil pour la basse, elle joue lentement, d'un air majestueux, *bum dum bum dum bum,* comme un gros bonhomme qui porte une couronne sur un petit coussin rouge.

(Mais après, en *revenant* du cimetière, l'orchestre il va se mettre à hurler. Alors là, vous allez entendre quelque chose. Vous allez entendre le trombone faire *waa-do-dou-di-di-dou-dou* et la trompette monter dans les aigus *la-ba-da-badda-ba,* et la clarinette *titi-di-titti-di,* et la batterie *tcha-top-bah-bah-bouh-bidou-tcha,* et la basse *tum-tum-ta-tum-tum,* et le piano aussi, *tagada-tagada-tagada-tic-tic-tic, tac-tic-tac...* Vous verrez le pianiste comment il *sourit* sous son chapeau melon, et les yeux du trompettiste, ils lui sortent carrément de la tête, et les lunettes du joueur de trombone, elles sont pleines de buée comme dans un bain turc. Parce que c'est ça le truc, sur le chemin du cimetière vous devez penser à celui qu'est mort, alors vous jouez de la musique lente, avec un rythme lourd. Mais en revenant du cimetière, c'est le moment où qu'il faut penser aux vivants, c'est le moment où qu'il faut oublier sa tristesse, et retrouver le bonheur de vivre. En tout cas, les Négros qui viennent du sud profond, les parents de Dundershaft, eux, c'est ce qu'ils pensent.)

Après l'orchestre, y a onze Cadillac noires décapotables, parce que les Cadillac c'est les seules décapotables qui sont encore fabriquées aux États-Unis — Hé ! vous plaignez pas, *vous* achetiez pas non plus des décapotables —, et ces onze décapotables, elles ont la capote baissée pour que tout le monde il puisse voir les célébrités.

Pour ce qui est des célébrités, F. Xavier White il a eu vachement de mal à les trouver. D'abord, il essaye d'appeler les presque-célébrités du Comité du sport pour tous, mais ça a rien donné du tout. Y avait personne, tout le monde était occupé, tout le monde il était en colère après je sais pas quoi, et plus personne veut entendre parler de solidarité.

Alors après ça, il essaye d'autres personnes qu'elles pourraient devenir des célébrités, mais personne veut assister à un enterrement, et surtout pas à l'enterrement de Tête de Pine Dundershaft. Mais F. Xavier, il sait qu'il a intérêt à trouver des célébrités vite fait pour cet enterrement, ou sinon, y risque d'y en avoir un autre bientôt d'enterrement. Parce que Triste Mort, il arrête pas d'appeler, et il lui demande à chaque fois :

« Alors, tu as trouvé des célébrités ?

— Je suis en train de faire la liste, Triste Mort.

— T'as foutrement intérêt. »

Alors, F. Xavier, il réfléchit, et quand Malfaisante elle se met à le débiner, y se retourne brusquement et il lui file un coup de lampadaire, un truc que personne a jamais fait avant, alors elle, elle va s'enfermer dans sa chambre et elle appelle *Dunkin Donuts* pour qu'ils lui livrent un tas de machins à manger. Et F. Xavier, il se prend une décharge électrique en rebranchant le lampadaire et c'est comme si qu'il y avait une lampe qui s'allume au-dessus de sa tête, pareil que dans une bande dessinée, parce que tout à coup, il *sait* ce qu'il va faire pour ce qui est des célébrités. Il passe un tas de coups de téléphone, et tous les gens qu'il appelle, ils disent oui, et quand Triste Mort il le rappelle, F. Xavier, il lui dit :

— Ça y est, je les ai, Triste Mort.

— Ah ? Qui t'as trouvé ?

— J'ai Sammy Davis Jr. et Mohammed Ali. Et j'ai aussi...

— Tu te fous de moi ?

— *Moi,* Triste Mort ?

— T'as vraiment ces gens-là ? Qui t'as d'autre ?

— J'ai Diana Ross, et aussi Flip Wilson, et aussi Bob Teague, et aussi Pam Grier, et aussi...

— Pam Grier !

— Ouais.

— Qu'est-ce qu'elle fait après les funérailles ?

— Euh, écoutez, Triste Mort... tous ces gens, vous voyez... ils veulent bien venir parce que ça va être le grand événement mondain de *l'année,* mais ils veulent pas avoir d'ennuis dans leur vie, et si jamais la police assiste aux funérailles...

— Hé ! *évidemment* qu'ils vont y assister. Tu te fous de moi ou quoi ?

— Toutes ces célébrités, expliqua F. Xavier, elles devront faire comme si elles ne vous connaissaient pas, vous comprenez ? Elles resteront dans les voitures, et elles ne parleront à personne, ni rien du tout.

— Oh ! bien sûr, je comprends, dit Triste Mort. T'en as d'autres ?

— Laissez-moi consulter ma liste. Je vous ai cité Pam Grier ?

— Évidemment.

— Ensuite, il y a Redd Foxx et Diahann Carroll, Shirley Chisholm et Jim Brown.

— Qui ça ?

— Jim Brown.

— Non, avant.

— Shirley Chisholm ?

— C'est qui ça ?

— Une député de Brooklyn. Une femme très importante, Triste Mort. Une grande célébrité.

— Ah ! d'accord. Moi, les seuls politiciens que je connais, c'est les gradés du « precinct ».

Et voilà pour les célébrités. Et maintenant, les célébrités, elles sont dans cinq décapotables du cortège funéraire, deux célébrités par décapotable. Mais pas dans les deux premières décapotables, parce que dans ces deux-là, y a la famille proche de Tête de Pine, une bande de Nègres qui sont venus d'un endroit quelque part dans le sud profond et qui regardent partout autour d'eux avec des grands yeux, en mangeant du Kentucky Fried Chicken dans des seaux en plastique qui sont posés sur le plancher des décapotables, et en se ridiculisant. Mais à partir de la troisième décapotable, voilà les célébrités.

Leroy, il dit : Buhbuh ?

Buhbuh, il répond : Quoi ?

Leroy, il dit : Vise un peu.

Buhbuh, il demande : Quoi ?

Leroy, il dit : Là-bas ! C'est pas Sammy Davis Junior ?

Buhbuh, il regarde, et il dit : Non.

Et Buhbuh, il a raison. C'est pas Sammy Davis Jr. C'est le cousin de F. Xavier, Jim Haye, qui habite à South Ozone Park et qui ressemble un peu à Sammy Davis Jr., surtout quand il porte le bandeau noir sur l'œil que le vrai Sammy Davis Jr. il porte plus. (Au salon funéraire, quand F. Xavier il a montré du doigt Jim Haye en disant à Triste Mort : « Voilà Sammy Davis Jr. », Triste Mort il a même demandé : « Comment ça se fait qu'il porte encore ce bandeau ? Il le porte plus depuis longtemps. » F. Xavier il a répondu : « Il a perdu son œil de verre. » Et Triste Mort il a demandé : « En jouant à quoi ? »)

Et Leroy il dit : Hé ! c'est pas Mohamed Ali là-bas ?

Buhbuh il regarde, il fronce les sourcils et il répond : Non.

Buhbuh, il a encore raison. C'est pas Mohamed Ali, c'est le neveu de F. Xavier, Lucius White, de New Rochelle, qu'est assis à côté de Jim Haye avec ses épaulettes de veste bourrées de papier toilette, et les bras levés comme un boxeur qui se serre la main à lui-même.

Ça, c'est la première voiture de célébrités. Jim Haye avec un bandeau sur l'œil et Lucius White avec du papier toilette sous sa veste, et tous les deux ils saluent de la tête en faisant des signes de la main à la foule, qui les regarde avec des grands yeux. Ce F. Xavier faut vraiment qu'il soit vachement intelligent et aussi vachement stupide pour faire un coup pareil.

Voilà la Cadillac décapotable qui suit, et Leroy, il dit :

— Nom de Dieu, Buhbuh, c'est pas Diana Ross là-bas ?

— Non, il répond Buhbuh.

— Et là, c'est pas Flip Wilson ?

— Jamais d'la vie, il répond Buhbuh.

Ce Buhbuh il est fortiche. C'est pas Flip Wilson, c'est rien qu'un vendeur de cercueil de Detroit qui s'appelle Happy Charlie Lincoln et qui ressemble *vraiment* à Flip Wilson. Tellement il lui ressemble à Flip Wilson que les gens ils lui disent tout le temps : « Hé ! mec, tu ressembles à Flip Wilson. » Mais ils regrettent aussitôt d'avoir dit ça, parce que Happy Charlie Lincoln, il se met aussitôt à faire un quart d'heure de Geraldine. C'est *affreux.*

Et c'est pas non plus Diana Ross. En vérité, c'est le petit neveu de Malfaisante, Alexander Sternfeather. Quand F. Xavier il l'a appelé pour lui demander de l'aider, comme quoi c'était une question de vie ou de mort, l'Alexander il a répondu : « Hé, moi j'veux pas m'habiller en fille ! ». F. Xavier il lui a répondu : « Il s'agit pas de s'habiller comme n'importe quelle fille, Alexander. Il s'agit de s'habiller en Diana Ross. Faut s'habiller comme une *star.* » Il a réussi à convaincre Alexander, et ils lui ont filé des fringues vachement lourdes à Alexander, et ils lui ont donné une perruque presque aussi grande que lui, une maquette du château de Versailles faite en poil de yak. Et maintenant, Alexander il s'éclate tellement à jouer la star qu'il chante *Stop in the Name of Love,* pendant qu'il adresse des signes de la main à la foule. Heureusement qu'ils l'entendent pas.

Mais Leroy, il devient fou, il commence à s'énerver ; il se lève du trottoir où Buhbuh et lui ils sont assis, il tend le bras et il dit :

— Et là, tu vas p't-être me dire que c'est pas Bob Teague ?

Personne il est parfait. Buhbuh il regarde pas les infos sur Channel 4, et il sait pas faire la différence entre Bob Teague et McTeague, alors il répond :

— J'en sais rien, mec. Ça se peut.

— Bon ! dit Leroy. Et à côté, qui c'est qu'est dans la bagnole avec Bob Teague ?

Buhbuh, il regarde et il dit :

— Sais pas.

— C'est Pam Grier, ducon !

Buhbuh, il dit : Mon cul.

Buhbuh il se marre. Pam Grier, mon cul. C'est pas Pam Grier qu'est dans la voiture avec un pantalon en cuir marron et un blouson en cuir marron, et une chemise en peau de serpent. C'est la maquilleuse qui travaille au salon funéraire de F. Xavier ; son nom c'est Theodora Nice, et elle se laisse tout le temps peloter par les chauffeurs sur la table de maquillage. Elle ressemble même pas du tout à Pam Grier, même si on l'a arrangée pour qu'elle lui ressemble un peu plus, mais y a quelque chose dans ses yeux qui fait qu'un tas d'hommes quand ils la regardent, ils pensent un tas de choses, et ils pensent aussi : Pam Grier.

Et pour ce qui est de Bob Teague, c'est pas Bob Teague non plus. Quand elle a été calmée, Malfaisante elle est sortie de la chambre, pleine de remords et de beignets, et quand F. Xavier il lui a expliqué son plan, elle a dit qu'elle allait l'aider, sous prétexte que le bon à rien de mari de sa bonne à rien de sœur, Roosevelt Jackson, il ressemble à ce type qu'on voit à la télé, ce Bob Teague. Et Leroy, il s'est trompé encore une fois.

Et dans une minute, il va encore se tromper deux fois, quand il dit :

— Hé ! regarde, Buhbuh. Redd Foxx et Diahann Carroll !

— Faux et faux, répond Buhbuh.

Alors Leroy il lui dit : Buhbuh, t'es rien qu'un emmerdeur.

Peut-être, mais Buhbuh c'est un emmerdeur qu'a raison. Redd Foxx, tu parles. Qui c'est en fait ? C'est le diététicien de Malfaisante, le docteur Erasmus Cornflower, une saleté de charlatan et d'escroc que F. Xavier il a été obligé de menacer avec son pistolet ce matin pour qu'il reste assis tranquillement et qu'il laisse Malfaisante lui teindre les cheveux en roux. Même qu'il est pas du tout heureux dans cette décapotable, et c'est très bien, parce que quand il fronce les sourcils comme ça, il ressemble *vraiment* à Redd Foxx à la télé quand il est en colère après sa famille.

Et Diahann Carroll, vous savez pas qui c'est ? Elle est maquillée un max et ses cheveux ils sont pas comme d'habitude, mais Leroy, il aurait dû la reconnaître. Buhbuh, lui, il l'a reconnue.

— Leroy, il dit, t'as les yeux dans le cul. C'est Miss *Tower.*

— Hein ? (Il ouvre de grands yeux.) Tu déconnes, répond Leroy.

Mais il regarde encore une fois, et même que si la décapotable elle était pas partie entre-temps, peut-être qu'il aurait couru pour aller y voir de plus près, parce que bon sang, peut-être que c'était bien Miss Tower finalement.

En effet. Felicity Tower est presque la seule personne

du Comité du sport pour tous que F. Xavier a réussi à joindre ce matin, et quand il lui a expliqué qu'il avait besoin d'aide, elle est venue, mais y a aucun professeur de lycée au *monde* qui soit une grande vedette célèbre, sauf peut-être Sam Levenson, mais lui, il est pas de la bonne race. Alors Malfaisante, Theodora Nice et F. Xavier, tous ils se sont occupés de Felicity, et quand ils ont eu fini, c'était encore une des plus belles femmes du monde, mais elle avait plus l'air d'un bloc de glace, non, elle avait l'air de Diahann Carroll. Super.

Leroy il secoue la tête en voyant la décapotable parce que là, il sait plus qui c'est ; il regarde celle qui vient après, il fronce les sourcils et il dit :

— Buhbuh !

Buhbuh, il dit :

— Quoi ?

Leroy, il lui demande :

— C'est qui là avec Jim Brown ?

Et Buhbuh, il répond :

— Où ça tu vois Jim Brown ?

— Ah, merde ! il fait Leroy.

En fait, y a pas de Jim Brown, mais celui qu'est assis avec lui dans la voiture, c'est Lois, la mère d'Alexander Sternfeather. Dans le temps, tout le monde disait à Lois qu'elle ressemblait comme deux gouttes d'eau à Nat King Cole, mais maintenant, tout le monde lui dit qu'elle ressemble comme deux gouttes d'eau à Shirley Chisholm, et c'est elle qu'elle était censée être, mais Leroy et Buhbuh, y sont pas au courant de l'actualité. Pas ce *genre* d'actualité en tout cas.

Parlons de ce Jim Brown. Ce qu'est amusant, c'est qu'il s'appelle *vraiment* Jim Brown, il a été joueur de football pendant quelque temps, il a aussi été sparring-partner pendant quelque temps, et après il a percé des coffres-forts, jusqu'à ce qu'il aille à Attica pendant quelque temps, et maintenant, il conduit un des corbillards de F. Xavier (sauf aujourd'hui), et si jamais y a un type qui vient chercher des crosses à F. Xavier pour le racketter ou un truc comme ça, F. Xavier il l'envoie discuter avec Jim Brown, et l'affaire est réglée. Alors, la seule chose qu'y avait à faire avec ce Jim Brown pour qu'il ressemble à l'autre Jim Brown, c'était de lui mettre une moustache découpée dans le dos de la perruque de Diana Ross d'Alexander Sternfeather.

Et Buhbuh, il dit :

— Alors, Leroy, c'est qui là ?

Il veut parler des types qui sont dans la décapotable suivante, qu'est la huitième décapotable, celle où qu'il y a Triste Mort Jonesburg en personne et trois de ses proches associés. Leroy, il regarde et il dit :

— Aucune idée, mec.

— Tu crois pas qu'on dirait Wallace Beery ou je sais pas quoi, hein ?

Leroy, il est fâché et il répond pas.

Trois autres décapotables passent, remplies d'hommes mauvais et dissolus, et ensuite, Leroy il s'excite de nouveau, tout content.

— Hé, Buhbuh, il dit.

— Quoi ?

— Vise un peu ! C'est notre *orchestre* à nous ! (Il se retourne vers Buhbuh pour lui jeter un regard menaçant.) Hé ! tu vas p't-être dire que c'est pas notre fanfare ?

— Si, si, c'est notre fanfare, dit Buhbuh.

Vous pouvez faire confiance à Buhbuh. C'est bien la fanfare du collège. Seulement, ils sont sur le plateau d'un camion comme le premier orchestre et les chevaux, alors évidemment, au lieu de pouvoir danser en jouant, ils avancent et ils reculent simplement. Ils font tous les mouvements qu'ils font dans les concours de fanfares dansantes, mais ils font tout *en petit,* parce qu'ils veulent pas qu'y en ait qui tombent du camion, mais faut quand même qu'ils bougent parce qu'y en a qui savent pas jouer en restant sur place.

C'est un orchestre plein de couleurs. Ils ont un uniforme rouge avec des boutons argentés et des ganses blanches, et aussi une bande dorée sur la jambe du pantalon. Tous leurs cuivres brillants étincellent au soleil, et quand ils tournent en rond là-haut sur le camion, on dirait une couverture de Norman Rockwell pour le *Saturday Evening Post* revue par le magazine *Mad*.

Pendant ce temps-là, devant, Felicity, elle sourit, elle fait des signes de la tête et des signes de la main à la foule, c'est fou ce qu'on dirait Diahann Carroll, mais soudain, là sur le trottoir, elle aperçoit les deux méchants Blancs qui se sont introduits chez elle la nuit dernière et qui ont pris peur avant d'accomplir leurs noirs desseins. Alors elle arrête de sourire, de faire des signes de la tête et des signes de la main, et c'est Felicity Tower qui les regarde maintenant, c'est plus du tout Diahann Carroll.

Les deux hommes sur le trottoir, ils la regardent eux aussi, et l'un des deux, Frank, il dit :

— Hé ! regarde. C'est pas Diahann Carroll, c'est la gonzesse d'hier soir !

Une minute plus tard, y a la décapotable avec Triste Mort dedans qui passe, et Triste Mort il donne des coups de coude à ses associés en disant :

— C'est les fédéraux. Ils m'ont à l'œil.

Les associés sont très impressionnés.

Pendant ce temps, la procession funéraire continue. Après la fanfare du collège, y a trois Checker Marathon noires pleines de pleureuses professionnelles que F. Xavier il a empruntées à un collègue croque-mort dans la 2e Avenue qui s'appelle Israël Yid. Ces pleureuses professionnelles elles ont baissé les vitres des Marathon pour mettre la tête dehors et gémir : « *Oy* » et « *Vez is mere !* » et d'autres trucs du même genre, pour pleurer la disparition de Dundershaft surnommé « Tête de Pine ». Leroy et Buhbuh ils savent pas quoi dire en voyant ça. Alors ils font que regarder, la bouche grande ouverte.

Après les trois Checker Marathon y a un dernier camion à plateau avec dessus trois chorales de chanteurs de gospel, serrées les unes contre les autres, rien que des femmes, toutes avec des robes jusqu'à terre et qui chantent à tue-tête. Elles chantent des cantiques, et dans ces cantiques y a que deux mots ou presque. Le premier mot c'est « *Wah-ya-yow-ow-ow-wu* » et le deuxième mot c'est « Jésus ».

Leroy dit :

— Hé, regarde !

Et Buhbuh dit :

— Qui c'est que t'as vu encore ? Sidney Poitier ?

— Je viens de voir ma mère !

Cette fois, Leroy il a raison. C'est bien sa mère qu'est là-haut, avec sa sœur Rose et aussi sa sœur Ruby ; elles ont toutes la bouche grande ouverte, avec leurs livres de cantiques ouverts devant elle, et elles chantent pour rendre gloire à Dieu.

— Hé, maman ! crie Leroy, mais personne entend rien au milieu des trois chorales de chanteurs de gospel entassées, et la maman de Leroy, elle lève pas les yeux de son livre de cantiques. Et le camion s'éloigne.

Avec l'orchestre de jazz, la fanfare dansante, les pleureuses professionnelles et les chorales, c'est des funérailles qu'on *entend.* C'est des funérailles qui attirent *l'attention.*

Après les chorales, y a encore une douzaine d'autres voitures, mais c'est pas des voitures comme on voit dans les enterrements d'habitude. Y en a une c'est une Cadillac rose avec un intérieur en peluche blanche et des mandalas peints sur les enjoliveurs. Y en a une autre, c'est une Lincoln Continental métallisée avec un intérieur en daim jaune citron et des cils en métal noir au-dessus des phares. Elles sont toutes différentes — la seule chose qu'elles ont en commun c'est la petite antenne de télé fixée sur le toit —, mais elles portent toutes le même nom. On appelle ça des « macmobiles », et pour ceux qui trouvent que l'enseigne des *Holiday Inn* elle est jolie, ces macmobiles c'est le summum de la beauté. Et elles sont conduites par leurs propriétaires, qui sont associés en affaires avec Triste Mort ou Tête de Pine, et qui voulaient tous participer à cet événement exceptionnel, mais ils voulaient pas monter dans une voiture qu'ils conduisaient pas eux-mêmes, sous prétexte que tout le monde a des ennemis, alors pourquoi prendre des risques, hein ? En tout cas, ils apportent une touche de couleur dans la procession, surtout que y en a certains qu'ont des filles très jolies assises à côté d'eux, des filles qu'auraient pas été à leur place au milieu des chorales de chanteurs de gospel.

Finalement, en tout dernier, y a une Cadillac Eldorado noire luisante, avec F. Xavier qui sourit, qui transpire et qui est heureux sur la banquette arrière. (Malfaisante, elle, elle est trop grosse pour sortir de la maison, alors elle sort jamais.) F. Xavier il a réussi son coup et il le sait. C'est le Roi des Funérailles à partir d'aujourd'hui. Cet enterrement, on va en parler pendant des *années.* Walter B. Cooke, il y connaît *rien du tout.*

Leroy et Buhbuh, ils suivent la procession pendant un petit moment, puis Leroy, il dit :

— Hé, regarde là-bas !

Buhbuh, il répond :

— Quoi ?

Leroy dit :

— C'est les flics de l'autre jour.

Cette fois, Leroy il a raison *et* tort. C'est les flics de

l'autre jour pour sûr, mais ces flics, ils sont pas plus flics que ce Jim Brown qu'ils ont vu, c'était Jim Brown. Ces flics, c'est Frank et Floyd, et maintenant que le cortège il est passé, ils traversent la rue pour aller récupérer la statuette en or de Marshall Thumble.

Buhbuh, il demande :

— Où que c'est qu'ils vont, ces enfoirés ?

Leroy dit :

— Suivons-les.

Alors ils suivent les flics, et voilà que les flics ils marchent vers la maison de Buhbuh et ils entrent. Buhbuh il dit :

— C'est quoi, ce bordel ?

Buhbuh et Leroy, ils restent dehors et ils attendent, pendant que le bruit du cortège s'éloigne. Parce que le cortège, il a pris la 125e jusqu'au pont de Triborough. Et ensuite, il a traversé le pont de Triborough et il a suivi l'autoroute Brooklyn-Queens jusqu'à celle de Long Island, et il l'a quittée pour aller jusqu'au cimetière, à plus de quatre-vingts à l'heure, avec l'orchestre de jazz qui joue, plus la fanfare du collège qui danse, et les pleureuses professionnelles qui hurlent par les fenêtres, et les chorales qui braillent le nom de Jésus, et toutes les filles dans les macmobiles qui regardent *Let's Make a Deal* à la télé.

Mais Frank et Floyd, ils arrivent pas à entrer dans l'appartement de Thumble, alors ils ressortent de l'immeuble, et ils aperçoivent ce gamin, Leroy Pinkham, et ils aperçoivent aussi l'autre gamin qu'est avec lui, alors Frank il s'avance vers Buhbuh et il lui demande :

— C'est toi, Marshall Thumble ?

Et Buhbuh, il répond :

— Et après ?

— Tu pouvais pas le dire plus tôt ? qu'il lui dit Frank.

Et Floyd et lui, ils s'en vont, et Buhbuh et Leroy, ils disent *rien*.

AU TÉLÉPHONE...

Le temps qu'ils finissent leur petit déjeuner et qu'ils retournent à l'appartement, Oscar avait convaincu Chuck qu'il se tramait quelque chose, et Chuck commençait à convaincre Oscar de ce qu'était ce quelque chose.

— La seule explication que je vois, dit Chuck, c'est que l'original s'est retrouvé mélangé à nos copies.

— Je ne vois pas comment, dit Oscar.

De profondes rides de perplexité creusaient son front.

C'était une sacrée matinée pour Oscar. Tout d'abord, il s'était réveillé avec une gueule de bois grand modèle, une sorte de gros chien poilu et hargneux grattait et mordait l'intérieur de son crâne ; ensuite, il avait découvert que quelqu'un avait brisé son Autre Oscar en mille morceaux avant de les recoller n'importe comment. Les souvenirs avaient suivi, confus et sporadiques, et lorsqu'il s'était souvenu qu'un de ses visiteurs de la nuit dernière cherchait Bobbi Harwood, il avait appelé aussitôt Chuck, mais personne n'avait répondu.

Ce qui n'était pas normal. Au cours des trois dernières années, Oscar et Chuck avaient travaillé en étroite collaboration, plus qu'avec aucun des autres membres du Comité du sport pour tous — ils avaient même échangé les clés de leur appartement respectif —, si bien qu'Oscar connaissait parfaitement les horaires de cours de Chuck, et le mercredi matin à neuf heures et demie, celui-ci n'avait aucun cours, il devrait donc être chez lui. Quant à Bobbi, elle ne sortait *jamais* de chez elle avant midi.

Il s'était donc rendu chez les Harwood, entrant dans l'appartement et traversant les pièces apparemment vides. Des débris de statuette étaient éparpillés dans la cheminée ; le pauvre diable était encore en plus piteux état que celui d'Oscar. Dans la cuisine, le bazar habituel. Dans la chambre, tous les vêtements vidés des tiroirs béants de la commode. Et Chuck en personne, nu dans la penderie.

— Nom de Dieu ! s'exclama Oscar.

— Oscar ! dit Chuck, en se redressant douloureusement, tu ne le croiras peut-être pas...

Après avoir écouté une partie de l'histoire, Oscar descendit dans la rue récupérer tout ce qu'il pouvait des affaires de Chuck, puis tous les deux eurent une longue conversation au cours du petit déjeuner dans un restaurant tout proche, afin de faire le point. De retour à l'appartement, Chuck émit l'hypothèse selon laquelle le Prêtre Aztèque Dansant original s'était trouvé mélangé à leurs copies.

— Je ne dis pas qu'il s'agit uniquement d'un accident, expliqua-t-il. Je pense plutôt à une magouille qui a foiré.

— Redis-moi tout ça depuis le début.

Chuck lui parla alors du commerce florissant d'objets d'art volés avec les musées, et de la valeur estimée à un million de dollars de la statuette originale du Prêtre Aztèque Dansant, en tenant compte du fait que le Prêtre était assez célèbre dans le monde des amateurs d'art pour être convoité, mais pas célèbre au point (comme la Pietà, par exemple) qu'aucun musée ne puisse le montrer, puis il continua en suggérant que l'original avait peut-être été volé en Amérique du Sud et envoyé aux États-Unis parmi une cargaison de reproductions.

— Mais les voleurs, conclut Chuck, se sont trompés de statuette à l'arrivée. Ils ont récupéré une copie au lieu de l'original.

— Tu sais, dit Oscar, je crois que ça se tient.

— La première chose à faire maintenant, dit Chuck, c'est de passer quelques coups de fil pour savoir si les autres statuettes ont été victimes d'agressions la nuit dernière.

— Très juste, répondit Oscar. Mais pour Bobbi ? Tu n'as pas envie de savoir où elle est, elle aussi ?

Chuck haussa les épaules.

— Elle reviendra. Occupons-nous plutôt des statuettes.

— Comme tu voudras.

Ils appelèrent chacun leur tour. Pour commencer, Oscar appela Wylie, et il eut droit à un récit *très* vivant de la façon dont la statuette de Wylie avait été brisée sur le crâne de Wylie. Chuck appela ensuite Bud Beemiss qui n'était pas à son bureau ; Chuck laissa un message. Oscar appela Amanda Addleford, mais personne ne répondit. Puis Chuck appela David Fayley et Kenny Sprang :

— Allô !

— Allô, David ! Chuck Harwood à l'appareil.

— Oh ! bonjour, Chuck.

— Vous êtes enrhumé ? Vous avez l'air d'avoir le nez pris.

— Non, je suis un peu énervé, voilà tout.

— Oh ! je suis désolé. Écoutez, je vous appelle au sujet de cette petite statue qu'Oscar a distribuée à chacun de nous hier.

— Oh ! Bud m'a déjà prévenu.

— Hein ?

— Il m'a expliqué que nous devions les restituer à ce musée de Rochester. Alors je les ai rangées immédiatement dans le placard. Bud a dit qu'il passerait les chercher cet après-midi.

— Ah oui ?

— Tout est arrangé, Chuck.

— Vous m'en voyez ravi, David.

À la suite de quoi, Chuck et Oscar eurent une discussion brève et tendue, hérissée de conjectures, et finalement interrompue par la sonnerie du téléphone. Chuck décrocha.

— Allô !

— Allô, c'est Chuck ?

— Bud ?

— Chuck ?

— C'est Bud Beemiss ?

— Lui-même. Comment ça va, Chuck ?

— Oscar et moi parlions de vous à l'instant, Bud.

— Vraiment ? Oscar est avec vous ? Je cherchais justement à vous joindre tous les deux.

— Au sujet des statuettes.

— Pardon ?

— Vous vouliez nous parler des statuettes, Bud.

— Euh, à vrai dire, oui.

— C'est drôle. Nous aussi nous voulions vous parler des statuettes... J'ai laissé un message à votre bureau.

— Je n'y suis pas allé... Vous vouliez me parler à *moi* ? Au sujet des *statuettes ?*

— Vous ne croyez pas qu'on ferait mieux de jouer cartes sur table, Bud ?

— Sincèrement, je ne pense pas, Chuck.

— Réfléchissez, Bud. Vaut-il mieux que l'on s'affronte ou que l'on coopère ?

(Un silence.)

— Bud ?

— Je réfléchis. Voilà ce qu'on va faire, Chuck, je vous rappelle.

— Dans combien de temps, Bud ?

— Dans quelques minutes.

— Je vous donne trois minutes, Bud. Ensuite, la ligne sera occupée.

LE LONG DU TROTTOIR...

Jerry finit par trouver l'adresse du siège du New York City Symphonia Orchestra, situé dans un immeuble de la 47e Rue entre Madison et la 5e. Évidemment, dans ce quartier, il n'y avait pas une seule place de stationnement dans un rayon de plusieurs kilomètres, mais Jerry avait-il le choix ? Étant donné qu'il ne savait pas si Bobbi Harwood était déjà venue et repartie, il était obligé de laisser sa voiture pour monter dans les bureaux de l'orchestre et se renseigner. Il se ferait passer pour un ami du mari, tellement désespéré qu'il avait tenté sans succès de se suicider la nuit dernière et blablabla. Le problème, c'est qu'il devait abandonner sa voiture en plein centre de Manhattan.

Bien que Manhattan, à l'instar du reste de l'Amérique, soit totalement dépendant de l'automobile, c'est l'endroit du pays qui s'en préoccupe le moins. Les rues sont trop étroites et mal entretenues, la circulation de passage et le trafic local doivent emprunter les mêmes itinéraires ; il n'y a pas assez de routes pour pénétrer sur l'île et en repartir, et bien trop peu d'emplacements de stationnement. Les parkings du centre sont presque toujours complets dès onze heures du matin, et aucune place ne se libère avant quatre heures de l'après-midi. Dans le quartier des théâtres, ils se remplissent de nouveau vers dix-neuf heures trente. Aucun grand magasin de Manhattan n'offre de places de parking à ses clients, et les immeubles de bureaux de Manhattan n'en offrent qu'à une infime portion de leurs locataires. Dans les autres districts, vous pouvez au moins vous garer le long du trottoir comme un être humain normal, mais dans tout le centre de Manhattan vous ne pouvez pas *du tout* vous garer le long du trottoir. Et si vous le faites quand même, la police rapplique avec de grosses dépanneuses vert foncé et sales qui embarquent votre véhicule jusqu'à une sorte de hangar délabré sur les quais près de l'Hudson River, et vous devez débourser une cinquantaine de dollars pour la récupérer.

Peut-être serait-il préférable d'interdire toutes les voitures dans le centre de Manhattan, avec des services de navettes desservant d'immenses parkings situés à la périphérie, comme l'avait suggéré Norman Mailer. Ou peut-être vaudrait-il encore mieux construire d'un bout à l'autre de l'île, sept ou huit super-autoroutes surélevées, en détruisant tout ce qui se trouve sur leur chemin, comme l'avait suggéré Robert Moses. Mais s'il existe au monde une race de politiciens qui comprend le sens du mot « compromis » c'est bien un politicien new-yorkais, voilà pourquoi Manhattan a hérité des plus mauvaises choses des deux philosophies : chaque jour ils remplissent la ville de voitures, en faisant comme si de rien n'était.

Et Jerry se retrouvait maintenant en plein centre, au volant d'une voiture, et il devait pénétrer dans cet immeuble là-bas. Oh ! parfait. Un groupe de camions étaient stationnés à cet endroit — encore une composante de la folie de Manhattan, les camions étaient absolument libres de faire tout ce qui leur plaisait — et Jerry gara son break au milieu. Il se rua à l'intérieur de l'immeuble, et il était encore en train de consulter les panneaux dans le hall quand, du coin de l'œil, il vit Bobbi Harwood sortir d'un des ascenseurs en poussant devant elle une sorte de gigantesque triangle noir sur roulettes.

C'était quoi ce machin ? C'était en cuir noir comme une valise, mais c'était énorme, bien plus grand que la jeune femme qui le poussait, une sorte de long triangle allongé. Se pouvait-il que la statuette se trouve à l'intérieur ? Dans ce cas, comment diable Jerry allait-il pouvoir la lui subtiliser ?

Tandis qu'il la regardait traverser le hall, la vérité lui apparut soudain. L'orchestre. Ce satané machin était une harpe !

Bobbi se trimbalait avec une harpe. Hé ! ma petite dame, vous êtes censée posséder une statuette, pas une harpe.

Jerry suivit la jeune femme dans la rue, où une dépanneuse de la police était *déjà* en train d'arrimer l'avant du break.

— Et merde, dit Jerry.

Bobbi Harwood avait tourné à gauche, en direction de la 5e Avenue, poussant sans trop de difficulté apparemment la harpe à roulettes sur le trottoir accidenté. La tête haute, les épaules droites, le bras ferme, elle guidait l'instrument, avec la démarche de celle qui sait où elle va.

Que faire ? Discuter avec un groupe de policiers pour un break qui valait mille deux cents dollars ? Ou suivre une femme qui avait peut-être en sa possession une statuette d'un million de dollars ? S'arrêtant à hauteur des policiers flegmatiques, juste le temps de leur dire : « Continuez comme ça, les gars. Il faut débarrasser toutes ces bagnoles pour que les autres puissent rouler », Jerry s'empressa d'emboîter le pas à Bobbi Harwood.

EN DEUIL...

Malfaisante White portait le deuil. Elle portait le deuil de sa jeunesse enfuie, elle portait le deuil de sa silhouette élancée de jeune sylphide. (À vrai dire, elle n'avait jamais eu une silhouette de jeune sylphide, même si pendant une brève période à la fin de son adolescence, elle avait été dotée d'une luxuriance plutôt attirante, ce que certains, un peu plus bas vers le centre de la ville appellent zoftik. Mais l'exagération des vertus du défunt n'a-t-elle pas toujours fait partie de la cérémonie de deuil ? Alors zut.)

En plus des choses sus-nommées, Malfaisante portait également le deuil de l'échec de toutes ses bonnes intentions. Elle portait le deuil de tous ces beignets qu'elle avait engloutis aujourd'hui. Mais plus que tout, elle portait le deuil de son mariage avec F. Xavier.

Mort. Son mariage était mort, bel et bien mort, après toutes ces années. Et c'était elle qui l'avait tué. La graisse l'avait rendue de mauvaise humeur, et la mauvaise humeur l'avait fait engraisser davantage, la combinaison de la graisse et de la mauvaise humeur avaient chassé son mari.

Dans les bras de Theodora Nice. Oui, parfaitement, Theodora Nice, la maquilleuse de cadavres qui régulièrement se faisait peloter par les chauffeurs sur la table de préparation, et qui incarnait Pam Grier dans la superproduction d'aujourd'hui. Malfaisante n'avait jamais lu un roman de Simenon, pourtant la logique de l'évolution lui semblait évidente. F. Xavier était le commerçant qui réussit, elle était l'épouse ingrate, Theodora Nice la jeune employée séduisante. Était-ce la vie qui imitait l'art ou bien l'art qui imitait la vie ? Quelle que soit la réponse, Malfaisante ne nourrissait aucun doute quant à sa situation conjugale. Tout lui apparaissait clairement désormais, après des années d'aveuglement égoïste. Elle *savait.*

Tout avait commencé quand F. Xavier l'avait frappée avec ce lampadaire. Une fois sa fureur passée, quand elle était ressortie de sa chambre avec du sucre de beignet partout sur les joues, pour la première fois depuis des années elle avait vu F. Xavier sous les traits du battant habile, intelligent et admirable qu'il était réellement. Avait-elle jamais su l'apprécier ? Non. Elle n'avait cessé de le harceler, de se plaindre, de le rabaisser chaque fois que l'occasion se présentait, et pas une seule fois il n'avait répondu, pas une seule fois il ne s'était défendu, pas une seule fois il n'avait levé la main sur elle. C'est seulement au moment le plus dangereux de sa vie, alors qu'il marchait dans l'ombre de Jonesburg Triste Mort qu'il s'était laissé emporter au-delà de ses limites, et il s'en était pris à elle, en lui filant un coup sur la tête avec le lampadaire.

Et lui faisant rentrer un peu de bon sens dans le crâne par la même occasion, mais trop tard. Maintenant, F. Xavier affrontait le monde, pour connaître le plus grand triomphe de sa carrière ou bien son ultime échec, et où était Malfaisante pendant ce temps ? Ici au dépôt mortuaire, seule. La graisse lui avait volé son corps, et Theodora Nice lui avait volé son mari, que lui restait-il ?

Le suicide, voilà tout. Laisser F. Xavier reposer en paix avec Theodora. Faire disparaître pour toujours ce grand corps obèse.

Le suicide, d'accord. Mais comment ? Il lui suffisait de regarder les plis de peau qui entouraient ses poignets pour comprendre qu'elle ne réussirait jamais à se trancher les veines à travers toute cette graisse. Le salon funéraire de F. Xavier White occupait une maison de trois étages, et quiconque sautait du toit n'avait aucune chance de s'en tirer, mais voilà des années et des années que Malfaisante ne pouvait plus grimper autant de marches. Elle tomberait raide morte avant d'arriver au deuxième étage.

Le poison. Voilà la solution. Manger et boire avaient été ses vices permanents, qu'ils lui apportent maintenant le repos permanent. Les salles d'embaumement au sous-sol renfermaient suffisamment de liquides mortels pour tous les goûts. C'est donc vers cette pièce que se dirigea Malfaisante, descendant d'un pas lourd, une marche après l'autre, le large escalier — assez large pour laisser passer les cercueils — menant à la salle aux murs blancs qui sentait les produits chimiques et où étaient préparées les dépouilles mortelles en vue de la transformation finale.

La table de maquillage l'épiait. Les miroirs renvoyaient son image. Dans la chambre froide, deux clients attendaient patiemment leur tour. Il flottait dans cette pièce des odeurs âcres et acides, mais tout respirait la netteté et la propreté. Bientôt, tout serait terminé.

Ce que Malfaisante ignorait, c'est que Frank et Floyd McCann, après s'être faufilés dans la ruelle derrière l'immeuble et avoir gravi l'escalier d'incendie, en passant devant une succession de fenêtres fermées, avaient forcé la serrure de la porte du toit et ils descendaient maintenant vers le troisième étage.

Tout en bas, au sous-sol, ayant choisi le produit avec lequel elle allait se supprimer, Malfaisante le versa dans un vase à bec. D'une couleur légèrement bleutée, ce liquide clair était une des rares choses qu'ait jamais vues Malfaisante qui ne lui paraisse pas appétissante. Mais pour une fois ça n'avait pas d'importance, n'est-ce pas ?

Persuadés que le salon funéraire était désert, car tout le monde était parti assister aux funérailles, Frank et Floyd inspectèrent rapidement le dernier étage sans trouver la statuette en or.

Alors qu'elle s'apprêtait à boire la potion fatale, Malfaisante s'arrêta en songeant soudain qu'elle devrait rédiger un mot, faute de quoi la police penserait à coup sûr que F. Xavier l'avait assassinée pour vivre tranquillement avec sa maîtresse, Theodora Nice. (Et dire qu'elle n'avait pas lu un roman de Simenon !) Oui, un mot, un mot. Sans lâcher le vase à bec qui contenait le produit mortel, elle balaya du regard les salles aseptisées aux murs nus, sans trouver le moindre papier ni crayon. Elle devait remonter à l'étage, une tâche longue et pénible qui l'obligeait à s'arrêter toutes les deux marches pour reprendre son souffle.

N'ayant pas découvert la statuette, Floyd et Frank descendirent vers le deuxième étage.

Arrivée à la dixième marche, Malfaisante s'arrêta pour respirer.

— Faut faire vite, dit Frank. Dieu seul sait quand ils vont revenir.

— Oui, oui, dit Floyd et les deux frères entreprirent de fouiller le deuxième étage.

Alors qu'elle se reposait sur la douzième marche, à trois marches du palier, Malfaisante renifla brièvement l'ignoble liquide bleuté dans le vase à bec. Quelle odeur *épouvantable.* On aurait dit de l'ammoniaque, de l'antimite et du déodorant, le tout mélangé dans un pot rouillé. On pouvait parier que le goût était semblable.

Mais qu'importe le goût de cette chose après tout. Elle en avait fini une bonne fois pour toutes avec les plaisirs du palais, non ? Elle avait avalé trop de sucreries, il était temps de goûter quelque chose d'un peu amer.

Rapidement, Frank et Floyd continuaient à mettre à sac les pièces du deuxième étage.

Durant sa pause sur la quatorzième marche, à une marche du palier, Malfaisante commença à se demander si, par extraordinaire, il n'y avait pas encore malgré tout une infime et ultime raison d'espérer. Et si — c'était juste une supposition, hein —, et si elle suivait *véritablement* un régime. Si elle renvoyait cet escroc, ce charlatan de Dr. Erasmus Cornflower, et *cessait de manger* tout simplement pendant quelque temps ? Et si elle se montrait gentille et amicale avec F. Xavier à partir de maintenant ? Si elle tournait la page et devenait une autre femme ? Une femme *meilleure.* Y aurait-il encore un espoir ?

Aucune statuette en or au deuxième étage. Frank et Floyd se hâtèrent de descendre au premier. Aucun des deux n'était pressé de rencontrer de nouveau Jonesburg Triste Mort.

Arrivée au sommet de l'escalier, Malfaisante s'arrêta une dernière fois, regarda le vase à bec contenant le poison et comprit qu'elle se berçait d'illusions. Elle espérait encore contre toute attente ; il n'y avait plus aucun espoir. Le mal était fait. F. Xavier serait plus heureux sans elle, plus heureux avec Theodora Nice. Il *méritait* Theodora Nice.

— Un signe, murmura-t-elle, en soulevant le plus de menton possible afin de lever les yeux vers le ciel.

S'il y avait encore un espoir, si elle pouvait rester en vie, suivre un *vrai* régime et traiter F. Xavier correctement à partir de maintenant, que le Ciel lui fasse un signe. Quelque chose, n'importe quoi, pour lui faire comprendre qu'elle pouvait continuer d'espérer.

Elle attendit, les yeux écarquillés, l'oreille tendue.

Était-ce un bruit sourd et étouffé, venu de Là-Haut ?

Apparemment pas.

Avec un soupir, Malfaisante plongea de nouveau son regard au fond du vase à bec, constata que le liquide n'avait pas changé de couleur à la suite d'un miracle, et comprit qu'il n'y avait plus rien à attendre. Elle devait aller jusqu'au bout désormais. Écrire le mot, boire le poison et mourir.

Le papier et les crayons étaient dans le bureau de F. Xavier, situé derrière la pièce où étaient entreposés les modèles de cercueils. Désespérée et soupirante, Malfaisante se dirigea lentement dans cette direction.

Ayant fini d'inspecter le premier étage, Floyd et Frank

se hâtèrent de descendre au rez-de-chaussée, la partie commerciale du salon funéraire.

— Toi, tu vas par là, dit Frank, moi je vais par là, et on se rejoint ici au pied de l'escalier.

— Entendu, dit Floyd.

Les pas de Floyd le conduisirent vers la salle d'exposition des cercueils. En y pénétrant, il aperçut à l'autre extrémité, à travers une porte ouverte, ce qui semblait être un bureau, le coin d'une table de travail, un fauteuil en similicuir avec des accoudoirs en bois, un grand classeur. Et qu'y avait-il, posé sur ce classeur ? N'était-ce pas un Prêtre Aztèque Dansant ?

La pièce dans laquelle venait d'entrer Floyd était une longue salle d'exposition, relativement étroite, bordée de chaque côté par différents modèles de cercueils, certains ouverts, d'autres fermés. Une bande de moquette marron foncé traversait la pièce en son milieu jusqu'à la porte ouverte du bureau ; Floyd la suivait d'un pas vif lorsque soudain, il entendit un bruit dans son dos.

Quelqu'un venait par là.

Jonesburg Triste Mort, voilà le premier et unique nom qui vint à l'esprit de Floyd. Ça ne pouvait être que Triste Mort, et Frank n'était pas là.

— Merde ! Merde ! Merde ! murmura Floyd, et regardant autour de lui, il comprit qu'il allait devoir se cacher.

Évidemment, vous tous, moi et Floyd nous savions où il allait devoir se cacher. Et en effet, il grimpa à toute vitesse dans un cercueil ouvert, posé sur un pied métallique à mi-hauteur, et il referma sur lui le couvercle au moment même où la porte s'ouvrait à l'autre bout de la pièce, et Malfaisante entra de sa démarche chaloupée, en marmonnant des paroles adressées au Ciel.

Un mot en passant au sujet de la subjectivité du temps. Une minute c'est soixante secondes, tout le monde le sait, mais ces soixante secondes peuvent considérablement se dilater ou au contraire se contracter, en fonction des événements. Par exemple, pour un couple qui passe sa première nuit de lune de miel, soixante secondes peuvent s'envoler en un délicieux frisson, mais pendant le voyage du retour, si leur avion est bloqué à l'aéroport Kennedy pendant deux heures, soixante secondes peuvent durer plus longtemps qu'un mariage.

Dans ses meilleurs jours, Malfaisante ne marchait pas très vite, et aujourd'hui n'était pas un de ses meilleurs jours. D'ailleurs, personne sans doute ne se dirigeait d'un pas allègre vers la pièce où il allait rédiger le mot expliquant son suicide, et de toute façon, la pauvre Malfaisante n'aurait pas été capable de trottiner, même si ses sous-vêtements avaient pris feu. Autrement dit, il fallait beaucoup plus de soixante secondes à Malfaisante pour traverser toute cette pièce en suivant la bande de moquette marron entre les rangées de cercueils. *Beaucoup* plus.

Pour Floyd en revanche, qui avait découvert en refermant le couvercle du cercueil que le revêtement intérieur en satin n'était pas fixé aux parois, et qui étouffait maintenant sous la doublure du couvercle qui était retombée sur son visage et son corps, soixante secondes ne voulaient plus rien dire, étant donné qu'il ne pensait même pas pouvoir tenir *une* seconde. Se retrouver dans le noir le plus complet, à l'intérieur d'un *cercueil,* en croyant qu'un individu nommé Jonesburg Triste Mort rôdait à proximité, tout en étouffant sous une épaisse doublure en satin, constituait une des expériences les moins agréables que l'on pouvait vivre sur cette terre, et Floyd n'aimait pas ça *du tout.* Il refusait. Il refusait de sentir cette épouvantable douceur lisse qui lui collait au visage, il refusait que son nez et sa bouche se retrouvent obstrués chaque fois qu'il tentait d'inspirer un peu d'air, et de toute façon il refusait de rester couché sur le dos dans l'obscurité d'un cercueil. Non !

Assurément, les soixante secondes étaient passées maintenant, et avec elles cette mystérieuse personne, Triste Mort ou quelqu'un d'autre. Il ou elle était assurément entré dans une autre pièce maintenant. Floyd pouvait assurément sortir de là maintenant, parce que c'était *assurément* NÉCESSAIRE.

Autre exemple de la subjectivité du temps. Quarante-deux secondes très exactement s'étaient écoulées depuis que Malfaisante était entrée dans cette pièce pour la traverser, lorsque tout à coup le couvercle du cercueil s'ouvrit violemment juste sur sa droite et une sorte d'immense *créature* rose et brillante en jaillit, en agitant ses longues ailes roses et brillantes, en gémissant comme les âmes réunies de tous les damnés.

— *Yow* ! s'exclama Malfaisante en levant les bras au ciel.

Le vase à bec, avec son contenu nocif, décrivit un arc de cercle à travers la pièce et vint éclabousser une coûteuse collection de tissus exposés sur le mur.

— *Yow* ! s'écria lui aussi Floyd, incapable de voir, de respirer et de retirer cette saleté de satin puant qui lui recouvrait la tête, et dans son énervement, il fit basculer le cercueil posé sur le socle branlant.

Tout se renversa, Floyd, le satin, le cercueil, le socle...

... et Malfaisante qui, se considérant tout simplement comme morte, s'évanouit sur-le-champ. Elle tomba à la renverse, en basculant lentement.

Quand Frank, alerté par ce vacarme, se rua dans la pièce, il découvrit Floyd en train de se dépêtrer d'un mélange d'éclats de bois (le cercueil), de métal tordu (le socle) et de lambeaux de tissu (la doublure), tandis qu'une femme morte gisait sur le sol, les bras en croix.

— Nom de Dieu ! s'exclama Frank. Tu n'étais pas obligé de tuer quelqu'un !

— Je n'ai tué personne ! protesta Floyd avec fureur en se débarrassant d'un coup de pied du dernier morceau de satin enroulé autour de sa cheville. Mais je me ferais une joie de tuer le salopard qui n'a pas cousu cette doublure.

Frank avait un peu de mal à suivre.

— Quoi ?

— Laisse tomber, dit Floyd. D'ailleurs, elle n'est pas morte. C'est la grosse bonne femme d'hier soir. Elle s'est simplement évanouie encore une fois.

— Oh !

— La statuette est là-bas ! dit Floyd en tendant le doigt.

— Ah ! enfin, dit Frank.

Mais ce n'était pas la bonne. Frank cogna la tête contre le classeur et celle-ci se brisa net.

— Merde ! dit Floyd.

— Comme tu dis, répondit Frank. Fichons le camp d'ici.

Mais avant de repartir, poussé par un obscur désir de vengeance, Floyd déposa la statuette décapitée aux pieds de Malfaisante White. Puis les deux frères s'en allèrent, et quand Malfaisante reprit connaissance quelques minutes plus tard, elle avait reçu tous les signes du Ciel qu'un mort pouvait espérer. D'immenses fantômes roses qui s'agitaient dans tous les sens, une statuette sans tête qui dansait à ses pieds ; à défaut d'être clair, le message était tonitruant.

— D'accord, dit Malfaisante à voix haute, en se redressant sur son postérieur. Je resterai en vie. Et je perdrai du poids. Et je serai bonne avec mon Sauveur.

Rien que des bonnes résolutions. Quant au régime, ainsi qu'elle commençait à s'en rendre compte avec un certain malaise, elle avait pris un bon départ, ayant déjà perdu quatre cents grammes.

EN ROUTE...

— Vous ne comprenez pas, dit le pilote. (Il n'avait plus tellement l'air d'un pilote maintenant, avec sa chemise hawaïenne, son bermuda et ses tongs japonaises, tout cela pioché dans les bagages de quelques passagers coopératifs. Ses propres vêtements n'avaient pas survécu à la venue de Pedro, et ils avaient été balancés par-dessus bord à la verticale de la Cordillère des Andes qui ne se doutait de rien, après que le pilote était allé faire un tour dans les toilettes écœurantes.) Non, vous ne comprenez pas, répéta-t-il.

— Toute ma vie on m'a répété la même chose, dit Pedro. (C'était la plus belle cuite de sa carrière, et il ne touchait plus terre. Ses vomissements incessants lui permettaient de conserver une grande quantité d'alcool dans son organisme, sans subir les effets secondaires, migraine, diarrhée et sentiment général de malaise, bien connus des amateurs de gluppe.) Toute ma vie on m'a répété la même chose, et pourtant, je suis là. Et tout va bien. Très bien même.

Le pilote aurait pu faire remarquer que pour un individu ivre mort qui détourne un avion au-dessus de l'État souverain du Descalzo, un avion appartenant à l'État souverain du Descalzo, on ne pouvait pas dire que tout allait très bien, mais le pilote était concerné par un autre aspect du problème.

— Cet appareil, expliqua-t-il, possède une autonomie d'un millier de kilomètres seulement. Nous serons à court de carburant avant même de quitter l'Amérique du Sud.

— Y a qu'à atterrir pour faire le plein, répondit Pedro.

— Ravitailler ? Vous ne comprenez donc pas !

— Ah ! ça recommence, dit Pedro.

— New York est à huit mille kilomètres d'ici ! Pour arriver jusque-là, il faudrait se poser et ravitailler *sept* fois ! (Six fois seulement en réalité ; le pilote commettait une erreur fréquente.)

— Eh bien, on le fera, dit Pedro. On se posera et on ravitaillera sept fois.

Sur ce, il avala une rasade de gluppe, une bouteille pleine qu'il avait découverte dans la mallette du copilote.

— Non, vous ne comprenez pas ! gémit le pilote.

— Oui, oui, je sais, dit Pedro.

— Notre vitesse maximum est de cinq cents kilomètres-heure. Il nous faudrait *quinze heures* pour arriver !

— Pas de problème, dit Pedro. Je suis pas pressé.

— Dans ce cas, vous n'avez qu'à prendre le train, nom de Dieu ! s'exclama le copilote.

Il était de mauvaise humeur à cause de sa bouteille de gluppe.

Pedro et le pilote ignorèrent l'un et l'autre cette remarque, car ce dernier répétait une fois de plus :

— Vous ne comprenez pas. Vous ne comprenez pas la situation.

— Je vois pas où est le problème, dit Pedro. À quelle heure on arrive à New York ?

— Vers trois heures du matin, répondit le copilote.

(Malgré sa rancune à cause de la bouteille de gluppe perdue, il avait hâte, en fait, d'atteindre New York. Il avait toujours rêvé de s'y rendre.)

Le pilote, lui, était bien décidé à faire comprendre la situation à Pedro.

— C'est un très vieil appareil, dit-il. Nous avons déjà

du mal à voler de Quetchyl jusqu'à Rosie. Je ne suis pas certain qu'il puisse *tenir* huit mille kilomètres.

— Oh ! mais si, dit Pedro. Je vous fais confiance. Tout se passera bien. Très bien.

EN DÉSACCORD...

— Je ne suis absolument pas d'accord, déclara Mel Bernstein. Je ne comprends pas comment nous en sommes arrivés là, cela ne me plaît pas du tout, et je ne suis absolument pas d'accord. Je ne trouve pas ça normal, et quand on y réfléchit vraiment, quand on va au fond des choses, je pense que je devrais arrêter cette voiture, vous conduire derrière un mur quelconque et vous tuer.

— Non, vous ne feriez jamais une chose pareille, répondit Wally Hintzlebel.

Ce qui était malheureusement exact. Regrettant de ne pas être un tueur — et le fait que cela soit si évident —, Mel se pencha au-dessus du volant, l'air maussade, et prit la rampe d'accès de Throgs Neck Bridge.

— Vous n'avez qu'à payer cette saloperie de péage, dit-il.

Et dire qu'il croyait que c'était le Jour de Chance de Mel Bernstein !

Après que Mel eut pourchassé ce salopard jusque dans le détroit de Long Island, les deux hommes avaient lutté quelques instants au corps à corps dans l'eau, avant de revenir finalement vers la berge et de grimper sur le quai, épuisés l'un et l'autre. Mel, qui entre-temps s'était emparé de la statuette de Ben Cohen, avait frotté le socle de celle-ci contre les planches de l'appontement, après avoir récupéré des forces, et au bout d'un moment, une petite quantité de peinture dorée avait fini par s'écailler, laissant entr'apercevoir en dessous quelques traces de plâtre grisâtre.

— Très bien, avait dit Mel, en lançant cette saleté de statuette sur les genoux de Wally. Elle est à vous.

Et puis, trempé comme une soupe, Mel avait regagné sa voiture garée sur le parking voisin en faisant *floc, floc...*

Mais après avoir payé le parking à la petite cabane en bois située à l'entrée, alors qu'il s'apprêtait à mettre le cap vers le prochain et dernier possesseur de statuette, Mrs. Dorothy Moorwood habitant à Alpine dans le New Jersey (au moins à quatre-vingts kilomètres d'ici), voilà-t-il pas que cet enfoiré de Wally avait rappliqué au petit trot, tout aussi trempé, en agitant les bras et en hurlant qu'il voulait lui parler « attendez une minute, ne partez pas, parlons un peu ».

Ce qu'aurait dû faire Mel, évidemment, c'était écraser ce salopard, histoire d'en finir. Mais ce qu'il fit, c'est qu'il arrêta la voiture et laissa Wally monter à bord pour l'écouter.

Et ce qu'avait à lui proposer Wally, c'était de se *joindre* à eux. Il voulait faire équipe avec Mel, il voulait s'associer avec lui.

Bien entendu, Mel fut outré.

— Espèce de salopard ! hurla-t-il. Pour commencer, vous couchez avec ma femme, ensuite vous essayez de me piquer ma statuette, et maintenant vous voulez devenir mon *associé ?* Descendez de cette voiture !

— Tout ça c'est de l'histoire ancienne. Oublions le passé.

— Sans parler du coup de poing sur le nez ! Ça, je ne risque pas de l'oublier !

Emporté par l'ouragan de sa fureur, Mel balança un coup de poing violent sur le nez de Wally.

Mais ce dernier ne s'en offusqua pas, comme s'il

s'agissait simplement d'un élément de plus dans la discussion.

— Je comprends ce que vous ressentez, répondit-il, en pinçant entre ses doigts son nez écarlate. Et je ne vous en veux pas. Mais c'est la meilleure solution pour vous aussi. Car je vais continuer à chercher la statuette de mon côté, et si je la retrouve tout seul, vous n'aurez droit à *rien !*

— Vous ne la trouverez pas !

— Pourquoi pas ? J'en sais autant que vous.

— Ah oui ? Alors, où habite Mrs. Dorothy Moorwood ?

Wally répondit du tac au tac :

— Au 5 Ronkonkomo Drive à Alpine dans le New Jersey.

Conclusion, Wally en savait tout autant que Mel, en effet ; et quoi qu'il en soit, il en savait trop pour qu'il le laisse repartir. Et même si cette idée lui répugnait, Mel avait compris qu'il devait faire équipe avec Wally tout compte fait, au moins jusqu'à ce qu'il retrouve Jerry, Frank et Floyd, qui eux sauraient sans aucun doute régler le problème de manière rapide et définitive. En attendant :

— D'accord, dit Mel.

— Moitié-moitié, dit Wally.

— La moitié de ma part, rectifia Mel, fier de sa réponse malicieuse.

Pas assez malicieuse toutefois. Wally le dévisagea avec insistance :

— Vous êtes obligé de partager avec vos amis ?

Inutile de mentir.

— Oui.

Wally se contenta de hausser les épaules.

— O.K. ! D'accord pour la moitié.

Ce qui voulait dire qu'il avait sans doute une idée scélérate derrière la tête.

Il y eut ensuite un contretemps, car Wally dut aller récupérer son sac dans sa voiture.

— Je garde toujours quelques affaires dans ma voiture, au cas où je doive m'absenter de chez moi... euh... pour des raisons de... euh...

Le rouge aux joues, sous le regard noir de Mel, Wally partit au petit trot et revint au petit trot avec son sac de voyage en toile. Finalement, et enfin, Mel prit la direction d'Alpine dans le New Jersey, et après avoir enfilé des vêtements secs sur la banquette arrière, Wally vint ensuite s'asseoir devant, l'air joyeux et alerte, prêt à se lier d'amitié.

C'était justement son *air* que Mel ne pouvait supporter. Son air, plus le fait que ses vêtements à lui étaient trempés. (Sans Wally, il aurait pu passer à la maison d'abord pour se changer, mais il était *hors de question* d'emmener Wally chez lui.) Et pour couronner le tout, comme si ça ne suffisait pas, partout où il allait, ce salopard de Wally était là. Mel ne voulait pas de Wally, alors pourquoi fallait-il qu'on lui impose Wally en permanence ?

Voilà pourquoi il avait émis le souhait de tuer Wally derrière le premier mur qui se présentait. Au lieu de quoi, Wally avait tout simplement payé le péage de Throgs Neck Bridge.

Et merde.

EN TRANSIT...

Vite. Il faut faire vite. Tous les gens qui marchaient dans les rues du centre se dépêchaient, pressés, regardant droit devant eux, le regard fixe, traversant sans se soucier des signaux lumineux : « PIÉTONS ATTENDEZ », avançant en ligne droite, pour aller quelque part, marchant toujours, marchant vite. Et parmi eux, Bobbi Harwood qui poussait sa harpe, et Jerry qui la suivait à grandes enjambées, un demi-bloc derrière. Certaines personnes semblaient surprises de voir cette jolie femme pousser une boîte triangulaire de deux mètres de haut sur le trottoir, certaines lui adressaient un sourire, mais la plupart ne faisaient pas attention à elle.

En sortant des locaux de l'orchestre, Bobbi l'entraîna tout d'abord dans la 5e Avenue jusqu'à une succursale de la « Capitalists' & Immigrants' Trust » de la 44e Rue où elle encaissa un chèque, tandis qu'il lisait un prospectus sur les prêts pour acheter une voiture. De là, elle se rendit dans la 42e Rue, tourna à droite et, toujours en poussant la harpe sur le trottoir large, elle passa devant la bibliothèque et Bryant Park, avec ses petites toilettes en pierre. C'était une journée claire et ensoleillée — en juin, Manhattan peut devenir un endroit très agréable —, et le parc était rempli de gens qui mangeaient, donnaient à manger aux pigeons, lisaient, bavardaient, ou offraient simplement leur visage aux rayons du soleil.

Mais rien de tout ça pour Bobbi Harwood ; d'un pas vif elle entraîna Jerry dans la 6e Avenue, jusqu'à Times Square, où elle tourna à gauche dans Broadway. Arrivée à la hauteur de la 39e Rue, ils tournèrent à droite, et Bobbi pénétra dans un immeuble de bureaux situé au milieu de ce petit pâté de maisons entre Broadway et la 7e.

Elle entra la première dans l'ascenseur, suivie de près par Jerry. Ils étaient seuls dans la cabine, plus la présence noire et inquiétante de la harpe. Voyant que le bouton portant le chiffre 7 était allumé, il appuya sur le 15. Ils montèrent ensemble, sans se regarder en face ; arrivés au septième, il lui tint la porte ouverte pendant qu'elle poussait la harpe au-dehors. (Les petites roues avaient décidé de rester coincées dans la rainure de la porte, mais la jeune femme était visiblement habituée à voyager avec cet objet et elle avait la situation bien en main.) Il lui tint la porte un peu plus longtemps que nécessaire, et il la regarda tourner à gauche dans le couloir, tandis que la porte de l'ascenseur se refermait en coulissant.

Rapidement, il appuya sur le bouton du huitième. Il monta d'un étage, se précipita hors de la cabine pour jeter un coup d'œil au plan de l'étage affiché près des ascenseurs. « VOUS ÊTES ICI. » L'escalier B se trouvait juste sur sa gauche.

Bang, bang, bang... il descendit l'escalier en fer et franchit la porte de palier du septième. Un étage de bureaux et de cabinets.

Six en tout. Un dentiste. Un expert-comptable. Une société de transports de véhicules. Un truc baptisé « Nebula Musical Attractions ». Un autre truc baptisé « Ces gens merveilleux Inc. ». Et un studio de photos.

Jerry ouvrit les portes l'une après l'autre, en glissant la tête par l'entrebâillement. Deux personnes à l'air morne étaient assises dans la salle d'attente du dentiste, aucune des deux n'était Bobbi Harwood, et aucune trace de harpe. Dans le vestibule de l'expert-comptable, une réceptionniste à l'air effronté, avec des cheveux d'un roux flamboyant, lança à Jerry un regard concupiscent en disant :

— C'est pourquoi ?

— Bobbi Harwood est arrivée ?

— Qui ?

La société de transports de véhicules se composait d'une grande et unique pièce avec deux rangées de bureaux. Assise devant l'un d'eux, Bobbi Harwood était en pleine conversation avec une jeune femme trapue qui hochait la tête tout en mâchant du chewing-gum, en remplissant un formulaire et en composant un numéro de téléphone. Bobbi, quant à elle, semblait lui montrer une pièce d'identité.

Nom de Dieu. Avait-elle l'intention de conduire une voiture quelque part ? Reprenant l'ascenseur, Jerry se retrouva bientôt dans la rue où il avisa une cabine téléphonique au coin de Broadway. Il composa le numéro d'Angela et attendit, en trépignant. Deux sonneries. Trois sonneries.

— Allô ! fit la voix d'Angela.

— Écoute, dit Jerry, je n'ai pas beaucoup de temps.

— Jerry ! Oh, je voulais te dire, quelle petite *perle* tu nous as dégotée avec cette Mandy !

— Oui, il faudra trouver une solution. On ne peut pas la garder éternellement.

— Oh, mais si !

— Hein ? Tu peux répéter ?

— Tu sais qu'elle a travaillé pour cette actrice, Valerie Woode. Eh bien apparemment, la célèbre Miss Woode est également célèbre pour ses terribles crises de colère, et quand Mandy l'a appelée pour la prévenir qu'elle risquait d'être en retard ce soir, cette chère Miss Woode l'a littéralement incendiée. Je l'entendais de la pièce voisine qui hurlait au téléphone.

— Angela, je n'ai pas beaucoup de temps.

— Bon ! ce que je veux te dire, reprit Angela, c'est que Mandy va rester ici !

— Quoi ?

— Elle travaille pour nous désormais, pour Mel et moi. De toute façon, elle n'a jamais aimé travailler le soir pour Valerie. (Angela est du genre à appeler tout le monde par son prénom pour faire croire qu'elle connaît la terre entière), et elle en avait assez de vivre dans ce quartier moche du Bronx, alors elle va venir s'installer ici, dans la chambre d'amis, et elle sera à notre service !

Enfermé dans la cabine téléphonique, Jerry ne pouvait que hocher la tête, sans rien dire.

— Jerry ? Tu es toujours là ?

— Oui, je suis là... Frank et Floyd la kidnappent, et toi tu la *gardes.*

— Je *l'engage,* Jerry.

Au prix d'un gros effort, Jerry en revint au problème qui l'occupait à ce moment.

— Écoute-moi, Angela. Avant que j'oublie ce qui se passe de mon côté, note bien cette adresse.

— Vas-y. J'ai un papier et un crayon sous la main.

— Parfait. Broadway et 39e à Manhattan. Il y a une cabine téléphonique au coin. C'est de là que je t'appelle.

— Noté.

— Je n'ai plus de voiture, et je vais en avoir besoin d'une. Je suis en train de suivre la fille à la statuette, et ça devient compliqué.

— Tu veux qu'on t'apporte une voiture là-bas ?

— Oui, je veux que quelqu'un vienne avec une voiture, répondit Jerry, mais je ne serais sans doute plus là quand elle arrivera. Dès que j'en aurai de nouveau l'occasion, j'appellerai cette cabine pour dire où il faut conduire la voiture. Tu as compris ?

— Pigé.

— Teresa peut peut-être s'en charger.

— Non, elle a des enfants, répondit Angela. Je vais venir avec mon break.

— Non, tu dois rester près du téléphone.

— Mandy peut très bien recevoir les appels.

— Mandy !

— On peut lui faire confiance, Jerry, crois-moi.

— Je ne crois plus rien, dit Jerry.

Tournant la tête, il vit Bobbi Harwood ressortir de l'immeuble et venir vers lui en poussant toujours sa harpe.

— Elle arrive ! Fais le plus vite possible !

Et il raccrocha.

Il attendit à l'intérieur de la cabine jusqu'à ce que la jeune femme soit passée avec sa harpe, puis il lui emboîta le pas. Après avoir parcouru un demi-pâté de maisons dans Broadway, elle tourna brusquement, s'avança sur la chaussée et héla un taxi qui passait. Jerry, surpris, se précipita comme un fou à son tour au milieu de la chaussée, mais pas une seule tache jaune en vue. Enfer ! Merde ! Bordel ! Damnation !

Heureusement, ce n'est pas facile de faire entrer une harpe à l'intérieur d'un taxi, si bien que Jerry disposa d'un peu plus de temps qu'il n'aurait pu en avoir. Avec l'aide du chauffeur, Bobbi Harwood finit par charger l'objet à l'arrière, puis elle s'assit à l'avant, à côté du chauffeur, et le taxi démarra.

Entre-temps, un second taxi était apparu au coin du pâté de maisons précédent et s'était arrêté à la hauteur d'un Jerry qui agitait les bras comme un sémaphore pris de démence. S'engouffrant à l'intérieur, il s'écria :

— Suivez ce taxi !

Le taxi appartenait à une compagnie (« V.S. Goth Corp. » était-il inscrit sur la portière), et une épaisse paroi en Plexiglas séparait Jerry du chauffeur, avec un petit grillage à une extrémité pour permettre d'échanger quelques mots et une sorte de petite mangeoire amovible au milieu pour pouvoir payer. Ce système évite au chauffeur d'être agressé, mais ça veut dire également qu'il est impossible de se faire entendre du premier coup.

— Quoi ? beugla le chauffeur.

Le taxi de Bobbi Harwood s'éloignait. Le feu allait passer au rouge et Jerry se retrouverait coincé ici, avec cet abruti.

— *Suivez ce taxi !*

Le chauffeur, un type râblé avec une bouche faite pour

fumer le cigare, se tourna et lança à Jerry un sourire de connivence à travers le Plexiglas.

— Ah, ah ! elle est bien bonne celle-là. Alors, où on va ?

— Tout droit ! Continuez dans Broadway.

— Entendu, dit le chauffeur.

Il mit le compteur en marche et fonça tout droit dans Broadway.

Malheureusement, le chauffeur de Jerry était plus pressé que celui de Bobbi, si bien qu'arrivé à la hauteur de Herald Square, Jerry se retrouva soudain en tête.

— Hé ! s'écria-t-il à travers le petit grillage. Un peu moins vite, O.K ?

— Vous inquiétez pas, vous inquiétez pas, répondit le chauffeur pour le rassurer.

— *Ralentissez !* hurla Jerry.

Jetant un coup d'œil par-dessus son épaule, il constata qu'ils avaient maintenant un demi-bloc d'avance sur ceux qu'ils devaient suivre.

— Écoutez-moi, mon vieux, répondit le chauffeur, obligé de hurler lui aussi. Moi je conduis, et vous vous occupez de vos affaires.

— *Ralentissez ! Je suis cardiaque !*

Le chauffeur lâcha le volant pour hausser les bras en signe de désespoir, dans le genre : il faut toujours que ça tombe sur moi. Heureusement, il ôta également le pied de l'accélérateur, et la voiture ralentit. Et heureusement, le taxi de Bobbi continua tout droit pendant plusieurs pâtés de maisons, si bien qu'à la hauteur de la 29e Rue, il était repassé en tête, comme il se doit.

Malheureusement, le chauffeur de Jerry ignorait la juste mesure, et ils roulaient maintenant si lentement que des piétons leur faisaient des queues de poisson. Ils approchaient dangereusement de la fin du cycle des feux tricolores (les avenues à sens unique sont équipées de feux synchronisés, calculés pour une vitesse moyenne de trente kilomètres-heure) et s'ils se retrouvaient bloqués à un feu rouge pendant que le taxi de Bobbi passait aux feux verts, il n'aurait plus aucune chance de la retrouver.

— Pas AUSSI *lentement !* hurla Jerry.

Le chauffeur lui jeta un regard mauvais à travers le Plexiglas.

— Hé ! vous savez que vous êtes un emmerdeur, vous ? Vous le savez, ça ?

— Évitez les feux rouges surtout, dit Jerry pour le mettre en garde.

Ils franchirent le feu de la 27ᵉ Rue à l'orange, mais ensuite le chauffeur accéléra légèrement, et ils gardèrent le taxi de Bobbi dans le collimateur ; c'est alors que Jerry le vit exécuter la manœuvre interdite dans la 23ᵉ Rue.

Voici comment se présente la situation. Les avenues sont toutes parallèles, du nord au sud, mais Broadway les coupe perpendiculairement du nord-ouest au sud-est, et aux endroits où elle croise les avenues, cela donne les grandes places de Manhattan : Colombus Circle dans la 8ᵉ Avenue, Times Square dans la 7ᵉ, Herald Square dans la 6ᵉ, Union Square là où la 4ᵉ Avenue devient Park Avenue South. Après Columbus Circle, Broadway descend vers le sud en sens unique, tout comme la 5ᵉ Avenue, si bien qu'à la hauteur de Madison Square, là où Broadway traverse la 5ᵉ, les voitures qui roulent dans la 5ᵉ ont le choix entre rester sur cette artère ou bifurquer sur Broadway. Mais les voitures qui descendent Broadway sont obligées de bifurquer dans la 5ᵉ, et la seule façon de continuer dans Broadway, c'est de virer rapidement à droite puis à gauche dans la 23ᵉ Rue, ce qui est totalement illégal, car il est interdit de tourner à gauche dans la 23ᵉ Rue.

Malgré cela, tous les taxis de Manhattan exécutent cette manœuvre illégale au moins une fois par semaine, car le temps c'est de l'argent et personne ne veut laisser filer le cycle de feux verts. Voilà pourquoi le taxi de Bobbi s'engagea dans la 23e Rue.

— Restez sur Broadway ! hurla Jerry.

— Ouais, ouais, répondit le chauffeur.

Mais il quitta la file de gauche.

— La 23e ! La 23e !

— C'est interdit, dit le chauffeur, au moment même où un de ses collègues exécutait la manœuvre illégale juste devant son nez.

Ce salopard, uniquement parce qu'il était furieux après Jerry, avait décidé d'aller jusqu'à la 22e Rue pour tourner à gauche, rester bloqué au feu rouge, puis tourner à droite, parcourir encore un bloc jusqu'au prochain feu rouge, perdre encore deux minutes, avant de reprendre le cycle de feux verts *suivant.* Deux minutes de retard sur Bobbi perdue à tout jamais.

Pas question.

— *Allez-y, tournez là !* hurla Jerry en tambourinant des deux poings sur la vitre en Plexiglas. *Allez-y, espèce de salopard !*

Les chauffeurs de taxi new-yorkais aiment avoir le dernier mot, mais ils ne sont pas fous. Après avoir jeté un regard à Jerry à travers le Plexiglas, le chauffeur rentra la tête dans les épaules et exécuta la manœuvre illégale.

Et ainsi, ils roulèrent jusqu'à Union Square ; le taxi de Bobbi restait sur la file de droite, tandis que le chauffeur de Jerry, suivant les ordres rageurs de celui-ci, faisait de même. Passé la 14e Rue, ils empruntèrent une voie à double sens baptisée University Place, puis ils tournèrent à droite dans la 9e Rue, et le taxi de Bobbi s'arrêta enfin devant un de ces grands immeubles construits après guerre et où se trouvait jadis le nord de Greenwich Village, avant que New York University ne rachète tous les terrains pour en faire Indianapolis.

— Arrêtez-vous au coin ! hurla Jerry.

— Avec plaisir, répondit le chauffeur.

Lorsqu'ils s'arrêtèrent au coin, Jerry glissa un billet de cinq dollars à travers la mangeoire et regarda derrière lui pendant qu'il attendait sa monnaie. Bobbi poussait la harpe à l'intérieur de l'immeuble.

Tout en rendant la monnaie, le chauffeur de taxi en profita pour désigner le carrefour devant eux, en beuglant :

— C'est la 5e Avenue là-bas ! Et vous m'avez fait tout un cirque pour continuer dans Broadway ? C'est la *5e Avenue !*

Évidemment. Le chauffeur de Bobbi avait descendu Broadway car la 9e Rue est à sens unique, et il devait forcément arriver par l'autre extrémité du bloc pour se rendre à l'adresse indiquée par Bobbi. Mais c'était trop compliqué d'expliquer tout ça à ce chauffeur, même s'il méritait une explication, ce qui n'était pas le cas, aussi Jerry lui répondit-il :

— Vous conduisez votre taxi, et moi je m'occupe de mes affaires.

Le chauffeur lui lança sa monnaie dans la mangeoire en lui adressant un sourire furieux.

— Vous êtes un vrai connard, vous. Vous le savez, ça ?

Jerry récupéra sa monnaie et déposa avec ostentation une pièce d'un *cent* dans la mangeoire.

— Tenez, dit-il. Payez-vous un psy.

EN ASSOCIATION...

CONTRAT D'ASSOCIATION

1. Ce document a pour objet la constitution d'une association temporaire baptisée la Statue Company.

L'objectif de la Statue Company est de favoriser les projets éducatifs et charitables dans l'hémisphère occidental.

2. Les trois associés de la Statue Company sont :

1) Victor Krassmeier
2) August Corella
3) Le Comité du sport pour tous

A) Bien que les membres du Comité du sport pour tous soient au nombre de seize, celui-ci est réduit pour les besoins de ce document à trois personnes qui partagent un tiers des pouvoirs de l'association. Ces trois personnes sont :

I) Oscar Russell Green
II) Robert Beemiss
III) Le professeur Charles S. Harwood.

3. La Statue Company est une association à but non lucratif.

4. Néanmoins, si la Statue Company devait, contre toute attente, réaliser des bénéfices, ceux-ci seraient distribués ainsi :

A) Les premiers trois cent mille dollars seront versés au Comité du sport pour tous, pour être ensuite répartis de manière équitable entre ses membres.

B) Les cent mille dollars suivants seront mis de côté pour être versés à d'autres membres anonymes du Comité du sport pour tous, si cela devait s'avérer nécessaire.

C) Tous les bénéfices restants, après déduction des frais raisonnables, seront divisés entre les associés restants.

5. Conformément à l'article 4, paragraphe B, si le Comité du sport pour tous n'exige pas le versement des cent mille dollars aux autres membres anonymes, cet argent

sera reversé sur le compte de l'association et distribué selon le principe établi à l'article 4, paragraphe C.

6. Toujours conformément à l'article 4, paragraphe B, le Comité du sport pour tous, au nom des membres présents et absents, s'engage à protéger ses partenaires de la Statue Company de toute exigence concernant les cent mille dollars susmentionnés.

7. Il n'y a pas d'associé principal.

8. Aucun investissement n'a été effectué pour créer la Statue Company, l'association ne possède ni ne contrôle aucun bien de valeur, elle ne possède pas non plus de capital ; de même, la Statue Company n'a nullement l'intention de participer à une quelconque activité commerciale contrôlée, patentée ou régulée par la ville de New York, l'État de New York, ou les États-Unis d'Amérique.

9. Les lois de l'État de New York s'appliqueront à cette association.

10. Chacun des associés est libre de mettre fin à cette association à tout moment, de manière écrite ou orale.

— Nous n'avançons pas, déclara Beemiss.

— Cela me semble évident depuis un moment, répondit Krassmeier.

Après que les chamailleries s'étaient enfin transformées en accord, à défaut d'une admiration mutuelle, les trois associés s'étaient rendus dans cette grande pièce vide, impeccable, mais anonyme de chez Winkle, Krassmeier, Stone & Sledge, où se trouvaient deux bureaux avec chacun un téléphone. Suspendu de manière interminable à l'un des deux appareils, Chuck Harwood essayait de retrouver son épouse, qui possédait une des statuettes, mais qui était malheureusement, pour une raison inconnue, injoignable pour le moment. (Chuck se montrait fort réservé et agressif sur ce sujet.) Voilà pourquoi Chuck appelait tous les gens qu'il connaissait, en commençant par les hommes de race noire et en continuant par les hommes de race blanche pour finir par les femmes de race blanche, tandis que Bud et Oscar se relayaient sur le deuxième téléphone pour essayer de savoir ce qu'étaient devenues les autres statuettes.

Il y en avait seize en tout. Les quatre appartenant à Chuck, Oscar, Bud et Wylie Cheshire avaient déjà été éliminées, tandis que celles se trouvant en possession de David Fayley et Kenny Spang, toujours en course apparemment, étaient désormais à l'abri du gang Manelli. (Krassmeier avait déjà envoyé un coursier les récupérer, et Bud avait appelé un David en pleurs pour lui annoncer la venue de celui-ci. Mais comme tous les coursiers, il était en retard.)

Il restait donc dix statuettes à examiner, seulement dix. Optimistes, car convaincus que l'inventaire se déroulerait en deux coups de cuillère à pot, Oscar et Bud s'installèrent devant le bureau pour passer quelques coups de téléphone. Mais personne ne répondit chez Mandy Addleford. Même chose chez Dorothy Moorwood. Idem chez Felicity Tower, Jenny Kendall et Eddie Ross. Ben Cohen, Leroy Pinkham et Marshall Thumble étaient absents eux aussi, mais au moins était-il possible avec ces trois derniers de laisser un message à des membres de leur famille : « S'il vous plaît, dites-lui de rappeler, *dès qu'il rentre.* »

Quant à F. Xavier White, Oscar composa son numéro et la conversation se déroula ainsi :

— Salon funéraire du sauveur White. Mrs. White à l'appareil.

— Allô, Malfi !

(Oscar faisait partie des rares personnes sur terre, F. Xavier ne comptait pas parmi elles, qui pouvaient se permettre d'appeler Malfaisante par son petit nom.)

— Qui est-ce ?
— C'est Oscar, Malfi. Oscar Russell Green.
— Oh, Oscar ! Oscar ! Je viens de vivre un miracle !
— Ah ?
— Je suis ressuscitée, Oscar !
— Dans un salon funéraire ?
— J'ai reçu un signe, Oscar !
— C'est merveilleux, Malfi.
— Je suis une nouvelle femme maintenant ! Tout va changer !
— Euh... Malfi, au sujet de la statuette...
— Comment le savez-vous ?
— Hein ?
— Vous aussi vous faites partie du signe ! Oh, mon Dieu ! mon Dieu ! j'ai la foi ! Oh, oui ! je suivrai un régime, je serai gentille avec mon mari. Je m'échapperai des griffes du Docteur Erasmus Cornflower. Je ne permettrai pas qu'une Theodora Nice...
— Malfi ? Cette statuette que je vous ai donnée...
— Loué soit notre Seigneur !
— Vous l'avez encore, Malfi ?
— Je chérirai cette statuette jusqu'à mon dernier souffle !
— Bon ! vous l'avez encore. Elle est en bon état ?
— Impeccable. À part la tête, évidemment.
— La tête ?
— Elle a disparu, Oscar ! La tête a *disparu !* C'est formidable, non ?
— Oui, formidable, répondit Oscar. (Il raccrocha et se tourna vers les autres.) C'est pas la bonne.

Pendant que Chuck poursuivait sa triste quête téléphonique, et que Bud et Oscar continuaient d'appeler des numéros qui ne répondaient pas, Krassmeier, assis dans le canapé en cuir, à l'écart, lançait des ricanements de mépris à la ronde comme une sorte de Sidney Greenstreet d'une troupe de théâtre itinérante, et Corella faisait les cent pas dans le bureau avec son cigare puant, comme un mari qui attend que sa femme accouche sans être absolument certain d'être le père. Jusqu'à ce que, au cours d'une interruption entre deux appels, le téléphone sonne, et c'était Leroy Pinkham qui rappelait Oscar. Buhbuh et lui, ils revenaient de l'enterrement le plus sensas qu'ait jamais existé. Leroy avait envie de parler des funérailles, mais Oscar parvint finalement à l'entraîner sur le sujet des statuettes, et Leroy lui expliqua que deux flics en civil étaient venus pour emporter la sienne et aussi celle de Buhbuh, et ils les avaient cassées. Deux de moins.

Deux autres furent rayées de la liste quand Bud appela son bureau pour prévenir qu'il ne reviendrait pas cet après-midi, et que sa secrétaire lui apprit qu'un certain Eddie Ross avait appelé en PCV du Rhode Island pour demander si lui et une dénommée Jenny pouvaient avoir deux autres statuettes, car un dingue avait pulvérisé les leurs.

— Bien, bien, bien, commenta Corella en entendant cela. (Il se frotta les mains et dit :) On avance enfin.

(Pendant ce temps, Chuck était en grande conversation avec un professeur d'université noir qui habitait sur une péniche amarrée dans le bassin de la 79e Rue, et qui avait la bonté de lui fournir les noms d'autres professeurs noirs — ainsi que deux professeurs juifs et un professeur tchécoslovaque —, avec lesquels Bobbi aurait pu partir.)

Après cela, Krassmeier en personne prit le téléphone pour appeler la société de coursiers, où on lui répondit que le coursier était en route. Usant de toute son influence, Krassmeier insista pour parler au directeur ; celui-ci lui répondit que le coursier était en route. Krassmeier s'abaissa à faire quelques réflexions sarcastiques peu subtiles et le directeur lui raccrocha au nez.

D'autres coups de téléphone suivirent, interrompus enfin par un appel de Ben Cohen. Et quand Bud lui parla de la statuette, Ben Cohen fit un bond au plafond. Celle-ci lui avait été volée par un salopard de mécréant sans doute même pas juif qui avait prétendu — comment croire une chose pareille —, qu'il appartenait au RJU ! Et *ensuite,* ce salopard s'était fait voler la statuette par un *autre* salopard, et tous les deux avaient foutu le camp quelque part, Dieu seul sait où. Alors que lui-même la veille au soir avait remis une couche de doré sur le socle de la statuette où la peinture écaillée laissait apparaître un peu de plâtre blanc.

Quand, après avoir raccroché, Bud rapporta tout cela aux autres, Corella dit :

— Donc, ils ne l'ont pas encore.

— Mais qui est *l'autre* type ? demanda Oscar.

— *Encore* une brèche dans la sécurité, assurément, dit Krassmeier en foudroyant Corella du regard.

— Je n'y suis pour rien, répondit celui-ci.

Il commençait à en avoir marre de Krassmeier.

Sur ce, le coursier arriva enfin avec les statuettes de David Failey et Kenny Spang, enveloppées dans un sac en papier marron. Tandis que Krassmeier le bombardait de remarques ironiques et de sous-entendus appuyés, Corella sortit les statuettes du sac en papier et leur arracha la tête.

— C'est pas les bonnes, dit-il.

Plus que quatre.

EN VILLE...

Il s'appelait Hugh Van Dinast, et sa famille remontait au temps des « patroons »*. Ils vivaient à New York, près

* Nom donné à un gros propriétaire terrien jouissant de droits seigneuriaux sous l'ancien gouvernement hollandais à New York et dans le New Jersey. (*N.d.T.*)

de Washington Square, depuis l'époque où les seules personnes que l'on connaissait étaient d'autres paroissiens de Grace Church. Une de ses arrière-grand-mères apparaissait, de manière peu flatteuse, dans le roman d'Edith Wharton, *Le Temps de l'innocence.* Sa famille était dans le transport maritime à New York à l'époque où il fallait être dans le transport maritime. Ils avaient également travaillé à Wall Street, et plusieurs branches du clan y travaillaient encore. D'autres, inévitablement, étaient dans la banque, et la plupart des fils cadets des cinq ou six dernières générations avaient fait leur droit (le droit commercial, évidemment, pas pénal), même si, de plus en plus, les mâles les moins combatifs choisissaient l'enseignement ou les arts ; aujourd'hui, la famille Van Dinast pouvait s'enorgueillir de posséder deux peintres extrêmement académiques, un critique littéraire quotidien du *New York Times,* un éminent professeur d'économie à Columbia, le grand spécialiste mondial de Colley Ciber (actuellement à Stanford), et enfin, Hugh Van Dinast lui-même, maître de conférences en sciences politiques à New York à l'université de Conservateur libéral (il était en faveur des coupons d'alimentation, opposé aux fermetures d'établissements scolaires, et il avait pris position contre le Viêt-nam trois bons mois avant Hubert Humphrey), il était sur le point de partir pendant une année sabbatique en Californie pour étudier l'évolution politique versatile et unique de cet État en vue de rédiger un épais ouvrage au titre ambitieux : « Demain le monde ».

Mesurant près d'un mètre quatre-vingt-dix, Hugh Van Dinast offrait à quarante-trois ans l'image parfaite du patricien new-yorkais. Il avait des cheveux fins blond roux, des yeux bleus doux et légèrement larmoyants, un nez discret, une bouche large faite pour les sourires décontractés, un menton quelque peu récessif, et un corps taillé pour porter un uniforme de garde royal. La plupart des Américains jugeaient son accent anglais, mais les autres New-Yorkais le reconnaissaient aussitôt et s'en offusquaient. On l'imaginait passant ses soirées à échanger des remarques condescendantes avec William F. Buckley et George Plimpton, alors qu'en réalité, il connaissait fort peu ces deux messieurs, et il préférait de beaucoup les ouvrages de Gore Vidal. (En le voyant en compagnie de Jimmy Breslin, comme cela pouvait arriver à l'occasion, étant donné qu'ils partageaient presque la même profession, on se trouvait face à un étrange dédoublement façon Kipling, car ce ne pouvait être que le Colonel accompagné de son fidèle sergent-chef qu'on apercevait...)

Marié et divorcé deux fois, Van Dinast n'avait présentement aucune liaison sérieuse, mais il attendait avec impatience de vivre une aventure bronzée et excitante sous le soleil de Californie. (C'était une des raisons pour lesquelles il avait choisi de s'installer à Los Angeles plutôt que dans la capitale de l'État, Sacramento.) Contrairement à la plupart des Van Dinast des onze dernières générations qui avaient tous épousé de grandes femmes blondes maîtresses de soi, mais qui réservaient leurs véritables passions à de jeunes Polynésiens et Polynésiennes de quatorze ans, Hugh Van Dinast éprouvait une vraie passion pour les grandes femmes blondes maîtresses de soi. Mais aucune de ses deux épouses n'avait su que faire face à un Van Dinast passionné, et lors de la collision entre sa passion et leur inquiétude, ses deux mariages avaient sombré. Au cours de ces dernières années, il lui était apparu que, pour un homme de son tempérament, le mariage n'était peut-être pas, finalement, un mode de vie idéal, voire envisageable. Peut-être, de manière schématique, y avait-il un peu trop de Henry James dans son caractère, sans parler de son éducation, de son héritage, pour qu'il puisse trouver, quelle que soit l'intensité de ses désirs, le bonheur dans un mariage à l'intérieur de sa propre classe sociale ou dans une union inter-culturelle, même la plus improbable.

Il repensait une fois de plus à ce problème, dans le bureau de son appartement situé au sixième étage de la résidence « The Ambassador », lorsque Ingrid, sa domestique noire, entra pour lui annoncer que le chauffeur pour la voiture l'attendait dans le salon.

— J'arrive tout de suite, promit Van Dinast.

Il allait vivre quatorze mois là-bas, dans la lointaine Californie, et il ne voulait pas rouler pendant tout ce temps dans une Impala verte de location. D'un autre côté, il n'avait ni le temps ni la patience de traverser tout le pays à bord de sa Jaguar XJ12 gris métallisé. Autrement dit, c'était le client idéal de Beacon Auto Transport, et comme la plupart des clients de ce genre de sociétés, il commettait l'erreur de croire que sa voiture serait conduite par un professionnel, un employé de la société.

Imaginez un peu sa surprise quand, entrant dans le salon vert et or avec sa vue sur le Mark Twain building au sud, la tour la plus proche, il découvrit que le chauffeur en question était une jeune femme tout à fait comme il faut, grande, blonde et de toute évidence maîtresse de soi.

— Eh bien, dit-il avec un sourire aussitôt charmeur et amical, j'avoue que je ne m'attendais pas à cela.

L'expression de la fille était un mélange d'indifférence et d'inattention.

— Ah bon ?

En apparence, Van Dinast demeura calme, chaleureux, voire affable, mais intérieurement, le tumulte s'était emparé de ses émotions. Premièrement, le salaire d'un chauffeur ne devait pas être mirobolant, et deuxièmement, il se souvenait que Beacon exigeait de tous leurs chauffeurs qu'ils versent une caution ; autrement dit, outre le fait qu'elle était grande, blonde, totalement maîtresse de soi, cette jeune femme était assurément *pauvre, mais honnête.* Pour Hugh Van Dinast, voilà un mélange auquel il ne pouvait résister, aussi peut-on lui pardonner la scène qui suivit.

Pour commencer :

— Je ne m'attendais pas à voir une personne aussi séduisante, confia-t-il.

— Merci, répondit la jeune femme, sans la moindre trace de chaleur ou de réaction favorable dans la voix.

La plupart des hommes auraient senti la profondeur de l'indifférence de la jeune femme, mais Van Dinast n'avait *jamais* perçu la plus petite trace de chaleur ou de réaction favorable dans la voix d'une femme, aussi était-il incapable de savoir s'il progressait ou non sur la bonne voie.

Et il tremblait au bord de l'abîme de son troisième mariage. L'idée de trouver enfin son genre de femme hors de sa classe sociale le subjuguait. Une grande femme blonde, maîtresse de soi et audacieuse ; était-ce possible ?

— Je crois que vous apprécierez ma... ma voiture, dit-il, et l'audace de son hésitation l'effrayait, autant qu'elle l'excitait ; déjà cette jeune femme lui faisait perdre la tête.

— Du moment qu'elle me conduit à destination, dit-elle.

— Vous allez vivre en Californie ?

Des fantasmes, des scénarios prirent immédiatement naissance dans son esprit.

— Oui, définitivement.

— Personnellement, je n'y séjournerai pas aussi longtemps, malheureusement, dit-il, en songeant qu'il serait déjà en Californie lorsqu'elle y arriverait à son tour pour lui remettre sa voiture en mains propres. Je n'y reste qu'un peu plus d'un an. Je prends un congé sabbatique.

Et en même temps, alors qu'il disait cela, une partie de lui-même avait honte d'essayer d'impressionner cette pauvre femme ; « sabbatique », en effet. Lâcher ce mot dans la conversation, en sachant qu'elle ne le comprendrait pas, anticipant l'inévitable question.

Qui, pour une raison inconnue, ne vint pas.

— C'est bien, répondit-elle simplement, et rien d'autre.

Van Dinast poursuivit sur sa lancée.

— Et vous ? demanda-t-il. Vous partez pour une raison précise ?

— Oui, pour m'éloigner de mon trou du cul de mari.

Van Dinast eut un mouvement de recul. La passion, oui ; la vulgarité, jamais.

— Bon ! dit-il. Si nous descendions voir la voiture ?

— D'accord.

Dans l'entrée se trouvait une sorte de monstrueux bagage noir, ou un truc comme ça, qui croqua pour Van Dinast l'image des moines dans les films de Bergman.

— Ma harpe, expliqua la jeune femme en la poussant vers la sortie.

Dans l'ascenseur qui les conduisait au parking, seul avec la jeune femme (et sa harpe) à l'intérieur de cette petite boîte de métal, Van Dinast sentit renaître son intérêt à mesure que se dissipait le souvenir de la vulgarité de la jeune femme. Après tout, la vulgarité n'était-elle pas, dans d'autres milieux, simplement synonyme de vie ?

— J'ai toujours adoré la musique, dit-il en souriant à la harpe dans sa boîte noire.

La fille haussa les épaules.

— C'est bien.

Ils sortirent de l'ascenseur au niveau du parking ; la

XJ12 était tapie à son emplacement habituel. Un grand fauve gris métallisé ; la Jaguar quatre portes combinée à la Jaguar sport à moteur V-12, un énorme engin spacieux et puissant, un monstre gracieux.

— Très bien, dit-elle. *Très, très* bien.

— Installez-vous au volant, proposa-t-il. Le siège peut se régler dans *toutes* les positions.

Mais avant cela, elle avait des formulaires à lui faire remplir, toute une liasse qu'elle sortit de son sac à main. La voiture devait être examinée afin de déceler la moindre bosse ou éraflure. Ensuite, ils devaient tous les deux signer ici et ici. Enfin elle put s'installer au volant. Van Dinast, après avoir démocratiquement refermé la portière derrière elle, fit le tour de la voiture au petit trot et se glissa sur le siège passager.

Bien qu'il s'agisse d'une voiture anglaise, c'était un modèle destiné à l'exportation, avec le volant à gauche. La jeune femme consacrait toute son attention à régler le siège, étudier le tableau de bord et à manipuler le rétroviseur intérieur. Van Dinast, un sourire béat aux lèvres, admirait son profil pur.

— C'est une vraie beauté, n'est-ce pas ?

— Oui, en effet, répondit-elle sans interrompre son activité.

— Je suis un amoureux des belles choses, ajouta Van Dinast, et il posa sa main sur le genou de la fille.

Elle lui jeta un regard froid et menaçant.

— Faites attention, dit-elle.

Il ne fit pas attention. Que Dieu le protège, il ne pouvait pas faire attention. Il était aussi impuissant que l'avait été son grand-père, quand des Polynésiens de quatorze ans avaient escaladé le bastingage du navire. « Amenez-moi celui-ci, avait dit le vieux. Dans ma cabine. » Le même sang coulait dans cette main qui maintenant se refermait avec fermeté sur la cuisse de la fille.

— Chère madame, dit Van Dinast d'une voix devenue rauque tout à coup, j'espère que vous ne me prenez pas pour un vulgaire dragueur. Dès l'instant où je vous ai vue...

Elle lui fit le coup du lapin au poignet.

— Descendez !

Il ne sentait rien ; sa main resta accrochée à sa cuisse.

— Offrez-moi une chance, supplia-t-il. Apprenez à me connaître. Déjeunons ensemble !

Elle enfonça ses ongles dans le dessus de sa main.

— Arrêtez, bon Dieu !

Les Polynésiens s'étaient débattus eux aussi. L'autre main de Van Dinast jaillit pour se glisser dans l'adorable nuque, caresser les doux cheveux blonds, la courbe du crâne ; cette petite boule fragile remplie de pensées et de souvenirs, d'émotions et de désir.

Et aussi de caractère. Ah ! comme elle se débattait, en marmonnant de nouvelles grossièretés, tandis qu'il l'attirait inexorablement vers lui, son joli visage vers ses lèvres gorgées d'adoration. Sa main droite tremblante glissa le long de sa cuisse ronde et froide, sa main gauche déterminée l'attira plus près, encore plus près...

Et elle lui mordit le nez.

— Nga ! fit-il.

C'est ainsi qu'une personne dit « Aïe ! » au moment où quelqu'un lui mord le nez. Ses deux mains abandonnèrent ce corps si désirable pour protéger son visage. Des larmes lui étaient montées aux yeux, une sensation de brûlure irradiait dans ses joues.

Mais la jeune femme, au lieu de profiter de son avantage en poursuivant l'agression physique, commit l'erreur de se retourner pour chercher la poignée de la portière dans cette voiture inconnue. Van Dinast, le visage en feu et clignant des paupières, mais nullement découragé, posa de nouveau ses mains sur elle pour la ramener vers lui.

Ce n'était pas la scène qu'il avait imaginée, mais la violence de la réaction de la jeune femme avait entraîné presque immédiatement sa tentative de séduction, faite de compliments et d'invitations à déjeuner, dans le royaume de la domination physique. L'agrippant à deux mains, froissant son chemisier et sa jupe, esquivant ses coups avec les coudes et les avant-bras, il soufflait comme un coureur de fond, en hoquetant par-dessus le marché.

— Déjeunons ensemble ! Donnez-moi une *chance !* Apprenez à me *connaître !*

Et pendant ce temps, sa main qui déjà apprenait à la connaître s'était glissée à l'intérieur de son chemisier pour se refermer sur ses seins libres de tout soutien-gorge.

— Je vais hurler ! hurla-t-elle, et elle le fit.

Elle visa son visage avec ses ongles, mais dut se contenter de ses bras.

Il ne sentait rien, rien ne pouvait le dissuader. N'avait-il pas déjà connu cette même scène avec ses deux épouses, plus d'une fois ?

Les différences de classes sociales sont une réalité. Aucune de ses deux épouses, malgré de nombreuses occasions, ne lui avait jamais saisi brutalement les parties génitales pour les tordre.

— YYYYYYYYY ! ! ! cria-t-il, et lorsqu'enfin il put se redresser sur son siège, elle était descendue de voiture et elle remettait de l'ordre dans sa tenue, visiblement *très* en colère.

Avec de petits mouvements rhumatisants, il descendit à son tour de voiture. Elle lui lançait un regard noir par-dessus le capot gris métallisé.

— Gardez vos distances, espèce de salopard !

— Oui, oui, vous avez raison, dit-il en essayant de sourire à travers sa grimace de douleur. Vous avez parfaitement raison. Je me suis conduit de manière honteuse. Honteuse.

— Comme vous dites.

Son sac à main était posé sur le capot. Sans quitter Van Dinast des yeux, elle en sortait du matériel de réfection : un vieux Kleenex froissé, un peigne, un poudrier.

— Je suis un homme terriblement seul, miss Harwood. (Il avait lu son nom sur les formulaires qu'il avait signés.) Habituellement, je me comporte en homme civilisé. Je vous en prie, croyez-moi.

— Vous n'êtes qu'un bellâtre de faculté comme les autres, dit-elle en passant le peigne dans ses cheveux.

Surpris par cette phrase, porteuse d'une telle antinomie de classe, il la répéta à voix haute :

— Un bellâtre de faculté ? Où diable êtes-vous allée chercher une idée pareille ?

— Oh ! vous n'êtes pas le premier que je rencontre, dit-elle, mais vous êtes le pire. Généralement, il faut d'abord qu'ils se soûlent dans des soirées, et qu'ils vous racontent que le responsable du département ne les comprend pas.

— Mon Dieu ! s'exclama-t-il. Vous êtes *une femme de professeur !*

— Plus maintenant.

La terreur faisait trembler les mains qu'il posa sur le capot de la voiture.

— Dans quelle fac ?

(Faites que ce ne soit pas New York University, lança-t-il à l'adresse du Dieu de Henry VIII.)

— Columbia, dit-elle.

— Columbia... (Il réfléchissait. Harwood, Harwood...)

Oh ! bon sang. Je crois que je connais peut-être votre mari.

— On dirait qu'il vous a donné des leçons.

— Oh, je suis *vraiment* confus, Mrs. Harwood, je...

— Miss.

— Euh... oui, bien sûr. Miss Harwood. J'espère que vous me croyez si je vous dis que j'ai perdu le contrôle de moi-même pendant un instant, mais cela ne se reproduira plus.

— Pas avec moi, en tout cas, dit-elle.

— J'espère, Miss Harwood, j'espère que vous accepterez quand même de conduire ma voiture et que... que vous ferez comme s'il ne s'était rien passé.

Il la voyait qui réfléchissait. En fait, elle alla jusqu'à lui confier ses pensées.

— Ce qui me ferait vraiment plaisir, dit-elle, c'est d'aller trouver le premier flic qui passe et d'étaler votre nom sur toute la page trois du *Daily News.*

— Oh ! Miss Harwood.

Sa main s'agitait dans l'air, réclamant un peu de compréhension.

— *Mais,* ajouta-t-elle, j'ai décidé de quitter la ville *aujourd'hui,* et je n'ai pas d'autre moyen de le faire.

— Oh, Miss Harwood !

— Mais *vous,* dit-elle en pointant son doigt sur lui. Vous allez foutre le camp. Partez, remontez dans l'ascenseur !

— Vous êtes sûre de bien maîtriser toutes les commandes ? Avez-vous déjà conduit ce genre de...

— Allez-vous-en !

— Je vous donne ma parole d'honneur que je...

— Vous partez ou c'est moi qui pars.

— Bon ! je m'en vais, dit-il. Mais j'espère que vous comprenez qu'il s'agit seulement d'un moment d'égarement, et que cela ne pourra *jamais* se reproduire.

— Très bien, très bien. Allez-vous-en.

— Oui. Je m'en vais. (Il recula de quelques pas.) Euh... Je... Bonne route.

Elle le foudroya du regard.

Il la laissa enfin. Dans l'ascenseur qui le ramenait chez lui, Van Dinast songeait à leur prochaine rencontre, en Californie. La colère de la jeune femme serait dissipée d'ici là. Il agirait en homme civilisé, mesuré. (Après tout, il avait maintenant une image d'elle plus précise, celle d'une femme d'universitaire, quelqu'un envers qui il fallait se montrer moins terre à terre qu'une simple femme chauffeur.) En outre, ils auraient un sujet de conversation tout trouvé la prochaine fois, sa voiture, et elle accepterait certainement de boire un verre.

Avec un somnifère dedans.

Non, deux.

À TRAVERS LA VILLE...

Quand Madge sortit de l'immeuble, en réponse aux coups de klaxon de Bobbi, cette dernière vit l'expression de stupeur et d'admiration qui se peignit sur le visage de son amie. Rien de surprenant : c'était réellement une voiture hors du commun, même avec la banquette arrière totalement occupée par la harpe qui se dressait tel un iceberg noir.

Madge se glissa sur le siège passager.

— Nom d'une pipe, tu parles d'une voiture !

— Il faut voyager avec classe, voilà ce que je dis toujours.

— Homme ou femme ?

— Homme.

— Tu n'aurais pas dû prendre sa voiture, dit Madge. Tu aurais dû rester et l'épouser.

— Non, pas lui, répondit Bobbi, et tandis qu'elles traversaient Waverly Place en direction de la Septième Avenue, elle raconta à Madge la tentative de viol. Sans remarquer l'homme essoufflé qui courait sur le trottoir dans son sillage.

Après que Hugh Van Dinast était enfin remonté chez lui, Bobbi s'était familiarisée pendant quelques minutes avec la Jaguar, puis elle avait chargé la harpe à l'arrière et roulé vers la sortie. (Tout d'abord, elle fut quelque peu décontenancée de découvrir la porte du garage fermée en arrivant au sommet de la rampe, puis elle avait avisé le petit boîtier muni d'un bouton audessus de sa tête, fixé au pare-soleil du conducteur. Une simple pression sur le bouton et la porte se souleva sans protester.)

La Neuvième Rue étant à sens unique, elle fut obligée de tourner vers l'ouest, mais cela correspondait à sa direction de toute façon. Roulant jusqu'à l'intersection, elle attendit que le feu passe au vert, tandis que derrière elle, un homme qu'elle ne remarqua pas cherchait frénétiquement et vainement un taxi. Le feu passa au vert et elle tourna à gauche, parcourant un bloc jusqu'au feu rouge de la 8e Rue. (L'homme trottinait derrière elle, tournoyant sur lui-même à la recherche d'un taxi.)

Le feu de la 8e Rue passa au vert, et Bobbi prit la direction du sud, parcourant le dernier bloc de la 5e Avenue jusqu'à Washington Square où elle tourna à droite (le feu était vert), et longea le long pâté de maisons, avec Washington Square Park sur sa gauche, jusqu'au feu au coin de MacDougal Street. (L'homme invisible galopait derrière elle comme Jack cavalant après sa tige de haricot.)

Le feu passa au vert. Bobbi redémarra au volant de la Jaguar et roula pendant un demi-bloc (si vous aviez vu l'homme courir derrière !), avant de s'arrêter le long du trottoir devant l'immeuble de Madge et de donner trois coups de klaxon rapides, le signal convenu. (Si vous aviez vu l'homme qui la suivait s'affaler sur le capot d'une voiture en stationnement, le souffle coupé !) Et maintenant, Bobbi et Madge roulaient vers Buffalo Roadhouse pour aller déjeuner.

D'abord la 6e Avenue, où le feu était rouge. (L'homme les suivait en marchant, gardant ses forces et cherchant toujours un taxi libre.) Le récit de la rencontre de Bobbi atteignait le moment crucial ; le feu passa au vert et elle garda le cap à l'ouest, traversant la 6e Avenue et Waverly Place, aussi étroit que le précédent, mais qui était néanmoins, pour une raison inconnue, à double sens. Tout en évitant les pare-chocs venant en sens inverse, Bobbi continuait son histoire, et ne voyait toujours pas la tête qui sautillait dans un coin de son rétroviseur intérieur.

Waverly Place vire vers le nord avant d'atteindre ce plat de spaghettis d'intersections qui forment Sheridan Square, là où la 7e Avenue est traversée par Christopher Street, Grove Street, Washington Street et West Fourth Street. En bifurquant, Waverly Place se divise brièvement en deux, si bien qu'un des croisements les plus insolites de Manhattan est sans doute celui entre Waverly Place et Waverly Place.

À ce croisement, Bobbi et son poursuivant prirent l'un et l'autre l'embranchement de gauche pour tourner dans Grove Street, exécuter une approche tangentielle de Sheridan Square, et tourner à gauche dans la 7e Avenue. Étant donné qu'il n'y avait qu'un seul panneau de « stop » au coin de Grove Street et de la 7e, le poursuivant dut réellement mettre toute la gomme pour ne pas perdre la Jaguar de vue. Et toujours pas de taxi libre.

— Oh, c'est *affreux !* disait Madge.

Il y a des parcmètres sur toute cette portion de la 7e Avenue. Parfois, il y a même des places libres pour se garer. Bobbi roulait lentement pour en trouver une.

Évidemment, le terme « lentement » n'avait pas la même signification pour l'homme qui courait toujours derrière. Haletant, titubant d'un bout à l'autre du trottoir comme le soldat de la cavalerie blessé qui apporte la nouvelle de l'attaque des Indiens, il avançait d'un pas chancelant dans la 7e Avenue, en quête d'un taxi libre.

Et soudain... ! Roulant sur la file de gauche, de son côté, il vit... un taxi libre, avec sa lumière orangée qui brille dans le soleil, un taxi libre, Dieu du ciel, un taxi libre ! L'homme bondit en titubant sur la chaussée en faisant de grands gestes avec les deux bras, et le taxi s'arrêta en douceur.

Alors qu'il allait monter à bord, l'homme jeta un coup d'œil à la Jaguar. À un demi-bloc de là, celle-ci s'était arrêtée. Est-ce qu'elle se garait ? Oui, elle se garait, en faisant une marche arrière.

La vitre du taxi était baissée.

— Alors ? demanda le chauffeur.

— Laissez tomber, dit l'homme, à bout de souffle, en refermant la portière.

— Encore *vous* ! s'écria le chauffeur, car en effet c'était encore lui, une chose qui n'arrive jamais.

Le poursuivant, le souffle court, la main sur le flanc, retourna sur le trottoir. Les deux femmes descendaient de la Jaguar pour aller déjeuner, après quoi Bobbi reconduirait Madge chez elle et récupérerait ses bagages.

— La prochaine fois que je vous vois, je vous écrase ! hurla le chauffeur de taxi. Vous le savez, ça ?

Le poursuivant s'assit au bord du trottoir pour respirer un bon coup. Sans dire un mot.

DANS LE PÉTRIN...

(Légende de la photo.) Mrs. Dorothy Moorwood, célèbre figure de la haute société new-yorkaise, dont les actions de charité sont bien connues dans toute cette région, accueille des amis à Hill House, sa splendide propriété située près de Palissades Park. Venue s'installer récemment à New York, Mrs. Moorwood, qui s'occupe désormais d'une nouvelle cause charitable qu'elle définit comme « extrêmement proche de son cœur », va recevoir « quelques amis intimes » à Hill House au cours de tout ce mois, avant de partir passer l'été au Cap d'Antibes.

De la musique rock flottait au-dessus de la pelouse ; un homme nu et obèse dormait sous un arbre, un joint éteint coincé dans le nombril.

— Sapristi ! dit Wally. Où est-ce qu'on est tombé ?

Mel et Wally avaient abandonné la voiture au bord de la route pour traverser une partie de forêt infestée de moustiques ; maintenant ils apercevaient — et entendaient — la maison située à l'extrémité d'une vaste pelouse en pente douce entretenue avec soin. Bien qu'il soit à peine cinq heures, toutes les lumières de la villa semblaient allumées et on voyait évoluer à l'intérieur des gens vêtus, et dévêtus, de toutes les façons. D'autres gambadaient dans le vaste patio, au bord de la piscine, ou sur les courts de tennis, et ici et là sur la pelouse. La fête ne venait pas seulement de débuter, apparemment, elle durait déjà depuis pas mal de temps, peut-être plusieurs années.

Wally avait insisté pour prendre son sac de toile, afin d'y mettre la statuette une fois qu'ils l'auraient retrouvée, s'il s'avérait que c'était la bonne, et il le leva devant les yeux de Mel, en disant :

— On peut se faire passer pour des invités qui viennent d'arriver.

Mel avait bien l'intention de fausser compagnie à Wally ici même, et peu importe que la statuette de Moorwood soit la bonne ou pas. Ils étaient venus jusqu'ici avec la voiture de Mel, et Mel avait les clés de la voiture dans sa poche ; le temps que Wally parvienne à rentrer à New York, la chasse à la statuette serait sans doute terminée.

La première étape du plan de Mel consistait à se séparer de l'autre. Ensuite, si c'était lui qui trouvait la statuette, il pouvait repartir tout simplement, alors que si Wally trouvait la statuette, il n'aurait d'autre possibilité que de la rapporter à Mel. Voilà pourquoi, alors qu'ils approchaient de la maison, Mel dit :

— Vous, vous fouillez le premier étage, moi je m'occupe du rez-de-chaussée.

Wally semblait perplexe.

— On ne ferait pas mieux de rester ensemble ?

— Premièrement, répondit Mel, fermez-la. Et deuxièmement, on ira plus vite en se séparant. N'oubliez pas que nous ne sommes pas les seuls à chercher ces statuettes.

— D'accord, dit Wally. Comme vous voulez.

Entre-temps, ils avaient atteint la villa où se trouvaient des centaines et des centaines de personnes, dont plusieurs étaient célèbres, beaucoup séduisantes, et certaines connaissaient même personnellement la maîtresse de maison qui présentement à cet instant se trouvait au premier étage, en train de se livrer à une expérience sexuelle alternative avec un bassiste de rock. Les gens semblaient habillés en fonction de l'heure de la journée à laquelle ils étaient arrivés ; leurs tenues allaient de la robe longue et du smoking aux maillots de bain et aux combinaisons en jean.

Autrefois, les fêtes comme celle-ci n'existaient pas dans la réalité, mais vers le milieu des années 60, des metteurs en scène de cinéma dans le vent commencèrent à introduire ce genre de fêtes dans leurs films — à vrai dire, les metteurs en scène anglais dans le vent furent les premiers —, et les gens dans le vent qui avaient de l'argent à dépenser, en voyant ces films, découvrirent qu'ils avaient toujours été à côté de la plaque. Fini le bridge, finies les promenades à cheval, finis les quatuors à cordes. Et surtout plus de parties de croquet, plus de tennis, plus de pique-niques, plus de baignades dans la piscine durant la journée, plus de discussions debout avec un verre à la main. Un groupe de musique rock, des lumières clignotantes (des stromboscopes, si possible), des invités habillés bizarrement, des tonnes de marijuana, des filles avec des maquillages éclatants, voilà le summum du chic !

Non contents de se fondre au milieu de cette foule, Mel et Wally y disparurent totalement. L'un et l'autre n'étant visiblement ni célèbres, ni sexys, ni utiles, ni intéressants, personne ne les remarqua. Ils firent le tour du patio, entrèrent dans la maison par la porte-fenêtre, et *personne ne les remarqua.*

À l'intérieur, un groupe rock de cinq musiciens se déchaînait, sans le cinquième membre, le bassiste ; qui poussait des gémissements d'extase au premier étage. À vrai dire, ils se déchaînaient tellement que les invités ne pouvaient absolument pas se parler, alors Mel fit simplement toc-toc sur le côté du crâne de Wally et désigna l'escalier qu'on apercevait derrière la porte suivante. Wally acquiesça et s'éloigna en se massant la tempe.

La statuette n'était pas au rez-de-chaussée. Mel se fraya un chemin au milieu de la foule, tirant une bouffée d'un joint par-ci, une bouffée par-là, mordant dans une cuisse de poulet frit qui dépassait d'une grande soupière en argent — les metteurs en scène dans le vent n'avaient jamais vraiment expliqué de quelle façon nourrir les invités — et cherchant la statuette dans tous les coins, mais celle-ci demeurait introuvable. Au bout de vingt minutes, Mel atteignit l'autre bout de la maison ; il sortit dehors pour reprendre ses esprits, soulager ses oreilles, et observer d'un air songeur les gens qui faisaient semblant de disputer une partie de tennis imaginaire sur le court de tennis. (Tu parles d'une imagination ; s'ils voulaient faire les malins, autant faire semblant de jouer au golf sur un court de tennis.)

— J'ai la statuette !

La voix, qui était celle de Wally, provenait de quelque part au-dessus de la tête de Mel. En levant les yeux, ce dernier ne vit tout d'abord que le ciel bleu et dégagé de cette fin d'après-midi, mais en tournant légèrement la tête, il découvrit Wally en personne, penché à une des fenêtres du premier étage et tenant à la main son sac de voyage en toile.

— Ah, si vous aviez vu un peu ce qu'ils font là-haut, dit-il.

— Vous avez la statuette ?

— Oui, tenez, dit Wally en lançant le sac par la fenêtre.

Mel n'eut pas l'idée de le rattraper avant que le sac ne s'écrase avec un bruit sourd sur le chemin en ardoise à ses pieds. Il baissa les yeux, les leva de nouveau vers Wally, et demanda :

— Pourquoi vous avez fait ça ?

— Je croyais que vous la vouliez.

Mel mit un genou à terre et ouvrit la fermeture Éclair du sac.

— Alors, c'est la bonne ? lança Wally.

Mel sortit du sac une jambe dressée et sectionnée.

— Non.

Il lâcha la jambe du Prêtre et prit les siennes à son cou.

AU TEXAS...

Dallas-Fort Worth, ça c'est un aéroport. Derrière les minuscules hublots de l'avion, les Descalzans contemplaient ces vastes étendues de béton gris sans en croire leurs yeux. C'était comme si tous les blockhaus de la Seconde Guerre mondiale avaient été rassemblés ici, au même endroit. Aucun regard de Descalzan n'avait jamais pu se poser sur une telle immensité sans voir un arbre, un chien, ou une merde. Aucun Descalzan n'avait jamais vu une telle absence de relief, une telle régularité lisse. Les cinémas de Quetchyl qui très souvent leur montraient les grands buildings de New York et les grandes collines de Los Angeles ne les avaient pas préparés à un tel spectacle. C'était comme la vision de la Cité des Morts par un des premiers saints, avec des perspectives à la De Vinci.

Les agents du FBI en maillot de bain qui remplissaient maladroitement les réservoirs de l'avion, en se faisant passer pour des employés de la compagnie des carburants, semblaient si bien adaptés à ce décor, si propres, si gris et déshumanisés, que les Descalzans furent pris d'un rire nerveux en les apercevant. Ricanant et les montrant du doigt, ils ne réussirent qu'à accroître l'énervement des agents du FBI.

Les journalistes, les photographes et les équipes de télé avaient été parqués à l'intérieur d'un des grands bâtiments bas, d'où ils pouvaient assister à la scène à travers les immenses vitres teintées. L'avion du Descalzo, avec son mystérieux pirate de l'air accomplissant son pèlerinage insolite — pourquoi un Quetchylian tenait-il tant à aller à New York ? —, était devenu une nouvelle à sensation. Les trois premières escales de l'avion, en Amérique Centrale tout d'abord, puis au Mexique, avaient permis d'alimenter les réservoirs en même temps que la curiosité des journalistes de partout. Il était trop tard maintenant pour les journaux télévisés des grands networks nationaux (dix-neuf à dix-neuf heures trente, heure d'été de la côte Est), mais des images floues de l'avion qu'on ravitaillait en carburant, éclairé par le soleil couchant, étaient transmises en direct malgré tout à des chaînes de télévision à travers tout le pays.

Dans la tour de contrôle, les hommes du FBI enregistraient les conversations entre la tour et le pilote du Descalzo. En voici un extrait :

— Allô ! la tour de contrôle ?

— Oui ?

— Nous avons besoin de vêtements.

— Des vêtements ? Entendu. Pour le pirate de l'air ?

— Euh, non. Pour moi, le copilote et Miss Naz.

— Vous pouvez répéter ?

— Miss Naz, notre hôtesse.

— Des vêtements pour l'hôtesse ?

— Oui, et pour le copilote et moi.

— Mais pour quoi faire ?

— Euh... en fait, il semblerait que notre homme soit malade lors de l'atterrissage.

Le pilote semblait très abattu.

EN AMÉRIQUE...

Quand on se rend de New York à Los Angeles par la route, on pénètre en Amérique quelque part en Pennsylvanie et on en ressort dans le nord de l'Utah. Les deux côtes, très semblables, ne *sont pas* l'Amérique, pas plus que l'Utah, ni le Nevada. En Amérique, par exemple, le seul endroit où vous pouvez être assuré de boire un bon verre et de faire un repas correct, et de trouver une chambre agréable pour passer la nuit, c'est dans un *Holiday Inn,* ce qui n'est absolument pas vrai sur les deux côtes, ni dans le Nevada où il y a un tas d'endroits beaucoup mieux, ni dans l'Utah, où il n'y a rien du tout. Autre différence : les Américains sont un peuple grégaire, souriant et amical qui porte des couleurs pastel, alors que les habitants des deux côtes sont des êtres paranoïaques, nerveux, qui vivent en noyau fermé et s'habillent de couleurs criardes ou en noir. Une autre différence, c'est que la limitation de vitesse à quatre-vingt-cinq kilomètres-heure n'existe quasiment pas en Amérique, alors que les habitants des deux côtes la prennent *très au sérieux.* Encore une autre différence : les Américains boivent le vin rouge glacé.

Bobbi Harwood pénétra en Amérique au volant de la Jaguar XJ12 de Hugh Van Dinast à sept heures moins dix du soir, et Jerry Manelli qui conduisait le break Ford de sa sœur Angela, pénétra en Amérique sept secondes plus tard. Ni l'un ni l'autre ne s'en aperçurent.

Bobbi s'intéressait surtout à la Jag. Quelle voiture magnifique ! Toutes ces *années* de sa vie gâchées auprès d'un homme qui refusait d'apprendre à conduire alors que pendant ce temps, dans le monde entier, on construisait, on vendait, on conduisait, on garait, on échangeait, on volait, on réparait, on louait, on empruntait des voitures comme celle-ci. Si elle avait eu encore quelques doutes, cette beauté grise lui apportait la confirmation qu'elle avait fait le bon choix en quittant Chuck.

Jerry s'intéressait surtout à la Jag lui aussi, mais avec des sentiments plus complexes. Il avait fini par prendre livraison du break d'Angela, quelques heures plus tôt, dans la 7e Avenue, pendant que les deux femmes déjeunaient. Il avait également pris un sandwich et un café pour grignoter dans la voiture en les attendant, et il avait eu raison, car les deux femmes étaient restées une éternité au *Buffalo Roadhouse.* Jerry, garé en face du *Tamawa Social Club,* s'ennuyait au point de se coucher par terre et de hurler à la mort quand Bobbi et Madge ressortirent enfin du restaurant, l'estomac rempli de hamburgers et de Bloody Mary, pour regagner la Jaguar et refaire le trajet complexe — à cause des sens interdits —, pour revenir se garer devant l'immeuble de Madge. Tandis que Bobbi l'attendait au volant, et que Jerry l'attendait lui aussi derrière un autre volant, un demi-bloc plus loin, Madge entra dans l'immeuble et en ressortit quelques minutes plus tard avec les deux valises.

Jerry observa ces deux valises avec convoitise. Quelque part à l'intérieur d'une des deux se trouvait le Prêtre Aztèque Dansant, enveloppé dans un pull ou une jupe, au milieu des bigoudis et des écharpes. La plupart des seize statuettes avaient été examinées, et il y avait de plus en plus de probabilités pour que celle-ci soit la bonne, la vraie, la gagnante, la statuette à un million de dollars. Jerry l'imaginait à l'intérieur de la valise, dorée et scintillante, en train de danser, la connaissance de son secret faisant briller ses yeux verts.

Les bagages furent déposés dans le coffre de la Jaguar, après quoi les deux femmes se livrèrent à une interminable scène d'adieux sur le trottoir. On s'étreint, on s'embrasse, on discute, on hoche la tête, on s'étreint de nouveau, on pleure, on discute encore, on s'embrasse de nouveau, on pleure, on s'étreint... Hé, c'étaient des gouines ou quoi ?

Bon ! Ça y est, c'était terminé. Bobbi monta dans la Jaguar, et ils repartirent enfin. Direction la 6e Avenue, jusqu'à la 31e Rue, puis tourner à gauche directement dans les embouteillages de Lincoln Tunnel. À force de traîner à droite et à gauche, Bobbi n'avait pas été fichue de se mettre en route avant cinq heures et quart, si bien que Jerry et elle se retrouvèrent pris en plein dans les bouchons de l'heure de pointe.

Ils traversèrent le tunnel au pas, séparés par deux voitures, et quinze minutes plus tard, ils atteignaient le New Jersey. Quelques kilomètres pas trop pénibles sur les routes 3 et 46, et ils se retrouvèrent enfin sur l'autoroute 80 ; aussitôt, Bobbi plaqua les oreilles de la Jaguar en arrière et libéra le fauve.

Tout droit dans le piège. « Cent trente kilomètres-heure sur une route limitée à quatre-vingt-cinq, miss. Permis de conduire et carte grise, je vous prie. »

Jerry qui avait les deux pieds collés au plancher, tandis que la Jaguar disparaissait rapidement au loin, avait fort heureusement repéré la petite camionnette bleue anonyme stationnée sur le bas-côté, et il avait rétrogradé à moins de cent kilomètres-heure avant de se faire photographier par le radar. Roulant sagement à quatre-vingt-cinq kilomètres-heure, il dépassa la Jaguar, continua à rouler pendant six ou sept kilomètres, puis il s'arrêta sur le côté pendant dix minutes, le temps que la Jaguar le dépasse, en respectant la limitation de vitesse.

Gentiment et discrètement, ils traversèrent le New Jersey, franchirent la Delaware River pour entrer en Pennsylvanie à la hauteur du Water Gap ; il était presque sept heures et Jerry commençait à avoir faim. Mais Bobbi continuait à prendre son pied avec la voiture, et une fois qu'ils eurent dépassé Stroudsburg, elle lâcha les gaz de nouveau. Martelant le volant à coups de poing et donnant des coups de pied dans l'accélérateur, Jerry s'efforçait de la suivre, mais la Jaguar franchit une côte, et lorsqu'il arriva à son tour au sommet, Bobbi avait *disparu !*

Merde de merde de merde ! Il ne connaissait pas sa destination finale, il ne savait pas où ni quand elle s'arrêterait pour dîner ou dormir, et il ne pouvait pas compter à chaque fois sur la police de la route pour la retarder.

Peut-être finirait-elle par ralentir au bout d'un moment. Le break Ford pouvait dépasser les cent quarante, seulement il ne pouvait les atteindre aussi rapidement que la Jag. Une fois qu'elle en aurait assez de tester les limites de son jouet, peut-être qu'il parviendrait à la rattraper.

À moins qu'elle quitte l'autoroute, en s'arrêtant pour dîner ou bien dormir.

Trente kilomètres, quarante kilomètres, soixante kilomètres. Aucune trace d'elle. Inconsciemment, Jerry ralentissait légèrement, en réfléchissant. Bon ! qu'est-ce qui pouvait arriver de pire ? Elle pouvait quitter l'autoroute, sans qu'il sache à quel endroit. Mais elle finirait bien par y revenir, non ? Il s'agissait forcément d'un contrat longue distance, elle ne convoyait pas cette voiture dans un endroit comme par exemple, Erie en Pennsylvanie ; les gens ne font pas ce genre de choses, engager une société de transport de voitures pour un petit trajet ridicule. Non, elle allait au moins jusqu'à Chicago, sans doute même encore plus loin, peut-être même jusqu'à une ville quelconque de la Côte ouest.

Bon, parfait. Il souleva encore un peu le pied de l'accélérateur, pour ramener l'aiguille du compteur sur le quatre-vingt-dix. Il pouvait conduire toute la nuit. Ça voulait dire une nuit sans dormir, mais en conservant un petit quatre-vingt-dix, il pouvait y arriver, et *quelque part* en chemin, il passerait forcément devant l'endroit où elle s'était arrêtée pour la nuit. Puis, vers six ou sept heures demain matin, il s'arrêterait au bord de la route et il attendrait ; tôt ou tard elle passerait devant lui.

Oui, mais si elle ne passait pas devant lui demain matin ? Dans ce cas, Madge connaissait sans doute la destination de Bobbi ; Jerry n'aurait qu'à appeler Angela vers les onze heures pour qu'elle demande à Frank et Floyd d'aller faire *pression* sur Madge afin de découvrir à quel endroit Bobbi Harwood avait l'intention de se poser. Et finalement, même si la situation n'était guère réjouissante, elle n'était pas totalement désespérée.

Il venait juste de parvenir à cette conclusion lorsqu'il aperçut les phares qui approchaient dans son rétroviseur. À toute vitesse. Un policier d'État ? Non, ce serait vraiment trop dégueulasse, alors qu'il avait ralenti. Ralentissant encore, il vit les phares grossir, il les vit le rejoindre rapidement, puis ils déboîtèrent et le dépassèrent sur sa gauche... C'était *elle !* L'intérieur de la Jag était allumé, et la fille était en train de manger un sandwich, avec un gobelet en plastique de café posé sur le tableau de bord. À la façon dont elle remuait la tête, l'auto-radio était branché et elle écoutait du rock.

Bon Dieu de merde ; *elle* s'était arrêtée pour manger. Jerry accéléra dans son sillage, et constata qu'elle roulait maintenant à cent vingt. Parfait. Continue comme ça, ma jolie, nous allons nous entendre à merveille.

Quelques minutes plus tard, la lumière de l'habitacle s'éteignit. Et encore quelques minutes plus tard, zip... zip... ils pénétrèrent en Amérique.

EN LIGNE...

Le bureau bien propre et ordonné de chez Winkle, Krassmeier, Stone & Sledge ne l'était plus. On y avait pris des repas, on y avait fumé des cigares, des pipes et des cigarettes, on y avait échangé des propos rageurs, fait voler des cendriers, des cafetières à moitié remplies et des coups de poing ; d'épuisement ou de fureur, on y avait jeté des cravates, des chaussures, des vestes, et mis en pièces d'innocentes statuettes. Bref, le bureau ressemblait désormais à une location de vacances le 15 septembre.

Après la décapitation des statuettes Fayley-Spang, seuls quatre Prêtres Aztèques Dansants restaient en course, tous les quatre entre les mains de femmes : Bobbi Harwood, Felicity Tower, Mrs. Dorothy Moorwood, et Mandy Addleford. Puis Dorothy Moorwood fit enfin surface, via le téléphone depuis sa propriété du New Jersey, visiblement très excitée et enjouée. Oh ! il y avait une telle *fête* ici, personne n'entendait la sonnerie du téléphone ! Oh ! le *pauvre* Autre Oscar, quelqu'un l'a fait tomber par la fenêtre, et il s'était brisé en *mille morceaux !*

Plus que trois. Oscar composa encore une fois le numéro de Felicity Tower, et c'était bien le diable si elle n'était pas chez elle. Elle y était. (Après l'enterrement, elle avait traîné un peu dans les parages, car Triste Mort et ses associés seraient sans doute trop rustres et aveugles pour savoir qu'ils devaient la traiter comme une dame, mais elle n'avait été abordée que par un enfant de neuf ans qui voulait qu'elle lui signe sa balle de base-ball. « Bonne chance, Tom Seaver », avait-elle écrit, avant de rentrer chez elle en taxi et en pleurant.) Oscar l'interrogea au sujet de la statuette, elle lui parla alors des deux Blancs assoiffés de sexe qui l'avaient brisée, et il réussit enfin à raccrocher.

— C'est pas non plus celle de Felicity, annonça-t-il aux autres.

Mais Mandy refusait toujours de rentrer chez elle, si bien qu'Oscar et Bud se rendirent ensemble dans le Bronx à sa recherche, laissant un Chuck morose pendu au téléphone, sur la piste de sa femme disparue, tandis que Corella faisait les cent pas dans le bureau avec un cigare coincé entre les dents et que Krassmeier, assis sur le canapé, broyait du noir comme un morse sinistre. Tous les trois se livraient encore à la même occupation quand Oscar et Bud revinrent deux heures plus tard, porteurs d'autres nouvelles négatives.

— Il n'y avait personne chez Mandy, expliqua Oscar. On a forcé la porte ; la statuette était là, avec un doigt en moins.

Krassmeier compléta sa liste. Puis il marqua un temps d'arrêt, regarda la liste en fronçant les sourcils, compta, recompta encore une fois, regarda tous les autres autour de lui et annonça :

— Quinze.

Corella s'arrêta de faire les cent pas.

— Quinze ? Plus qu'une ?

— Bobbi, dit Oscar. Bobbi Harwood.

Oscar, Bud, Corella et Krassmeier se tournèrent tous les quatre vers Chuck Harwood en pleine conversation téléphonique.

— Merci, Madge. Au revoir, dit-il.

Il raccrocha, regarda les quatre hommes qui le regardaient.

— C'était une amie de Bobbi, dit-il. Un type qu'elle a pris pour moi a cherché à joindre Bobbi ce matin après son départ. Bobbi a passé la nuit là-bas, et elle vient de partir en voiture pour la Californie.

« IN THE MOOD »...

Après le dîner, Bobbi resta assise devant une dernière tasse de café en regardant les vieux danser. « Combien pour ce chien dans la vitrine ? » demandait l'accordéon, tandis que la guitare et la batterie faisaient *pom-pom,* et le type à la clarinette souriait sous son long nez à tous ces gens qui prenaient du bon temps. (Quand il souriait, son visage ressemblait à un T renversé.)

Bobbi avait débarqué dans cet *Holiday Inn,* pas très loin d'Oil City en Pennsylvanie, un peu après dix-neuf heures. Initialement, elle projetait d'atteindre l'Ohio dès ce soir, mais ce simple sandwich avalé à la hâte en conduisant n'avait pas réussi à apaiser les affres de la faim, et de plus, elle commençait à fatiguer, aussi, en apercevant l'enseigne de cet établissement, elle était entrée directement, en demandant à l'employé de la réception :

— Il n'est pas trop tard pour manger quelque chose ?

— Habituellement, avait-il répondu, les cuisines sont fermées à cette heure, mais ce soir on a une réunion de lycéens. En vous dépêchant, vous aurez peut-être encore le temps de dîner.

Elle s'était dépêchée, et elle avait eu le temps de dîner, mais en découvrant la réunion de lycéens, elle avait eu un moment d'hésitation. C'était une réunion du *cinquantenaire,* deux douzaines de vieillards de soixante-dix ans gloussaient et poussaient des cris autour d'un groupe de tables disposées en fer à cheval, près de la piste de danse. La serveuse, une jolie fille enrobée qui avait demandé au salon de coiffure local de faire des miracles pour que sa chevelure naturelle ait l'air d'une perruque bon marché, s'était montrée souriante, joyeuse et sociable, sans doute attendrie et émue par le spectacle de tous ces survivants rayonnant de bonheur. Bobbi avait commandé un Gibson on the rocks, de la sauce au roquefort sur sa salade, des scampis de crevettes, pas de pommes de terre sautées, ni de frites merci, une demi-bouteille de vin blanc Blue Nun, un café et une sambucca. Il n'y avait pas de sambucca ? Peu importe, une anisette. (La serveuse n'était pas très sûre pour l'anisette, mais après une longue discussion avec le barman, elle était revenue avec le breuvage clair dans un petit verre approprié.) Et maintenant, assise à sa table, Bobbi regardait la foule de lycéens (dont la plupart avaient terminé leur repas par une variante d'eau-de-vie d'abricot) sauter par-dessus les tables et danser, rire, gesticuler et raconter des histoires, tout cela en faisant les imbéciles.

Bobbi n'était pas la seule non-diplômée présente, trois autres tables étant également occupées. Dans un coin, un couple d'une cinquantaine d'années, vêtements couleur pastel et cheveux aux reflets bleutés, mangeaient des steaks en prenant soin de bien montrer qu'ils se faisaient la tête ; leur dispute muette était si parfaite qu'elle témoignait de nombreuses années d'entraînement. À une autre table, non loin de là, un représentant de commerce obèse et ébouriffé mangeait une sorte de ragoût en lisant un journal qui semblait s'appeler le *Meadville Register & Sun Democrat.* Et derrière les fêtards se trouvait un homme assez jeune, de l'âge de Bobbi environ, qui dînait lui aussi, en buvant de la Heineken, tout en observant cette réunion d'un œil perplexe et songeur, comme s'il ne comprenait pas ce qui se passait.

À vrai dire, Bobbi ne comprenait pas très bien, elle non plus. Curieusement, c'était comme si ce groupe de gens possédait un rapport direct avec elle et sa décision de quitter Chuck, mais lequel ? Tandis qu'elle les observait, sirotant son café et son anisette, elle avait conscience d'adopter le même regard perplexe et songeur que l'homme assis à l'autre bout de la salle.

Bon, quelle était l'histoire de tous ces vieillards ? De toute évidence, c'étaient des gens nés ici, et ils avaient toujours vécu ici. La plupart semblaient afficher une relative prospérité. Les hommes avaient tendance à s'habiller de manière un peu trop jeune pour leur âge et les femmes étaient vêtues comme pour se rendre à l'église. Certains hommes semblaient déjà avoir entendu parler de l'alcool, mais toutes les femmes sans exception étaient ivres à la simple idée d'en avoir quelques gouttes au fond de leur verre.

Étaient-ils *tous* de vieux diplômés ? Non ; apparemment il y avait dans le groupe quelques maris ou femmes de vieux diplômés, même si la majorité étaient des veufs ou des veuves. Ayant survécu à leur vie sexuelle active, ils retrouvaient avec bonheur les badinages et les flirts sans conséquence d'il y a cinquante ans, reprenant les mêmes plaisanteries, les mêmes relations enjouées qu'ils avaient laissé tomber pour la vie d'adulte un demi-siècle plus tôt.

Devrais-je rester avec Chuck ? Tous ces gens suggèrent-ils que ça n'a pas d'importance, que rien de tout cela n'a d'importance, que je ne devrais pas lutter, car en définitive, tous les choix conduisent à la même chose ?

« En rêve j'embrasse votre main, madame... » Un couple évoluait seul sur la minuscule piste de danse du *Holiday Inn,* lui en veston bleu pastel, chemise blanche, nœud papillon rouge et noir, pantalon gris perle, chaussures noires étincelantes ; elle en mules dorées et robe rose et dorée à motifs floraux semblables à du papier peint de vestibule, avec un corsage ample et une jupe droite et moulante. Ils exécutaient des danses de bal, et voilà quarante ans qu'ils exécutaient ensemble ces mêmes danses de bal. Ils dansaient déjà de cette façon sur Ray Noble, et maintenant, ils dansaient de la même manière sur tous les airs de Benny Goodman dont se souvenait le clarinettiste, c'est-à-dire peu. Lui avait les cheveux teints en noir ; elle avait confié les siens, bleu-gris, entre les mains de cette même esthéticienne qui avait modelé la serveuse, mais peu importe. Ils avaient la grâce, la fluidité, l'aisance, le talent, et ils se souriaient continuellement. La dernière fois que l'un des deux avait commis une erreur, ou étonné l'autre, en bien ou en mal, c'était en 1942.

Leurs danses constituaient un rituel d'accouplement, de manière bien plus évidente que d'autres danses plus modernes. Les mouvements de l'homme étaient autoritaires, virils, dominateurs ; fluides également, habiles, décontractés et sûrs. Ceux de la femme étaient gracieux, complémentaires, en parfait accord, non pas subalternes, mais subsidiaires néanmoins, nécessaires, mais déférents. Ils formaient une équipe fonctionnant sans accroc, mais pas une équipe d'égaux.

Non, c'est faux. Ils *étaient* égaux, dans l'importance de leur rôle, dans l'amplitude de mouvements accordée à chaque partenaire, dans les relations entre leurs mouvements, dans la mise en valeur de chacun d'eux. Malgré tout, l'équipe se composait d'un leader et d'un disciple.

Les autres vieillards les regardaient avec de grands sourires, riant parfois à gorge déployée devant des figures particulièrement bien trouvées. Ils ne se contentaient pas d'observer les danses, ils y participaient ; si des membres de leur groupe étaient capables de faire ça, alors ils en étaient *tous* capables. Combien de divorces, de mariages ratés, de maris et de femmes infidèles, d'amours perdues, d'occasions manquées étaient représentées autour de cette table en fer à cheval ? Pourtant, tout cela n'avait pas d'importance. Ce couple qui avait perfectionné ses mouvements, sa complicité, son unité pendant quarante ans les symbolisait tous.

J'ai eu raison de quitter Chuck. Car si en fin de compte plus rien n'a d'importance, alors à quoi bon ? C'est *durant* la vie que c'est important. Si Chuck et moi étions ici ce soir, avec trente ans de plus, nous ne serions pas le couple sur la piste de danse, nous serions parmi ces perdants assis autour de la table, faisant comme si les danseurs symbolisaient nos vies.

La musique s'arrêta et tout le monde applaudit ; les vieux, Bobbi, les musiciens et même le couple de cinquante-cinq ans fâché qui avait maintenant les yeux embués et qui, après les applaudissements, se prit la main au-dessus des assiettes sales. Ils avaient échappé à la vérité une fois de plus.

— Si nous prouvons que nous sommes assez âgés, vous croyez qu'ils nous laisseront danser ?

Surprise, Bobbi leva la tête, c'était le jeune type assis à l'autre bout de la salle, le buveur de Heineken. L'accordéon et la clarinette débitaient maintenant *In the Mood,* de Glenn Miller, comme un steak dans un hachoir à viande. L'homme possédait un visage assez dur, adouci toutefois par un sourire amusé et perplexe et des yeux clairs et honnêtes.

C'est un monde entièrement nouveau, se dit Bobbi.

— Je ne danse pas aussi bien qu'eux, répondit-elle.

— Nous plaiderons la jeunesse et l'inexpérience.

En disant cela, il lui tendit la main.

Elle la prit.

Une bonne moitié des gens dansaient sur *In the Mood ;* partout des mentons étaient posés sur des épaules. Le couple de danseurs de salon avait ralenti le rythme, mais ils demeuraient le spectacle le plus gracieux et le plus charmant à la ronde ; partout ailleurs une certaine raideur dans les gestes accompagnait encore les danses d'autrefois, à cette différence près qu'il y a cinquante ans, c'était de la timidité, aujourd'hui, c'était la sciatique.

Bobbi et son cavalier pénétrèrent sur la piste de danse ; avec un large sourire il lui demanda :

— Vous dansez le Hustle ?

— Sur cette musique ?

— Oui, c'est parfait. Faites-moi confiance. Vous ai-je déjà menti ?

Il lui prit les mains. *La*-da-da, de-dada, la-da-*da* — de-da Da. Leurs épaules, droites et au même niveau, rejetées en arrière, bougeaient à l'unisson, comme manipulées d'en haut par un marionnettiste. Leurs bassins surbaissés exécutaient des ondulations, litotes sexuelles. Leurs pieds glissaient à droite et à gauche, en frôlant le sol.

— Super, dit Bobbi.

Elle souriait, et il souriait aussi. Leurs mains jointes se réchauffaient. D'autres danseurs, croisant leurs regards, souriaient et hochaient la tête. Tout le monde était heureux. Dans le coin, le couple de cinquante ans régla l'addition et s'en alla, bras dessus bras dessous. Le représentant de commerce partit lui aussi, avec son journal sous le bras. La moitié masculine du couple de danseurs de salon capta le regard de Bobbi et lui adressa un clin d'œil ; elle rit et le lui rendit.

La-de-da, de-dada, la-da — *da*-de-da Da.

Le morceau suivant était *Ease on Down the Road.* Bobbi et son partenaire, agréablement surpris, se tournèrent vers les musiciens ; le clarinettiste leur adressa un signe de tête et son sourire en T renversé, tout en soufflant dans sa clarinette.

« Ease on doww-ownnnn ». Les danseurs de salon faisaient de leur mieux pour s'adapter. Les figurants se retirèrent. Bobbi et son cavalier se tenaient maintenant par les épaules et tournoyaient sur le plancher.

— Je m'appelle Jerry, dit-il, et j'habite New York.

— Ça ne m'étonne pas, dit Bobbi.

SUR LA PISTE...

Jerry demanda :

— Vous allez où ?

— À Los Angeles, répondit Bobbi.

Les vieux étaient repartis dans la nuit en riant et criant.

Les musiciens avaient remballé leur matos, allumé leurs clopes, et fichu le camp. La serveuse, ayant perdu une bonne partie de sa sensiblerie, avait exigé le paiement des additions et ensuite quitté la cuisine pour se diriger vers la sortie, vêtue d'une veste de chasse noir et rouge par-dessus son uniforme blanc. Le barman avait nettoyé une centaine de verres, fait tinter sa caisse enregistreuse pendant dix minutes, avant d'éteindre les lumières et de s'en aller lui aussi. Résultat, Jerry et Bobbi étaient assis tous les deux, seuls, dans la salle à manger du *Holiday Inn,* sirotant un verre d'anisette tout en bavardant.

— Los Angeles ? répéta Jerry en secouant la tête. Pourquoi ?

— Pourquoi pas ? dit-elle.

Ce qui n'était pas une réponse, et alors ? Jerry décida de rester dans le même ton.

— Parce que ce n'est pas New York, dit-il.

— Oui, c'est peut-être pour ça.

Perplexe, Jerry la regarda en fronçant les sourcils.

— Vous n'aimez pas New York ?

— En fait, je ne suis pas une vraie New-Yorkaise. Je n'y ai vécu que sept ans.

— Moi, ma chère, je suis né dans le Queens, expliqua Jerry, et laissez-moi vous dire une bonne chose. Les vrais New-Yorkais, ça n'existe pas ! On s'en approche, on s'en approche, mais personne ne pénètre jamais *à l'intérieur !* Vous saviez ça ?

— Non. Pourtant vous, vous êtes un vrai New-Yorkais.

Il secoua la tête.

— Jusqu'à il y a quelques jours, je n'avais pas remis les pieds à Manhattan depuis quatre ou cinq ans. J'avais tout vu et tout fait quand j'étais encore au lycée. Je devais avoir dix-sept ou dix-huit ans, et je croyais avoir fait le tour de Manhattan, je pensais que c'était un endroit rasoir, vous voyez ce que je veux dire ? Mais en fait, tout ce que je connaissais de Manhattan, c'était *l'idée* que s'en fait un gamin. Au cours de ces derniers jours, j'ai pas mal traîné en ville, un peu partout, et je m'aperçois que je ne connais pas cet endroit. Vous êtes déjà allée à Vegas ?

— Où ça ?

— À Las Vegas ?

— Non. Et vous ?

— Oui, évidemment. (Jerry leva le pouce.) C'est rien qu'un grand quartier, dit-il. Comme tous les autres endroits, excepté New York. Un seul quartier. Vous pouvez passer une semaine à Las Vegas, il ne vous restera plus rien à voir. Un jour, j'aimerais bien visiter New York, pas vous ? Faire comme si j'habitais à l'hôtel, sortir tous les jours, découvrir la ville.

Elle laissa échapper un rire, en le regardant d'un air intéressé.

— En voilà une drôle d'idée !

— Pourquoi pas ? La première semaine, vous vous tapez tous les trucs de touristes : le Radio City Music Hall, la Statue de la Liberté, l'Empire State Building, le ferry de Staten Island, le bâtiment des Nations-Unies, tous ces trucs-là. La deuxième semaine, vous faites les trucs connus seulement de certains touristes, comme par exemple les « Cloisters » dans Fort Tryon Park, la Circle Line, le jardin botanique de Brooklyn et ainsi de suite. Et la troisième semaine, les trucs dingues, les choses que j'aimerais bien faire. Comme prendre toutes les lignes de métro avec le même jeton ; vous savez que c'est possible ? Il y a une vingtaine d'années, un gosse l'a fait, ça lui a pris vingt-quatre heures. Ou que diriez-vous du Staten Island Rapid Transit, vous en avez déjà entendu parler ?

— Jamais.

— Et la Bourse ? Vous êtes déjà allée à la Bourse ?

— Non, jamais.

— Moi non plus, avoua Jerry, et pourtant j'ai toujours vécu à New York. Il paraît qu'on peut aller regarder les types qui s'agitent en bas. Dans combien de villes y a-t-il des Bourses ?

— Très peu.

Il lui jeta un regard, et détourna rapidement la tête. Chaque fois qu'il la regardait de l'autre côté de la table, elle lui souriait comme si c'était Noël et qu'elle l'avait découvert sous son sapin. Jamais une fille ne l'avait regardé de cette façon auparavant, et surtout pas une fille qu'il envisageait de détrousser un peu plus tard dans la soirée. Tout cela était troublant et perturbant, et il ne savait pas comment se comporter, voilà pourquoi il se protégeait derrière un flot incessant de paroles. Dieu seul sait ce qu'il pouvait bien raconter.

Il parlait de New York. La fille dit :

— Je n'ai jamais rien fait de tout ça, vous savez. À part la Statue de la Liberté ; nous y sommes allés une fois. Mais c'est tout.

— Donc, vous êtes une vraie New-Yorkaise, dit-il. Ce sont les touristes qui visitent tous ces endroits. Vous avez déjà mangé dans Chinatown ?

— Je ne connais pas les bons restaurants.

— Ils sont *tous* bons, et ils ont tous l'air miteux. J'y suis allé plusieurs fois quand j'étais au lycée, et j'aimerais bien y retourner. Et le Rockefeller Center ! Je connaissais un gars à l'école, il était dingue, il adorait se faufiler dans des endroits où personne pouvait le voir, et il est tombé amoureux du Rockefeller Center. Vous savez qu'il y a tout un étage en dessous, avec des boutiques, des grandes allées et ainsi de suite ?

— Oui, dit-elle, j'y suis entrée plusieurs fois pour me

protéger de la pluie. On peut même parcourir deux ou trois pâtés de maisons sous terre.

— Vous pouvez aller *partout* sous terre, dit Jerry. Ce type prétendait qu'il pouvait descendre du métro à Grand Central et marcher sous terre jusqu'au croisement de la 51ᵉ et de la 8ᵉ Avenue. J'aimerais bien savoir si c'est vrai.

— Oh, je pense à un truc moi aussi ! (Elle s'était laissée prendre au jeu.) Les escalators du Lincoln Center !

— Les escalators ?

— Tous les bâtiments là-bas ont d'immenses fenêtres, expliqua-t-elle. Avec des escalators. Une fille de l'orchestre que je connais dit que c'est *génial* de monter et de descendre avec les escalators pour regarder par les fenêtres. Vous montez et vous commencez juste par voir la fontaine, et ensuite, vous découvrez la 9ᵉ Avenue et Broadway, les voitures, et tous les autres buildings, et la vue n'arrête pas de changer. J'ai toujours eu envie de faire ça.

Jerry était dubitatif ; il dit néanmoins :

— Oui, pourquoi pas. Et tous les musées, ça c'est encore autre chose. J'en ai visité deux ou trois avec l'école quand j'étais gosse, mais qu'est-ce que ça vous apporte, un truc comme ça ? Rien. Qui sait, peut-être qu'aujourd'hui je prendrais mon pied.

— Oui, comme le musée des pompiers, dit-elle. Celui-ci, vous êtes obligé de l'aimer.

— Le musée des pompiers ? C'est où ?

— Vers le bas, près du City Hall. C'est plein de superbes vieilles voitures de pompiers. Un ami m'y a emmenée un jour. Il faut *absolument* que vous y alliez.

— D'accord, dit Jerry. J'irai dès mon retour. À moins que je vous attende, vous m'y emmènerez.

— Non, je ne retourne plus à New York, dit-elle, mais cette idée ne semblait pas la rendre heureuse.

Déterminée, oui. Intraitable, oui. Mais pas heureuse.

— Vous n'y retournerez pas ? Plus jamais ?

— Je viens de quitter mon mari, expliqua-t-elle. C'est pour de bon, et je ne veux pas revenir.

— Revenir avec lui ou à New York ?

— Ni l'un ni l'autre.

— Pourquoi ? C'est le maire ?

— Hein ?

L'espace d'un instant, elle le regarda sans comprendre, puis elle éclata de rire.

— En fait, tout est lié dans mon esprit, dit-elle. C'est un voyage vers l'indépendance. Mais ça vous paraît peut-être stupide ?

— Non, non, je comprends, dit-il, vous avez décidé de changer, et vous faites les choses en grand.

— Exact. Si je pars, je *pars*.

— Oui. Puisque vous jetez l'eau du bain, autant balancer le bébé avec.

Elle le regarda en fronçant les sourcils.

— Euh... ce n'est pas tout à fait la même chose, me semble-t-il.

— Pourquoi voudrait-on vivre ailleurs qu'à New York ? demanda-t-il. En voulant vous venger de votre mari, vous vous punissez en allant vivre quelque part dans un trou paumé.

— Los Angeles n'est pas un trou paumé.

— Tu parles ! Los Angeles, c'est trois Long Island mis bout à bout. Mais sans le Midtown Tunnel.

En riant, elle demanda :

— Puisque vous êtes fou de New York à ce point, qu'est-ce que vous faites par ici en province ?

— Les affaires, répondit-il. Je viens chercher quelque chose, et ensuite, je rentre immédiatement.

— Bon ! d'accord, dit-elle. Et si tout le monde pensait

comme vous ? Si tout le monde voulait vivre à New York ?

— Ils en rêvent tous. Voilà pourquoi ils détestent autant New York... c'est de la jalousie. Mais vous savez qui tient la vedette en société ? C'est le type qui revient d'un voyage à New York. Il peut revenir de Chicago, St. Louis ou Dieu sait où, les gens lui demanderont : « Ça s'est bien passé ? » Mais New York est le seul endroit de ce pays où, quand il en revient, les gens lui disent : « Alors, raconte ! »

Elle rit de nouveau et dit :

— Finalement, c'est peut-être vous le maire de la ville.

— Oh ! pas si bête, répondit-il. Et un type en blazer jaune vint s'excuser en leur disant qu'ils souhaitaient fermer le restaurant.

— Oui, bien sûr, dit Jerry, et tous les deux émigrèrent dans le hall à demi éclairé.

La première idée de Jerry consistait à lier connaissance avec Bobbi Harwood, à l'entraîner au lit — dans sa chambre à elle — et à s'emparer de la statuette pendant qu'elle dormait. Ainsi, il pouvait reprendre la route avant le lever du soleil, et il pouvait se retrouver dans le salon de Mel — avec la statuette en or ou bien avec la preuve que ce n'était pas la bonne —, avant midi. Voilà quelle était son idée au départ, mais quelque chose avait cloché en route, et il ne savait plus du tout quelle attitude adopter.

Le problème, c'est qu'il plaisait à cette femme. L'autre problème, c'est qu'elle lui plaisait. Qui aurait pu s'attendre à cela de la part d'une nana complètement maboule qui balance les fringues de son mari par la fenêtre et qui fiche le camp en Californie ? Qui aurait pu imaginer que ce n'était pas du tout une maboule — à part peut-être l'idée des escalators du Lincoln Center —, qu'elle aurait un si joli sourire, ou qu'elle se comporterait comme un véritable être humain et non pas comme une fille qu'on lève dans un bar ?

Privé de son idée de départ, Jerry n'avait plus d'idée du tout, aussi est-ce avec une variante du plan A en tête qu'il dit :

— Je vous proposerais volontiers de venir prendre un dernier verre dans ma chambre, mais je n'ai rien à boire. Pourtant, j'aimerais continuer à bavarder avec vous.

— Moi aussi, répondit-elle avec un sourire. J'aimerais beaucoup. J'ai passé un très bon moment, Jerry. Je me demande même si je n'irais pas visiter New York un jour.

— C'est un endroit affreux à visiter, dit-il. Vous voulez que je vous explique pourquoi ?

— Oui, mais ne le faites pas, répondit-elle. J'aimerais continuer à bavarder avec vous jusqu'au matin, mais j'ai demandé qu'on me réveille à sept heures et demie et j'ai une longue route à faire. (Elle lui tendit la main, manière amicale de le rembarrer.) J'ai été ravie de vous rencontrer, Jerry.

Il lui serra la main, mais ne la lâcha pas immédiatement.

— Avez-vous une bonne raison de vous lever si tôt ?

— Plusieurs, dit-elle. Mais la plus importante dans l'immédiat, c'est que je ne veux pas être la femme qui quitte le foyer conjugal et se retrouve au lit avec un inconnu dès le premier soir.

Il lui lâcha la main et recula d'un pas, avec un sourire amer sur le visage.

— Tout à coup, je suis à court d'arguments.

— J'ai été heureuse de vous rencontrer, Jerry, répéta-t-elle.

Ils échangèrent encore quelques mots de même nature,

puis elle gagna sa chambre et Jerry se dirigea vers une cabine téléphonique pour appeler Mel.

Qui décrocha en personne.

— Ouais ?

— Mel ?

— Jerry ! Bon sang, qu'est-ce qui t'est arrivé ?

— Je suis au milieu de nulle part. Quoi de neuf là-bas ?

— C'est elle qui l'a, Jerry !

— Quoi ? Qui ?

— Bobbi Harwood !

La voix de Mel naviguait d'un bout à l'autre de sa tessiture, remplie d'excitation, et à l'arrière-plan on entendait d'autres voix qui poussaient des cris de joie et de triomphe.

— Bobbi Harwood ?

— On a éliminé *tous* les autres. C'est *elle,* Jerry, ça ne fait aucun doute !

Bizarrement, cette idée lui était fort désagréable.

— Formidable, dit-il. Je suis sur sa piste.

— Ne la laisse pas filer, champion, dit Mel.

— Compte sur moi, dit Jerry.

À JFK...

— Des étrangers, dit le conducteur du car-régie de CBS. Voilà ce que c'est, des étrangers. Ils y connaissent que dalle.

— Ouais, comme tu dis, confirma le speaker, un type nommé Jay Fisher, qui était assis à côté de lui dans la cabine.

Le camion était un monstre gigantesque bourré de matériel, y compris son propre groupe électrogène, et il pouvait envoyer en direct des images aux studios situés à Manhattan, ce qu'il ferait dès que ces connards de Sud-Américains dans cette connerie d'avion sud-américain accepteraient enfin de se poser pour qu'on en finisse avec cette putain d'histoire à la con.

Le conducteur répéta :

— Ils y connaissent que dalle. Un Américain, lui, il se poserait à une heure de grande écoute, pas vrai ? Il balancerait son message à un moment où quelqu'un peut l'écouter. Regarde un peu quelle heure il est ! dit-il en regardant sa propre montre pour le savoir. Putain ! Un peu plus de trois plombes du mat'. Qui est réveillé à cette heure-ci, tu peux me le dire ?

— Toi et moi, répondit le speaker.

À l'intérieur de l'avion du Descalzo qui décrivait des cercles dans le ciel en vue de l'approche finale, le drame avait cédé la place à l'épuisement. Le système d'air conditionné avait rendu l'âme au-dessus du nord de la Louisiane, et la plupart des passagers dormaient, affalés sur leur siège, la bouche grande ouverte, exactement comme chez eux. Le pilote, le copilote, l'hôtesse et Pedro lui-même étaient tous vêtus d'étrange manière, de bric et de broc. Le pilote en était à sa cinquième tenue complète depuis le début du vol. Mais heureusement, à partir de Mobile dans l'Alabama, Pedro avait fini par s'habituer aux manœuvres d'atterrissage et de décollage, et il n'y avait pas eu d'accident regrettable à déplorer, ni à ce moment-là ni plus tard à Columbia en Caroline du Sud, ultime ravitaillement avant New York. Le fait qu'il n'y ait plus une goutte de gluppe à bord n'était peut-être pas sans rapport, quoi qu'il en soit, Pedro dégrisait rapidement. Et s'il n'avait pas été épuisé au point de pouvoir à peine garder les paupières et son arme levées, il serait sans doute mort de peur.

Parmi les passagers, Edwardo et José eux étaient morts de peur. Ils ne cessaient de contempler à travers les hublots, toutes ces lumières en bas ; des rangées de lumières, des essaims de lumières, des masses de lumières. À trois heures du matin, dans un monde de totale obscurité, il y avait des lumières partout, blanches, orange et rouges. Mon Dieu, *ça* c'était la civilisation !

Là-bas à Quetchyl, l'idée de détourner un avion jusqu'à New York et de s'éclipser ensuite en profitant de la confusion leur semblait à la fois astucieuse et réaliste, mais plus que tout le reste ces millions de lumières leur faisaient comprendre qu'ils allaient se retrouver face à des autorités qui étaient moins cruelles que celles du Descalzo uniquement parce qu'elles étaient beaucoup plus intelligentes. Elles n'avaient pas besoin d'utiliser la terreur pour parvenir à leurs fins ; elles possédaient de la matière grise à la place. Et des lumières. Et de l'expérience. Ce n'était pas la première fois qu'elles avaient affaire à des rebelles de la brousse.

— On va s'éclipser comme si de rien n'était, chuchota Edwardo, dont la langue engourdie trébuchait sur les consonnes.

— Oui, oui, répondit José.

Il était assis près du hublot et il contemplait toutes ces lumières.

À terre, le car-régie de CBS vint s'installer à l'intérieur de la zone délimitée par la police. Des images filmées en direct permirent d'assister de loin à un atterrissage vraiment déplorable. BANG, fit le DC-3, BANG, bang, bang, bing-bing-bing, clung clung clung, rebondissant ainsi jusqu'au milieu de la piste, en produisant à chaque fois un bruit semblable à un poste de télévision qu'on lance par la fenêtre. Les passagers endormis se mordirent la langue et se réveillèrent dans un monde devenu fou. Des boulons dégringolèrent sur la piste dans le sillage de l'avion, des petits bouts de fuselage se détachèrent et rebondirent bruyamment, un tas de souris tombèrent des soutes à bagages, en serrant entre leurs dents des bourrelets de paille.

Dans la cabine de pilotage sens dessus dessous, tout l'équipage s'écarta peureusement de Pedro, mais celui-ci avait l'estomac entièrement vide, les muscles de son œsophage n'en pouvaient plus, et le pis qu'il parvint à émettre, ce fut un simple rot. S'accrochant d'une main à diverses projections métalliques, et de l'autre à son pistolet secoué de mouvements frénétiques, Pedro pollua l'atmosphère de la cabine, mais rien de plus, et l'avion s'immobilisa enfin en frémissant et le silence tomba, comme les souris.

Le pilote, les yeux chassieux, dans le même état de fatigue que l'œsophage de Pedro, demanda d'une voix haletante :

— Bon... et maintenant ?

— Tout le monde descend de l'avion, dit Pedro.

Le pilote s'adressa à la tour de contrôle, et rapidement, un tas d'agents du FBI déguisés en personnel de l'aéroport encerclèrent l'appareil. Lupe Naz ouvrit la porte, et les passagers sortirent d'un pas titubant. Les agents du FBI pointèrent un tas de doigts en direction du terminal le plus proche, et les passagers s'éloignèrent d'une démarche mal assurée.

Puis l'équipage et Pedro descendirent à leur tour, et un troupeau entier d'agents du FBI sauta sur Pedro qui n'offrit aucune résistance. Il fut conduit sans ménagement à l'intérieur du terminal et ensuite dans une grande pièce spécialement réquisitionnée. Les autres passagers s'y trouvaient déjà, tournant en rond et réclamant les toilettes. Un agent du FBI avec un délicieux accent castillan demanda à Pedro, en espagnol :

— Qu'est-che que vous échpérez au chuste ?

Pedro n'avait jamais entendu de castillan de sa vie, et il ne put que cligner des paupières.

— Je parle pas anglais, expliqua-t-il.

Un autre agent du FBI qui, lui, avait fait la chasse à Guevara dans le temps, avant de revenir travailler au pays, s'adressa à Pedro en utilisant l'espagnol dénaturé, écœurant et inarticulé que l'on parle au Descalzo :

— Quoi c'est qu'vous v'nez foutre ?

Voilà une question à laquelle s'attendait Pedro, mais à laquelle il ne pouvait répondre en toute franchise, si José et Edwardo voulaient avoir une chance de se sauver. Pedro devait donc raconter un mensonge, et il avait passé les dernières heures à choisir lequel il leur raconterait. Il fallait que ce soit un mensonge crédible capable d'expliquer pourquoi il s'était donné tant de mal pour détourner un avion jusqu'à New York. Alors, il leur livra la réponse qu'il avait finalement choisie :

— Je voulais aller au Radio City Music Hall.

L'agent du FBI le dévisagea. À l'exception des gémissements des passagers qui réclamaient les toilettes, il n'y avait pas un bruit dans la pièce. Jusqu'à ce que tout à coup, Lupe Naz, l'hôtesse, s'écrie :

— Arrêtez-les ! Ce sont ses complices !

Les agents du FBI se retournèrent brusquement pour découvrir José et Edwardo à mi-chemin de la porte.

— Hé ! lancèrent les agents du FBI.

— Les toilettes ! dit Edwardo avec force gestes. Vite les toilettes ! Ça presse !

— Ils font partie de la bande ! hurla Lupe Naz, tandis que plusieurs agents du FBI se saisissaient d'Edwardo et de José. Ils sont dans le coup eux aussi !

— Non, non ! protesta Edwardo. Je n'ai jamais vu ce pirate de l'air de ma vie !

— Ils étaient ensemble dans les toilettes ! s'écria Lupe Naz. Ce sont des pirates de l'air et des pervers !

Les agents du FBI et les pirates de l'air ont entre eux des rapports bien établis, une simple question de droits de propriété, mais entre les agents du FBI et les pervers, il y a un gouffre, un abîme. L'idée que ces trois hommes aient pu s'enfermer dans les toilettes d'un DC-3 était si répugnante pour les agents du FBI que leurs yeux perdirent leurs couleurs et virèrent au gris ardoise, comme un ciel de novembre juste avant une tempête de neige.

Edwardo et José niaient de toutes les manières et sur tous les tons, lorsqu'un autre événement leur vola la vedette. Parmi les passagers de l'avion, on s'en souvient, se trouvait un médecin américain participant à une étude sur la malnutrition pour le compte des Nations-Unies, accompagné de son assistante-maîtresse canadienne. Le médecin, un homme qui possédait une femme et trois enfants à Racine dans le Wisconsin, ayant remarqué qu'un photographe de UPI s'était glissé à l'intérieur de la salle et le photographiait en train de consoler son assistante d'une manière qui n'était pas uniquement médicale, laissa échapper tout à coup un cri de rage, repoussa brutalement son assistante-maîtresse et se jeta sur le photographe pour lui arracher son appareil-photo.

Plusieurs agents du FBI reportèrent leur attention sur cette nouvelle scène grotesque. Les autres continuèrent à surveiller Edwardo et José. Pendant que les passagers tournaient en rond en réclamant les toilettes d'une voix suppliante.

Pedro lui aussi avait une envie pressante. La porte derrière lui était ouverte ; peut-être conduisait-elle à des toilettes. Il la franchit, tourna à droite et marcha pendant un petit moment, et finalement, il avisa une porte avec dessus la silhouette d'un homme. Est-ce que... ?

Oui. Pedro se soulagea, abondamment, puis il prit le temps de se laver le visage et les mains, le cou, les coudes et les pieds, en s'émerveillant devant cette rangée de lavabos d'un blanc nacré le long du mur. Vous parlez de toilettes ! Toutes celles de Quetchyl rassemblées n'étaient pas aussi bien équipées, variées, propres et étincelantes. Pedro y demeura un long moment, admiratif, faisant couler l'eau des lavabos, tirant les chasses d'eau, observant d'un œil perplexe les urinoirs — à quoi pouvaient bien servir ces *machins ?* —, bref, il joua les touristes. Finalement, il se dit qu'il ferait bien de retourner dans la salle, ces messieurs du FBI risquaient de se fâcher s'il les faisait attendre, alors il ressortit et ce n'est pas sans mal qu'il retrouva son chemin jusqu'à la grande salle, mais celle-ci était vide.

Ils étaient tous partis sans lui.

SUR LE PARKING...

Trois heures et quart du matin. Partout l'obscurité et le silence. Sur le parking de l'*Holiday Inn,* le long de l'autoroute 80, près d'Oil City, Pennsylvanie, *clic* fait en s'ouvrant la serrure du capot de la Jaguar XJ12 de Hugh Van Dinast. Jerry s'immobilise, regarde autour de lui, il ne voit et n'entend rien, alors il se met au travail.

Douze cylindres, ça fait beaucoup de cylindres. Ça fait également beaucoup de bougies. L'une après l'autre, Jerry ôte chaque bougie et à l'aide d'un tournevis il écarte les électrodes. Après avoir suffisamment détérioré chaque bougie pour l'empêcher de produire une étincelle, il les remet en place. Il ne suffit pas que la voiture ne démarre pas demain, il faut également que le garagiste appelé à la rescousse mette un certain temps à comprendre *pourquoi.*

Onze... douze. Ça suffira pour les bougies. Ensuite, Jerry se sert du même tournevis pour serrer à fond la vis d'arrivée d'air du carburateur. Voilà, vous pouvez toujours essayer de rouler avec ce petit mélange.

Et ce n'est pas terminé. Dans la boîte à outils du break

d'Angela se trouve un pic à glace ; se glissant sous la Jaguar muni de cet objet, Jerry transperce le carter de transmission automatique. Un liquide ocre et épais se met à goutter, et Jerry ressort de sous la voiture pour modifier la pression de la courroie de ventilateur afin qu'elle ne tourne pas avec le moteur.

Est-ce que ça suffira ? Certainement. À vrai dire, le garagiste va même se demander comment cette bagnole a pu rouler jusqu'ici. Jerry referme le capot de la Jaguar, rapporte les outils dans le break et remonte dans sa chambre pour dormir. Il a demandé qu'on le réveille à neuf heures. Il n'est pas inquiet, sa proie sera encore là.

LE TOUR D'HORIZON...

Presque tout le monde dort. Quatre heures du matin, et presque tout le monde dort, est-ce surprenant ? La journée a été bien remplie.

Chez les Bernstein, Mel et Angela dorment dans les bras l'un de l'autre. Tous les deux sourient, Mel parce qu'Angela est dans ses bras, et Angela parce que Mandy a accepté de rester. Dans la chambre d'amis, Mandy dort et sourit elle aussi ; ce job est *beaucoup* mieux que celui d'avant avec Valerie Woode.

Frank et Floyd McCann dorment chacun dans leur lit respectif avec leur épouse respective. Frank sourit dans son sommeil parce qu'il rêve d'or. Floyd fronce les sourcils dans son sommeil parce qu'il rêve de Noirs.

Augie Corella, endormi à côté de son épouse grassouillette dans sa luxueuse demeure de Red Bank, n'a aucune expression sur son visage, on dirait une statue au musée de cire.

Victor Krassmeier, ayant prévenu son épouse qu'il passerait la nuit en ville à cause d'une surcharge de travail, dort en compagnie de la locataire de l'appartement de la 65e Rue qui occupe une place si importante dans son *cash-flow* négatif. Ni l'un ni l'autre ne sourient.

Oscar Russell Green et Chuck Harwood dorment tous les deux dans l'appartement de Chuck, et en dépit des épreuves de la journée, tous les deux sourient, car ils ont fumé *beaucoup* d'herbe après le dîner.

Dans le Connecticut, Bud Beemiss dort par intermittence aux côtés de sa seconde et coûteuse épouse ; ses rêves sont remplis de bouées qui lui glissent entre les doigts.

Les rêves de Felicity Tower sont remplis de doigts eux aussi, entre autres choses. Elle ne se souvient jamais jamais jamais de ses rêves au réveil, mais en tout cas, ils la font sourire la nuit.

Encore réveillé, mais n'allant pas tarder à s'endormir, Wally Hintzlebel, assis à la table de la cuisine avec sa maman, lui répète pour la millième fois : « Tu sais bien que je ne le pensais pas, maman. » Malheureusement, maman se souvient de *chaque mot* prononcé ce matin par Wally au cours de leur dispute, et elle est bien décidée à lui faire partager ses souvenirs.

Encore réveillés, mais sur le point de s'endormir eux aussi, nous avons Jeremiah Jonesburg dit « Triste Mort » et Theodora Nice. Triste Mort n'avait pu s'empêcher d'aller dire quelques mots à « Pam Grier » après l'enterrement, et Theodora n'avait rien contre le fait de maintenir l'illusion de près, et présentement, ils passaient une soirée que ni l'un ni l'autre n'oublieraient jamais. *Fan-tas-tique !*

Réveillés eux aussi, mais pas près de dormir avant longtemps, Edwardo Brazzo et José Caracha sont assis dans des cellules voisines, accusés de plus de crimes qu'il y a d'ignames au Descalzo. Ce qui les met *vraiment* hors d'eux, c'est que *Pedro a réussi à s'en tirer.* Et si leur demande suppliante d'asile politique est refusée par un gouvernement particulièrement désagréable, ils seront renvoyés tous les deux au Descalzo dans la semaine et pendus par la langue. De quoi faire perdre le sommeil à n'importe qui.

Quant à Pedro, il dort comme un bébé. Après avoir erré pendant un certain temps à travers l'aéroport Kennedy, il a fini par découvrir le cul-de-sac de Jerry, avec la fourgonnette de Jerry, et il est maintenant couché à l'intérieur, dormant à poings fermés sur la combinaison de Jerry. Et on peut penser que Jerry n'aimerait pas ça *du tout*.

Jerry Manelli et Bobbi Harwood, couchés chacun dans leur lit, séparés par sept murs et onze personnes endormies, rêvent l'un de l'autre. Leurs rêves sont hésitants, les personnages ne cessent de se mélanger à d'autres personnages que tous les deux ont connus dans le passé, et rien de véritablement concret ne se produit dans aucun des rêves, malgré tout, les deux rêveurs sourient.

Réveillé lui aussi, debout sur la commode de la chambre de Bobbi au *Holiday Inn,* dansant et paradant, brillant d'un éclat doré dans la faible lumière qui filtre entre les rideaux, c'est le Prêtre Aztèque Dansant. En le regardant, personne ne pourrait se douter qu'il a une quelconque valeur, et de fait il n'en a aucune. Ce n'est pas le bon, il est en plâtre.

Hein ? Eh oui, c'est une copie, il n'est pas du tout en or. Tout le monde court après la mauvaise statuette. *Une* des seize statuettes livrées au Comité du sport pour tous est la vraie, celle qui vaut plus d'un million de dollars, mais pas *celle-ci.* Celle-ci vaut peut-être vingt dollars.

Quelqu'un s'est trompé.

Troisième partie
des recherches

À New York, tout le monde veut être quelqu'un. Les jeunes veulent être plus vieux, et les vieux veulent être plus jeunes. Les pauvres veulent être riches, et les riches veulent être encore plus riches.

Les Noirs veulent être égaux. Les femmes veulent être égales. Les Portoricains veulent être égaux sans avoir à apprendre une nouvelle langue. Les éboueurs veulent être à égalité avec les autres employés en tenue. Les Juifs qui affirment que leur deuxième prénom est leur nom de famille veulent être supérieurs, alors que les ivrognes qui traînent autour de la 3e Avenue et de East Houston Street veulent être inférieurs.

Le *New York Magazine* veut être le *New Yorker.*

Les exclus veulent être dans le coup. Les travelos ne veulent *pas* être des femmes, ils veulent être des travelos.

Les chauffeurs de taxi veulent être Bobby Unser, et les usagers du métro veulent s'asseoir. Les architectes veulent être des artistes, et les artistes veulent être utiles.

Les prêtres veulent être convaincants, Eric Sevareid et David Susskind veulent être pertinents. Andy Warhol veut être impertinent, et il l'est.

Les lycéens de Staten Island veulent être dégourdis. Les lycéens de Brooklyn veulent être cools. Les lycéens du Queens veulent être funky. Les lycéens de Harlem veulent être les plus méchants. Et les élèves de l'École d'Enseignement Musical et Artistique de Manhattan veulent être Leonard Bernstein.

Leonard Bernstein veut être *tout le monde.*

La Commission des sites veut être efficace. Les promoteurs immobiliers veulent être manipulés à cent pour cent. Ceux qui n'ont aucun pouvoir veulent être puissants, et les puissants veulent rester discrets.

Les employés de Wall Street veulent être des financiers, les financiers veulent être des bêtes de sexe, les bêtes de sexe veulent être de vrais acteurs, et les vrais acteurs veulent être appelés sur la côte Ouest.

Les flics veulent être des cow-boys. Les cow-boys veulent être des gens raffinés. Les gens raffinés veulent être libéraux. Les libéraux veulent être tenaces. Les gens tenaces veulent avoir des responsabilités. Ceux qui ont des responsabilités veulent des chauffeurs, et les chauffeurs veulent être aux commandes. Tout le monde veut être aux commandes, mais personne n'y réussit.

À New York, tout le monde veut être quelqu'un. De temps à autre, quelqu'un y parvient.

LE HÉROS...

Jerry Manelli voulait être un dur. En grandissant dans un quartier tel que le sien, un gars intelligent apprend à devenir malin, et un gars malin sait comment devenir un dur. Jerry Manelli n'avait jamais voulu devenir autre chose qu'un dur, et il avait toujours été un dur.

Mais est-ce qu'un dur sourit bêtement sans raison ? Est-ce qu'un dur fredonne *In the Mood* en dansant avec son reflet dans le miroir de la salle de bains ?

Et puis merde ; *lui,* il le faisait.

Jerry avait demandé qu'on le réveille à neuf heures,

mais il était debout depuis huit heures et demie, désorienté, l'esprit confus. Après s'être brossé les dents avec ses doigts et avoir enfilé ses vêtements de la veille, il regarda par la fenêtre et découvrit à ses pieds la scène qui se déroulait sur le parking : la jeune femme qui agite les bras, le garagiste qui hausse les épaules, la Jaguar avec le capot ouvert, l'énorme remorqueuse. Et est-ce qu'un dur éprouve de la culpabilité quand une de ses arnaques fonctionne ?

Le téléphone :

— Bonjour, Mr. Spaulding. Il est neuf heures.

— Merci, dit Jerry et il descendit prendre son petit déjeuner.

L'HÉROÏNE...

Bobbi était *furieuse*. Après s'être extirpée du lit à sept heures et demie ce matin — un lit vide et froid pardessus le marché, étant donné qu'elle avait résisté si noblement aux avances de ce Jerry —, et après avoir avalé en vitesse un petit déjeuner médiocre, voilà que la voiture n'avait pas voulu démarrer. Rien à faire. Pas le moindre signe. Le démarreur gémissait, mais le moteur refusait tout bonnement de se mettre en marche.

Chez Beacon Auto Transport, là-bas à New York, on lui avait expliqué ce qu'elle devait faire en cas de problème avec la voiture. La conduire au garage ou appeler un dépanneur, et si la réparation n'excédait pas vingt-cinq dollars, elle était autorisée à payer, demander un reçu et se faire rembourser ensuite directement par le propriétaire au moment de la livraison. En revanche, si les frais excédaient vingt-cinq dollars, elle devait contacter le propriétaire, le mettre en rapport avec le garagiste et les laisser se débrouiller tous les deux.

— Je vous en prie, faites que ça coûte moins de vingt dollars, se murmura-t-elle, tandis que le sympathique réceptionniste appelait un garagiste.

Et quand celui-ci arriva à bord de sa dépanneuse, elle lui exposa immédiatement la situation, en concluant ainsi :

— Donc, si ça coûtait *moins* de vingt-cinq dollars, ce serait beaucoup plus simple pour tout le monde.

— Hmm, répondit-il.

Il avait une longue moustache marron tombante, des lunettes en corne noire et un tee-shirt blanc crasseux tendu sur un ventre de buveur de bière, et il semblait se foutre de tout. Assis au volant de la Jaguar — il n'aurait pas paru plus déplacé dans un couvent —, il faisait gémir le démarreur en examinant d'un œil méfiant les instruments du tableau de bord, puis il secoua la tête, descendit de voiture et souleva le capot. Après avoir trifouillé et fourragé à l'intérieur du moteur pendant un moment, il dit :

— Faites-la démarrer.

Bobbi se glissa derrière le volant, sentant renaître l'espoir en elle, puis elle tourna la clé de contact. Grrr... grr... gr... r... pendant que le garagiste se livrait à diverses manipulations sous le capot. Exaspérée par ce bruit, elle finit par arrêter, mais il lui fit signe de continuer. Elle s'exécuta, mais finalement, il sortit la tête de sous le capot et la secoua d'un air désolé, comme pour dire : la bête est morte.

Bobbi répugnait à abandonner le volant. Se penchant par la vitre, elle demanda :

— Alors, vous savez d'où ça vient ?

— Oh, ça peut venir d'un tas de choses.

Il s'essuyait les mains sur un chiffon orange déjà maculé de taches.

— Vous pouvez trouver laquelle ?

— Pas ici. Va falloir l’emmener.

— La remorquer, vous voulez dire ?

Il haussa les épaules.

— Elle risque pas de bouger toute seule, ma petite dame.

Bobbi descendit de voiture, abandonnant tout espoir.

— Ça coûtera plus de vingt-cinq dollars, n’est-ce pas ? Ça va être cher, hein ?

— Ça dépend de la panne.

— Plus de vingt-cinq dollars en tout cas.

— Sans doute, admit-il. Faut déjà compter quinze dollars pour le remorquage.

— Dans ce cas, il faut appeler le propriétaire, décréta Bobbi, bien que cela lui répugne.

La simple idée de devoir contacter Hugh Van Dinast, à n’importe quel sujet, était désagréable en soi, mais devoir lui annoncer que sa voiture était tombée en panne moins d’un jour après qu’elle l’avait prise en charge, c’était deux fois plus pénible.

Toutefois, elle ne s’attendait pas à une telle réaction de la part de Hugh Van Dinast une fois qu’il eut accepté l’appel en PCV et qu’elle lui eut expliqué la situation :

— C’est *vous* ! hurla-t-il. Vous avez fait ça pour vous venger !

— Hein ?

— Espèce de sale petite...

Sans doute continua-t-il sur sa lancée, mais Bobbi ne l’écoutait plus. Elle tendait le combiné au garagiste.

— Tenez, expliquez-lui, vous.

— Si vous voulez... (Mais après avoir écouté un instant, il dit :) Je crois qu’il parle à quelqu’un.

— Peu importe. Expliquez-lui.

— Bon... Allô ! Allô ! (Il y eut un bref silence.) Je travaille au garage Coe, ici à Oil City, en Pennsylvanie. (Nouveau silence.) Je m’appelle Tucker, et vous c’est comment ? (Apparemment, les propos de Hugh Van Dinast là-bas à New York avaient du mal à passer, car le garagiste regarda Bobbi en haussant les sourcils, tout en disant dans l'appareil :) Écoutez-moi, mon vieux, j'ai plus de boulot qu'il m'en faut. Votre Jag peut bien rester sur ce parking jusqu'à la fin des siècles, je m'en contrefous. (Nouveau silence.) Une seconde... (Plaquant sa main sur le combiné, il s'adressa à Bobbi.) Il veut savoir si vous avez saboté sa voiture.

— Bien sûr que non ! Passez-moi ça ! (Arrachant le téléphone des mains du garagiste qui ne demandait pas mieux, elle hurla dans le combiné :) Si j'avais voulu bousiller votre saloperie de bagnole, j'aurais attendu d'être arrivée en Californie, espèce d'abruti ! Vous croyez que j'ai envie de rester sur ce parking jusqu'à la fin des siècles ?

— J'aimerais parler à ce Mr. Tucker, si vous le permettez, répondit Van Dinast.

— Connard ! (Bobbi déposa violemment le combiné dans la paume du mécanicien.) Si vous avez besoin de moi, je suis au bar.

— Ça m'étonnerait qu'il soit déjà ouvert.

— C'est ce qu'on va voir, répondit Bobbi en s'éloignant d'un pas énergique.

LES RIVAUX...

Ginny Demeretta ne savait pas quoi penser. Depuis sept ans qu'elle recrutait des chauffeurs pour Beacon Auto Transport, elle n'avait *jamais* connu une journée pareille. Certes, en travaillant dans un domaine où vous aviez d'un côté des gens trop riches pour conduire eux-mêmes leur voiture, et de l'autre, des hippies et des excentriques dormant dans des sacs de couchage, vous ne pouviez pas vous attendre à un métier de tout repos, mais *jamais* elle n'avait connu une telle journée. Jamais. Et dire que tout cela concernait cette charmante Mrs. Barbara Harwood. Parmi tous les chauffeurs que Ginny Demeretta avait interviewés au cours de ces sept années, Mrs. Barbara Harwood était bien la *dernière* personne avec laquelle elle aurait pensé avoir des ennuis.

Pour commencer, Mrs. Harwood n'était pas véritablement pauvre. Elle était fauchée, mais comme le faisait remarquer Mike Todd, ce n'est pas la même chose. Deuxièmement, c'était un membre respectable de la petite bourgeoisie. *Harpiste* au New York City Symphony Orchestra ! Et troisièmement, le propriétaire de la voiture, Mr. Hugh Van Dinast, avait pris la peine de téléphoner hier après-midi pour dire à quel point il était satisfait de la personne choisie pour conduire sa voiture. Voilà une chose qui n'arrivait *jamais,* un propriétaire qui appelle pour dire qu'il est satisfait de quelque chose. Jamais.

Mais ça c'était hier. Aujourd'hui...

Tout avait commencé à dix heures très précises au moment où Ginny franchissait la porte du bureau. Mickey, la réceptionniste-standardiste, était au téléphone, la tête baissée, les épaules voûtées comme chaque fois que les emmerdes pleuvaient, et lorsqu'en relevant la tête, elle découvrit Ginny, un sourire de soulagement apparut sur son visage, et elle dit dans l'appareil :

— Excusez-moi, Mr. Van Dinast. La voici justement qui arrive.

— Oh, merde ! dit Ginny.

Mais il était trop tard pour ressortir en douce.

Mickey agitait le combiné au-dessus de sa tête en disant :

— C'est une des tiennes, elle est partie hier. Le proprio prétend qu'elle a saccagé sa voiture.

— Saccagé ?

— Volontairement.

— Formidable... Hé ! attends une minute, tu as bien dit Van Dinast ?

— Exact. Et le chauffeur est...

— Mrs. Harwood. (Ginny secoua la tête.) Il y a quelque chose qui m'échappe dans cette histoire. Bon ! je le prends sur mon poste.

— Je te le laisse volontiers, répondit Mickey.

Ginny s'assit à son bureau, décrocha le téléphone, appuya sur la touche clignotante et demanda :

— Eh bien ! il y a un petit problème, Mr. Van Dinast ?

— Un petit problème ? (Sa voix était un glapissement enragé entrecoupé de notes basses.) Le problème, c'est que votre chauffeur a volontairement détruit ma voiture !

— Volontairement détruit, Mr. Van Dinast ? S'il s'est produit un accident...

— Ce n'est pas un accident ! Elle m'a appelé pour me raconter une lamentable histoire comme quoi ma voiture refusait de démarrer ce matin ! Elle est avec un garagiste ! Du moins, elle prétend que c'est un garagiste ! Cette fille a saboté ma voiture !

— Allons, Mr. Dinast, vous ne pouvez pas dire une chose pareille. Pourquoi ferait-elle ça ?

— Parce qu'elle... Euh, j'imagine qu'elle est folle, voilà pourquoi !

— Mr. Van Dinast, le garagiste a-t-il dit que la voiture avait été sabotée ?

— Pfft, c'est *son* garagiste !

— Ici à New York ?

— Non, à Oil City en Pennsylvanie ! *Oil City* en Pennsylvanie !

— Dans ce cas, ça ne peut pas être son garagiste,

Mr. Van Dinast. Qui vous a dit qu'elle avait saboté votre voiture ?

— Pas besoin qu'on me le dise ! Je le *sais !*

— Pourquoi ?

Il y eut un silence à l'autre bout du fil. Ginny percevait une respiration rauque.

— Mr. Van Dinast, vous portez une très grave accusation. Je suppose que vous avez appelé la police de Oil City en Pennsylvanie ?

— Non, pas encore.

Et soudain, Van Dinast parut curieusement sur la défensive.

Hmmm. Ce salopard avait-il fait des propositions à Mrs. Harwood hier ? Était-ce pour cette raison qu'il l'accusait d'avoir saboté sa voiture ? Pour se venger. Bon sang, peut-être qu'elle l'avait *réellement* fait !

— Très bien, Mr. Van Dinast, je vais m'occuper de cette affaire, mais avant que vous ne portiez des accusations, je...

— Je ne porte aucune accusation, répondit-il avec une mauvaise foi stupéfiante. Simplement, je ne veux plus que cette fille conduise ma voiture, voilà tout.

— Mais s'il s'avère qu'elle n'a *pas* saccagé votre voiture comme vous dites.

— Je ne veux plus qu'elle la conduise !

— J'ai vos coordonnées, Mr. Van Dinast. Laissez-moi contacter notre chauffeur à Oil City, et je vous rappellerai. Savez-vous où je peux la joindre ?

Il lui donna le numéro de téléphone, celui d'un *Holiday Inn ;* aucun doute, elle voyageait en première classe. Ginny appela aussitôt pour connaître la version de Mrs. Harwood. La Jaguar roulait parfaitement hier, et ce matin, elle ne roulait plus du tout ; d'après le garagiste, ça pouvait provenir d'un tas de choses, et quand elle avait appelé le propriétaire conformément aux instructions, celui-ci l'avait incendiée.

— Hmm, fit Ginny. Écoutez, Mrs. Harwood... A-t-il tenté quelque chose avec vous hier ?

— Il s'est montré très entreprenant, si c'est ce que vous voulez dire. Je l'ai rembarré.

— Avec succès ?

— Évidemment !

— Il pense que vous avez voulu vous venger.

— Je me suis contentée de foutre le camp.

Ginny poussa un soupir.

— Ah ! quelle histoire. Il ne veut plus que vous conduisiez sa voiture. Je ne sais pas ce qu'on va faire.

— Vous voulez dire que je suis coincée ici à Oil City en Pennsylvanie ?

— Je vous rappelle plus tard, dit Ginny.

Elle rappela ensuite Van Dinast. Celui-ci semblait *beaucoup* plus calme désormais.

— Je me suis peut-être un peu emporté, dit-il.

— Oui, sans doute, dit Ginny.

— Néanmoins, reprit-il, je n'ai aucun moyen de savoir ce qui s'est réellement passé, et je préfère que... qu'elle ne conduise plus ma voiture. Évidemment, je paierai tous les frais, mais je vais faire en sorte qu'on aille chercher ma voiture pour la remorquer.

Elle eut beau discuter, essayer de plaisanter, ou laisser entendre qu'elle était au courant de son attitude de la veille, rien ne put le faire changer d'avis. Mrs. Harwood ne devait plus conduire sa voiture, il paierait la note de la société malgré tout et prendrait de nouvelles dispositions concernant le transport de sa Jaguar.

Ginny rappela donc Mrs. Harwood pour lui annoncer la mauvaise nouvelle.

— Je suis désolée, Mrs. Harwood. Si vous pouvez prendre un car, ou je ne sais quoi, pour rentrer à New

York, je pourrai sans doute vous trouver une autre voiture au début de la semaine prochaine.

— Revenir à New York ?

Elle semblait très abattue.

— Désolée, dit Ginny. Appelez-moi dès que vous serez revenue.

— D'accord.

En raccrochant, Ginny découvrit un individu assis dans le fauteuil destiné aux clients sur le côté de son bureau. Il lui adressa un grand sourire douteux, avec un cigare puant coincé au milieu ; il portait une chemise bleu pastel avec un col blanc, une large cravate bleu pastel décorée de petits moulins à vent blancs, une veste blanc cassé avec des surpiqûres bleu pastel, un pantalon bleu pastel avec une ceinture blanche, et des chaussures en cuir verni blanc. Ginny songea aussitôt à un pickpocket déguisé en Vierge Marie.

— Que puis-je pour vous ? demanda-t-elle.

— Je voudrais un petit renseignement, dit-il avec un regard concupiscent, en posant sa paume à plat sur le dessus du bureau. Entre ses doigts légèrement écartés, elle aperçut une touche de vert, un morceau de billet de banque, un billet de vingt dollars.

Jamais au cours de son existence Ginny Demeretta n'avait été soudoyée. Pourquoi chercherait-on à la soudoyer ? Elle ne savait rien, elle n'avait pas la moindre influence, et aucune de ses décisions n'avait de conséquences importantes. Aussi sa première réaction fut-elle la méfiance ; elle regarda le billet de vingt dollars en fronçant les sourcils, puis elle lança un regard noir à l'homme.

— C'est pour quoi faire ?

— Je vous l'ai dit, je voudrais un renseignement.

Il esquissa un petit geste avec le menton, comme pour dire « Allez-y, prenez ! »

— Un renseignement ? Quel renseignement ?

— Concernant Mrs. Harwood.

Sa méfiance s'accrut. Ginny jeta un coup d'œil vers le téléphone, encore tout chaud de la présence de Mrs. Harwood. Que se passait-il autour de cette femme ? Si cet individu était un détective privé — à la télévision, c'étaient *toujours* des détectives privés qui proposaient des pots-de-vin —, dans quelle histoire s'était donc fourrée cette charmante jeune femme ?

— Ne vous inquiétez pas, dit le détective privé avec un sourire qui aurait suffi à inquiéter n'importe qui. Vous ne risquez pas d'avoir des ennuis.

— Et Mrs. Harwood ?

Il parut surpris.

— Mrs. Harwood ? Je suis de son côté !

— Contre Van Dinast ?

Est-ce une expression de doute qui s'imprima sur son visage ? Si oui, elle disparut aussitôt, remplacée par un sourire complice.

— Exactement ! Contre Van Dinast !

Ginny continuait à se méfier ; personnellement, cet homme la dégoûtait.

— Que voulez-vous savoir ?

— L'endroit où elle se trouve et sa destination.

— Non.

Elle secoua la tête.

Il parut surpris une fois de plus. La main posée sur le billet de vingt dollars se souleva légèrement.

— Pourquoi non ?

— Peut-être que vous n'êtes pas de son côté ?

— Bien sûr que si ! Et il faut absolument que je la contacte, tout de suite !

— Dans ce cas, vous n'avez pas besoin de connaître sa destination.

Il n'aimait pas ça du tout, mais il se ressaisit. Il haussa les épaules.

— Très bien. Dites-moi seulement où elle se trouve en ce moment.

Était-ce risqué ? Cet homme pourrait appeler Mrs. Harwood, mais il n'avait aucune chance d'atteindre Oil City avant qu'elle n'en reparte.

— Entendu, répondit Ginny.

Elle lui donna le renseignement souhaité et le billet de vingt dollars disparut dans le tiroir de son bureau. Ça y est, elle venait de se faire soudoyer !

Et brusquement, le détective privé se leva d'un bond, son sourire s'était volatilisé, il avait l'air anxieux, la fumée de son cigare délétère masqua son visage, tandis qu'il se penchait vers elle et murmurait d'une voix rauque.

— Ne leur dites rien ! Je sors par-derrière !

— Il n'y a pas d'autre sortie, répondit-elle, mais il était déjà reparti au petit trot vers la rangée de classeurs, et c'est alors qu'elle aperçut les deux hommes qui venaient d'entrer et qui désignaient d'un doigt à la fois surpris et rageur le détective privé qui s'enfuyait.

À la télé, ces deux-là seraient des flics en civil. L'un était blanc, l'autre était noir. Tous les deux étaient grands, de carrure moyenne et proches de l'âge mûr. Tous les deux étaient vêtus de façon plutôt miteuse, le Blanc était même vêtu de façon très miteuse. À vrai dire, ses deux chaussures n'étaient pas identiques. Même Colombo a des chaussures identiques.

— Hé ! s'exclama le Noir.

Il avait une voix d'orateur qui portait loin. Son collègue et lui s'élancèrent à travers la grande pièce, passant devant la rangée de bureaux des recruteurs.

Tournant la tête, Ginny vit le premier individu revenir

du fond de la pièce ; un large sourire hypocrite s'étirait sur son visage comme un collant qui file.

— Tiens, salut les gars ! dit-il. Vous êtes matinaux aujourd'hui !

— Ouais, répondit le Noir. Et la pêche a été bonne.

Exactement ce qu'il aurait dit à la télé. Ginny assistait à la scène, fascinée.

Mais l'intrigue prit brusquement un tour nouveau quand le détective privé supposé s'arrêta devant les deux flics supposés, et leur dit en souriant :

— Vous ne croyez tout de même pas que j'essayais de vous doubler, les gars ?

Le Blanc avait sorti une pipe de sa poche et en souriant d'un air calme et aimable, il pointait celle-ci sur le détective privé.

— Telle était votre intention de toute évidence, mon cher ami. Vous êtes trop stupide pour penser à autre chose.

— Ah ! vous aimez faire marcher les gens, dit le faux détective privé avec un grand sourire constant. J'ai obtenu le renseignement et je retournais au bureau. Je peux vous déposer, les gars ?

— Certainement, répondit le Noir, et tous les trois ressortirent ensemble du bureau.

Ginny les suivit du regard, en fronçant les sourcils. Fallait-il prévenir Mrs. Harwood ? Fallait-il prévenir Van Dinast ? Après tout, c'était sa voiture. Mais qui étaient les méchants dans cette histoire ?

Finalement, la meilleure chose à faire pour Beacon Auto Transport, c'était peut-être de se mêler de ses affaires.

— Au suivant ! lança Ginny.

LE SURVIVANT...

Il existe trois types de gueules de bois. Il y a des gueules de bois vertes, humides et visqueuses, pleines de nausées et de tremblements, accompagnées de cette certitude que l'on a été éviscéré dans son sommeil, et qu'un rat musqué mort depuis peu a pris la place de votre estomac. Il y a les gueules de bois grises, froides et dures comme la pierre, le granit de votre crâne s'est fendu comme le voile du temple, le roc de votre cerveau n'est plus que décombres à l'intérieur, des décombres *douloureux*. Et enfin, il y a les gueules de bois rouges, déchiquetées et trépidantes, des éclairs entrent par une oreille et sortent par l'autre, vous traversent les coudes et les genoux, vous avez des sirènes, des chaises électriques et des coussins péteurs dans l'estomac, des éclats de flash dans les yeux et de l'acide de batterie dans la bouche. Voilà quels sont les trois types de gueules de bois, et Pedro les avait toutes les trois.

En descendant de la fourgonnette d'Inter-Air Transport pour s'aventurer d'un pas chancelant dans la demi-pénombre du cul-de-sac de Jerry, Pedro, qui n'avait aucun souvenir des événements de la veille, pouvait uniquement supposer qu'il se trouvait toujours à Quetchyl, et que pour une raison inconnue la ville avait été détruite par une bombe à hydrogène durant la nuit. Assurément, il était l'unique survivant, s'il était possible de l'appeler ainsi.

— Hiii, fit Pedro en titubant de chaque côté des belles lignes blanches tracées par Jerry sur le sol en béton. Hii, hii, hii.

Peu à peu, sa titubation l'éloigna de la fourgonnette, loin des ténèbres, empruntant la rampe incurvée et contournant les palissades, vers la lumière, vers le jour et vers...

... L'aéroport Kennedy.

— Hou ! fit Pedro.

Les deux mains plaquées sur le front, en partie pour empêcher son crâne d'exploser et se protéger du soleil, Pedro contempla en plissant les yeux l'aéroport international John F. Kennedy de New York, New York. Un taxi jaune passa. Un bus passa. Et puis un taxi — un bus — une voiture — une voiture — une voiture — une camionnette — un taxi — un taxi — un bus — une voiture — un bus — une voiture — une voiture — un bus — un taxi — un taxi. Au-delà de ce mouvement incessant s'ouvrait une vaste étendue accidentée faite de zones de verdure parcourues de routes et bordée de bâtiments modernes. Le soleil de plomb transformait les yeux et le cerveau de Pedro en fromage de chèvre.

Tout en ravivant sa mémoire. Le détournement ! New York ! Le gluppe ! Hiiii... Pedro recula en titubant jusqu'à la palissade et se laissa glisser lentement le long jusqu'à ce qu'il se retrouve assis sur le sol en béton. Normalement, c'était *lui* qui devait être arrêté, *José et Edwardo* étaient censés récolter l'argent pour le faire libérer. Cette distribution des tâches était logique ; Pedro serait excellent dans le rôle du prisonnier, José et Edwardo seraient excellents dans le rôle des sauveurs. La situation inverse n'avait absolument aucun sens, c'était sans espoir.

— Hé, l'ami, ça va pas ?

Pedro était encore trop stupéfait et abattu pour s'étonner du fait qu'il avait compris la question, qui lui avait été posée en espagnol. Levant la tête, les yeux plissés sous l'auvent protecteur de ses mains, il découvrit un visage rond et olivâtre orné sur le devant d'une épaisse moustache noire. Le type avait peut-être une trentaine d'années ; il était petit et mince, vêtu d'une chemise blanche échancrée et d'un pantalon noir, un badge plastifié fixé à la poche de sa chemise indiquait qu'il travaillait pour Air Canada. Il se dirigeait vers l'arrêt du bus réservé aux employés de l'aéroport quand il avait aperçu Pedro assis contre la palissade.

— T'as besoin d'un coup de main ?

— J'ai trop bu, répondit Pedro.

Sa gorge lui brûlait quand il parlait.

Son nouvel ami éclata de rire, comme le font tous les gens devant ce genre de détresse.

— La gueule de bois, hein ? (Puis, avec un léger froncement de sourcils, il demanda :) Au fait, tu viens d'où ?

— Du Descalzo.

— Jamais entendu parler. C'est comme ça qu'on s'habille là-bas ?

Pedro examina sa tenue, découvrant petit à petit son accoutrement composé d'un bleu de travail délavé et coupé grossièrement aux genoux, d'une sorte de blouse de paysan blanche décolletée, avec de longues manches bouffantes. Le bleu de travail trop large au niveau de la poitrine était serré à la taille à l'aide d'une ceinture blanche en plastique, et il portait aux pieds des chaussures rouges à semelles compensées de huit centimètres.

— Oh, non ! dit-il. On m'a donné ça dans l'avion.

— Eh bah, il a dû s'en passer de belles sur ce vol, dit l'autre. Tu devrais aller boire un café.

— J'ai pas de dollars, répondit Pedro. J'ai même pas de peserinas.

— Tu t'es fait braquer ? (Vivant dans cette ville depuis bientôt huit ans, il réagissait avec la compassion indifférente du vrai New-Yorkais.) C'est moche. Tu connais quelqu'un en ville ?

Cette question incita Pedro à le dévisager de nouveau

de la tête aux pieds, en plissant les yeux, frappé soudain par une constatation à retardement :

— Hé, vous parlez espagnol !

— Et toi, alors ? Tu parles esquimau peut-être ?

— Mais on est à New York !

— Exact. Tu connais quelqu'un ici ?

— Il faut... (Pedro essayait de se relever, en luttant contre un environnement hostile de béton et de bois.) Il faut que je trouve... Oooh !

L'autre s'esclaffa.

— Ce qu'il te faut, c'est un coup de main plutôt. Tiens...

Saisissant Pedro par le bras, il l'aida à se remettre debout.

Autour de lui, le monde tangua et se balança. Le monde tournoya et virevolta. Autrement dit, le monde se mit à danser le Hustle. Accroché à la palissade, Pedro parvint néanmoins à achever sa phrase :

— Il faut que je trouve le Musée des Arts des Amériques.

— Tu te fous de moi.

— Vous savez où ça se trouve ?

— Je sais même pas si ça existe.

— Ah ! fit Pedro en hochant la tête, un mouvement qu'il regretta immédiatement.

Il plaqua sa main sur son front en gémissant.

— C'est pas un musée qui va te faire du bien, dit le moustachu. Laisse-moi t'offrir un café. Au fait, je m'appelle Edgar.

— Pedro, avoua Pedro.

— Suis-moi, dit Edgar.

Et Pedro le suivit, n'ayant rien d'autre à faire, et son nouvel ami le conduisit à travers une succession de plaques de terre et de béton, jusqu'à ce qu'ils s'arrêtent tout à coup sans raison apparente, en plein milieu de cet échiquier.

— Il va arriver dans une minute, déclara Edgar.

Pedro n'avait pas la moindre idée de ce qui allait arriver dans une minute, et d'ailleurs il s'en moquait. Marcher avec ces chaussures rouges ridicules aux pieds aurait déjà constitué une rude épreuve s'il avait été au mieux de sa forme, or Pedro était loin d'être au mieux de sa forme. Le fait qu'ils aient cessé de marcher représentait déjà une victoire à ses yeux. Des véhicules continuaient à circuler sur deux ou trois portions de route, plusieurs millions de voitures étaient soigneusement alignées ici et là, et soudain, un bus jailli de nulle part s'arrêta en toussotant juste à hauteur des chaussures rouges de Pedro.

— Allez viens, dit Edgar.

Pedro monta dans le bus avec lui. Edgar adressa quelques mots en anglais au chauffeur ; celui-ci jeta un coup d'œil distrait à Pedro et hocha la tête. Puis il regarda de nouveau Pedro, de haut en bas, il adressa un regard interrogateur à Edgar qui éclata de rire et ajouta quelque chose en anglais. Les deux hommes rirent en chœur, puis Edgar conduisit Pedro vers un siège tout proche, et le bus repartit de manière brutale.

C'était un des bus qui reliaient les divers bâtiments de l'aéroport Kennedy trop éloignés les uns des autres, celui-ci étant un bus gratuit réservé aux employés de l'aéroport. Une dizaine de personnes se trouvaient à bord, plongées pour la plupart dans la lecture d'un journal, et quand un type en combinaison blanche descendit devant le terminal de United en laissant sur son siège *El Diario,* Edgar s'en empara et se mit à le feuilleter. À ses côtés, affalé sur le siège moelleux, Pedro regardait défiler d'un œil morne les bâtiments de l'aéroport. Encore et encore des bâtiments...

— Ho, ho ! fit Edgar.

Pedro tourna sa pauvre tête et vit Edgar qui le dévisageait d'un air soupçonneux.

— Quoi ? demanda Pedro.

— Le Descalzo, hein ? (Edgar lui tendit le journal plié en quatre.) Tiens, jette un œil là-dessus.

Pedro essaya, il essaya sincèrement, mais ses yeux refusèrent de coopérer. Ils lui faisaient voir deux journaux superposés, et tous les mots se chevauchaient. Il voyait bien que c'était écrit en espagnol, et il distinguait la photo un peu sombre d'un avion, mais c'était à peu près tout.

— Oooh, dit-il, car le simple fait de regarder fixement le journal lui donnait envie de vomir. J'y arrive pas, dit-il. Et il ferma les yeux.

Ce qui était une erreur ; il s'empressa de les rouvrir.

— Je vais te dire de quoi ça parle, proposa Edgar.

— Merci.

— Ça raconte que trois types ont détourné sur New York un avion qui venait du Descalzo. Ça raconte que deux des types ont été arrêtés, mais le troisième a réussi à s'échapper.

— Oh ! fit Pedro.

— La police le recherche.

— Oh, fit Pedro, et d'un ton fataliste, il ajouta : ils vont me pendre par la langue.

— La police ?

— Oui, au Descalzo.

Edgar l'observa avec insistance.

— C'est un truc politique, hein ?

Pedro pouvait répondre oui ou bien répondre non. S'il répondait non, il devrait expliquer ce que c'était si ce n'était pas politique. S'il répondait oui, la discussion s'arrêterait là.

— Oui, dit-il.

Les Hispaniques possèdent une longue tradition de méfiance vis-à-vis de l'autorité. D'ailleurs, les Irlandais et les Juifs possèdent eux aussi une longue tradition de méfiance vis-à-vis de l'autorité. Et quand on y réfléchit, *tout le monde* possède une longue tradition de méfiance vis-à-vis de l'autorité. (Exception faite des Allemands, évidemment.) Il n'était donc pas étonnant qu'Edgar adresse un sourire d'encouragement à Pedro, et tapote sur le genou frangé de son bleu de travail, en disant :

— T'inquiète pas. On va s'occuper de toi.

— C'est vrai ?

Et pour la première fois, ou presque, de toute sa vie d'adulte, Pedro se surprit à sourire.

LA BANNIE...

Bobbi ayant déjà libéré sa chambre, elle avait reçu et passé tous ses appels au bureau de la réception du *Holiday Inn,* et après la deuxième conversation avec l'employée de chez Beacon Auto Transport, elle était restée accoudée sur le comptoir quelques instants, à broyer du noir. C'était injuste, voilà tout. Lui reprendre cette magnifique voiture, juste après la lui avoir confiée. Accusée à tort. Et obligée maintenant de faire demi-tour pour *rentrer à New York,* et passer certainement tout le week-end là-bas avant de trouver une autre voiture pour se rendre sur la côte Ouest.

L'employé de la réception, un jeune homme sympathique et propre sur lui, avec une coupe de cheveux datant de 1957 et un blazer jaune, s'approcha et demanda :

— Des ennuis ?

— Non, à peine, répondit Bobbi. À quelle heure ouvre le bar, m'avez-vous dit ?

— Pas avant midi, madame. Désolé, c'est la loi.

— Je ne tiendrai jamais.

Bobbi se dirigea vers la salle de restaurant pour boire un deuxième café et essayer de décider ce qu'elle allait faire maintenant.

Son ami de la veille s'y trouvait, entouré de plusieurs petits déjeuners ; des œufs au plat dans une assiette, des tranches de bacon dans une autre, une pile de pancakes sur une troisième, plusieurs toasts grillés dans une quatrième, plus des petites plaquettes de beurre et des petits pots de confiture dans une cinquième. Et du café, du jus d'orange et un verre d'eau. S'arrêtant à sa table, Bobbi demanda :

— À quelle heure est-ce qu'ils arrivent ?

Il leva les yeux, avec un air joyeux.

— Tiens, bonjour. De qui parlez-vous ?

D'un geste, elle désigna toutes les assiettes.

— La troupe de scouts.

— Oh ! fit-il avec un grand sourire. J'ai commandé tout ça pour vous. Asseyez-vous.

— J'ai déjà pris mon petit déjeuner, répondit-elle en s'asseyant face à lui. Mais je vais reprendre une tasse de café.

— À la bonne heure.

Avec sa fourchette, il fit un signe à la serveuse qui déjà se dirigeait vers eux, une tasse vide dans une main et une cafetière en Pyrex dans l'autre.

Bobbi accepta le café, réclama des sucrettes, remua son café et répondit non à Jerry qui lui proposa successivement des pancakes, un toast, une tranche de bacon, et un de ses œufs.

— Non, je vous assure. Je n'ai pas faim.

— Je croyais que vous deviez être sur la route depuis longtemps, dit-il.

— Oui, moi aussi.

— Des problèmes ?

Elle lui raconta sa mésaventure, accompagnée des expressions de surprise et de compassion appropriées de la part de Jerry, et juste au moment où elle terminait son récit, le garagiste s'approcha de leur table.

— Je peux vous parler une minute, madame ?

— Asseyez-vous, dit Jerry.

— C'est le garagiste, expliqua Bobbi.

Celui-ci, une fois assis, posa les deux coudes sur la table et un regard inquiet sur Bobbi.

— Le propriétaire de la bagnole a rappelé, dit-il.

— Ah bon ?

— Il veut que je remorque la voiture jusqu'au garage pour l'examiner et que je lui dise d'où vient le problème.

— Parfait.

— Mais je n'ai pas le droit de vous laisser la conduire.

— Oui, je suis déjà au courant.

— Qu'est-ce que je fais de vos bagages dans ce cas ?

— Oh...

Le découragement s'installait au-dessus de Bobbi comme un front froid stationnaire.

— ... Autant les rapporter ici maintenant.

— O.K. ! (Le garagiste sembla se lever pour prendre congé, puis il hésita et regarda de nouveau Bobbi en fronçant les sourcils.) Il y a autre chose, ajouta-t-il.

— Ah...

— Au sujet de la voiture qu'on aurait soi-disant sabotée.

— Encore !

L'abattement céda place brièvement à la colère.

— Le propriétaire voulait que je lui dise si selon moi quelqu'un avait volontairement fait quelque chose à sa voiture.

— Ce type est vraiment un salopard, dit-elle.

Jerry qui avait observé et écouté cet échange intervint :

— Le propriétaire pense qu'on a saboté sa voiture exprès ?

— Il croit que c'est moi, répondit Bobbi.

— En fait, dit le garagiste, j'ai jeté un rapide coup d'œil, et il se peut qu'on ait réellement trafiqué la voiture.

Bobbi ouvrit de grands yeux.

— C'est impossible !

— Y a du liquide de transmission par terre, expliqua le garagiste. On dirait que le carter a été percé avec un pic à glace ou je ne sais quoi. Et j'ai bien l'impression qu'on s'est arrangé pour empêcher toute arrivée d'air. En tout cas, vous n'avez pas pu venir jusqu'ici dans ces conditions.

Bobbi demanda alors :

— Vous croyez que c'est moi qui ai saboté cette voiture ?

— Non, répondit le garagiste. Mais je pense que quelqu'un l'a peut-être fait. Et même si c'était vous, j'irais pas vous jeter la pierre. Pardonnez mon langage, mais je trouve que ce type est vraiment un sale con.

— Vous êtes tout excusé. Mais je vous assure que je n'y suis pour rien. Cette voiture devait m'emmener en Californie. De plus, je ne sais même pas à quoi servent toutes les choses dont vous me parlez. Franchement, je serais incapable de saboter une voiture.

— Non merci, dit le garagiste à la serveuse, pas de café pour moi. (Il s'adressa ensuite à Bobbi.) Le problème, c'est que si je lui explique ce qui est arrivé à sa voiture, il vous tiendra pour responsable et il risque de vous causer des ennuis.

— Oh, mon Dieu ! Quelle histoire ! Mais qui pourrait faire une chose pareille ?

Le garagiste haussa les épaules.

— C'est une jolie voiture. Immatriculée à New York. Quelqu'un qui était de mauvaise humeur, peut-être.

— Dans ce cas, j'espère qu'il se sent mieux aujourd'hui, dit Bobbi.

Jerry s'adressa au garagiste.

— Écoutez, vous savez bien qu'elle n'y est pour rien. Pourquoi ne pas la couvrir, et expliquer au type que c'est simplement une panne ordinaire ?

— Oui, possible, répondit le garagiste, s'il y a pas de pièces foutues. C'est pas comme une Chevrolet ou une Ford, vous voyez. Les pièces détachées de Jaguar ne courent pas les rues par ici.

— Mais si vous pouvez le faire ? insista Jerry.

Le garagiste haussa les épaules.

— Si je peux arranger le coup sans me foutre dans la merde...

Il se tourna vers Bobbi et baissa la tête, l'air honteux.

— Excusez mon langage.

— Je vous en prie.

— Quoi qu'il en soit, dit le garagiste en se levant, si jamais je suis obligé de signaler ce qui s'est passé, j'ai un cousin qui est dans la police d'État. Je le mettrai au courant de la situation. Mais vaudrait peut-être mieux que vous traîniez pas trop dans le coin.

— Oui, merci, dit Bobbi.

— Je vais chercher vos affaires.

— Merci.

Après son départ, Jerry dit :

— Quand il reviendra, glissez-lui discrètement un billet de dix dollars pour le remercier.

— Vous croyez ?

— J'en suis sûr. Bon, vous allez faire quoi maintenant ?

— Dieu seul le sait. Retourner quelque part à New York, j'imagine.

— Je peux vous y conduire.

Elle le regarda avec étonnement.

— Je croyais que vous alliez vers l'ouest.

— J'ai eu ce que je venais chercher, répondit-il. Maintenant je rentre. Venez avec moi.

Elle fronça les sourcils, hésitante. Est-ce qu'elle ne se laissait pas entraîner malgré elle dans une sorte de relation intime ? Tout cela était trop rapide, et prématuré ; après juste un jour d'indépendance, voilà qu'un type tout neuf frappait à sa porte.

Comprenant le sens de cette grimace, Jerry lui adressa un large sourire, en écartant les mains et en disant :

— Ça ne vous engage à rien.

— Je ne sais pas...

À cet instant, le réceptionniste au blazer jaune apparut et lui dit :

— Un autre appel pour vous, Mrs. Harwood.

— Ah, fit-elle en se levant. Peut-être a-t-il changé d'avis ! Peut-être qu'il va me laisser conduire sa voiture finalement !

Personne n'aurait pu lui reprocher de se méprendre sur le sens de l'expression chagrine qui traversa alors le visage de Jerry.

Mais ce n'était pas Van Dinast au téléphone. C'était cet emmerdeur de Chuck.

— Bobbi, dit-il, tu me manques terriblement.

— Oh, pour l'amour du ciel, Chuck, laisse tomber !

— Je ne veux pas vivre sans toi, Bobbi ! Tu comptes trop pour moi.

— Tu racontes des conneries, Chuck, et tu le sais. Et d'abord, comment as-tu fait pour savoir où j'étais ?

— Je te retrouverais au bout du monde, Bobbi. Est-ce que ça ne prouve pas à quel point j'ai besoin de toi ?

On entendait des voix d'hommes à l'arrière-plan.

— Où es-tu ? demanda-t-elle. Avec qui ? Quelles sont ces voix que j'entends derrière toi ?

— Des voix ? Il n'y a aucune voix, dit-il et la conversation qui se déroulait dans son dos s'interrompit brusquement. Il n'y a que toi et moi au monde, Bobbi, le reste ne compte pas.

Jamais il ne lui avait parlé de cette façon. Jamais. Il y avait quelque chose de louche là-dedans, mais elle ne savait pas quoi.

— Chuck, je suis désolée, dit-elle, mais je n'ai pas changé d'avis. Nous deux, c'est terminé. Adieu.

— Attends ! Ne bouge pas, Bobbi, je saute dans un avion. Je serai là cet après-midi. Attends-moi, Bobbi !

— C'est hors de question.

— Attends-moi ! J'arrive quand même. *Je t'en supplie,* ne pars pas sans m'avoir vu, sans m'avoir parlé une dernière fois. Accorde-moi au moins ça, *s'il te plaît.* Attends-moi !

— Inutile d'insister, Chuck, je pars immédiatement.

— Non, ne fais pas ça ! J'arrive, je serai là dès que possible !

— Non, ça ne sert à rien !

Mais il avait déjà raccroché. Il avait raccroché et il était prêt à la poursuivre à travers le monde. Tout cela n'avait aucun sens. Ce n'était pas son genre de se comporter de cette façon, il était plutôt du style à se renseigner sur sa destination en Californie et à faire en sorte d'y arriver avant elle pour l'attendre avec son air narquois et supérieur.

Et qui étaient ces gens qui parlaient dans son dos ?

Et *comment* l'avait-il retrouvée ?

Mon Dieu, était-il de mèche avec Van Dinast ?

Bobbi regagna la salle de restaurant d'un pas énergique ; ses deux valises étaient posées près de la chaise de Jerry, et de l'autre côté, la harpe se dressait de façon menaçante dans sa caisse noire. Jerry l'accueillit avec un grand sourire lorsqu'elle se rassit.

— Je me suis occupé du garagiste, dit-il.

— Parfait. Et maintenant, vous pouvez vous occuper de moi. Je rentre à New York avec vous si l'offre tient toujours.

Il sourit comme un enfant devant le Père Noël.

— Ravi de faire le trajet en votre compagnie.

LE PROFESSIONNEL...

— Dis donc, c'est un chouette bureau que t'as là, dit Frank.

— Merci, répondit Mel.

Il était de mauvaise humeur, et il ne cherchait pas à le cacher. Il n'aimait pas voir ces deux types envahir les bureaux de l'Agence Littéraire Zachary George ; ils n'étaient pas à leur place.

C'est Angela qui avait eu l'idée de transférer le Q.G. de chez eux au bureau de Mel, sous prétexte que Mandy et elle avaient l'intention de se livrer à un grand nettoyage de printemps, mais quand il avait donné son accord, Mel s'attendait à recevoir uniquement un ou deux appels de Jerry. Au lieu de cela, voilà que Frank et Floyd s'étaient installés sur place, réquisitionnant le téléphone, fouillant dans des affaires qui ne les regardaient pas, et surtout, ils cassaient les pieds à Ralphi la réceptionniste.

Un exemple. Floyd se trouvait présentement dans le bureau de Ralphi, affalé dans le canapé, les pieds posés sur la table basse, faisant son numéro minable à la jeune femme, et en entendant cette dernière taper à la machine, Mel devinait qu'elle n'aimait pas ça du tout. Frank, pendant ce temps, examinait le moindre recoin, comme s'il avait l'intention d'acheter les lieux, ouvrant les tiroirs des classeurs, respirant les plantes en plastique ou caressant les papiers peints. Et on se foutait pas mal de savoir qu'il trouvait que c'était un chouette bureau !

Mais le problème principal venait de Floyd. Si jamais Ralphi se fâchait pour de bon (déjà, elle n'avait pas apprécié que Mel soit absent hier toute la journée, après être parti de bonne heure la veille), elle risquait de prendre ses affaires et de ficher le camp. Et ensuite ? Si Ralphi s'en allait, elle emporterait à coup sûr Ethelred Marx avec elle, son petit ami complètement défoncé qui lisait les manuscrits et rédigeait les lettres dans la pièce voisine, et si jamais *cela* se produisait, Mel serait de nouveau obligé de lire lui-même les manuscrits. Cette simple pensée lui donnait des migraines et lui soulevait l'estomac.

Trop c'était trop. Se levant de son bureau, Mel se dirigea d'un pas vers la porte de communication, et sans se soucier du regard noir de Ralphi, il dit :

— Floyd, viens voir ici une minute. Il faut que je te parle de ta *femme.*

Floyd prit un air outré. Se levant d'un bond, en renversant la moitié des magazines posés sur la table basse, sans prendre la peine de les ramasser, il se précipita dans le bureau de Mel et claqua la porte derrière lui.

— Nom de Dieu, Mel, pourquoi t'as fait ça ? J'étais sur le point d'emballer cette fille.

— Tu étais surtout en train de passer pour un con, répliqua Mel.

— Con toi-même ! Cette fille en pince pour moi !

— Non, elle n'en pince pas pour toi, abruti, elle en pince pour une sorte de poète totalement disjoncté nommé Ethelred Marx avec qui elle *vit* !

— Ah, elle vit avec, hein ? (Une lueur de spéculation brilla dans le regard de Floyd.) Elle est pas mariée, alors ? Mais elle vit avec ce gars. Ça ne m'étonne pas.

— Frank ! hurla Mel. Sors la tête de ce tiroir !

Frank sembla vaguement surpris.

— Hé, qu'est-ce qui te prend aujourd'hui ?

Floyd s'était assis sur le canapé. Il demanda :

— Et ce type avec qui elle vit ? Il est marié lui ? Peut-être qu'elle aime les hommes mariés.

Pointant un doigt rageur sur le nez de Floyd, Mel s'exclama :

— Si tu dis encore un seul mot à cette fille ou à son sujet, j'appelle Barbara.

— Tu ferais pas ça !

Frank qui continuait à fouiller dans le classeur dit :

— C'est ça le problème ? T'as importuné cette fille, Floyd ?

— Comment ça importuné ? Je lui ai raconté quelques blagues, voilà tout.

— Tu étais le seul à rire, dit Mel.

Frank s'adressa à son frère :

— Laisse tomber, Floyd. (Et juste au moment où Mel allait le remercier pour son aide, Frank gâcha tout en lui adressant un grand sourire accompagné d'un clin d'œil.) Hé ! tu as des vues sur elle, hein, c'est ça ?

— Oh, oh ! s'exclama Floyd. Bon sang, Mel, fallait le dire avant ! Je m'en voudrais de te couper l'herbe sous le pied, vieux.

— Écoutez-moi, bande de rigolos, dit Mel. Vous n'allez peut-être pas le croire, mais une femme est autre chose qu'un objet sexuel.

— Ah, bon ? fit Frank, en replongeant la tête dans le tiroir du classeur.

— Quoi par exemple ? demanda Floyd.

— Par exemple, dit Mel, *celle-ci* est standardiste. Et une sacrément bonne standardiste. Pour le prix que je les paye, ce n'est pas facile d'en trouver une bonne. Son petit copain travaille pour moi comme lecteur, et *lui aussi* il est bon, et si jamais elle s'en va, je ne pourrai jamais les remplacer ni l'un ni l'autre, surtout lui. Alors, bas les pattes !

— D'accord, d'accord, dit Floyd. Pas de quoi s'énerver.

Soudain, Frank s'exclama :

— Hé, écoutez un peu ça ! « Sa main abaissa la braguette du pantalon, et ce qu'elle découvrit à l'intérieur fit naître un sourire sur ses lèvres humides. "Ne vous inquiétez pas, docteur, dit-elle. Je ne mords pas." ».

— C'est quoi *ça ?* demanda Floyd.

Ça, c'était un manuscrit rangé dans une boîte que Frank avait découverte dans un des tiroirs du classeur. En fait, comme Mel s'en aperçut immédiatement, c'était *son* manuscrit *La névrosée et le novice,* son roman dans lequel une fille kidnappait un psychiatre pour l'obliger à soigner sa sœur jumelle nymphomane.

— Stop ! s'écria-t-il en agitant les bras dans la direction de Frank. Range ça immédiatement !

Mais c'était trop tard. Floyd s'approchait de Frank, en disant :

— Fais voir ce machin. C'est quoi ?

— J'en sais rien, dit Frank. Une sorte de bouquin de cul.

— Qui c'est qui l'a écrit ? Laisse-moi voir.

— Rangez-ça ! hurla Mel.

Rien à faire. Frank retournait le manuscrit dans tous les sens ; il trouva enfin la page de titre et lut à voix haute :

— *La névrosée et le novice,* de Mel Byrne. (Perplexe, il regarda la page de titre, puis il regarda Mel, puis de nouveau la page de titre.) Mel Byrne. Mel Bernstein. Mel Byrne... (Il regarda Mel en fronçant les sourcils.) Hé, c'est *toi* qui as écrit ce truc !

— Non, c'est faux.

— Mais si, c'est toi. T'as écrit un bouquin de cul !

Floyd qui s'était emparé d'une partie du manuscrit s'écria :

— Hé, écoutez un peu ce passage !

— Chut, pas si fort ! hurla Mel.

— Tu as écrit un bouquin. Pas de quoi avoir honte, dit Frank.

— Ce n'est pas terminé, dit Mel. Je suis gêné, c'est normal. Je voulais que personne ne le sache avant qu'il soit fini.

— Oh ! la vache, dit Floyd. C'est drôlement cochon !

Mel pointa un doigt tremblant.

— Si jamais l'un de vous deux, espèce de salopards, en parle à qui que ce soit. Je dis bien qui que ce soit...

— Pas un mot, promit Frank.

— Pas même à vos femmes, ni à Angela. À *personne.*

— Angela n'est pas au courant ?

— *Personne* est au courant, répondit Mel, et le téléphone sonna à cet instant. (Il décrocha.) Allô ! Allô !

Ralphi déclara d'un ton glacial :

— Un certain Jerry veut vous parler.

— Ah, bien ! Euh, écoutez, Ralphi, je suis désolé pour ce qui s'est passé tout à l'heure. Ça ne se reproduira plus, je vous le promets.

Il pouvait se permettre de dire ça, car Frank et Floyd étaient maintenant plongés dans différents passages du manuscrit et ils ne prêtaient plus la moindre attention à Mel.

— Ce n'est pas grave, répondit la jeune standardiste, et elle raccrocha.

Je vais lui donner sa journée, se dit Mel. *Non, je lui donnerai toute sa journée de demain, et je prendrai un jour de congé moi aussi.* Il appuya sur le second bouton du téléphone et dit :

— Allô !

La voix de Jerry dit :

— Je suis sur le chemin du retour.

Mel serra le combiné de toutes ses forces.

— Ça y est, tu l'as ?

— Pas encore. La fille rentre avec moi.

— Tu la ramènes à New York ?

— Oui.

— Écoute-moi, Jerry. Arrange-toi pour piquer la statuette en cours de route et largue la fille avant d'arriver. Si tu la ramènes jusqu'ici, elle va nous dénoncer aux flics avant qu'on ait le temps de fourguer le truc. On ne sait pas qui sont ses amis, on ne sait rien d'elle.

— Qu'est-ce que tu veux dire, Mel ? Tu voudrais que je l'abandonne au bord de la route ?

— Ne t'inquiète pas pour elle, Jerry. Elle a du fric, c'est une fille adulte, elle n'a besoin de personne pour se débrouiller. De toute façon, tu ne peux pas la garder avec toi après lui avoir piqué ce que tu sais, sinon elle risque de s'en apercevoir, et tu ne vas quand même pas attendre d'arriver en ville, parce que dans ce cas, tu risques de ne pas pouvoir lui piquer le truc. Alors suis mon conseil, prends la statuette, balance la fille et rapplique ici.

— Bon sang, Mel...

— Qu'est-ce qui t'arrive, Jerry ? Généralement, c'est toi le plus malin de la bande. Réfléchis un peu, il n'y a pas d'autre solution.

Une pause, un silence, une hésitation, puis ce qui ressemblait étrangement à un soupir, et enfin la voix de Jerry :

— Entendu, Mel, je crois que tu as raison.

— Évidemment que j'ai raison. Et tu le *sais*.

— Quoi qu'il en soit, on part maintenant. D'après mes calculs, on devrait arriver à New York en plein pendant l'heure de pointe.

— Toi tout seul, Jerry. Avec la statuette.

— Ouais.

— On t'attend, dit Mel.

Il raccrocha et se tourna vers les deux autres pour les mettre au courant.

Tu parles. Ils s'étaient installés tous les deux sur le canapé, chacun avec une partie du manuscrit de Mel, et la ferveur avec laquelle ils le lisaient laissait supposer qu'il s'agissait peut-être d'un best-seller en définitive.

Mel poussa un soupir. Au moins pendant ce temps, ils se tenaient tranquilles.

LES VOYAGEURS...

Mel avait raison, bien entendu. Jerry le savait, il le savait déjà avant d'appeler. La seule chose à faire, c'était de s'emparer de la statuette le plus vite possible, se débarrasser de la fille, et rentrer dare-dare à New York. Tel était l'objectif, non ? C'était l'objectif depuis le début, et ça n'avait pas changé. D'ailleurs, y avait-il une autre possibilité ?

Non, il n'y avait pas d'autre possibilité.

Ressortant de la cabine téléphonique, Jerry regagna la salle de restaurant et trouva la jeune femme en train de rectifier son rouge à lèvres. On avait de nouveau rempli sa tasse de café.

— Bon Dieu, dit-il, encore du café !

— Je lui ai dit que vous n'en voudriez sans doute pas.

— À New York, on ne vous sert pas autant de café.

Bobbi semblait amère.

— À New York, on ne vous donne *rien du tout.*

— Ce n'est pas nécessaire. Vous êtes prête ?

Elle l'était. Il avait déjà réglé l'addition, alors il prit les valises, pendant qu'elle poussait la harpe, et ils se dirigèrent vers le break d'Angela garé sur le parking.

Dans quelle valise se trouvait la statuette ? Il les soupesa l'une après l'autre, comme s'il espérait le deviner grâce au poids.

— Ah, évidemment ce n'est pas une Jaguar, dit-il lorsqu'ils arrivèrent devant le break. Mais ça vous conduit aux mêmes endroits.

Elle secoua la tête.

— Non, c'est faux. La Jaguar m'aurait conduite à Los Angeles.

— Désolé, dit-il avec un large sourire. Ce n'est pas tout à fait mon chemin.

— Je sais.

Il fourra les bagages dans la voiture ; ils montèrent à bord et Jerry prit la direction de l'autoroute 80.

Une chose étrange se produisit — ou plutôt, faillit se produire —, lorsqu'ils atteignirent l'échangeur. Jerry aperçut le panneau sur le bord de la chaussée, indiquant *80 Ouest* avec une flèche vers la droite, et *80 Est* avec une flèche pointée tout droit. Et soudain, il eut l'idée de prendre la *80 Ouest* et non la *80 Est,* et de rouler en direction de la Californie. Il dirait la vérité à la fille au sujet de la statuette, il appellerait les gars un peu plus tard lorsqu'ils s'arrêteraient pour déjeuner, et il partirait explorer le monde. Floyd pouvait s'occuper d'Inter-Air Transport, pour un temps du moins, et Mel pouvait se charger de vendre la statuette là-bas à New York ; Jerry la livrerait au moment et à l'endroit souhaités par l'acheteur. Et si, après tout, New York n'était pas le monde ? Il pouvait quand même aller jeter un œil, non ? Et revenir ensuite à New York s'il s'ennuyait.

Toutes ces pensées lui traversèrent l'esprit, sous forme d'un plan complet et détaillé, en un éclair. Puis il tourna la tête pour observer le profil de Bobbi, et tout s'évanouit, comme un souffle à la fenêtre.

Pour commencer, il ne connaissait même pas cette

fille. Ils ne vivaient pas ensemble ni rien, et même s'il était certain de lui plaire, cela ne voulait pas forcément dire qu'elle avait envie de se mettre en ménage avec lui.

Deuxièmement, *la statuette était à elle.* S'il lui avouait la vérité, pourquoi choisirait-elle de partager avec lui, ou avec quelqu'un d'autre ? Autrement dit, il serait obligé de la lui prendre de force, ce qu'il refusait de faire, et même s'il le faisait, elle irait le dénoncer aux flics, et il n'était pas du tout certain qu'elle ne réussirait pas à l'identifier et à le retrouver par la suite.

Mais il y avait un tas d'autres choses. Son expression, par exemple ; elle était déprimée et furieuse, et cela lui donnait un air renfrogné et hostile qui ne vous incitait pas à partager une aventure ou à lui confier des secrets. De plus, elle était mariée, et il était toujours possible qu'elle retourne auprès de son époux. En outre, avait-il réellement envie de s'embarquer avec une femme qui balançait toutes vos fringues par la fenêtre quand elle était en rogne ? Et enfin, il n'avait pas oublié la vision de la cuisine des Harwood, *Angela* elle-même n'était pas aussi bordélique.

D'un autre côté, c'était agréable de bavarder avec cette femme, elle était séduisante, elle savait danser le Hustle, c'était une New-Yorkaise, elle paraissait intelligente et spirituelle, et il avait l'impression qu'il lui plaisait bien.

Mais ce n'était pas suffisant. Direction l'est.

LE FILS PRODIGUE...

— Tu veux encore un peu de café, Wally ?

— Non merci, maman. Je suis plein. Fichtre, tu parles d'un petit déjeuner !

Wally et sa maman échangèrent un sourire, rempli de petit déjeuner et de camaraderie.

— Je suis bien content d'être revenu à la maison, maman, déclara Wally, et il le pensait sincèrement.

— Et moi, je suis contente que tu sois revenu, Wally.

Ils s'étaient longuement confiés l'un à l'autre au cours de la nuit, et tout était désormais redevenu comme autrefois, avant que ne débute cette folie. Wally lui avait tout raconté, enfin presque tout. Il avait laissé de côté quelques détails qui auraient pu peiner sa maman, comme par exemple le fait de coucher avec Angela Bernstein, ainsi que deux ou trois autres choses. Mais exception faite de ces oublis volontaires, dans l'unique intérêt de sa maman, Wally lui avait tout raconté. Comment, alors qu'il cherchait à vendre une piscine dans une maison du Queens, il avait surpris une conversation concernant une statuette d'une valeur d'un million de dollars. Comment cette conversation lui avait fait perdre la tête momentanément, et comment il s'était mis à courir dans tous les sens avec frénésie pour essayer de mettre la main sur cette fichue statuette. (Comme s'il n'avait pas déjà tout ce qu'il désirait ici à Valley Stream, où il possédait un bon travail et la meilleure maman du monde.) Comment, ensuite, il était allé jusqu'à s'associer avec un de ces escrocs qui l'avait finalement abandonné tout là-bas dans le New Jersey. Et c'est en se retrouvant seul et sans amis, là-bas dans le New Jersey, entouré d'individus excentriques, de membres de la jet-set et de stars de cinéma, qui tous se moquaient éperdument de Wally Hintzlebel, qu'il était soudain retombé sur terre.

Brusquement, cette force qui l'habitait s'était évanouie, comme de la fumée sur une montagne enneigée après un incendie. Cette nécessité urgente, cette frénésie, ces décharges électriques, ce désir impérieux et survolté d'*être*, de *faire*, de *devenir !* « Dépêche-toi ! Vite ! *Danse !* » Disparu tout cela, pour de bon, le combat était terminé, la couverture chaude du bonheur de vivre redescendait sur ses épaules, les bocaux de conserves sur l'étagère sombre tout en haut se reconstituaient, ils étaient de nouveau intacts, comme un trucage photographique, un film qui se déroule à l'envers. « Soudain, j'ai compris, comme l'avait expliqué Wally à sa mère cette nuit, que l'argent ne m'apporterait pas plus de bonheur. »

Alors, il avait repris le long et difficile chemin de la maison, en faisant du stop, en empruntant des cars, des métros et des taxis, pour finalement arriver hier soir et décharger toute sa conscience (presque toute) devant sa maman, en lui demandant de lui pardonner et de bien vouloir le reprendre. Après une longue conversation, une très longue conversation, elle l'avait repris évidemment, et ils étaient de nouveau les meilleurs amis du monde, comme avant.

Et aujourd'hui, comme tous les jours, Wally venait de terminer le délicieux petit déjeuner que lui avait préparé sa maman, et il l'embrassait sur la joue, avant de partir vendre des piscines aux petits-enfants des immigrants misérables. Et il était heureux, car il avait chassé de son esprit toutes ces idées stupides de Prêtre Aztèque Dansant.

Mais dans ce cas, que fait-il encore dans cette histoire ?

LA PETITE TROUPE...

Si la politique crée parfois de drôles de couples, l'appât du gain, lui, crée d'étranges compagnons de voyage. Ainsi, Chuck Harwood, éminent professeur d'université parti vers les contrées sauvages de Pennsylvanie à la recherche de son épouse, voyageait présentement en compagnie du financier Victor Krassmeier, de l'escroc

August Corella, du militant politique Oscar Russell Green et du spécialiste en marketing Bud Beemiss.

Leur vol charter conduisit en moins d'une heure et demie les cinq hommes de New York à l'aéroport de Pittsburgh, où ils montèrent à bord d'une Oldsmobile Delta de couleur bronze, le plus grand véhicule que put leur fournir l'agence locale de Hertz dans un délai aussi court. Une heure et demie plus tard, ils atteignaient le *Holiday Inn* situé près de Oil City, et Oscar dit :

— Vas-y, Chuck. On t'attend dehors.

— Pourquoi ? demanda Chuck. Allons-y tous ensemble.

— Pour des retrouvailles entre un mari et son épouse ? Voyons, Chuck, avant de récupérer la statuette, il va falloir que tu te réconcilies avec Bobbi.

— Oui, tu as sans doute raison. (Chuck descendit de voiture.) Je... euh... J'en ai pour une minute, dit-il.

— Prends ton temps, Chuck, répondit Oscar. Tu veux qu'elle revienne, non ? Et pas seulement à cause de la statuette, hein ?

— Oh oui, bien sûr. Mais elle finira par revenir de toute façon, tu le sais bien. Tôt ou tard.

— Qu'importe, dit Oscar qui s'inspirait de l'expérience de ses trois mariages, il faut y aller en douceur avec cette fille-là. On t'attend ici.

— D'accord.

Chuck se dirigea d'un pas lent vers l'entrée de l'hôtel.

Pendant ce temps, les autres descendirent à leur tour de voiture pour profiter du soleil. Ils étaient encore en train de s'étirer et de se gratter, quand Chuck réapparut, moins d'une minute après être entré dans l'hôtel, l'air hébété.

— Elle ne m'a pas attendu, déclara-t-il. Le type à la réception m'a dit qu'elle était repartie depuis plusieurs heures déjà. Elle ne m'a pas *du tout* attendu, elle est partie immédiatement après mon coup de téléphone.

— Formidable, ironisa Corella. Vous n'avez vraiment aucun pouvoir sur votre femme, hein ?

— Du pouvoir ? (Chuck semblait ignorer le sens de ce mot.) Bobbi est un être humain adulte après tout.

— Conneries.

— Bon, qu'est-ce qu'on fait maintenant ? demanda Oscar. On lui court après jusqu'en Californie ?

Corella s'adressa à Chuck :

— C'est quoi sa bagnole ?

— Aucune idée.

Corella lui jeta un regard noir.

— Bande de dupes. Attendez-moi ici, je reviens tout de suite.

Et il s'éloigna d'un pas énergique, en défroissant sa veste blanc cassé et son pantalon bleu pastel qui avaient beaucoup souffert durant le voyage.

Les autres patientèrent en faisant les cent pas autour de l'Oldsmobile jusqu'à ce que Corella ressorte de l'hôtel, en souriant dans le soleil, visiblement satisfait de lui.

— Heureusement que j'ai eu l'idée de me renseigner, dit-il. Elle n'est pas du tout en route pour la Californie. Elle est repartie à New York.

Tout le monde s'exclama, « New York ! » et Chuck ajouta :

— Je savais qu'elle me reviendrait.

Corella émit un petit ricanement sarcastique.

— Ah oui ? Vous vous appelez Jerry Spaulding ?

— Jerry comment ?

Corella leur rapporta l'histoire que lui avait racontée le réceptionniste, la Jaguar qui tombe en panne et qu'il faut remorquer, Bobbi Harwood qui passe et reçoit un certain nombre de coups de téléphone, et Bobbi qui accepte finalement de repartir avec un gentleman nommé

Jerry Spaulding qui rentrait justement à New York. Grâce au pouvoir lubrifiant d'un billet de dix dollars, Corella avait pu se faufiler jusqu'à la fiche de renseignements remplie par Jerry Spaulding, sur laquelle il avait relevé le numéro d'immatriculation de sa voiture. D'après le réceptionniste, il s'agissait d'un break vert foncé, très certainement un modèle Ford.

— Autrement dit, intervint Krassmeier, nous devons reprendre l'avion pour rentrer à New York afin d'y être avant elle.

— Hé, attendez une minute, dit Oscar. Le type s'appelle Jerry Spaulding, c'est bien cela ?

— Pourquoi ? demanda Corella. Vous le connaissez ?

— Le chef de l'autre bande. Manelli. Son prénom, c'est pas Jerry ?

Tout le monde se regarda.

— L'enfoiré ! cracha Corella.

— Il a la statuette ! s'exclama Chuck.

— Et votre épouse, lui rappela Bud.

— Il ne peut pas la vendre, répondit Chuck. Tous dans la voiture. Il faut les rattraper !

LES BONS AMIS...

Du sommet de la colline, ils pouvaient apercevoir vers le nord, par-delà les pentes abruptes couvertes de sapins vert foncé, des montagnes encore plus hautes qui prenaient des teintes violettes et pourpres sous le ciel bleu. Les deux lignes parallèles et pâles de l'autoroute 80 grimpaient vers eux sur leur gauche, traversaient un pli entre les collines, avant de franchir une arête sur la droite pour disparaître ensuite vers New York. Quelques cicatrices d'explosions de dynamite dues au processus d'aplanissement étaient encore visibles sous forme de croûtes de terre rouge et de pierre blanche au milieu du vert dominant. Quelques camions roulaient pesamment sur l'autoroute, en laissant échapper des petits nuages noirs de gas-oil. Une Porsche blanche se faufila entre eux, en direction de l'est, et disparut de l'autre côté de l'arête. Bien plus au nord, des petits nuages blancs cotonneux planaient dans le ciel. Aucun bruit de circulation ne montait jusqu'ici, au sommet de la colline, mais un peu plus bas, des oiseaux s'appelaient et se répondaient.

— C'est beau ici, commenta Bobbi. Vraiment très beau.

— Oui, c'est beau, répondit Jerry, mais elle devinait à sa voix que cela le laissait indifférent ; il cherchait seulement à se montrer agréable.

Abandonnant la contemplation de la vue pour reporter son attention sur lui, assis au milieu des restes de leur pique-nique, elle dit :

— Vous êtes vraiment un gars de la ville, hein ?

— Je n'ai jamais prétendu le contraire. Tenez, buvez un autre Bloody Mary.

— Encore ? J'en ai déjà bu deux.

— Il faut bien utiliser tous ces glaçons.

Ils avaient roulé plus de deux heures à travers la Pennsylvanie, vers le soleil levant, tandis que Bobbi parlait de son mariage, de l'époque où Chuck et elle avaient vécu au Tchad ou au Guatemala, et de son expérience de musicienne dans un orchestre symphonique, de ce qu'elle avait l'intention de faire une fois installée en Californie, et c'est seulement beaucoup plus tard qu'elle s'aperçut que Jerry n'avait quasiment pas parlé de lui. Chaque fois qu'elle semblait marquer le pas dans son récit autobiographique, il lui posait une autre question pour enclencher un nouveau chapitre.

Jusqu'à ce que, simultanément, ils découvrent l'un et l'autre qu'ils avaient faim. Quittant l'autoroute 80 à proximité de State College, ils avaient déniché un magasin d'alimentation qui leur avait fourni du pain, du fromage, des tranches de viande froide et de charcuterie, du jus de tomate, et des verres et des couverts en plastique. Un magasin de spiritueux avait fourni la vodka, et le distributeur d'une station-service leur avait donné un sac renfermant assez de glaçons pour organiser un vernissage. Puis ils avaient roulé encore pendant presque une heure sur la 80 avant de trouver un coin parfait pour pique-niquer ; un endroit à l'écart de la route, un endroit sans clôture à escalader, et où une pente pas trop raide leur permettait de s'éloigner sans trop de peine des nuisances de l'autoroute. Ils ignoraient qu'ils se trouvaient dans le parc national de l'Aigle Chauve, et c'est dommage, car ce nom leur aurait beaucoup plu.

Quant au sexe. Eh bien, quant au sexe... il ne s'était rien passé, même si cette pensée n'avait cessé d'occuper l'esprit de Bobbi. La nuit dernière, elle avait éprouvé une certaine satisfaction dans le fait de savoir qu'elle *aurait pu* coucher avec ce type, et qu'elle aurait sans doute aimé cela sur le moment, mais qu'elle était trop intelligente, indépendante et trop *originale* pour sauter à pieds joints dans ce genre de complications. Tandis qu'elle sombrait peu à peu dans le sommeil, elle avait repensé à ses dix ans de mariage, dix ans de fidélité à un seul homme (à l'exception d'un épisode confus, sans intérêt et dont elle se souvenait à peine, chez des amis dans une maison des environs de New York), et il lui était apparu que les retrouvailles avec des relations sexuelles *excitantes* constitueraient très bientôt un des nombreux avantages accessoires liés à sa décision de quitter Chuck. Mais rien ne pressait. Une vie sexuelle nouvelle et différente l'attendait à coup sûr, lorsqu'elle serait prête ; pour l'instant, l'attente suffisait à la contenter.

Autant pour ses résolutions de la nuit dernière.

Aujourd'hui, le jeune homme qu'elle avait rejeté pour toujours occupait encore le devant de la scène. Mais ce n'était plus le dragueur de bar, le cavalier désinvolte, merci-mais-non-merci. Il était devenu une personne véritable, un individu face auquel elle devait réagir comme un individu. Et aujourd'hui, l'idée de sexe devenait *très* pressante.

Pourtant, on ne pouvait pas dire que c'était la faute de cet homme. Il ne s'était pas montré entreprenant ni insistant, il n'avait fait aucune avance ni aucune allusion à caractère éminemment sexuel. D'un autre côté, sa décontraction, son assurance et son sourire quelque peu provocant avaient quelque chose d'implicitement sexuel. Ses *paroles* n'étaient que des questions témoignant de son intérêt pour la vie et les opinions de Bobbi, mais tout dans son *comportement* répétait avec insistance : *Vous ne le regretterez pas.*

Le regretterait-elle, s'ils le faisaient le moment venu ? Elle se méfiait de ce Jerry. Il n'aurait pas pu être plus différent de Chuck, ce qui, de prime abord, était un bon point en sa faveur, mais était-elle vraiment disposée à effectuer ce genre de bond inter-culturel ? Jerry semblait être un homme intelligent, mais ce n'était pas un intellectuel, loin s'en faut. Quel que soit son métier — représentant de commerce ou quelque chose comme ça, soupçonnait-elle —, ce n'était pas un universitaire. Ses amis, ses goûts, son mode de vie seraient beaucoup trop éloignés des activités de l'esprit, et en dépit de quelques articles de magazines osés vantant les prouesses amoureuses des ouvriers de chantier, Bobbi doutait qu'il y ait un grand avenir pour un couple ayant comme seul point commun l'hétérosexualité.

D'un autre côté, le silence confiant de Jerry contrastait de manière marquante avec l'angoisse bruyante de Hugh Van Dinast. Et si Jerry était totalement à l'opposé de

Chuck, Van Dinast était malheureusement trop semblable à Chuck, et sans doute encore moins bon amant. (Le fiasco de Chuck n'était pas dû au fait qu'il ne se souciait pas des désirs de Bobbi. Bien au contraire, il était à ce point préoccupé par ses désirs, ses besoins, ses caprices, ses états d'âme et ses réactions que tout ce qu'il entreprenait sombrait inévitablement dans l'angoisse et l'automatisme. Bref, elle n'avait pas connu une bonne partie de jambes en l'air spontanée depuis sept ou huit ans.)

Paradoxalement, alors que l'esprit de Bobbi débordait de spéculations sexuelles, leur conversation n'aurait pu être plus éloignée de ce sujet. Mais tôt ou tard, il faudrait bien évacuer la tension ainsi créée, et une des façons de soulager la pression consistait à introduire le sexe, même de manière détournée, dans la conversation, ce que fit Bobbi quand Jerry lui tendit son troisième Bloody Mary.

— Vous essayez de me soûler, hein ?

(C'était une affirmation négative, enveloppée de plusieurs couches de préjugés de classe, une tentative pour le congédier en le privant de toute subtilité sexuelle.)

Mais il se contenta de la regarder avec un léger sourire, et il répondit :

— Vous avez déjà baisé en étant ivre ?

Cette question la surprit — autrefois, elle aurait avoué être choquée —, et par automatisme, elle répondit en toute franchise :

— Oui, évidemment. Comme tout le monde, non ?

— C'était comment ?

Il ne souriait plus du tout, mais Bobbi risqua malgré tout un petit sourire, en disant :

— On s'en souvient rarement.

L'expression de Jerry se modifia, et pour la première fois de sa vie, elle sut ce qu'était véritablement un sourire effronté.

— J'aime qu'on se souvienne de moi, dit-il.

Elle ne put s'empêcher de le moucher.

— Oh, oh ! fit-elle, le beau parleur.

Il lui prit son verre de Bloody Mary des mains, le balança au loin dans la nature, et l'attira vers lui.

(Les romanciers, quand leurs personnages conduisent une voiture par exemple, n'éprouvent jamais le besoin de décrire avec précision les gestes accomplis par les mains, les pieds, les yeux, les genoux ou les coudes. Pourtant, un grand nombre de ces mêmes romanciers, dès que leurs personnages copulent, se livrent à une telle description physique détaillée que vous pourriez croire qu'ils écrivent un livre de travaux pratiques. Nous connaissons tous la corrélation entre la cheville droite et l'accélérateur quand on conduit une voiture, et nous n'avons pas besoin d'explications. Pour ce qui est du sexe, nous savons tout sur les genoux, les cuisses, les doigts, la douceur de la peau dans le cou, tiens-laisse-moi-t'aider, et ça tu aimes, *mff*, *mff*, *mff*, *mff*. Et si vous ne connaissez pas tout ça vous devriez éviter de lire des livres cochons de toute façon ; ça ne donne que des fausses idées.)

L'INVITÉ...

Pedro n'avait jamais vu autant de choses.

Il n'avait jamais vu autant de *tout.* Autant de ville, par exemple ; à la descente du bus de l'aéroport, Edgar l'avait conduit jusqu'à une voiture qui était apparemment *le véhicule personnel d'Edgar*, une Mercury rose et blanche qui avait à peine six ans, avec encore tous les sièges à l'intérieur, et il l'avait transporté pendant un temps infini d'un paysage urbain à un autre — se pouvait-il que *tout cela* soit New York ? —, traversant le district du Queens jusqu'à Jackson Heights. Et quand Pedro fit un commentaire sur l'immensité de tout ce qu'il avait vu, Edgar s'esclaffa et dit : « Attends, ce n'est rien ! Tu n'as vu qu'une partie du Queens ! Et il y a quatre autres districts ! »

Les remarques de ce genre rebondissaient sur le front de Pedro et retombaient — incompréhensibles et mortes — sur le sol à ses pieds.

Une autre chose qu'il n'avait jamais vue en telle quantité, c'était les gens. Devant ses yeux, avaient défilé aujourd'hui davantage d'êtres humains, avec tout ce qu'il faut, têtes, bras, pieds et vêtements, qu'il n'y en avait sur tout le territoire du Descalzo, en comptant Quetchyl, Rosie, la campagne, les montagnes et la tribu consanguine des Mooglis qui vivait dans les marais du Pet d'Éléphant. (À vrai dire, un grand nombre de ces gens qui marchaient sur les trottoirs de New York ressemblaient plus ou moins à des Mooglis.)

Même chose pour les voitures ; il n'en avait jamais vu autant, et parmi elles pas un char de l'armée, pas une Jeep de l'armée, pas un camion blindé de l'armée. *Pas un seul.* (En outre, les rares policiers qu'il aperçut en chemin étaient quasiment nus, armés seulement d'un petit pistolet qu'ils portaient dans un étui à la hanche. Où étaient donc leurs Stenguns, leurs Brenguns... L'anarchie devait régner dans cette ville, avec des policiers si peu armés.)

Puis, en arrivant chez Edgar, une jolie petite maison avec un toit intact, au milieu d'un long alignement d'autres jolies petites maisons avec des toits intacts, d'un bout à l'autre de la rue, et des deux côtés, Pedro s'aperçut qu'il n'avait jamais vu autant d'habitations pour si peu de gens. Il s'avéra qu'Edgar possédait une grosse femme sympathique et trois gros enfants sympathiques, et tous les cinq disposaient pour eux seuls de *la moitié* de toute cette maison. *Une seule* autre famille vivait sous le même toit, au rez-de-chaussée. Et alors que Pedro se remettait du choc causé par la découverte de la cuisine et de la salle de bains d'Edgar, on s'efforça de le convaincre que la famille du bas n'utilisait pas toutes ces merveilles d'installations sanitaires, *ils possédaient les leurs !* Pouvait-on croire une chose pareille ? Pedro eut beau surveiller les lieux de près, aussi longtemps qu'il fut là, aucun des habitants du bas ne monta pour faire cuire un poulet ou pour chier. Incroyable.

Et il y avait la nourriture. Rita, la femme d'Edgar, commença à sortir la nourriture, du garde-manger et du réfrigérateur, des placards, de derrière le canapé, de sous le lit et Dieu sait d'où encore. Une telle quantité de nourriture ! Des montagnes, des montagnes, des montagnes. Des océans, des océans, des océans. Pedro n'avait jamais vu autant de nourriture, et peu de temps après, il n'avait jamais avalé autant de nourriture.

Bien sûr, manger n'est peut-être pas un remède contre la gueule de bois, mais peu importe. Un ventre bien rempli est une satisfaction en soi.

Pendant que Pedro s'empiffrait, engloutissant la nourriture à deux mains, ne s'arrêtant que pour mâcher les plus gros morceaux, Edgar avait donné à Rita une explication légèrement romancée de la présence de Pedro dans cette partie du monde. Apparemment, Pedro, José et Edwardo étaient trois membres d'un mouvement révolutionnaire prodémocratique et anti-américain du Descalzo venus dans le nord pour tenter de plaider leur cause devant les Nations-Unies. Edwardo et José se trouvaient maintenant entre les mains du gouvernement américain, mais Pedro serait le fer de lance d'une campagne visant à leur obtenir l'asile politique. Pedro possédait un mystérieux contact dans un endroit baptisé le Musée des Arts des Amériques, qui lui fournirait des fonds et une aide juridique pour mener son combat. Et donc, aussitôt après le déjeuner, Pedro se mettrait à la recherche de ce Musée des Arts des Amériques et il déclencherait le plan de sauvetage de ses amis.

— Mais d'abord, dit Rita, il doit faire une sieste. Il a l'air épuisé. Une petite sieste vous ferait du bien, n'est-ce pas, Pedro ?

— Pedro n'a pas le temps de faire une sieste, répondit Edgar. Il a envie d'agir. Pas vrai, Pedro ?

En disant cela, il se tourna vers Pedro qui était justement en train de bâiller comme un rhinocéros, dévoilant une bouche pleine de poulet, de tomate, de fromage, de pastrami avec de la moutarde et du fromage fondu, et peut-être également un petit reste de Hostess Twinkie.

— Bon, dit Edgar, peut-être qu'une sieste lui ferait du bien finalement.

— Après un bon « screwdriver », dit Rita. Vous voulez un « screwdriver », Pedro ?

— Hein ? Pour quoi faire ?

— C'est une boisson, expliqua Edgar. De la vodka avec du jus d'orange.

— Ah ! C'est quoi de la vodka ?

— Un truc qui se boit, dit Rita. Avec de l'alcool dedans.

— Comme le gluppe ?

Edgar et Rita prirent un air hébété ; ni l'un ni l'autre n'avaient jamais entendu parler du gluppe.

— Ça rend soûl ? demanda Pedro.

— Oui, quand on boit trop, dit Rita.

Pedro hocha la tête.

— J'en veux.

LE SALAUD...

Lorsqu'il fut certain qu'elle dormait, Jerry retira lentement son bras gauche coincé sous l'épaule de Bobbi et se redressa.

Le monde était toujours aussi beau. Le soleil qui brillait dans le ciel bleu et clair, la forêt vert foncé, les clairières et les prés d'un vert plus pâle, cette colline isolée aux douces senteurs, cette rivière de science-fiction qu'était l'autoroute 80 tout en bas, le chant des oiseaux, l'odeur de l'herbe et des fleurs, la magnifique beauté de la fille nue qui dormait au soleil. C'était le moment de lui faucher la statuette et de foutre le camp.

(Toute autre pensée devait être écartée. Les solutions alternatives n'avaient aucun sens. *Oui*, c'était formidable de faire l'amour avec elle, de danser avec elle, de parler avec elle, et de faire de la route avec elle. Mais ça ne suffisait pas, et tout le monde le savait bien.)

Il pouvait quand même la couvrir, afin qu'elle n'attrape pas de rhume ni de coups de soleil. En étendant les vêtements de la jeune femme sur les monts et les vallées chaudes de son corps, il remarqua de nouveau les petites rides de plaisir au coin de son sourire endormi, là où la peau légèrement hâlée se plissait à la commissure des lèvres. Il aurait aimé l'embrasser à cet endroit, mais elle risquait de se réveiller, alors il se contenta de la couvrir avec sa jupe et son pull, avant de s'éloigner à pas feutrés.

Il dévala la pente, jusqu'au break. Les valises et la harpe de Bobbi étaient entreposées à l'arrière. Il sortit les deux valises, en ouvrit une, et découvrit immédiatement la statuette. (Les vêtements palpitaient entre ses doigts.) Dans la lumière du soleil, la créature semblait émettre des radiations, ses petits yeux verts maléfiques le dévisageaient comme deux frères jumeaux.

— Ça n'aurait jamais pu marcher, dit-il en s'adressant au petit salopard. Elle joue dans un orchestre ou je ne sais quoi, elle est mariée à un prof de fac, et ainsi de suite. Elle m'aurait regardé de haut.

Les yeux verts continuaient à le dévisager, alors il fourra cette saloperie de statuette sous une couverture sur la banquette arrière. Puis il transporta les deux valises jusqu'à mi-pente, les laissant à un endroit invisible de la route, mais où Bobbi ne pouvait manquer de les voir en descendant. Puis il retourna à la voiture afin de sortir cette saleté de harpe. Bobbi parvenait à manier ce machin comme s'il s'agissait d'un roller-skate, mais entre les mains de Jerry, la harpe refusait de coopérer. Ce truc avait une forme impossible, pas moyen de le saisir de manière convenable, et les roues ne cessaient de se coincer à l'intérieur de la voiture.

Il parvint enfin à extraire du break ce grand triangle noir et empoté, rempli de mauvaise volonté, et bien entendu, les roues n'avaient *aucune envie* de rouler dans l'herbe. À force de lutter, la portant autant qu'il la tirait, il réussit à la traîner jusqu'aux deux valises et là, il l'appuya contre un arbre, penchée en avant elle ressemblait à une bonne sœur qui pleure.

Retour à la voiture, avec un dernier regard vers le haut de la colline où Bobbi dormait encore, invisible d'ici. Si elle se redressait à cet instant, si elle le voyait...

Cela ne se produisit pas. Il mit le moteur en marche, laissa passer un semi-remorque, puis s'engagea à son tour sur la chaussée. Peu de temps après, il roulait à vive allure sur l'autoroute 80. Prochain arrêt New York.

Et alors ? Vous avez quelque chose à dire ?

LES RETARDATAIRES...

Six membres du Comité du sport pour tous — David Fayley, Kenny Spang, Felicity Tower, Ben Cohen, F. Xavier White et Wylie Cheshire — réunis dans le salon de David et Kenny, échangeaient leurs histoires respectives concernant les statuettes. Et plus ils discutaient, plus il leur semblait évident qu'il se passait quelque chose de bizarre.

Cette réunion avait été inspirée par un appel de Wylie Cheshire à Ben Cohen ce matin. Après qu'ils eurent l'un et l'autre comparé leur mésaventure — la statuette de Wylie brisée sur le crâne de Wylie, la statuette de Ben volée sur le bateau de Ben — ils avaient passé d'autres coups de téléphone, et ce n'est pas sans intérêt qu'ils avaient découvert que plusieurs membres du comité semblaient avoir disparu. Parmi ceux qui restaient joignables, ces six-là s'étaient donc réunis afin d'essayer de comprendre ce qui se passait, sans grand succès jusqu'à présent. Comme l'avait fait remarquer précédemment Ben Cohen : « Notre problème, c'est qu'on arrive trop tard. On ne sait pas de quoi il s'agit. »

À la surprise générale, Felicity dit soudain :

— Moi, je connais cette statuette.

Tous les regards se tournèrent vers elle. Wylie Cheshire posa son imposante carrure de joueur de football sur une des chaises du petit living-room. (David Fayley tressaillit.) Et il dit :

— Allez-y, dites-nous tout.

— J'ai déjà vu une copie de cette statuette, expliqua Felicity, au Musée des Arts des Amériques. J'y ai emmené une de mes classes du collège. Voyez-vous, certains enfants ont des parents hispaniques, que ce soit le père ou la mère, et je trouve qu'il est vital de donner aux enfants le sens de leur héri...

— Oui, parfait, parfait, intervint Ben Cohen. Et la statuette ?

— Le musée expose des copies de certains objets, reprit Felicity, car les originaux se trouvent toujours dans leur pays d'origine. Et je me souviens parfaitement d'avoir vu une copie du Prêtre Aztèque Dansant, accompagnée d'une notice donnant des informations sur l'original.

Kenny Spang prit la parole :

— On ferait peut-être bien d'aller y jeter un œil.

— Je veux bien y aller si vous voulez, proposa Felicity.

Ils le voulaient. Les autres pendant ce temps continueraient à chercher Oscar, Chuck, Bud, Mandy et ainsi de suite. En essayant de comprendre ce qui se passait.

LE RÉCIDIVISTE...

La dispute entre Jerry et lui-même se déroulait partiellement à voix haute. Chaque fois que son monologue intérieur avançait un autre argument stupide et futile, invariablement il haussait le ton : « Qu'est-ce qui me prouve que je lui plais ? » hurla-t-il tout à coup. « Elle ne me connaît même pas ! » Et un peu plus tard, il déclara, en s'adressant à la voiture vide : « Non, je ne suis pas obligé de me soucier de ce que pensent les autres, et de toute façon, là n'est pas la question. » Un peu plus loin vers l'est, il frappa sur le volant d'une paume rageuse en s'écriant : « Je *sais* que je suis aussi bien qu'elle. Mais c'est *elle*, avec son foutu orchestre symphonique et son foutu mari prof de fac ! » Un peu après : « D'accord, *d'accord*, et si aucun des deux n'a parlé d'avenir ? Et si c'est pas pour toujours, à quoi bon faire tant d'histoires ? » Et il enchaîna aussitôt par : « Conneries ! Je la connais à peine ! D'accord, elle est bien, elle est très bien, il n'y a rien à redire, peut-être qu'en d'autres circonstances j'aurais pu en pincer pour elle, c'est dommage qu'on se soit rencontrés de cette façon, pas vrai ? »

Demi-tour interdit indiquait le panneau noir sur blanc planté au bord du petit chemin de terre qui traversait le terre-plein herbeux central... « ET PUIS MERDE ! » hurla Jerry en frappant du poing sur le volant, sur le siège et sur sa cuisse, et il fit demi-tour malgré tout, malgré le panneau, et malgré tout le reste, et il repartit vers l'ouest aussi vite que le lui permettait cette saloperie de break poussif.

Peut-être qu'elle dormait encore, et elle ne saurait même pas qu'il était parti.

Peut-être s'était-elle réveillée, elle avait fait du stop et il ne la reverrait plus jamais. (Assassinée par un dingue qui passait à ce moment-là ?)

Mais en arrivant sur place, il la vit de l'autre côté de la route, en train de pousser la harpe dans l'herbe *(comment faisait-elle ?)* ; les deux valises étaient déjà posées sur le bas-côté en graviers. Jerry ne perdit pas de temps à chercher d'autre panneau *demi-tour interdit.* Il exécuta un demi-tour interdit tout seul, par-dessus la bande d'herbe cahoteuse, et il s'arrêta à la hauteur de la jeune femme dans un crissement de freins, bondissant hors de la voiture avec une expression où se mêlaient un sourire de soulagement et une grimace de repentir, et il dit d'un ton énergique :

— Écoute...

Elle pointa son doigt sur lui. Son visage était dur comme du granit.

— Où est la statuette ? demanda-t-elle.

L'INTERROGATRICE...

Là n'était même pas la question. La question principale, évidemment, c'était *Pourquoi ?* Tout le reste, Bobbi l'avait déjà compris, elle l'avait compris presque immédiatement en se réveillant, seule et ankylosée, au sommet de cette colline ensoleillée. C'est seulement durant le traumatisme instantané provoqué par le fait de se réveiller nue en pleine nature et au soleil que d'autres questions occupèrent son esprit : *Où suis-je ? Où est Jerry ? Que se passe-t-il ?*

Toutes ces questions trouvèrent elles-mêmes leurs réponses presque aussitôt. Comme on dit dans les romans policiers, toutes les pièces du puzzle s'imbriquèrent. *Évidemment,* leur rencontre hier soir n'était pas fortuite ; un jeune type de New York, voyageant seul, dînant dans un endroit généralement fermé à cette heure. Et *évidemment*, c'était lui qui avait saboté la Jaguar, pour l'obliger à monter dans sa voiture.

Mais pourquoi ? Pour tirer un petit coup vite fait dans l'herbe ? Non, cela n'avait aucun sens, mais quelle autre raison y avait-il ? Se rhabillant à la hâte, convaincue que ce salopard lui avait volé ses bagages — tous ses vêtements, tout ce qu'elle possédait, sa harpe —, c'est à la fois avec soulagement et stupéfaction qu'elle constata que son sac à main était toujours près d'elle, avec l'argent liquide, ses cartes de crédit et tout le reste. Passant ses mains dans ses cheveux et sur son visage, en suivant ses mouvements dans le petit miroir de son poudrier, elle fut abasourdie de découvrir des larmes sur ses joues. Elle *pleurait* à cause de ce salopard ?

Non, à cause de la trahison. Les restes de leur pique-nique étaient étalés autour d'elle, les papiers froissés, la bouteille de jus de tomate presque vide, les glaçons qui fondaient dans leur sachet en plastique. Giuletta Massina vers la fin des *Nuits de Cabiria*, quand le type fiche le camp avec son sac. Nom de Dieu ! Pourquoi lui avait-il fait un truc aussi ignoble ?

En redescendant de la colline, arrivée à mi-chemin, elle tomba sur sa harpe et ses deux valises, côte à côte. À ce moment-là, les raisons du comportement de Jerry lui échappaient totalement, et seule sa perspicacité l'incita à ouvrir ses bagages pour constater la disparition de l'Autre Oscar.

Il ne restait donc plus qu'une seule question : *Pourquoi ?* Mais elle ne commença pas par celle-ci. Elle commença par une question inutile : « Où est la statuette ? » (alors que de toute évidence elle avait été remise à un complice quelque part), car elle voulait l'entendre mentir. Elle voulait écarter de son chemin le premier paquet de mensonges et continuer à l'interroger jusqu'à ce qu'elle obtienne la vérité. Quitte à arrêter une autre voiture, quitte à prévenir la police si nécessaire, mais obtenir la vérité. Après tous les mensonges.

Pas une seule fois elle ne songea qu'il était peut-être revenu pour lui faire du mal, ou même la tuer. Il avait eu cette possibilité quand ils étaient isolés et seuls, pendant qu'elle était impuissante dans son sommeil, et s'il ne l'avait pas fait à ce moment-là, il ne le ferait pas maintenant. Non, il était revenu pour dissiper ses soupçons avec des mensonges.

— Elle est dans la voiture, dit-il. Sur la banquette arrière, sous une couverture.

— Quoi ?

C'était certainement un mensonge — il ne serait pas revenu sans se débarrasser de la preuve — mais ce n'était pas le *bon* mensonge. C'était un mensonge qui reconnaissait le vol, et dans quel but ?

Déterminée à passer outre sa stupéfaction et sa perplexité *immédiatement*, Bobbi marcha jusqu'à la voiture d'un pas énergique, ouvrit violemment une des portières arrière, arracha d'un coup sec la couverture étalée sur la banquette, et se surprit à contempler le cul nu et jaune du Prêtre Aztèque Dansant.

— Merde alors...

— Écoute, dit-il, d'un ton moins énergique que la première fois. Laisse-moi te raconter ce qui s'est passé, d'accord ?

Ah ! voici les mensonges qui arrivaient. Les bras croisés sur la poitrine, appuyée contre le flanc de la voiture, et le foudroyant du regard dans la lumière vive du soleil, elle dit :

— Vas-y, je t'écoute.

— Pour commencer, notre rencontre d'hier soir n'est pas due au hasard. Je t'ai suivie depuis New York.

Elle prit une profonde inspiration.

— Espèce de salopard. Tu essaies de m'embrouiller !

— Non, j'essaye seulement de te dire la vérité.

— Justement, ça m'embrouille. Vas-y, continue pour voir.

— D'accord. (Il semblait malheureux et mal à l'aise.) Je ne te connaissais pas, O.K. ? Pour moi, tu n'étais qu'une sorte de cinglée qui balance les affaires de son mari par la fenêtre avant de foutre le camp.

— Quoi ? Attends une minute, tu es un ami de *Chuck ?* (Non, pas un ami.) C'est lui qui t'a engagé ? (Un détective privé envoyé par Chuck pour récupérer l'Autre Oscar. Chuck était-il dingue à ce point ?)

— Tu veux parler de ton mari ? (Jerry secoua la tête.) Non, il n'a rien à voir dans tout ça. Je l'ai rencontré une fois, c'est tout, et tu as eu raison de partir, tu ne dois pas rester avec ce type. Ce que je veux te dire, c'est que je ne te connaissais pas, tu comprends ? Je te prenais pour une nana sans importance, je me suis dit, je vais danser un peu avec elle, lui piquer la statuette et foutre le camp. Si j'étais monté dans ta chambre hier soir, c'est comme ça que ça se serait passé. Pas d'histoires, pas d'embrouilles, tu aurais encore ta Jaguar ce matin et tu roulerais vers le soleil de Californie.

— Ah, tu avoues avoir saboté la voiture.

Il haussa les épaules, avec un soupçon de sourire impénitent.

— Évidemment. Je ne pouvais pas passer mon temps à essayer de suivre une Jag avec ma caisse pourrie. En fait, c'est la voiture de ma frangine, les flics ont embarqué la mienne hier quand tu es entrée dans cet immeuble où se trouve ton orchestre.

— L'orchestre ? Depuis combien de temps est-ce que tu me suis ?

— C'est là que je t'ai retrouvée, dit-il. Mais je te cherchais déjà depuis pas mal de temps.

Elle plissa les yeux pour l'observer plus attentivement, d'un air plus méfiant encore.

— Est-ce qu'on s'est déjà vus quelque part avant ?

— Oui, deux fois, avoua-t-il. La première, c'est quand tu es partie de chez toi, après avoir balancé les vêtements par la fenêtre. J'étais devant la porte dans le hall, j'essayais d'entrer.

Elle ne se souvenait pas d'avoir croisé quelqu'un dans le hall lorsqu'elle avait fichu le camp avec colère ; elle n'avait qu'une seule chose en tête à ce moment-là.

— Et puis ? demanda-t-elle.

— On est montés ensemble dans l'ascenseur, quand tu es allée te faire engager pour conduire la voiture.

— Oui, ça y est ! s'exclama-t-elle en le montrant du doigt, comme si elle venait enfin de le prendre en flagrant délit de mensonge grossier. Oui, c'est *là* que je t'ai vu ! Mais qu'est-ce que ça veut dire ? Pourquoi est-ce que tu as fait tout ça ?

— Pour avoir la statuette, dit-il.

— La statuette ? L'Autre Oscar ? Mais pour quoi faire ? *Pourquoi ?*

— Parce qu'elle est en or, dit-il. Et les yeux sont des émeraudes. Elle vaut un million de dollars.

LE COUSIN DE PROVINCE...

Pedro n'arrivait pas à dormir. Il avait mangé, il avait bu de la vodka, il avait pris une douche, il s'était couché dans ce lit tout propre entre les draps frais, et il n'arrivait pas à dormir. Il resta allongé là, couché, étendu, et finalement, il n'en put plus. Il se leva, enfila les vêtements propres et repassés que lui avait prêtés Edgar et sortit de la chambre.

Rita était en train de regarder un *soap opera* à la télé quand Pedro entra dans le salon. (La télévision !) Détachant les yeux de l'écran, elle demanda :

— Vous n'arrivez pas à dormir ?

— Faut que j'aille au musée.

— Oui, je comprends. Vos camarades ont besoin de vous.

— Ouais.

— Attendez, je vais vous faire un café avant que vous partiez, dit-elle en se levant. Edgar s'est absenté à cause de ses cours.

Pedro la suivit dans la cuisine.

— Ses cours ? Il va encore à l'école ?

— Il est inscrit à temps partiel à Long Island University, déclara Rita avec fierté. Un jour, il sera comptable.

Pedro s'assit à la table de la cuisine.

— C'est quoi un comptable ?

— Un homme qui compte l'argent.

— Ah, ça m'a l'air d'être un bon boulot.

Elle rit.

— Oui, vous avez raison.

Mais pourquoi fallait-il aller à l'université pour apprendre à compter l'argent ? Si Edgar allait encore à l'école à son âge, c'est que ce n'était pas un vrai homme. Pedro observa l'épouse chaleureuse et grassouillette de son ami, et il lui demanda :

— Vous aimez baiser ?

Rita connaissait les gars de la campagne. Elle lui adressa un grand sourire et répondit :

— Seulement avec mon mari. Il est formidable au lit.

— O.K. ! fit Pedro.

Quand le café fut prêt, ils s'assirent tous les deux autour de la table pour le boire, pendant que Rita lui expliquait comment se rendre en métro jusqu'au Musée des Arts des Amériques qui, à en croire l'annuaire du téléphone, se trouvait à Manhattan dans la 53e Rue, non loin de la 5e Avenue. Pour commencer, elle lui décrivit l'itinéraire, puis elle le lui nota sur une feuille de papier, en grosses lettres capitales pour qu'il puisse lire. Elle lui donna ensuite leur numéro de téléphone (ils avaient un téléphone à eux !), pour qu'il puisse les tenir au courant, et ensuite, elle lui donna quelques jetons de métro (en lui expliquant comment s'en servir), plus deux billets de cinq dollars, un prêt qu'il pourrait lui rembourser après avoir libéré ses camarades. Et pour finir, elle lui déposa un baiser sur la joue et dit :

— Vous êtes un homme très courageux.

— O.K. ! dit Pedro, et il s'en alla.

Il traversa un paysage irréel, bourdonnant, encombré, ahurissant, surpeuplé, assourdissant et totalement étranger, jusqu'à la station de métro. Seule touche de réconfort, ces affiches et ces panneaux publicitaires en espagnol. Grâce à eux, le monde semblait un peu plus réel.

Le métro, en revanche, ne ressemblait à aucun monde connu, et toutes ces instructions rédigées en espagnol n'étaient d'aucune aide. Pedro parvint à glisser son jeton dans la fente et à franchir le tourniquet, mais ensuite il resta planté là, abasourdi, incapable d'emprunter une direction. Porté jusqu'ici par l'ignorance et la vodka, il ne pouvait aller plus loin.

Il fut même incapable de courir en voyant approcher le policier. Il resta immobile, le policier s'avança et lui dit quelque chose. Pedro le regarda d'un air hébété. Alors le policier dit, en espagnol cette fois :

— Vous ne parlez pas anglais ?

Pedro secoua la tête.

— Vous parlez espagnol, hein ?

(Ce policier était le résultat de la campagne lancée par la police de New York et destinée à recruter des agents capables de s'exprimer couramment en espagnol. Depuis la Seconde Guerre, New York est devenue une ville bilingue, avec un tiers de sa population composée d'hispaniques. Dans le métro, les panneaux sont rédigés en anglais et en espagnol. *El Diaro* fait partie des grands journaux. Dans toutes les écoles publiques, les carnets de notes sont rédigés dans les deux langues, et il existe maintenant deux chaînes de télévision en langue espagnole ; dans les *soap operas* en langue espagnole les filles sont plus jolies, mais aussi plus volages.)

Pedro acquiesça.

— Je parle espagnol.

— Où vous allez ? demanda le policier.

Pedro avait oublié. D'un geste brusque, il tendit sous le nez du policier les instructions de Rita. Après les avoir lues, le policier hocha la tête et dit :

— Vous devez prendre la ligne F jusqu'à Manhattan. C'est par là.

Il donna à Pedro une succession d'indications précises.

Une fois que Pedro se remit en marche, les choses allèrent beaucoup mieux. Il atteignit le quai que lui avait indiqué le policier, et au bout d'un petit moment, un train qui faisait un vacarme *incroyable* entra dans la station dans un crissement et un hurlement, et quand il s'immobilisa, les portes s'ouvrirent sans l'aide de quiconque. Pedro monta à bord. Dans son dos, les portes se refermèrent en coulissant, toujours sans la moindre intervention humaine.

Il y avait des places libres, mais au moment où Pedro se dirigeait vers un des sièges, la rame fit un bond brutal en avant, et Pedro se retrouva assis par terre. Deux passagers se précipitèrent, en riant, pour l'aider à se relever, l'épousseter et l'asseoir sur un siège. Ils échangèrent quelques remarques amusées et repartirent chacun dans leur direction, laissant Pedro assis là, accroché des deux mains à son siège.

Le métro roulait maintenant à toute allure, en traversant des stations sans s'arrêter, et lorsqu'il s'arrêta enfin, les panneaux de la station indiquaient « Queens Plaza ». *Pfftt...* Les portes s'ouvrirent, et *Pfftt...* elles se refermèrent, et le métro reprit sa course folle.

Il y eut encore plusieurs arrêts avant Rockefeller Center, et Pedro était plongé dans une telle torpeur à ce moment-là qu'il faillit louper son arrêt. Les mots inscrits sur le quai pénétrèrent lentement son cerveau victime du choc culturel, et lorsqu'il comprit enfin qu'il était arrivé, il s'élança comme un obus entre les portes, et il serait tombé s'il n'avait percuté une poubelle orange et bleue.

La 6e Avenue, lorsqu'il déboucha à l'air libre, était... Bah, inutile d'essayer d'en absorber davantage. Au bout de la quatrième tentative, Pedro tomba sur un habitant qui parlait l'espagnol et lui indiqua la 53e Rue. Il recommença à marcher, sans se soucier des voitures, jusqu'à ce qu'un énorme camion, klaxon hurlant, manque de l'envoyer dinguer par-dessus l'immeuble d'American Metal Climax. Après cela, il avança si lentement que les autres piétons ne cessaient de lui donner des coups, avec leurs coudes, leurs épaules, leurs sacs à main, leurs attachés-cases, leurs sacs à provisions, leurs journaux roulés et leurs enfants. Il persévéra malgré tout, trouva la 53e Rue, tourna à gauche, et arriva enfin devant un bâtiment de pierre grise dont le nom était gravé au-dessus de l'imposante entrée :

MVSEVM DES ARTS DES AMÉRIQUES

Qu'allait-il trouver à l'intérieur ?

Sa confusion s'accrut. Il fallait acquitter un droit d'entrée, chose qu'il ne comprenait pas. Ni la femme au guichet dans le hall, ni le surveillant d'une société privée qui se tenait derrière elle, en uniforme, ne parlaient un seul mot de la langue que Pedro partageait avec la plupart des artisans dont les œuvres étaient exposées dans ce lieu, mais on dénicha finalement un concierge qui parlait espagnol et aida Pedro à payer le dollar cinquante du ticket d'entrée. Mais quand Pedro lui demanda à qui il devait s'adresser pour le paiement du Prêtre Aztèque Dansant, le concierge comprit la question de travers, et la traduction donna : « Il veut voir la copie du Prêtre Aztèque Dansant. »

La femme du guichet, via le concierge, lui indiqua comment s'y rendre, et Pedro s'éloigna à travers les salles désertes et froides, remplies de trésors. Mais lorsqu'il arriva à l'endroit en question, il n'y avait là qu'une copie du Prêtre Aztèque Dansant, en train de gambader sur un piédestal en marbre vert. Une copie pas très réussie qui plus est ; celles de José étaient beaucoup plus jolies.

Tandis que Pedro restait planté là, en cherchant ce qu'il allait faire maintenant, une fille à la peau brune s'approcha de la statuette, sortit un stylo et un petit carnet de son sac et commença à recopier les informations figurant sur la petite notice (en anglais uniquement) fixée sur le devant du piédestal du Prêtre. Pedro, sans grand optimisme, mais ne sachant que faire d'autre, lui demanda :

— Vous parlez espagnol ?

— Oui, répondit la jeune femme en tournant vers lui un visage serviable. Je suis professeur, voyez-vous, et grand nombre de mes élèves ont un ou deux parents hispaniques. Je me dois de communiquer avec eux dans la langue qu'ils utilisent à la maison si je veux leur être utile. Puis-je vous aider ?

Pedro désigna la copie du Prêtre.

— Je veux savoir où je peux avoir mon argent pour le Prêtre, dit-il.

La fille fronça les sourcils ; elle n'avait pas compris.

— Je vous demande pardon ?

Pedro l'observa. Elle était belle. Elle ressemblait à une vedette de cinéma dans les films. C'était la plus grande, la plus mince, la plus propre, la plus foncée, la plus incroyablement belle et désirable de toutes les femmes qu'il avait jamais vues. Il lui demanda :

— Vous aimez baiser ?

Ça, elle avait compris.

— Oui, dit-elle. (Rangeant son stylo et son carnet dans son sac, elle s'empara de la main épaisse de Pedro.) Je m'appelle Felicity. Venez, on va prendre un taxi jusque chez moi.

LA CONFRATERNITÉ...

— Vous roulez trop lentement ! répéta Krassmeier en tapant du poing sur le dossier du siège du conducteur, tout près de l'oreille de Corella, un spectacle qui aurait fait énormément de bien au pauvre chauffeur Ralph qui avait souffert pendant si longtemps. Que Corella sache un peu ce qu'on ressent quand quelqu'un tape sur ce putain de dossier tout près de votre putain d'oreille. On verrait s'il aimait ça.

En fait, Corella n'aimait pas du tout ça.

— Arrêtez un peu de taper sur mon siège ! hurla-t-il. Et je ne conduis pas trop lentement ! Vous voulez vous faire épingler par un flic et perdre une demi-heure, le temps qu'il nous file une amende ? Je roule à cent, ni plus ni moins !

À vrai dire, l'Oldsmobile couleur bronze, à l'intérieur de laquelle Corella et Oscar Russell Green étaient assis à l'avant, et Krassmeier, Bud Beemiss et Chuck Harwood à l'arrière, ne roulait pas trop lentement. Au contraire, on peut même dire qu'elle roulait trop vite. S'ils avaient conservé une moyenne de quatre-vingt-dix au cours de ces quatre heures de route, ils ne seraient pas passés à toute vitesse devant l'endroit où avaient piqueniqué Jerry et Bobbi *avant* que cette dernière ne débouche au bord de l'autoroute avec sa première valise. Malheureusement pour eux, elle se réveillait à peine au sommet de la colline au moment où ils passaient, si bien qu'ils ne l'avaient pas vue.

Non seulement ça, mais ils avaient également aperçu le break, sans le savoir. Pour commencer, « Jerry Spaulding » avait inscrit un faux numéro d'immatriculation sur sa fiche d'hôtel, pour aller avec son faux nom, si bien que Corella et ses amis cherchaient maintenant une plaque d'immatriculation qui n'existait sans doute pas sur cette route. Et deuxièmement, ils n'avaient aucune raison de prêter attention à ce break vert foncé quand ils l'avaient aperçu, car celui-ci fonçait à tombeau ouvert dans la direction opposée.

Les cinq hommes étaient coincés dans cette voiture depuis un long moment maintenant, et tous étaient d'humeur irritable. Ils avaient faim également, et un besoin de plus en plus pressant de trouver des toilettes. Si on ajoute l'atmosphère polluée par les fumées mêlées du cigare de Corella, de la pipe de Chuck Harwood et de la cigarette de Krassmeier, on comprend que l'ambiance n'était pas à l'euphorie.

Soudain, Chuck, assis sur la banquette arrière en compagnie de Krassmeier et Bud Beemiss, se retourna pour regarder par la vitre arrière — en donnant au passage un grand coup de coude à Bud —, et il déclara d'un ton narquois :

— Tiens, en voilà un qui n'a pas peur de la police comme vous, Corella.

Corella jeta un coup d'œil dans son rétroviseur. Un véhicule de couleur sombre arrivait à fond de train sur la file de gauche.

— Qu'il se fasse pincer si ça l'amuse, ironisa Corella.

Et il continua obstinément à rouler à cent kilomètres-heure, tandis que l'autre véhicule le doublait rapidement sur la gauche.

— Hé, c'est *elle !* s'écria tout à coup Bud avec de grands gestes, faisant pleuvoir sur Krassmeier et Chuck une série de coups de coude.

— Arrêtez de bouger ! protesta Krassmeier en donnant des tapes sur les bras de Bud.

— C'est *elle !* insista Bud.

Tout le monde tourna la tête sur la gauche, vers le break vert foncé qui les dépassait, et en effet, *c'était bien Bobbi assise à la place du passager !*

— Oui, oui, c'est elle ! s'écria Oscar, assis à l'avant à côté de Corella, en lui donnant un coup de poing sur la cuisse.

Déjà le break prenait de l'avance.

— Arrêtez de me donner des *coups* ! hurla Corella, mais les autres criaient encore plus fort.

— Il faut l'arrêter !

— Rattrapons-les !

— Balancez-les dans le décor !

— Plus vite, vieux, plus vite.

Toujours faire vite.

LES AMIS DISSOLUS...

Flashback :

Jerry lui raconta le reste de l'histoire, tandis qu'ils étaient installés à l'avant de la voiture stationnée sur le bord de la route.

— Je possède une petite société indépendante de transport à l'aéroport Kennedy, dit-il en guise de préambule, puis il lui parla de l'alphabet espagnol, la caisse marquée d'un A, celle marquée d'un E, la statuette d'un million de dollars, l'éparpillement des seize candidats, les différents participants aux recherches, l'élimination progressive des statuettes, pour finalement découvrir que la sienne était la *vraie.* Bobbi l'écouta sans rien dire, les yeux écarquillés, et lorsqu'il eut terminé, elle observa avec un certain respect le postérieur doré de la statuette posée sur la banquette arrière.

— Un million de dollars, dit-elle.

— Peut-être plus.

Elle regarda Jerry en fronçant les sourcils.

— Pourquoi être revenu dans ce cas ?

Cette question le mit immédiatement mal à l'aise. Pianotant du bout des doigts sur le volant, il regarda dehors, au-delà de l'oreille gauche de Bobbi, puis au-delà de son oreille droite, et il dit :

— Eh bien... je suis revenu, voilà tout.

— Oui, mais pourquoi ?

— Qu'est-ce que j'en sais ? Pourquoi pas, hein ? Je ne pouvais pas t'abandonner ici. Un détraqué sexuel risquait de passer par là et de t'assassiner, ou un truc comme ça.

— Tu as d'abord fichu le camp avec la statuette, insista-t-elle, mais tu as fait demi-tour et tu es revenu. Après tout, cette statuette m'appartient.

— Ouais, je sais.

Jerry paraissait d'humeur maussade, comme s'il avait conscience lui aussi de s'être comporté de manière pas très glorieuse.

— Et tu espères que je vais te la *donner ?*

— J'en sais rien ! (L'énervement perçait à la surface, comme des bulles dans le caramel.) Je suis revenu, non ? On verra ça plus tard. Pour l'instant, on rentre à New York.

Et sous le regard inébranlable de Bobbi, il mit le contact, enclencha la marche avant et démarra sur les chapeaux de roues.

Retour au présent :

— Je vais te donner la statuette, déclara-t-elle.

Il plissa le front.

— Tu quoi ?

— Enfin, pas vraiment donner, précisa-t-elle. Je vais te dire ce que je compte faire. Tu es censé partager avec tes beaux-frères, c'est bien ça ?

— Exact.

— Donc, tu peux partager ta part avec moi.

— Ça fait un huitième, dit-il. Tu veux un huitième au lieu de la totalité ? Cent mille dollars au lieu d'un million ?

— Oui.

— Mais pourquoi ?

— Tout cela est sans importance. Cent mille dollars, un million. Où est la différence ?

Cette fois, il la dévisagea longuement, d'un air dubitatif.

— Tu as une idée derrière la tête, dit-il.

— Peut-être.

— On peut savoir laquelle ? Pourquoi es-tu si généreuse avec moi ?

— Parce que je crois que tu es amoureux de moi, dit-elle.

Il rit, en essayant de cacher sa joie.

— Amoureux de toi ! Je ne te connais même pas !

— Peut-être qu'une fois que tu me connaîtras mieux tu ne m'aimeras plus, dit-elle, mais pour l'instant, je pense que tu m'aimes.

— Ah bon ? *Moi*, je suis amoureux de *toi*, hein ?

Il déboîta sur la file de gauche pour doubler une Oldsmobile couleur bronze qui se traînait ; lui roulait à plus de cent vingt.

— Et *toi ?* demanda-t-il.

— Quand je te connaîtrai mieux, peut-être que tu me seras complètement indifférent.

— Et en attendant ?

— Je te trouve formidable, si tu veux savoir.

— C'est ça l'amour ?

Elle fit la grimace.

— L'amour est un bien grand mot.

— Oui, mais ça ne te gêne pas de m'en filer un coup sur la tête, dit-il.

Elle lui sourit ; il lui sourit à son tour, et elle dit :

— Tu sais ce que j'ai envie de faire ?

— Oui, moi aussi. Il y a un bois par là.

Et il mit son clignotant à droite pour indiquer à l'Oldsmobile couleur bronze qui les suivait qu'il allait quitter la route et s'arrêter.

LE POINT DE VUE OMNISCIENT...

Le faucon cherchait un beau lapin grassouillet, ou bien un rat des champs dodu. Planant en plein ciel, au sud de l'autoroute 80, dans l'est de Union County, Pennsylvanie, le faucon étendait ses ailes pour capter les courants ascendants, en guettant le moindre mouvement sur le sol.

Un mouvement se produisit. Un break Ford de couleur vert foncé ralentit et quitta l'asphalte de l'autoroute pour s'arrêter sur le bas-côté, à la lisière du champ qu'observait le faucon. Les portières avant s'ouvrirent et Jerry et Bobbi descendirent de voiture, juste au moment où une Oldsmobile couleur bronze s'immobilisait brutalement dans un crissement de freins rageur, en travers devant le break Ford ; les deux véhicules se touchaient presque. Les quatre portières de l'Oldsmobile s'ouvrirent ; Corella jaillit de la portière avant gauche, Oscar jaillit de la portière avant droite, Krassmeier descendit par la portière arrière gauche, et personne ne sortit par la portière arrière droite, car après s'être ouverte de quelques centimètres seulement, la portière de l'Oldsmobile heurta le coin gauche du pare-chocs avant du break Ford. Et donc, tandis qu'Oscar, Krassmeier et Corella se précipitaient vers Jerry, Bobbi et le break, Bud, puis Chuck, sortirent péniblement par la portière arrière gauche de l'Oldsmobile.

Pendant ce temps, Bobbi poussa un cri strident et Jerry bondit à l'intérieur de la Ford, en hurlant :

— Monte dans la voiture ! Monte dans la voiture !

Mais Bobbi ne monta pas dans la voiture ; elle resta plantée là, bouche bée. De toute façon, ça ne changeait pas grand-chose, car Jerry avait ôté la clé de contact, et il n'eut pas le temps de la remettre avant que Corella et Krassmeier lui sautent dessus à bras raccourcis et tentent de l'extirper de la voiture. Jerry balança un coup de poing sur le nez de Corella et un coup de pied dans le ventre de Krassmeier, mais Bud et Chuck les avaient rejoints entre-temps, et il ne pouvait pas lutter contre quatre hommes.

Le faucon observait cette scène d'un œil fasciné.

Oscar tenta d'immobiliser Bobbi en la serrant dans ses bras, mais celle-ci n'avait aucune envie qu'on la serre de cette façon, alors elle lui décocha un coup de pied dans le tibia.

— Ouille ! s'écria Oscar en se tenant le tibia à deux mains, et il se mit à sautiller à cloche-pied en rond, grimaçant et lançant une série de « Ouille ! ». Bobbi ouvrit d'un geste brusque la portière du break, s'empara du Prêtre Aztèque Dansant en le tenant par la jambe dressée et s'enfuit à travers champs, en agitant la statuette dorée au-dessus de sa tête.

Le faucon semblait se demander quoi faire.

Les quatre hommes qui s'acharnaient sur Jerry, apercevant du coin de l'œil l'éclair couleur safran du Prêtre qui s'enfuyait, cessèrent immédiatement de donner des coups de pied, des coups de poing, des coups de tête, de tirer, de pousser, pour se mettre à courir, en criant : « Hé, hé ! Stop ! Revenez ! » Jerry leur emboîta le pas, en hurlant lui aussi : « Ne t'arrête pas, Bobbi ! »

Le faucon battit des ailes et décrivit de grands cercles pour prendre de l'altitude, sans cesser d'observer la scène.

Jerry fit un croc-en-jambe à Krassmeier qui tomba dans la boue.

Chuck parvint à rejoindre Bobbi, mais celle-ci échappa à ses bras tendus et lui décocha un coup de pied dans la rotule, en le traitant de deux ou trois noms indignes d'une dame, avant de se retrouver plaquée par Corella qui s'était rué sur elle comme un taureau furieux. « Ouch ! » s'écria-t-elle en levant les bras au ciel, et le Prêtre Aztèque Dansant s'envola dans les airs, cul par-dessus tête, scintillant dans la lumière du soleil, pour finalement retomber dans les bras tendus de Bud Beemiss, qui serra la créature contre sa poitrine, fit demi-tour et se précipita directement sur le poing gauche de Jerry.

En échappant à Corella, Bobbi lui donna sans le vouloir un coup de genou dans le nez, et celui-ci se mit à saigner partout sur son veston blanc cassé et sa cravate bleu pastel ornée de petits moulins à vent blancs. Il avait déjà des taches d'herbe et de boue sur son pantalon bleu pastel et ses chaussures en cuir blanc vernies.

Jerry était maintenant en possession de la statuette, au milieu du champ. Sur sa gauche, Krassmeier tentait de se relever. Derrière lui, Bud, assis par terre, se tenait le nez à deux mains, pendant qu'un peu plus loin, assis dans l'herbe lui aussi, Corella tenait son nez d'une main et ses côtes de l'autre, alors que Bobbi cherchait sa deuxième chaussure. Venant de derrière, Chuck se précipitait en boitant vers Jerry, tandis qu'Oscar se précipitait vers lui en boitant également, mais par-devant.

Jerry courut en direction d'Oscar, fit une feinte sur la gauche, contourna Oscar sur la droite de celui-ci, avant de trébucher sur le bras tendu de Krassmeier. Il exécuta une galipette dans l'herbe et se retrouva allongé sur le dos ; Oscar lui retomba dessus. Ayant retrouvé sa deuxième chaussure, Bobbi s'en servit pour donner un coup sur le crâne de Corella.

Le faucon ferma un œil, pencha la tête sur le côté, et observa la scène d'un seul œil. Tout cela n'avait pas plus de sens.

Jerry et Oscar roulèrent dans l'herbe, fauchant au passage Chuck qui leur tomba dessus. Krassmeier tenta une fois de plus de se relever. Bud, lui, parvint à se lever, et il courut se jeter sur le tas formé par Oscar, Chuck, Jerry et la statuette. Bobbi frappa Corella une seconde fois sur la tête avec sa chaussure et se précipita pour frapper Krassmeier à son tour sur la tête avec cette même chaussure. Assis par terre, Corella essayait de se tenir cinq parties du corps en même temps. Krassmeier fit trébucher Bobbi dont la jupe se releva sur les hanches, ce qui la mit dans une telle fureur qu'elle se redressa d'un bond et lui balança un coup de pied dans les côtes, avec le pied muni d'une chaussure.

Jerry, Oscar, Chuck et Bud roulèrent dans le champ, accrochés l'un à l'autre, et soudain, la statuette jaillit au milieu de la mêlée. Bobbi s'en saisit, lança sa deuxième chaussure sur Krassmeier et courut vers les voitures. Jerry fit trébucher *tout le monde.*

Bobbi s'enfuyait. Au bout du champ, Corella et Krassmeier se relevaient péniblement, tandis que Jerry tentait de retenir Bud *plus* Chuck *plus* Oscar.

La jeune femme avait presque atteint les voitures. Les six hommes disséminés lui couraient après, en haletant, sans parvenir à la rattraper. Mais soudain, son pied nu se posa sur un caillou tranchant ; elle poussa un cri aigu et se retrouva déséquilibrée par son élan, elle écarta les bras pour tenter de se rétablir, et une fois de plus, le Prêtre Aztèque Dansant se retrouva projeté dans les airs.

Là-haut dans le ciel, le faucon plongea en diagonale, en suivant du regard le déplacement de cette improbable créature volante. La statuette monta, monta, dans une longue trajectoire progressive. Elle s'éleva par-dessus le capot du break Ford, avant de retomber rapidement en piqué vers le sol, et de s'écraser au milieu de la chaussée, juste sous les roues d'un gigantesque semi-remorque qui roulait à plus de cent, et huit énormes pneus lancés à toute allure la broyèrent l'un après l'autre en un million d'éclats jaunâtres éparpillés sur l'asphalte.

Les sept témoins de cette scène, hébétés et haletants, s'alignèrent au bord de la route, les yeux fixés sur les morceaux dorés dont l'éclat était terni par de la poussière de plâtre blanche. Un second semi-remorque passa en rugissant, et les restes devinrent moins visibles. Déjà, on avait du mal à apercevoir les morceaux.

— Tout ça pour rien, dit Bobbi.

— Ce n'est pas la bonne, dit Krassmeier.

— C'est pas de l'or, dit Oscar.

— Rentrons à New York, dit Jerry.

— Rentrons à New York ! dirent Bud et Corella.

— Rentrons à New York ! dirent Krassmeier, Chuck et Oscar.

— Rentrons à New York ! Vite !

Ils s'engouffrèrent dans les voitures et repartirent à toute allure : Jerry et Bobbi dans le break tout d'abord, suivis de près par les cinq autres. Le souffle provoqué par leur départ souleva un petit nuage de poussière de plâtre qui se dispersa rapidement.

Le faucon continua à se laisser porter un instant par les courants d'air, mais plus rien ne se produisit. Quant au champ, plus question d'espérer y chasser quoi que ce soit après le saccage de tous ces gens. S'il y avait autrefois des lapins ou des mulots sur ce territoire, ils avaient fui à des kilomètres d'ici.

— *Caw !* lança le faucon, ce qui peut se traduire par « connards ! ».

Et il repartit vers le sud en battant des ailes.

LA COHUE...

Tout le monde était là.

Enfin, pas exactement tout le monde. Wally Hintzlebel, le vendeur de piscines, n'était pas là parce qu'il n'avait pas été invité ; et présentement, il se trouvait dans sa cuisine, en train de jouer à la canasta avec sa mère. Et personne n'avait réussi à joindre Jenny Kendall et Eddie Ross qui, à cet instant même, étaient en train de faire cuire des hamburgers sur un feu de camp au bord d'un ruisseau du New Hampshire. Felicity Tower et Pedro étaient absents eux aussi ; tous les deux se trouvaient au nord de la ville, épuisés, mais ils reprenaient peu à peu des forces et recommençaient à se regarder avec convoitise. Quant à José Caracha et Edwardo Brazzo, ils étaient assis devant une table en bois dans une pièce au décor spartiate du centre ville, occupés à remplir des formulaires pour le département d'État, les douanes, les Services d'immigration et de naturalisation, le FBI, la CIA, la Sécurité sociale, le département de Contrôle des avoirs étrangers du Trésor public, les Services secrets, la Police de New York City et le Bureau des mises en liberté conditionnelle de l'État de New York. (Ils avaient la crampe de l'écrivain.)

Ce qui fait sept absents. Mais il y avait quand même dix-neuf personnes présentes, et ça fait beaucoup de monde. Surtout quand elles sont toutes entassées dans le living-room de David et Kenny, qui déjà au départ n'est pas très grand.

Voici la liste des présents : Victor Krassmeier et son associé August Corella. Jerry Manelli et les autres actionnaires de Inter-Air Transport, j'ai nommé Mel Bernstein, Frank McCann, et Floyd McCann. Les treize membres du Comité du sport pour Tous : F. Xavier White, Mandy Addleford, Ben Cohen, Mrs. Dorothy Moorwood, Oscar Russell Green, Chuck et Bobbi Harwood, Bud Beemiss, Wylie Cheshire, David Fayley, Kenny Spang, Leroy Pinkham et Marshall Thumble, dit « Buhbuh ».

Il était neuf heures du soir, et ils étaient tous réunis ici depuis presque une heure, et jusqu'à présent, cela n'avait rien donné, à l'exception d'une série de découvertes et de constatations stupéfiantes, certaines positives, d'autres beaucoup moins. Des membres du Comité du sport pour tous ne cessaient de montrer du doigt des membres d'Inter-Air Transport en s'écriant : « Vous ! » Ben Cohen et Wylie Cheshire, par exemple, désignèrent de cette façon Mel, et tous les deux semblaient bien décidés à régler quelques comptes personnels avec lui, ici et maintenant. Leroy et Buhbuh, ils pensaient la même chose au sujet de Floyd et Frank, mais F. Xavier White, lui, se souvenait des deux frères avec une certaine tendresse amusée. Quant à David Fayley et Kenny Spang, ils furent littéralement fous de joie en reconnaissant Jerry, et en comprenant leur méprise.

— Espèce de petit bêta, dit Kenny à David, tu croyais vraiment que je...

— Oh, Kenny ! s'écria David. J'ai eu peur !

Le problème dans l'organisation de cette réunion, c'est que tout le monde voulait la présider. Oscar voulait la présider, mais Wylie Cheshire, le footballeur, également. Tout comme Bud Beemiss et Chuck Harwood. Krassmeier était convaincu que ce rôle lui reviendrait, et Corella tenta de prendre le pouvoir en usant d'intimidation.

Ce fut lui finalement qui l'emporta. Et voici comment : en fouillant dans la cuisine et en dénichant un paquet de quatre ampoules électriques. Il revint avec dans le living-room, monta sur une chaise et lança une des ampoules contre le mur. Celle-ci produisit la jolie explosion attendue, provoquant un silence inquiet et stupéfait. Corella tenta d'en profiter pour s'y glisser, et il déclara d'une voix forte :

— Bon, il faut nous organiser !

Résultat, onze personnes voulurent prendre la parole en même temps. Corella lança une seconde ampoule contre le mur, il obtint un autre *pop* et le silence revint. Mais cette fois, ce fut Kenny Spang qui s'engouffra par la brèche :

— Nom de Dieu ! Qu'est-ce que vous foutez ?

Corella le foudroya du regard. À son avis, ce type était une pédale.

— Je réclame un peu de calme et de silence, dit-il en brandissant une troisième ampoule. Et celle-ci, dit-il, je la lance dans la prochaine grande gueule qui s'ouvre. *Bon !* essayons de nous organiser.

Il y eut encore quelques grommellements de rébellion, beaucoup de raclements de pieds, mais aucune grande gueule ne s'ouvrit, et Corella put poursuivre :

— Voici la situation. Il y avait au départ seize statuettes. L'une d'elles est *forcément* la vraie, mais nous sommes tous passés à côté. D'autre part, un certain nombre de statuettes peuvent être éliminées à coup sûr, car elles ont été brisées, la bonne se trouve donc parmi celles qui restent. L'un de vous a-t-il la liste des membres du Comité du sport pour tous ?

Bud Beemiss en avait une. Il la tendit à Corella qui s'en servit pour passer en revue le sort de chaque statuette, et lorsqu'il eut terminé son énumération, le mystère était encore plus grand qu'auparavant :

Oscar Russell Green : statuette brisée à trois endroits.

Chuck et Bobbi Harwood : fracassées l'une et l'autre.

Bud Beemiss : fracassée.

Wylie Cheshire : fracassée. (Wylie porta sa main à son crâne en grimaçant.)

F. Xavier White : tête arrachée.

Mandy Addleford : doigt arraché.

Ben Cohen : accidentée, puis peinture écaillée.

Mrs. Dorothy Moorwood : fracassée.

David Fayley et Kenny Spang : les deux têtes arrachées.

Jenny Kendall et Eddie Ross : fracassées l'une et l'autre.

Leroy Pinkham : tête arrachée.

Marshall Thumble : tête arrachée.

Felicity Tower : tête arrachée.

— Et merde, dit Corella.

Soudain, Krassmeier explosa.

— C'est *votre* faute ! hurla-t-il. C'est encore un de vos coups foireux, Corella, la statuette n'a jamais quitté l'Amérique du Sud ! Vous m'avez fait perdre des milliers de dollars, vous avez abîmé mes vêtements et gâché ma digestion, espèce de SALOPAAAAAARD !

Et il se jeta furieusement sur Corella, le faisant tomber de sa chaise. Tous les deux roulèrent à terre ; Krassmeier faisait pleuvoir les coups de pied et de poing, mordait et griffait, tandis que Corella se débattait de son mieux en hurlant : « Au secours ! Au secours ! Au secours ! »

Les autres parvinrent enfin à les séparer et à calmer les esprits, puis dans le silence morose qui s'ensuivit, Mel Bernstein s'exclama soudain :

— Hé ! Où est passé Jerry ? Jerry ?

Tout le monde regarda dans tous les coins, et Chuck Harwood s'exclama à son tour :

— Où est Bobbi ? Où est passée ma femme ?

Certains s'écrièrent : « Bobbi ? Bobbi ? » D'autres s'écrièrent : « Jerry ? Jerry ? » Pendant que d'autres encore fouillaient l'appartement de Fayley et Spang, ouvrant toutes les portes et soulevant les tapis, mais en vain. Jerry et Bobbi avaient disparu l'un et l'autre.

LES GAGNANTS...

Le vieil homme était agenouillé dans le jardin devant la maison, un saladier posé à côté de lui, une cuillère à café dans la main gauche, une lampe électrique dans la main droite.

— Qu'est-ce que tu fais, papa ? demanda Jerry.

— Je cherche des vers de terre.

— Tu collectionnes les vers de terre maintenant ?

— Non, je pensais me mettre à la pêche, répondit le vieil homme. (Il leva la tête et promena un faisceau lumineux approbateur sur Bobbi.) Hé ! regardez-moi ça.

— Bobbi Harwood, dit Jerry, et il expliqua à la jeune femme : C'est mon père.

— Bonjour, dit Bobbi. Je vous en prie, ne vous levez pas.

Reconnaissant, le vieil homme retomba à genoux.

— Ta mère est à l'intérieur.

— Bien. Amuse-toi bien avec tes vers de terre, papa.

— C'est pour pêcher, rectifia le vieil homme.

— Ravie de vous avoir rencontré, dit Bobbi.

Jerry la prit par la main et lui fit faire le tour de la maison pour entrer par la cuisine où sa mère était en train de goûter sa dernière sauce à spaghettis.

— Salut, maman, dit Jerry. Comment ça va ?

— Hmm, pas terrible, répondit-elle en laissant retomber la louche dans la marmite.

Comme il y avait plusieurs façons d'interpréter cette phrase (parlait-elle de son moral ou de sa sauce ?), Jerry préféra changer de sujet.

— Maman, je te présente Bobbi Harwood, une nouvelle amie.

Sa mère observa la jeune femme en fronçant les sourcils.

— Bobbi ?

— Barbara, dit-elle. C'est un surnom.

— Comment ça va, Barbara ?

— Formidablement bien, répondit Bobbi. Jamais je n'ai vécu une journée pareille.

Mrs. Manelli les observa avec attention l'un et l'autre.

— Oh, oh ! fit-elle. Celle-ci a quelque chose de différent.

Jerry dit en riant :

— La sauce à spaghettis idéale, maman.

— Quoi ? dit Bobbi.

— Vous avez faim ? demanda Mrs. Manelli.

— On est affamés, répondit Jerry. Nous n'avons rien mangé depuis le déjeuner, en Pennsylvanie.

— Allez vous laver, dit-elle. Dîner dans un quart d'heure.

Ils empruntèrent l'escalier extérieur qui conduisait à l'appartement de Jerry, et celui-ci laissa la jeune femme utiliser la salle de bains en premier. Pendant ce temps, il attendit en regardant par la fenêtre de son salon, en sifflotant et en suivant le point lumineux de la lampe électrique dans le jardin en bas.

Quelle journée ! Pour commencer, il était en possession d'une statuette qui valait un million de dollars, puis elle ne valait plus rien. Pour commencer, il détroussait cette fille, et ensuite il la ramenait chez lui. Tout était en train de changer, de fond en comble.

De retour dans l'appartement du couple Fayley-Spang, pendant que Corella se chargeait de récapituler ce qui était arrivé aux seize statuettes (Jerry savait déjà qu'elles avaient toutes été examinées), il s'était approché de Bobbi, assise seule dans son coin sur une des chaises fragiles, et il lui avait dit :

— Tu sais, je viens de faire le calcul. Nous sommes dix-neuf dans cette pièce, plus trois autres membres de votre comité, ça veut donc dire vingt-deux parts, à supposer qu'on retrouve cette saloperie de statuette.

Elle avait ri.

— Ça représente combien, un vingt-deuxième d'un million de dollars ?

Il avait déjà fait le calcul.

— Quarante-cinq mille dollars. Et je vais te dire une bonne chose, Bobbi, j'ignore si cette statuette a quitté l'Amérique du Sud ou pas, mais je sais que j'ai pas besoin de courir dans tous les sens avec vingt cinglés pour empocher quarante-cinq mille dollars. Je peux en ramasser autant dans la rue.

— Qu'est-ce que tu comptes faire alors ?

— Je vais rentrer chez moi, dit-il. Tu veux venir ?

Et elle avait répondu :

— Non.

— Non ?

— Non. (Mais avec un grand sourire, elle avait ajouté :) En revanche, j'accepte que tu m'emmènes en Californie.

Il avait hésité.

— Tu veux qu'on quitte New York ?

— On peut toujours revenir. Mais pour l'instant, tu me dois un voyage en Californie.

— Dans ce cas, je ferais mieux de régler ma dette.

Et voilà, ils se retrouvaient ici, et dès demain il appellerait Beacon pour trouver une autre voiture, et qui sait ce qui pouvait se passer ensuite ? Quelque chose de différent, voilà tout. Les arnaques pouvaient continuer sans lui pendant quelque temps. De toute façon, il fallait être fou pour passer sa vie à tenter de rafler un dollar. À quoi ça vous avançait ? Ce qu'il vous fallait, c'était une autre personne auprès de vous, et de quoi rire.

Aussi curieux que cela puisse paraître, c'était la chasse au Prêtre Aztèque Dansant qui l'avait ainsi transformé, à commencer par la révélation qu'il avait eue en découvrant le living-room des deux pédés. *Il existait donc d'autres façons de vivre.* Il était possible de faire autre chose si vous le souhaitiez. Et si vous aviez une raison de le faire. Comme Bobbi Harwood, par exemple, voilà une bonne raison.

Quand Bobbi ressortit de la salle de bains, le visage luisant, il lui adressa un grand sourire, l'embrassa et disparut à son tour dans la salle de bains, pendant que Bobbi redescendait dans la cuisine, où elle trouva la mère de Jerry en train de jeter une poignée de spaghettis dans l'eau bouillante. Refermant la porte derrière elle, Bobbi demanda :

— Je peux faire quelque chose ?

— Oui, une seule.

— Laquelle ?

— Aussi longtemps que vous vivrez, ne m'appelez jamais Mama Manelli. En attendant, mettez-vous à table, et parlez-moi un peu de vous. Vous êtes catholique ?

— Non, avoua Barbara. C'est important ?

— Ma chère Barbara, répondit Mrs. Manelli, d'après ce que je constate depuis quelques années, l'église n'est plus catholique. Vous êtes new-yorkaise ?

Bobbi hésita, et soudain, elle fut submergée par une vague d'enthousiasme et une envie de découverte.

— Oui, répondit-elle avec un large sourire. Mais je viens du Maryland...

Et elle se mit à raconter l'histoire de sa vie à cette femme rouge et rondelette qui sentait la tomate, tout en essayant intérieurement de faire le point sur sa propre histoire récente.

Quelle journée ! Ce matin, elle s'apprêtait à partir vers la Californie, seule, au volant d'une superbe Jaguar, pour fuir son mari. Et voilà qu'elle se retrouvait à New York, sans la superbe Jaguar, mais *avec* une sorte de type bizarre, qui avait commencé par la détrousser, avant de lui restituer une statuette qui au départ ne valait rien, puis qui avait valu ensuite un million de dollars, avant de ne plus rien valoir à nouveau. Puis elle avait retrouvé son mari, Chuck, dans une pièce remplie d'étrangers, et lui aussi était devenu un étranger. Un étranger à l'air miteux, râpé, fatigué, qui n'avait pas les deux mêmes chaussures aux pieds, dont les cheveux étaient trop longs et mal coupés, et dont l'expression était trop insipide et égocentrique.

Les choses évoluaient rapidement. Toute sa vie, Bobbi s'était demandé ce qui arriverait *au bout du compte*, est-ce que tout s'arrangerait *à long terme*, est-ce que tout irait bien *à partir de maintenant.* Chuck et elle avaient passé dix ans de leur vie à s'affronter en vain pour tenter d'établir une paix durable. Et soudain, tout cela n'avait plus aucune importance. Elle n'aurait même pas su dire si la route serait longue ou pas, et elle s'en fichait. Elle savait ce qui arrivait aujourd'hui, et elle savait ce qui arriverait demain, elle pouvait peut-être faire quelques prévisions pour la semaine à venir. À quoi bon chercher à en savoir plus ?

Quand Jerry redescendit à son tour, Bobbi et lui échangèrent un grand sourire ; Mrs. Mannelli hocha la tête et commenta :

— Voilà une chose qu'ils savent pas imiter à la télé.

Jerry fronça les sourcils.

— De quoi parles-tu, maman ?

— De ce regard entre vous deux, répondit-elle en égouttant ses spaghettis. Jerry, va demander à ton père s'il veut manger un petit quelque chose.

— J'y vais, dit Bobbi en se levant d'un bond et en jaillissant hors de la cuisine.

Jerry regarda sa mère qui regardait Bobbi sortir à toute vitesse.

— C'est une fille bien, maman.

— En tout cas, elle est dynamique. (Mrs. Manelli déposa le plat de spaghettis sur la table.) Une de mes filles a épousé un Irlandais, la seconde a épousé un Juif. Et toi, qu'est-ce que tu nous as ramené ?

— Je ne sais pas. Je crois qu'elle est WASP.

— Parfait, dit Mrs. Manelli. Cette maison avait besoin d'une touche de classe. Et *toi* ! s'écria-t-elle en se retournant et en pointant le doigt sur son mari qui venait d'entrer dans la cuisine, fiche-moi le camp d'ici avec tes vers de terre !

Six mois
après les recherches

La fourgonnette d'Inter-Air Transport s'arrêta devant les entrepôts de Sud-Air Fret et Floyd en descendit prestement, vêtu de sa combinaison blanche, avec les lunettes de soleil d'aviateur, tenant sa planchette à la main.

— Salut, Hiram ! lança-t-il au gardien.

Son souffle givra dans l'air piquant de décembre.

— Comment va, Floyd ?

— On fait aller. J'ai deux ou trois trucs à prendre ici, répondit Floyd en jetant un rapide coup d'œil sur les paquets, les sacs et les caisses entreposés à proximité.

— Comment va Jerry votre associé ?

— Il travaille toujours dans notre succursale de la côte Ouest, répondit Floyd. (Un sac rempli de courrier recommandé en provenance du Brésil attira son attention.) Ah ! voilà ce que je cherche.

Hiram l'aida à transporter le sac postal et une caisse en bois portant la mention FRAGILE jusqu'à la fourgonnette.

— Merci, dit Floyd. À la prochaine, Hiram.

— Bonne journée, répondit Hiram.

Mais où est la statuette ?

Frank McCann, August Corella et Chuck Harwood, improbable trio, étaient réunis dans l'appartement de

Chuck, où ils avaient passé pas mal de temps au cours des six derniers mois.

— Ça n'a aucun sens, répéta Frank, pour la millionième fois au moins. Tout cela n'a absolument aucun sens.

— Il y a forcément une explication, dit Corella en passant une main distraite dans ses cheveux gominés. *Quelque part*, il y a une explication. (Il reporta son expression amère sur Chuck.) *Vous* qui êtes prof de fac, bon Dieu, vous n'êtes pas capable d'y voir clair ?

Chuck ne prenait jamais la peine de répondre à ce genre d'attaques. Comme d'habitude, il se contenta de soupirer, en continuant à étudier la liste des membres du Comité du sport pour tous, avec le détail de ce qui était arrivé aux seize statuettes.

Mais Corella n'en démordait pas.

— Nous ne sommes plus que tous les trois. Tous les autres ont abandonné, et quand nous la trouverons, elle sera *à nous*. Un million de dollars à se partager en trois !

— Oui, on sait, dit Frank. Mais tout cela n'a aucun sens.

— Il y a une explication quelque part...

Pedro, nu, amaigri, ayant pourtant l'air en meilleure forme que lors de son arrivée aux États-Unis, pénétra dans le living-room sur la pointe des pieds, ses vêtements dans les bras. Mais à peine eut-il franchi la porte que Felicity, nue elle aussi, le rejoignit en gloussant et en se trémoussant pour le saisir par une partie de son anatomie qui ne pouvait protester et elle l'entraîna de nouveau dans la chambre.

— Sainte Mère, gémit-il, est-ce la fin de Pedro ?

— Parfaitement, Mr. Susskind, déclara Edwardo Brazzo, le peuple de mon courageux petit pays a suffisamment enduré la dictature de Malagua. Grâce à l'aide bienveillante du peuple américain — il fit un geste gracieux en direction des caméras de télévision — nous réunirons suffisamment d'argent, mon ami José ici présent et moi, afin d'acheter les armes dont nous avons besoin pour *libérer* notre pauvre nation qui souffre !

— Très intéressant, dit David Susskind.

Mais où est cette foutue statuette ?

Mel descendit l'escalier en sifflotant pour découvrir Mandy assise à la table de la salle à manger, en train de lire le manuscrit de *La névrosée et le novice.*

— Mmm, fit-elle en levant la tête, avec dans le regard une lueur polissonne. C'est un livre *cochon !*

— C'est ce que réclame le public ! répondit Mel d'un ton joyeux, puis il entra dans la cuisine, donna un petite claque sur les fesses d'Angela, l'embrassa sur la bouche et se servit une tasse de café.

— Formidable journée ! dit-il.

— Avec toi, toutes les journées sont formidables, mon chéri, répondit Angela en se frottant dans son cou.

— Tu devrais quand même aller récupérer le manuscrit, dit Mel. Je ne suis pas sûr que Mandy devrait lire ce genre de choses.

— Pourquoi pas ? Elle est libre, noire et elle est majeure.

Mel demeurait perplexe, mais il n'insista pas. Pourquoi briser l'harmonie de sa vie resplendissante ?

Les encouragements qu'il avait reçus de la part de Frank et Floyd au cours de cette longue journée de lecture, de commentaires et de critiques au mois de juin dernier, avaient incité Mel à achever l'écriture de son roman, et ne voilà-t-il pas que le premier éditeur à qui il l'avait envoyé l'avait acheté ! La publication était prévue pour septembre ; son roman occupait la première place sur la liste de rentrée de son éditeur. Une tournée de promotion à travers tout le pays était déjà organisée, et si le livre marchait aussi bien qu'on le prévoyait, Mel pourrait prendre sa retraite uniquement grâce à l'argent versé par le cinéma. (Les droits avaient déjà été achetés, mais grâce à la clause d'indexation, il toucherait un bonus si le livre entrait, et se maintenait, sur la liste des meilleures ventes du *New York Times*.)

Angela dit :

— Au fait, nous avons reçu une carte postale de Jerry et Bobbi hier.

— Ah ? Où sont-ils maintenant ?

— À La Nouvelle-Orléans.

Bon, bon, d'accord, mais la statuette en or ?

Sur le lointain territoire du Descalzo, dans la capitale Quetchyl, dans le couloir principal à l'éclairage tamisé, le conservateur du musée, Hector Ovella, s'arrêta devant la niche renfermant le Prêtre Aztèque Dansant. Comme toujours, trois enfants faisaient les pitres devant la statuette, en ricanant, paradant devant elle et s'amusant à prendre la même pose.

Elle semblait si vraie. Le plus bel exemple du talent de José Caracha. Et elle procurait à ces garnements irrespectueux le même plaisir que celle qui l'avait précédée. Les enfants se fichaient de savoir que leur objet de distraction était en or ou simplement doré, qu'il s'agissait de l'original ou bien d'une vulgaire copie, une statuette d'une valeur inestimable ou sans aucune valeur. De toute façon, le véritable et premier Prêtre, il y a fort longtemps, était fait de chair, et il était mort depuis fort longtemps. Cette chair s'était transformée depuis des siècles en igname grâce au miracle de l'ordre naturel. Et nous qui mangeons ces ignames, nous sommes *tous* le Prêtre Aztèque Dansant.

Edwardo reviendrait-il un jour avec la part d'Hector ? Ce dernier poussa un soupir. Si les rôles étaient inversés, si *lui* se trouvait à New York et si Edwardo Brazzo l'attendait ici à Quetchyl, est-ce que *lui* il reviendrait ? se demanda-t-il.

Dans combien de temps le musée de New York annoncerait-il qu'il possédait l'original ? Hector soupira de nouveau et se fraya un passage au milieu des enfants chahuteurs pour regagner son bureau. Un pichet de gluppe l'attendait, caché sous la table.

Hector avait des picotements sur la langue.

Mais la *vraie* statuette. Où est-elle ?

Elle attendait dans le noir, silencieuse, seule, froide au toucher, à demi cachée au milieu des paires de chaussures, des raquettes de tennis oubliées et des basques d'imperméables. L'or véritable dont était fait le corps avait été recouvert de peinture dorée, pour lui donner l'apparence de sa propre copie, mais on n'avait pas touché aux yeux d'émeraude, et même dans l'obscurité de la penderie, ceux-ci brillaient d'une lueur maléfique.

Chaque fois qu'il ouvrait la porte de la penderie, Wally jetait un coup d'œil dans le coin où dansait la statuette, et il esquissait un petit sourire. « J'arrive, maman ! » criait-il, et il souriait de nouveau à la statuette, car il savait qu'*il pouvait partir dès qu'il le souhaitait.*

Parfois dans ses rêves, il était déjà parti ; il se trouvait à Paris, à Hawaï ou à Rio, il avait de l'argent, des vêtements chics, du charme et de jolies filles. Des accords de guitare résonnaient autour de lui ; des fontaines éclairées de lumières vertes et roses jaillissaient à l'arrière-plan ; il avait tout ce qu'il désirait. Mais dans d'autres rêves, il revivait la succession de situations qui avaient conduit le véritable Prêtre Aztèque Dansant, l'original, celui en or, celui qui valait un million de dollars, à se retrouver au fond de cette penderie, prêt à le libérer d'un instant à l'autre. Voici ce qu'il voyait dans son rêve :

Mel Bernstein laisse tomber la statuette sans valeur sur les genoux de Wally et s'en va. Wally l'emporte jusqu'à sa voiture, il court, car un vague plan vient de lui traverser l'esprit ; il va rejoindre Mel Bernstein, il va rester avec cette bande d'escrocs jusqu'à ce qu'on retrouve la vraie statuette, et à ce moment-là, il échangera la vraie contre celle qu'il tient dans les mains, et il disparaîtra ensuite. Donc, Wally dépose la statuette de Cohen dans son sac de voyage en toile, il rejoint Mel et les deux hommes concluent leur marché. Wally emporte avec lui la statuette de Cohen lorsqu'il pénètre dans la villa de Mrs. Moorwood et là, *il découvre la vraie !* Immédiatement ! La créature lui sourit, là, dans cette maison pleine de gens *vivants* qui dansent, boivent, mangent, baisent, courent et nagent, la créature parade pour les seuls yeux de Wally. Alors celui-ci lance par la fenêtre la statuette de Cohen qui se trouve dans le sac et se brise, et Mel Bernstein s'enfuit en courant. Abandonnant Wally avec la statuette. Seul avec la statuette. Seul.

Tout d'abord, il est terrorisé à l'idée qu'on le surprenne, mais tandis qu'il traverse la maison, en serrant la créature en or contre sa poitrine, il s'aperçoit que tous ces gens ne le voient pas. Il est invisible. Même avec la statuette il reste invisible ; tous ces joyeux fêtards ne peuvent pas le voir, ils ne le verront jamais. Et il s'empresse de rentrer chez lui, comme un cafard qui décampe lorsqu'on allume la lumière. Chez lui. À la maison. À l'abri. Jusqu'à ce qu'il se sente prêt.

Voilà ce qu'il voyait en rêve, et chaque fois, Wally se réveillait en tremblant, couvert de sueur, manquant de s'évanouir de soulagement en découvrant autour de lui les quatre murs de sa chambre. Et le Prêtre Aztèque Dansant toujours à sa place dans le coin de la penderie. Son passeport. Son moyen d'évasion. Dès qu'il se sentirait prêt.

Chaque fois qu'il ouvrait la porte de la penderie, quelle que soit la raison, il prenait toujours le temps de jeter un coup d'œil en biais vers le coin sombre ; la rencontre de ses yeux scintillants avec les yeux scintillants du Prêtre Aztèque Dansant faisait jaillir une étincelle verte. Quand il le souhaiterait. La créature était là qui l'attendait, quand il le souhaiterait.

« J'arrive, maman ! »

Les yeux verts scintillèrent ; Wally referma la porte de la penderie.

Jerry poussa la porte de leur chambre au Royal Orleans Hotel et demanda :

— Comment ça va, chérie ?

— Très bien, répondit Bobbi. J'envoie des cartes pos... *humpf.* Ils échangèrent un long baiser, avant qu'elle ne puisse achever sa phrase :

— J'envoie des cartes postales à des gens de l'orchestre.

— Super. Ça te dirait de passer Noël sous la neige ?

— Évidemment. Où ça ?

— À Winnipeg.

— Winnipeg !

— C'est au Canada.

— Oui, je sais où c'est. Mais pourquoi Winnipeg ?

— Pourquoi pas ? Noël au Canada. Beacon doit envoyer une voiture là-bas, elle sera prête mardi. Floyd vient de m'envoyer mon chèque de dividendes, on peut donc partir dès que tu seras prête. Le plus génial, c'est qu'ils ont une autre voiture à Duluth, le 3 janvier, pour revenir ici ! On peut donc passer Noël là-haut dans le nord et être revenus ici pour Mardi-Gras. Qu'est-ce que tu en dis ?

— Je dis que c'est merveilleux ! répondit Bobbi. Mais toi ?

— L'idée vient de moi, non ?

— Quand veux-tu rentrer à New York ?

Il haussa les épaules.

— Je ne sais pas, en avril ou en mai, dans ces eaux-là. Attendons les beaux jours.

Elle n'avait toujours pas compris en quoi consistait exactement son activité de transport et de livraisons, et dans une nouvelle tentative déguisée pour en savoir plus, elle demanda :

— Peux-tu abandonner ton travail si longtemps ?

— Floyd se débrouille très bien sans moi, répondit Jerry avec insouciance. À vrai dire, quand on rentrera à New York, je crois que je vais lui vendre toutes mes parts de la société. De toute façon, je commençais à en avoir assez.

— Qu'est-ce que tu feras à la place ?

— Je ne sais pas, répondit-il avec un nouveau haussement d'épaules. Ce ne sont pas les combines qui manquent, quand tu sais chercher. On trouvera quelque chose tous les deux, d'accord ?

Elle avait l'impression de sourire sans cesse ces derniers temps.

— D'accord, dit-elle.

— Où veux-tu dîner ce soir ? demanda Jerry.

— Avec toi, répondit Bobbi.

À New York, tout le monde cherche quelque chose. Parfois, quelqu'un trouve tout ce qu'il cherche.

Rivages/noir

Joan Aiken
Mort un dimanche de pluie (n° 11)
Robert Edmond Alter
Attractions : Meurtres (n° 72)
Jean-Baptiste Baronian
Le Tueur fou (n° 202)
Marc Behm
La Reine de la nuit (n° 135)
Trouille (n° 163)
À côté de la plaque (n° 188)
Et ne cherche pas à savoir (n° 235)
Tonino Benacquista
Les Morsures de l'aube (n° 143)
La Machine à broyer les petites filles (n° 169)
Pieke Biermann
Potsdamer Platz (n° 131)
Violetta (n° 160)
Battements de cœur (n° 248)
Michael Blodgett
Captain Blood (n° 185)
Paul Buck
Les Tueurs de la lune de miel (n° 175)
Edward Bunker
Aucune bête aussi féroce (n° 127)
La Bête contre les murs (n° 174)
La Bête au ventre (n° 225)
James Lee Burke
Prisonniers du ciel (n° 132)
Black Cherry Blues (n° 159)
Une saison pour la peur (n° 238)
W.R. Burnett
Romelle (n° 36)
King Cole (n° 56)
Fin de parcours (n° 60)
Jean-Jacques Busino
Un café, une cigarette (n° 172)
Dieu a tort (n° 236)

George Chesbro
Une affaire de sorciers (n° 95)
L'ombre d'un homme brisé (n° 147)
Bone (n° 164)
La Cité où les pierres murmurent (n° 184)
Les Cantiques de l'Archange (n° 251)
Les Bêtes du Walhalla (n° 252)
Andrew Coburn
Toutes peines confondues (n° 129)
Michael Collins
L'Égorgeur (n° 148)
Rosa la rouge (n° 267)
Robin Cook
Cauchemar dans la rue (n° 64)
J'étais Dora Suarez (n° 116)
Vices privés, vertus publiques (n° 166)
La Rue obscène (n° 200)
Quand se lève le brouillard rouge (n° 231)
Le Mort à vif (n° 241)
Bombe surprise (n° 260)
Peter Corris
La Plage vide (n° 46)
Des morts dans l'âme (n° 57)
Chair blanche (n° 65)
Le Garçon merveilleux (n° 80)
Héroïne Annie (n° 102)
Escorte pour une mort douce (n° 111)
Le Fils perdu (n° 128)
Le Camp des vainqueurs (n° 176)
Hélène Couturier
Fils de femme (n° 233)
James Crumley
Putes (n° 92)
Mildred Davis
Dark Place (n° 10)
Jean-Paul Demure
Milac (n° 240)
Pascal Dessaint
La vie n'est pas une punition (n° 224)
Bouche d'ombre (n° 255)

Thomas Disch/John Sladek
Black Alice (n° 154)

Wessel Ebersohn
La Nuit divisée (n° 153)
Coin perdu pour mourir (n° 193)
Le Cercle fermé (n° 249)

Stanley Ellin
La Corrida des pendus (n° 14)

James Ellroy
Lune sanglante (n° 27)
À cause de la nuit (n° 31)
La Colline aux suicidés (n° 40)
Brown's Requiem (n° 54)
Clandestin (n° 97)
Le Dahlia noir (n° 100)
Un tueur sur la route (n° 109)
Le Grand Nulle Part (n° 112)
L.A. Confidential (n° 120)
White Jazz (n° 141)
Dick Contino's Blues (n° 212)

Howard Fast
Sylvia (n° 85)
L'Ange déchu (n° 106)

Kinky Friedman
Meurtre à Greenwich Village (n° 62)
Quand le chat n'est pas là (n° 108)
Meurtres au Lone Star Café (n° 151)
Le Vieux Coup de la sauterelle (n° 197)
Elvis, Jésus et Coca-Cola (n° 264)

Samuel Fuller
L'Inexorable Enquête (n° 190)
La Grande Mêlée (n° 230)

Barry Gifford
Port Tropique (n° 68)
Sailor et Lula (n° 107)
Perdita Durango (n° 140)
Jour de chance pour Sailor (n° 210)
Rude journée pour l'Homme Léopard (n° 253)

Richard Lortz
Les Enfants de Dracula (n° 146)
Deuil après deuil (n° 182)
L'Amour mort ou vif (n° 206)

John D. Mac Donald
Réponse mortelle (n° 21)
Un temps pour mourir (n° 29)
Un cadavre dans ses rêves (n° 45)
Le Combat pour l'île (n° 51)
L'Héritage de la haine (n° 74)

John P. Marquand
Merci Mr Moto (n° 7)
Bien joué, Mr Moto (n° 8)
Mr Moto est désolé (n° 18)
Rira bien, Mr Moto (n° 87)

Richard Matheson
Échos (n° 217)

Helen McCloy
La Somnambule (n° 105)

William McIlvanney
Les Papiers de Tony Veitch (n° 23)
Laidlaw (n° 24)
Big Man (n° 90)
Étranges Loyautés (n° 139)

Marc Menonville
Jeux de paumes (n° 222)
Walkyrie vendredi (n° 250)

Ronald Munson
Courrier de fan (n° 226)

Tobie Nathan
Saraka bô (n° 186)

Jim Nisbet
Les damnés ne meurent jamais (n° 84)
Injection mortelle (n° 103)
Le Démon dans ma tête (n° 137)
Le Chien d'Ulysse (n° 161)
Sous le signe du rasoir (n° 273)

Kyotaro Nishimura
Petits crimes japonais (n° 218)

Jack O'Connell
B.P. 9 (n° 209)
Liam O'Flaherty
L'Assassin (n° 247)
Jean-Hugues Oppel
Brocéliande-sur-Marne (n° 183)
Ambernave (n° 204)
Six-Pack (n° 246)
Abigail Padgett
L'Enfant du silence (n° 207)
Le Visage de paille (n° 265)
Hugues Pagan
Les Eaux mortes (n° 17)
La Mort dans une voiture solitaire (n° 133)
L'Étage des morts (n° 179)
Boulevard des allongés (n° 216)
Last affair (n° 270)
Bill Pronzini
Hidden Valley (n° 48)
Bill Pronzini/Barry N. Malzberg
La nuit hurle (n° 78)
Michel Quint
Billard à l'étage (n° 162)
La Belle Ombre (n° 215)
Le Bélier noir (n° 263)
Diana Ramsay
Approche des ténèbres (n° 25)
Est-ce un meurtre ? (n° 38)
Philippe Setbon
Fou-de-coudre (n° 187)
Desolata (n° 219)
Roger Simon
Le Clown blanc (n° 71)
Génération Armageddon (n° 199)
Pierre Siniac
Les mal lunés (n° 208)
Sous l'aile noire des rapaces (n° 223)
Démago Story (n° 242)
Le Tourbillon (n° 256)

Les Standiford
Pandémonium (n° 136)
Johnny Deal (n° 259)

Richard Stark
La Demoiselle (n° 41)
La Dame (n° 170)

Richard Stratton
L'Idole des camés (n° 257)

Vidar Svensson
Retour à L.A. (n° 181)

Paco Ignacio Taibo II
Ombre de l'ombre (n° 124)
La Vie même (n° 142)
Cosa fácil (n° 173)
Quelques nuages (n° 198)
À quatre mains (n° 227)
Pas de fin heureuse (n° 268)

Ross Thomas
Les Faisans des îles (n° 125)
La Quatrième Durango (n° 171)

Jim Thompson
Liberté sous condition (n° 1)
Un nid de crotales (n° 12)
Sang mêlé (n° 22)
Nuit de fureur (n° 32)
À deux pas du ciel (n° 39)
Rage noire (n° 47)
La mort viendra, petite (n° 52)
Les Alcooliques (n° 55)
Les Arnaqueurs (n° 58)
Vaurien (n° 63)
Une combine en or (n° 77)
Le Texas par la queue (n° 83)
Écrits perdus (1929-1967) (n° 158)
Le Criminel (n° 167)
Écrits perdus (1968-1977) (n° 177)
Hallali (n° 195)
L'Homme de fer (n° 196)
Ici et maintenant (n° 229)

Masako Togawa
Le Baiser de feu (n° 91)

Armitage Trail
Scarface (n° 126)

Marc Villard
Démons ordinaires (n° 130)
La Vie d'artiste (n° 150)
Dans les rayons de la mort (n° 178)
Rouge est ma couleur (n° 239)

Donald Westlake
Drôles de frères (n° 19)
Levine (n° 26)
Un jumeau singulier (n° 168)
Ordo (n° 221)
Aztèques dansants (n° 266)

Janwillem Van De Wetering
Comme un rat mort (n° 5)
Sale Temps (n° 30)
L'Autre Fils de Dieu (n° 33)
Le Babouin blond (n° 34)
Inspecteur Saito (n° 42)
Le Massacre du Maine (n° 43)
Un vautour dans la ville (n° 53)
Mort d'un colporteur (n° 59)
Le Chat du sergent (n° 69)
Cash-cash millions (n° 81)
Le Chasseur de papillons (n° 101)

Harry Whittington
Des feux qui détruisent (n° 13)
Le diable a des ailes (n° 28)

Charles Willeford
Une fille facile (n° 86)
Hérésie (n° 99)
Miami Blues (n° 115)
Une seconde chance pour les morts (n° 123)
Dérapages (n° 192)
Ainsi va la mort (n° 213)

Charles Williams
La Fille des collines (n° 2)

Go Home, Stranger (n° 73)
Et la mer profonde et bleue (n° 82)

Timothy Williams
Le Montreur d'ombres (n° 157)
Persona non grata (n° 203)

Daniel Woodrell
Sous la lumière cruelle (n° 117)
Battement d'aile (n° 121)
Les Ombres du passé (n° 194)

Rivages / mystère

Charlotte Armstrong
Le Jour des Parques (n° 13)
L'Inconnu aux yeux noirs (n° 15)
Une dose de poison (n° 21)

Francis Beeding
La Maison du Dr Edwardes (n° 9)
La mort qui rôde (n° 12)
Un dîner d'anniversaire (n° 18)

Algernon Blackwood
John Silence (n° 8)

Jypé Carraud
Tim-Tim Bois-Sec (n° 22)

Amanda Cross
En dernière analyse (n° 23)

Mildred Davis
Crime et chuchotements (n° 14)
Passé décomposé (n° 16)
Un homme est mort (n° 20)

Michael Dibdin
L'Ultime Défi de Sherlock Holmes (n° 17)

John Dickson Carr
En dépit du tonnerre (n° 5)

William Kotzwinkle
Fata Morgana (n° 2)

Alexis Lecaye
Einstein et Sherlock Holmes (n° 19)

John P. Marquand
À votre tour, Mister Moto (n° 4)

Anthony Shaffer
Absolution (n° 10)

J. Storer-Clouston
La Mémorable et Tragique Aventure de Mr Irwin Molyneux (n° 11)

Rex Stout

Le Secret de la bande élastique (n° 1)
La Cassette rouge (n° 3)
Meurtre au vestiaire (n° 6)

Josephine Tey

Le plus beau des anges (n° 7)

Achevé d'imprimer sur rotative par l'imprimerie Darantiere à Dijon-Quetigny en mars 1997 – Dépôt légal : 1er trimestre 1997 – N° d'impression : 97-0124